suhrkamp taschenbuch 808

Alejo Carpentier (1904–1980), als Sohn eines Franzosen und einer Russin in La Habana/Cuba geboren, nach langen Jahren in Frankreich Professor für Völkerkunde und Musikwissenschaft in La Habana und unter Castro zum Leiter des Staatsverlags »Imprenta Nacional« ernannt, seit 1966 Kulturattaché der cubanischen Botschaft in Paris, galt jahrelang als Anwärter auf den Nobelpreis. Von seinen Werken – Essays, Lyrik, Erzählungen und sechs Romane – erschienen in deutscher Übertragung im Suhrkamp Verlag außer dem vorliegenden Buch *Das Reich von dieser Welt, Barockkonzert, Krieg der Zeit, Explosion in der Kathedrale, Die Harfe und der Schatten, Stegreif und Kunstgriff.*

Ein Musikwissenschaftler erhält den Auftrag, für die Sammlung der Universität bestimmte primitive Instrumente im venezolanischen Urwald aufzuspüren. Die Reise, die ihn für einige Wochen von unbefriedigender Tätigkeit und Ehe befreien soll, wird ihm, dem »modernen Sisyphos«, zur Befreiung schlechthin. Aus der Gegenwart der nordamerikanischen Großstadt gelangt er in immer kleiner werdenden Städten und Siedlungen Südamerikas zurück durch die Epochen der Vergangenheit in die vorgeschichtliche Frühzeit des Menschen, wie sie in einer verborgenen Stadt im Urwald lebendig ist. Die »wunderbare Wirklichkeit« erfaßt ihn auf dieser umgekehrten Bildungsreise aus der Zivilisation in die Natur. Er beginnt eine Umwertung aller Werte, lebt ohne Diktat der Zeit, im Rhythmus mit seinen Bedürfnissen. Fern der alten Welt, ihren kraftlosen Ideen, an den magischen Quellen von Mythen und Musik, vermag er selbst wieder Musik zu schaffen. Doch er hat den Bruch mit der Zivilisation nur halbherzig vollzogen. Ohne Notwendigkeit, lediglich um seine dortigen Angelegenheiten zu regeln und dann endgültig in der Freiheit des Urwalds zu leben, kehrt er noch einmal zurück in die Weltstadt. Als er, wieder im Urwald, nach den Gefährten und Stätten des Glücks sucht, sind alle Spuren verwischt. »So endeten die Ferien des Sisyphos.«

Alejo Carpentier
Die verlorenen Spuren

Roman

Aus dem Spanischen von
Anneliese Botond

Suhrkamp

Titel der Originalausgabe: *Los pasos perdidos*
Dieser Übersetzung liegt der Text der bei Barral Editores in Barcelona 1977 in fünfter Auflage erschienenen Ausgabe zugrunde
Umschlagbild von Henri Rousseau

suhrkamp taschenbuch 808
Erste Auflage 1982

Druck: Nomos Verlagsgesellschaft, Baden-Baden
Printed in Germany
Umschlag nach Entwürfen von
Willy Fleckhaus und Rolf Staudt

Die verlorenen Spuren

1. Kapitel

Dein Himmel, der über deinem Haupt ist, wird ehern sein und die Erde unter dir eisern.
Und wirst tappen am Mittag, wie ein Blinder tappt im Dunkeln.

Deuteronomion 28; 23, 29

I

Vier Jahre und sieben Monate waren vergangen, seit ich das Haus mit den weißen Säulen, dem Architrav und den strengen Gesimsen, die ihm das düstere Aussehen eines Justizpalastes verliehen, nicht mehr gesehen hatte, und als ich jetzt die Möbel und Gerätschaften unverändert am gleichen Platz stehen sah, hatte ich das beinahe beklemmende Gefühl, als hätte sich die Zeit verkehrt. Neben dem Scheinwerfer der weinrote Vorhang; wo sich die Kletterrosen hochrankten, der leere Käfig. Weiter drüben die Ulmen, die ich in den Tagen der ersten Begeisterung selbst mit gepflanzt hatte, als wir noch alle zusammen am gemeinsamen Werk arbeiteten; am schuppigen Baumstamm die Steinbank, die nach Holz klang, wenn ich mit dem Absatz dagegenschlug. Dahinter, mit Zwergmagnolien gesäumt, der Weg zum Fluß und das verschnörkelte Gittertor im New Orleans-Stil. Wie in der ersten Nacht ging ich durch die Säulenhalle, hörte den gleichen hohlen Klang unter meinen Schritten und durchquerte den Garten, um rascher dort anzukommen, wo gebrandmarkte Sklaven, Amazonen mit langen, über den Arm gerafften Röcken und verwundete, zerlumpte, schlecht verbundene Soldaten in Gruppen hin und wider gingen, die Stunde ihres Auftritts erwartend im Schatten, der nach Schellack, nach altem Filz, nach neuem, in die immer gleichen Gehröcke geschwitzten Schweiß stank. Gerade noch rechtzeitig trat ich aus dem Licht, denn der Schuß des Jägers knallte, und aus dem zweiten Drittel der Soffitten fiel ein Vogel auf die Bühne. Die Krinoline meiner Frau rauschte über meinen Kopf, da ich, den engen Durchgang versperrend, genau dort stand, wo sie hereinkommen mußte. Um weniger im Weg zu sein, ging ich in ihre Garderobe, und hier stimmte die Zeit wieder mit dem Datum überein: alles sagte hier deutlich, daß vier Jahre und sieben Monate nicht vergehen, ohne die Dinge schadhaft, glanzlos und welk zu machen. Die Spitzen für den Schlußakt spielten ins Graue; der schwarze Taft für die Ballszene hatte die schöne Steife verloren, die ihn bei jeder Verbeugung wie einen Aufflug dürren Laubs rascheln ließ. Selbst die Wände des Raums waren durch die Berührung an den immer gleichen Stellen abgenützt, trugen Spuren ihres langen Zusammenlebens mit Schminke, übernächtigen Blumen und Verkleidungen. Während ich jetzt auf dem schimmelgrünen Sofa saß, das einmal meergrün gewesen war, bestürzte mich der Gedanke, wie bedrückend dieses Kulissengefängnis mit seinen Schwebebrücken, Spinnweben aus Bindfaden und künstlichen Bäumen für Ruth geworden war. In den Tagen der Uraufführung dieser Tragödie aus den Sezessionskriegen, als es darum ging, dem jungen Autor zu helfen, dem eine eben aus dem experimentellen Theater hervorgegangene Truppe zugute käme, schwebte uns ein Abenteuer von allenfalls zwanzig Abenden vor. Jetzt standen wir kurz vor der eintausendfünfhundertsten Aufführung, ohne daß die an stets verlängerbare Verträge gebundenen Darsteller die geringste Möglichkeit gehabt hätten, dem Stück zu entkommen, seit die Impresarios eines Konsortiums, die Hochherzigkeit jugendlichen Elans ins große Geschäft umsetzend, das Stück in ihr Repertoire übernommen hatten. So war dieses Theater für Ruth statt der offenen Tür in die große Welt des Dramas – ein Mittel zur Befreiung – eine Teufelsinsel geworden. Ihre kurzen Eskapaden im Kopfputz der Porzia oder in den wallenden Gewändern der Iphigenie, die ihr gestattet waren, wenn es sich um Wohltätigkeitsveranstaltungen handelte, verschafften ihr kaum eine Erholung, denn unter den neuen Kostümen suchten die Zuschauer doch nur die altgewohnte Krinoline, und in der Stimme, die sich als die der Antigone ausgab, fand jedermann den dunklen Tonfall der Arabella wieder, die sich jetzt auf der Bühne, bei einem Auftritt, den die Kritiker als fabelhaft intelligent bezeichnet hatten, von Booth, einer der Dramengestalten, die korrekte lateinische Aussprache des *Sic semper tyrannis* beibringen ließ und mehrmals den Satz wiederholte. Es hätte des Genies einer unvergleichlichen Tragödin bedurft, um sich freizumachen von diesem Schmarotzer, der sich von ihrem Blut nährte, von diesem Kostgänger, der wie eine unheilbare Krankheit in ihrem Fleisch saß. Zwar hätte sie nur zu gern den Vertrag gebrochen, aber ein solcher Akt der Auflehnung wurde in ihrem Metier mit langer Arbeitslosigkeit bestraft. Und so wiederholte Ruth, die den Text mit dreißig zum erstenmal gesprochen hatte, mit fünfunddreißig noch immer die gleichen Gesten, die gleichen Wörter, jeden Abend der Woche, jeden Samstag- und Sonntag- und Feiertagnachmittag – ganz abgesehen von den Vorstellungen auf den Sommertourneen. Der Erfolg des Stücks vernichtete langsam die Darsteller, die in ihren immer gleichen Kostümen unter den Augen des Publikums alterten, und als eines Nachts einer von ihnen kurz vor dem Fallen des Vorhangs an einem Herzinfarkt starb, erschien die Truppe, die sich am nächsten Morgen auf dem Friedhof versammelte, vielleicht ohne sich dessen bewußt zu werden, in Trauerkleidern, die an eine Daguerreotypie erinnerten. Jedesmal bitterer und weniger zuversichtlich, daß sie eine Karriere werde verwirklichen können, die sie trotz allem aus tiefem Instinkt liebte, überließ sich meine Frau der aufgezwungenen Arbeit, genau wie ich mich dem Automatismus meines Berufs überließ. Früher hatte sie wenigstens noch versucht, ihren Schwung zu retten: unablässig probte sie die großen Rollen, die sie eines Tages spielen wollte. In der trügerischen Hoffnung, sich zu erneuern, nahm sie sich die Nora, die Judith, die Medea und die Tessa vor, aber bei dem tristen Schauspiel vor dem Spiegel gesprochener Monologe war die Illusion zerronnen. Da wir kein normales Mittel fanden, unser beider Leben aufeinander abzustimmen – die Stunden der Schauspielerin decken sich nicht mit denen des Angestellten – schliefen wir schließlich getrennt. Sonntags kam ich gewöhnlich am späten Morgen für einen Augenblick in ihr Bett, in Erfüllung dessen, was ich für meine Pflicht als Ehemann hielt, obgleich ich nie so recht wußte, ob dieser Akt tatsächlich einem echten Verlangen Ruths entsprach. Wahrscheinlich hielt sie sich ihrerseits seit dem Augenblick, da sie ihre Unterschrift unter den Ehekontrakt gesetzt hatte, für verpflichtet, sich dieser wöchentlichen Körperübung hinzugeben. Ich meinerseits handelte in der Vorstellung, daß ich einen möglichen Anspruch, den zu erfüllen ich in der Lage war, nicht unbeachtet lassen durfte, und brachte damit gleichzeitig gewisse Skrupel für eine Woche zum Schweigen. Sicher war, daß diese Umarmung, mochte sie auch fade geworden sein, die durch unsere gemeinsamkeitswidrigen Berufe gelockerten Bande jedesmal wieder festigte. Die Wärme der Körper stellte eine gewisse Intimität wieder her, war eine kurze Rückkehr zu dem, was unsere Ehe in den ersten Zeiten einmal gewesen war. Wir begossen die seit letztem Sonntag vergessene Geranie, hängten ein Bild um, besprachen häusliche Angelegenheiten. Aber bald erinnerte uns die Glocke eines nahen Kirchturms daran, daß die Stunde des Eintreibens gekommen war. Und wenn ich meine Frau zu Beginn der Nachmittagsvorstellung auf der Bühne zurückließ, war mir, als hätte ich sie in einem Gefängnis abgeliefert, in dem sie eine lebenslängliche Strafe zu verbüßen hätte. Der Schuß knallte, der falsche Vogel fiel aus den Soffitten, das Leben als Paar am Siebten Tage war zu Ende.

Heute war die Sonntagsregel durchbrochen worden, und schuld daran war das Schlafmittel, das ich am frühen Morgen eingenommen hatte, denn um rasch einzuschlafen, genügte es nicht mehr, mir wie früher eine schwarze Binde auf die Augen zu legen, wozu Mouche mir geraten hatte. Beim Aufwachen merkte ich, daß meine Frau fortgegangen war, und die Unordnung, die halb aus der Kommodenschublade gezogenen Kleider, die Tuben mit Theaterschminke, die in den Ecken herumlagen, die ringsum verstreuten Puderdosen und Flacons deuteten auf eine unvorhergesehene Abreise. Von der Bühne kam Ruth jetzt, gefolgt von Beifallsklatschen, auf mich zu und löste hastig die Haken an ihrem Mieder. Mit dem Absatz warf sie die Tür zu, an der das Holz von der so oft wiederholten Geste abgewetzt war, und der über den Kopf hochgeschleuderte Krinolinenrock breitete sich von Wand zu Wand auf dem Teppich aus. Als er aus der Spitze hervorkam, wurde ihr lichter Körper wieder neu für mich und anziehend, ich ging auf ihn zu, um ihn irgendwo zu liebkosen, aber da verschwand die Nacktheit auch schon unter herabfallendem Samt, der wie die Stoffreste roch, die meine Mutter, als ich noch ein Kind war, im verborgensten Winkel des Mahagonischrankes aufbewahrte. Mich packte die Wut über diesen blödsinnigen Schein-Beruf, der sich immer zwischen uns legte wie das Schwert des Engels auf den Heiligenbildern, über dieses Drama, das unser Haus gespalten hatte und mich in das andere, das mit Sternbildern ausgemalte, trieb, wo ich stets eine für Umarmungen empfängliche Stimmung vorfand. Und gerade um diese in ihren Anfängen erfolglose Karriere zu fördern, um die damals sehr Geliebte glücklich zu sehen, hatte ich meiner Zukunft eine andere Richtung gegeben und materielle Sicherheit in einer Stellung gesucht, die mich ebenso zum Gefangenen machte wie sie! Während sie die fetten Schminkfarben über ihr unruhiges Gesicht schmierte, erklärte Ruth mir im Spiegel, daß die Truppe gleich nach der Vorstellung eine Reise an die andere Küste des Landes antreten müsse, sie habe deshalb gleich ihre Koffer ins Theater mitgenommen. Zerstreut fragte sie mich nach dem Film, der gestern abend dem Publikum vorgestellt worden war. Ich wollte ihr von dem Erfolg erzählen, sie daran erinnern, daß das Ende der Filmarbeit für mich den Beginn meiner Ferien bedeutete – da wurde an die Tür geklopft. Ruth erhob sich, und ich stand vor einer Person, die wieder einmal aufhörte, meine Frau zu sein, um sich in eine Darstellerin zu verwandeln: sie steckte sich eine künstliche Rose in den Gürtel, und mit einer flüchtigen Geste der Entschuldigung schritt sie zur Bühne, über der sich eben, einen Geruch nach Staub und altem Holz aufwirbelnd, der Vorhang gehoben hatte. Noch einmal wandte sie sich abschiednehmend zu mir um, dann bog sie in den Weg mit den Zwergmagnolien ein ... Ich war nicht in der Stimmung, auch noch die zweite Pause abzuwarten und zuzusehen, wie der Samt gegen den Taft vertauscht werden und ein neues make up sich über die dicke Schicht des vorigen legen würde. Ich kehrte in unser Haus zurück, wo die Unordnung des hastigen Aufbruchs noch Anwesenheit der Abwesenden war. Im Kissen war noch die Mulde, die der Kopf eingedrückt hatte, auf dem Nachttisch stand ein halb ausgetrunkenes Glas Wasser mit einem Niederschlag grüner Tropfen, ein Buch war am Ende eines Kapitels aufgeschlagen. Flecken von einer verschütteten Lotion fühlten sich noch feucht an. Ein Notizblatt, das ich nicht bemerkt hatte, als ich das Zimmer betrat, kündigte mir die unerwartete Abreise an: *Küsse. Ruth. PS: im Schreibtisch steht eine Flasche Jerez.* Ich hatte ein Gefühl ungeheurer Einsamkeit. Es war nach elf Monaten das erste Mal, daß ich, außer im Schlaf, allein war, daß ich keine Aufgabe hatte, die sofort hätte erledigt werden müssen, daß ich nicht auf die Straße zu rennen brauchte aus Furcht, irgendwo zu spät anzukommen. Ich war weitab vom betäubenden Durcheinander der Studios; weder Tonbandmusik noch ins Riesenhafte verstärkte Stimmen unterbrachen die Stille. Nichts drängte mich, und gerade deshalb fühlte ich mich als Ziel einer unbestimmten Bedrohung. In diesem Zimmer, in dem das Parfum derer, die es verlassen hatte, noch zugegen war, fühlte ich mich wie verstört von der Möglichkeit, Selbstgespräche zu führen. Ich ertappte mich, wie ich halblaut mit mir redete. Als ich wieder im Bett lag, überdachte ich, zur Decke hochstarrend, die letzten Jahre, sah, wie sie von Herbst bis Ostern, vom Nordwind bis zum aufgeweichten Asphalt abgelaufen waren, ohne daß ich Zeit gehabt hätte, sie zu leben – nur durch das Angebot eines Nachtlokals wußte ich plötzlich, daß die Wildenten wiedergekehrt waren, daß die austernlose Zeit um war oder daß es wieder Edelkastanien gab. Manchmal gaben mir die roten Papierglocken in den Schaufenstern Nachricht vom Wechsel der Jahreszeiten oder die Ankunft eines Lastwagens voll Fichten, deren Duft die Straße sekundenlang wie verklärte. Große wochenlange Lücken waren in der Chronik meines Lebens, Zeiten, die keine bleibende Erinnerung in mir zurückgelassen hatten, keine Spur einer außergewöhnlichen Empfindung, kein dauerhaftes Gefühl. Tage, an denen ich bei jeder Geste das beklemmende Gefühl hatte, sie früher unter den gleichen Umständen vollführt, in derselben Ecke sitzend, mit dem Blick auf das Segelschiff im Kristallkubus des Briefbeschwerers dieselbe Geschichte erzählt zu haben. Wenn ein Geburtstag unter denselben Gesichtern, an denselben Orten mit demselben im Chor gesungenen Lied gefeiert wurde, überfiel mich unweigerlich der Gedanke, daß er sich in nichts von früheren Geburtstagen unterschied, es sei denn durch eine neue Kerze auf dem Kuchen, der genauso schmeckte wie der vom letzten Jahr. Was mich bei diesem Bergauf, Bergab durch die Tage mit dem immer gleichen Stein auf den Schultern aufrecht erhielt, war ein Antrieb, den ich unter Paroxysmen aufbrachte – aber früher oder später würde dieser Antrieb aussetzen, vielleicht stand das Datum bereits im Kalender des laufenden Jahres. Aber aus all dem in die Welt zu flüchten, die mir bestimmt gewesen wäre, war genauso unmöglich wie der Versuch, heute bestimmte Gesten des Heldentums oder der Heiligkeit wiederaufleben zu lassen. Wir waren in die Epoche der Betriebsamkeit verschlagen, in der man seine Seele nicht mehr dem Teufel, sondern dem Buchhalter oder dem Galeerenaufseher verkaufte. Da ich einsah, daß Rebellion vergeblich war nach meiner Entwurzelung, derentwegen ich zweierlei Jugend – die jenseits des Meeres abgebrochene und die hier zu Ende gegangene – erlebt hatte, wußte ich nicht, wo ich Freiheit hätte finden können, es sei denn in der Unordnung meiner Nächte, in denen alles als Vorwand für die ständig wiederholten Exzesse herhalten mußte. Meine Tagseele, dachte ich, mich selber verspottend, hatte ich dem Buchhalter verkauft, aber der Buchhalter hatte keine Ahnung, daß ich nachts die ausgefallensten Reisen durch die Mäander einer für ihn unsichtbaren Stadt unternahm, einer Stadt innerhalb der Stadt, in der es

Orte wie den *Venusberg* gab oder das Haus mit den Sternbildern, wo ich den Tag vergessen konnte, sofern mich nicht ein alkoholentsprungenes verwerfliches Gelüsten in die heimlichen Appartements trieb, die man namenlos betritt. An meine Technik gefesselt zwischen Uhren, Chronographen, Metronomen, in fensterlosen, mit Filz oder isolierendem Material abgedichteten, immer künstlichen Räumen, suchte ich instinktiv, wenn ich abends auf der schon nachtdunklen Straße stand, Vergnügungen, die mich den Gang der Stunden vergessen ließen. Mit dem Rücken zur Uhr trank und feierte ich so lange, bis Trinken und Feiern mich neben einem Wecker auf ein Bett streckten und ich, um Schlaf zu finden, eine schwarze Maske über die Augen legte, unter der ich, wenn ich schlief, aussehen mußte wie Fantomas im Ruhestand ... Das spaßige Bild gab mir die gute Laune zurück. Ich stürzte ein großes Glas Jerez hinunter und war entschlossen, den, der da in meinem Schädel allzusehr grübelte, zu betäuben, und da mir der Wein die Hitze des am Abend vorher genossenen Alkohols hochtrieb, trat ich an das Fenster in Ruths Zimmer, dessen Düfte allmählich einem aufdringlichen Azetongeruch wichen. Hinter dem grauen Tag, den ich beim Aufwachen flüchtig wahrgenommen hatte, war der Sommer gekommen, begleitet von Schiffssirenen, die sich über die Häuser hinweg von Fluß zu Fluß respondierten. Droben, in den Schwaden eines lauen Dunstes, die Erhebungen der Stadt: die nadelspitzen, patinalosen Türme der christlichen Kirchen, die Kuppel der orthodoxen Kirche, die großen Kliniken, in denen weiße Eminenzen ihres Amtes walteten unter den klassischen, im Verhältnis zur Höhe schlecht proportionierten Simsen jener Architekten, die zu Beginn des Jahrhunderts angesichts zunehmender Vorherrschaft der Vertikalen das Augenmaß verloren hatten. Das Leichenhaus mit seinen endlosen Korridoren wirkte, massiv und still, wie eine Replik in Grau – dazwischen Synagoge und Konzertsaal – der riesigen Entbindungsanstalt mit ihrer trübsinnig schmucklosen Fassade und den langen Reihen gleichförmiger Fenster, die ich sonntags vom Bett meiner Frau aus zu zählen pflegte, wenn uns die Gesprächsthemen ausgingen. Vom Straßenasphalt stiegen chemische Ausdünstungen und bläuliches Benzingezitter auf und blieben in den Höfen hängen, wo es nach Abfällen roch und wo irgendein japsender Hund, um auf dem warmen Boden die kühleren Streifen zu finden, die Beine von sich streckte wie ein entbalgter Hase. Gegen alle Gewohnheit wollte ich wissen, welcher Heilige an diesem Tag, dem 4. Juni, verehrt wurde. San Francesco Caracciolo, besagte die Vatikanausgabe, aus der ich früher die gregorianischen Hymnen gelernt hatte. Ich suchte das Buch mit den Heiligenleben hervor, Madrider Ausgabe, aus dem meine Mutter mir dort drüben während der glücklichen harmlosen Krankheiten, die mich von der Schule befreiten, so oft vorgelesen hatte. Über Francesco Caracciolo stand nichts darin. Doch da stieß ich auf ein paar Seiten mit erbaulichen Überschriften: *Rosa empfängt Besuch aus dem Himmel; Rosa ringt mit dem Teufel; Das Wunder des Schweißtuchs.* Eine Blumengirlande umrankte die lateinischen Worte: *Sanctae Rosae Limanae, Virginis, Patronae principalis totius Americae Latinae.* Darunter dieser leidenschaftlich entrückte Vers der Heiligen an den Bräutigam:

Ach, meinen Geliebten,
wer hält ihn auf?
Er verzieht, Mittag ists,
aber er kommt nicht.

Bitterer Schmerz schnürte mir die Kehle zu, zuviele

Dinge auf einmal wurden durch die Sprache meiner Kindheit in mir heraufbeschworen. Diese Ferien machten mich entschieden weich. Ich trank den Rest Jerez und sah wieder zum Fenster hinaus. Die Kinder, die unter den vier Fichten in den Anlagen spielten, ließen von Zeit zu Zeit ihre grauen Sandburgen im Stich und sahen neidvoll den Gassenjungen zu, die in den städtischen Brunnen gesprungen waren und zwischen Zeitungsfetzen und Zigarettenstummeln im Wasser schwammen. Das brachte mich auf den Gedanken, in ein Schwimmbad zu gehen und mir Bewegung zu verschaffen. Ich durfte nicht im Haus und in meiner eigenen Gesellschaft bleiben. Als ich nach dem Badezeug suchte, das in den Schränken nicht zum Vorschein kam, überlegte ich mir, daß es besser wäre, einen Zug zu nehmen und irgendwohin zu fahren, wo es Wald und frische Luft gab. Schon unterwegs zur Station, blieb ich vor dem Museum stehen, in dem eine große Ausstellung abstrakter Kunst eröffnet wurde und wo zur Ankündigung mehrere Mobiles aufgehängt waren, die sich mit ihren Pilzen, Sternen und Hobelspänen in der Luft drehten. Es roch nach Firnis. Eben wollte ich die Stufen hinaufgehen, als in der Nähe der Bus zum Planetarium hielt und mir plötzlich ein Besuch dort dringend nötig zu sein schien, damit ich Mouche Ideen für die neue Ausstattung ihres Studios geben konnte. Aber der Autobus fuhr so lange nicht ab, daß ich schließlich, ganz wirr von den vielen Möglichkeiten, stumpfsinnig weiterging und an der nächstbesten Ecke stehenblieb, um einem ordensgeschmückten Invaliden zuzusehen, der mit farbiger Kreide auf den Gehsteig malte. Aus dem hektischen Rhythmus meiner Tage herausgerissen, für drei Wochen frei von der Brotgeber-Firma, die mir schon mehrere Jahre meines Lebens abgekauft hatte, wußte ich nicht mehr, was ich mit meiner freien Zeit anfangen sollte. Ich war wie krank von der plötzlichen Ruhe, wie verloren in den bekannten Straßen und unentschlossen vor lauter Wünschen, die doch keine echten Wünsche waren. Ich hatte Lust, die *Odyssee* zu kaufen oder die neuesten Kriminalromane oder die in der Brentanoschen Buchhandlung ausgestellten amerikanischen Komödien von Lope de Vega, um wieder in die Sprache zurückzufinden, die ich nie benutzte, obwohl ich nur auf Spanisch multiplizieren und mit dem *llevo tanto* addieren konnte. Aber hier lag auch, und lenkte mich von den anderen Büchern ab, der *Prometheus Unbound*, der mit dem Plan zu einer Komposition verknüpft war, wenngleich nach dem Präludium mit dem großen abschließenden Tutti für Blechinstrumente das Rezitativ des Prometheus nicht weiter gediehen war als bis zu dem hochfahrenden, rebellischen Aufschrei: ». . . *regard this Earth – Made multitudinous with thy slaves, whom thou – requitest for knee-worship, prayer and praise, – and toil, and hecatombs of broken heart, – with fear and self-contempt and barren hope.*« Tatsache war, daß mich die Läden jetzt, wo ich Zeit hatte, vor ihnen stehenzubleiben, allzu sehr ansprachen, nachdem ich monatelang keinen Blick auf sie geworfen hatte. Hier lag eine Landkarte von Inseln, die mit Galeonen und Windrosen umrankt waren; daneben eine Abhandlung über Instrumentenkunde; weiter drüben ein Photo von Ruth im Schmuck geliehener Diamanten als Werbung für einen Juwelier. Der Gedanke an ihre Reise machte mich plötzlich zornig: sie war es in Wirklichkeit, der ich jetzt nachlief, sie die einzige Person, die ich neben mir zu haben wünschte an diesem schwülen nebligen Nachmittag unter diesem Himmel, der hinter dem monotonen Geflacker der ersten Leuchtreklamen zu dunkeln begann. Wieder hatte ein Text, eine Bühne, eine Entfernung sich zwischen unsere Körper geschoben, die jetzt nicht einmal mehr im Beilager des Siebten Tages die Freude der ersten Umarmungen fanden. Es war noch zu früh, um zu Mouche zu gehen. Ich hatte es satt, mir Wege bahnen zu müssen zwischen all den Leuten, die in entgegengesetzte Richtungen gingen, Silberpapier aufwickelten oder Orangen schälten. Ich wollte irgendwohin, wo Bäume waren. Und ich hatte die Menschen, die jetzt aus den Stadien strömten und noch im Gespräch Sport mimten, bereits hinter mir gelassen, als ein paar kalte Tropfen meine Hände herabrannen. Am Ende einer Zeit, deren Dauer heute meine Begriffe übersteigt – wegen der anscheinend kurzen Spanne eines Prozesses der Zeitdehnung und Zeit-Rückläufigkeit, den ich mir damals nicht einmal hätte vorstellen können –, erinnere ich mich dieser Tropfen, die in einem lustvollen Gestichel auf meine Hände fielen, als wären sie der erste, mir damals noch unverständliche Hinweis auf die Begegnung gewesen. Eine ganz banale Begegnung in mancher Hinsicht, wie anscheinend alle Begegnungen, deren eigentliche Bedeutung erst viel später im Gespinst all ihrer Auswirkungen zutage tritt ... Der Anfang von allem ist sicherlich in der Wolke zu suchen, die an jenem Nachmittag sich in einem Platzregen von so unerwarteter Heftigkeit entlud, daß ihre Donner Donner aus anderen Breiten zu sein schienen.

II

Die Wolke also war auseinandergeplatzt in Regen, und ich ging hinter dem großen Konzertsaal auf dem breiten Gehsteig, der dem Passanten nicht den geringsten Schutz gewährt. Ich erinnerte mich, daß die Eisentreppe zum

Eingang für Musiker führte, und da ich einige der Musiker, die sie eben hochliefen, kannte, gelangte ich unschwer auf die Bühne, wo sich eben die Mitglieder eines berühmten Chors, nach Stimmgruppen geordnet, auf den Stufen aufstellten. Ein Paukist prüfte mit den Fingerspitzen die durch die Hitze im Ton höher gewordene Bespannung. Der Konzertgeiger, die Geige unter dem Kinn, schlug auf dem Klavier das A an, während Hörner, Fagotte, Klarinetten sich in dem wirren Gebrodel von Tonleitern, Trillern und Stimmübungen ergingen, das jeder geordneten Abfolge der Töne vorausgeht. Immer wenn ich sah, wie die Instrumente eines Sinfonieorchesters hinter den Notenpulten aufgestellt wurden, fieberte ich dem Augenblick entgegen, in dem die Zeit nicht länger unzusammenhängende Töne karrt, sondern von einem vorgängigen Menschenwillen zusammengefaßt, eingeteilt, unterworfen werden würde, der sich durch Gesten als ein ihren Ablauf bemessender äußert. Oft gehorchte dieser Ablauf Dispositionen, die vor ein oder zwei Jahrhunderten getroffen worden waren. Aber unter dem Titelblatt der Partitur waren in Zeichen die Gebote von Menschen niedergelegt, die noch im Tod, sie mochten in pompösen Mausoleen liegen oder ihre Knochen in der schmierigen Unordnung des Massengrabs verstreut sein, Besitzrechte auf die Zeit behielten und den Menschen künftiger Epochen Zeitspannen höchster Aufmerksamkeit oder Inbrunst abverlangten. Manchmal, dachte ich, erlitten diese postumen Rechte Einbußen oder nahmen umgekehrt kraft der größeren Nachfrage einer neuen Generation zu. So daß, wer die Bilanz aus den Aufführungen zog, nachweisen konnte, daß in diesem oder jenem Jahr Bach oder Wagner im Vergleich etwa zu dem mageren Haben eines Telemann oder eines Cherubini der größte Nutznießer der Zeit gewesen war. Ich war seit mindestens drei Jahren in keinem Sinfoniekonzert mehr gewesen. Wenn ich aus dem Filmstudio kam, war ich an schlechter Musik oder an guter, zu abscheulichen Zwecken mißbrauchter Musik derart übersättigt, daß es mir absurd erschienen wäre, mich in eine Zeit zu versenken, die durch die Unterwerfung unter den Rahmen einer Fuge oder die Form einer Sonate beinahe ein Gegenstand wurde. Deshalb empfand ich es als Reiz des Ungewöhnlichen, daß ich unversehens in einem dunklen Winkel bei den Kontrabässen stand und die Vorgänge auf der Bühne beobachten konnte, während draußen im Regen die Donner, jetzt schon schwächer, über die Pfützen der nahen Straßen zu rollen schienen. Als eine Handbewegung die eingetretene Stille unterbrach, setzten die Hörner mit einer leisen, von Triolen der zweiten Geigen und Violoncelli umschwebten Quinte ein, und darüber sanken, als tropften sie aus den ersten Geigen und den Bratschen, zwei absteigende Töne mit einer Bangigkeit, die gleich darauf Angst wurde, Wille zur Flucht angesichts des gewaltigen Aufruhrs einer plötzlich entfesselten Gewalt ... Ich stand verdrossen auf. Jetzt, da ich bereit gewesen wäre, Musik zu hören, die ich so lange Zeit vernachlässigt hatte, mußte es gerade das sein, was da *crescendo* hinter meinem Rücken ertönte. Ich hätte es mir denken können, als ich die Chorsänger die Bühne betreten sah. Aber es hätte ebensogut ein klassisches Oratorium sein können. Hätte ich gewußt, daß es die Neunte Sinfonie war, die auf den Notenständern lag, hätte ich meinen Weg unter dem Wolkenbruch fortgesetzt. Wenn ich schon manche Musik nicht ertragen konnte, weil sie mich zu sehr an Kinderkrankheiten erinnerte, so noch weniger das »Freude, schöner Götterfunken, Tochter aus Elysium«, dem ich seit damals immer ausgewichen war wie jemand, der jahrelang bestimmte

Gegenstände nicht anblickt, weil sie ihn an einen Toten erinnern. Außerdem hatte ich, wie viele Menschen meiner Generation, einen Abscheu vor allem, was nach »Erhabenem« roch, Schillers Ode ging mir ebenso wider den Strich wie das *Abendmahl in Montsalvat* oder die *Gralserhebung*. Wieder bin ich auf der Straße, auf der Suche nach einer Bar. Wenn ich noch lange würde gehen müssen, um an ein Glas Schnaps zu kommen, würde ich bald wieder in den gleichen depressiven Zustand zurückfallen, in dem ich mich in einer Situation ohne Ausweg gefangen fühle und es mich erbittert, daß ich nichts ändern kann an meiner Existenz, die immer vom Willen anderer bestimmt wird, so daß mir gerade noch die Freiheit bleibt, jeden Morgen das Fleisch oder die Flocken zu wählen, die ich zum Frühstück am liebsten esse. Ich fange zu laufen an, weil der Regen wieder stärker wird. Als ich um die Ecke biege, renne ich mit dem Kopf in einen offenen Regenschirm: der Wind reißt ihn seinem Besitzer aus der Hand, und die Räder eines Autos zerquetschen ihn derart komisch, daß ich laut auflache. Und während ich Schimpfen als Antwort erwarte, höre ich jemand mich freundlich beim Namen rufen. »Ich habe dich gesucht«, sagt die Stimme, »aber ich habe deine Adresse verloren.« Und der Kurator, den ich über zwei Jahre nicht mehr gesehen hatte, sagt, er habe ein Geschenk für mich, ein ganz außergewöhnliches Geschenk, und zieht mich mit sich fort in das alte Haus mit den vor Schmutz starrenden Fensterscheiben, das zu Beginn des Jahrhunderts gebaut worden ist und mit seiner kiesbestreuten Einfassung in diesem Stadtviertel wie ein Anachronismus wirkt.
Die ungleichmäßig ausgeleierten Sprungfedern des Sessels bohren sich spitz wie ein Büßergürtel in mein Fleisch und zwingen mir eine ungewohnte Haltung auf. Steif wie

ein Kind auf Besuch sehe ich mich in dem schweren Rokokospiegel unter dem Wappen der Esterhazy. Sein Asthma verwünschend, drückt der Kurator des Organographischen Instituts seine Zigarette aus, die ihm einen Erstickungsanfall verursacht, und steckt sich statt dessen eine Zigarette aus Stechapfelkraut an, die ihn zum Husten reizt. Mit kurzen Schritten geht er durch den mit asiatischen Zimbeln und Schellentrommeln vollgepfropften Raum und bereitet zwei Tassen Tee, bei denen zum Glück Rum aus Martinique nicht fehlen wird. Zwischen zwei Regalen hängt eine inkaische Kena; auf dem Arbeitstisch liegt in Erwartung, auf einer Karteikarte verzeichnet zu werden, eine Posaune aus der Zeit der Eroberung Mexikos, ein überaus kostbares Instrument: der Trichter ein Schlangenkopf mit Silberschuppen und Emailaugen und einem offenen Rachen, der mir eine Doppelreihe von Kupferzähnen entgegenbleckt. »Sie gehörte Juan de San Pedro, der unter Karl V. Kammertrompeter und unter Hernán Cortés ein berühmter Reiter war«, erklärt mir der Kurator, während er nachsieht, ob der Tee gezogen hat. Dann gießt er Rum in die Teegläser und bemerkt – was recht komisch wirkt, wenn man bedenkt, wer ihm zuhört –, von Zeit zu Zeit sei der Körper für ein bißchen Alkohol dankbar, aus Atavismus, da die Menschen schließlich zu allen Zeiten und auf allen Breitengraden Getränke erfunden hätten, die ihn ein wenig berauschten. Als sich herausstellt, daß mein Geschenk nicht in diesem Stockwerk liegt, sondern daß eine taube, langsam schlurfende Magd danach ausgeschickt werden muß, sehe ich auf die Armbanduhr, als erinnerte ich mich plötzlich mit Schrecken einer unumgänglichen Verabredung. Aber meine Uhr, die ich, wie mir erst jetzt wieder einfällt, gestern nicht aufgezogen habe, um mich besser an die Tatsache des Ferienbeginns zu gewöhnen, steht auf drei Uhr zwanzig. Besorgt frage ich nach der Zeit, aber der Kurator antwortet, das sei ganz unwichtig: durch den Regen sei es vor der Zeit dunkel geworden, Junitage seien die längsten des Jahres. Von einem *Pange Lingua* der Mönche von Sankt Gallen über einen seltenen Druck der *Ektoechos* des San Juan Damasco zur Erstausgabe eines *Ziffernbuchs* für Vihuela-Spieler führt mich der Kurator herum, meine Ungeduld narrend, meinen wachsenden Ärger darüber, daß ich mich in dieses Stockwerk habe bringen lassen, wo ich unter all diesen Judenharfen, Stockfiedeln, Flageoletten, losen Griffbrettern, geleimten Geigenhälsen und kleinen Orgeln mit geborstenem Windwerk absolut nichts zu suchen habe. Eben setze ich zu der entschiedenen Versicherung an, ich würde an einem anderen Tag wiederkommen, als die Dienerin zurückkommt und sich die Gummischlappen von den Füßen streift. Was sie mitbringt, ist eine etikettlose, nur halb berillte Schallplatte, die der Kurator, sorgsam eine Nadel mit weicher Spitze wählend, auf ein Grammophon legt. Wenigstens, denke ich, wird das Zwangskonzert nicht lange dauern, höchstens zwei Minuten, nach dem Durchmesser der berillten Zone zu schließen. Als ich mich umdrehe, um mein Glas zu füllen, beginnt hinter meinem Rücken ein Vogel zu zwitschern. Verwundert sehe ich den alten Mann an, der väterlich-milde lächelt, als habe er mir eben ein unschätzbares Geschenk gemacht. Ich will ihn fragen, aber mit dem Zeigefinger auf die sich drehende Platte weisend, bedeutet er mir zu schweigen. Jetzt ist etwas anderes zu hören, kein Zweifel. Aber nein. Die Hälfte des berillten Teils ist abgelaufen, und noch immer ertönt das monotone, von kurzen, offenbar gleichlangen Pausen unterbrochene Gezwitscher. Es ist noch nicht einmal der Gesang eines sonderlich musikalischen Vogels, auf Triller versteht sich der Zwitscherer ebensowenig wie auf angehaltene Töne, er bringt nur drei Töne hervor, immer die gleichen, mit einem Timbre wie ein Morsealphabet in einer Telegraphenkabine. Die Platte ist fast abgelaufen, und ich begreife noch immer nicht, worin denn nun das hochgepriesene Geschenk des Kurators, meines ehemaligen Lehrers, besteht, und habe keine Ahnung, was ich mit einem Dokument anfangen soll, das allenfalls einen Ornithologen interessieren könnte. Die absurde Vorführung ist beendet, als der Kurator, wie verklärt von unbegreiflicher Freude, fragt: »Hast du es gehört? Hast du es gemerkt?« und mir erklärt, daß das Gezwitscher nicht von einem Vogel, sondern von Indios stammt, den primitivsten des ganzen Kontinents, die den Gesang eines Vogels nachahmen, ehe sie ihn jagen, damit nach der rituellen Inbesitznahme der Stimme die Jagd günstig verlaufe. »Es ist der erste Beweis für deine Theorie«, sagt der Greis und umarmt mich unter einem Hustenanfall. Und gerade weil ich jetzt nur zu gut weiß, was er mir mit der Schallplatte sagen will, die nun zum zweiten Mal abläuft, fühle ich Zorn in mir aufsteigen, den zwei schnell hinuntergestürzte Gläser Rum noch anheizen. Dieser Vogel, der kein Vogel ist, mit seinem Gesang, der kein Gesang ist, weckt in mir, wie ein Echo, die Erinnerung an Arbeiten über die Ursprünge der Musik und über primitive Instrumente, mit denen ich mich vor so langer Zeit – nicht die Jahre, sondern die nutzlose Geschwindigkeit ihres Ablaufs erschrecken mich – befaßt habe, damals, als der Krieg die ehrgeizige Komposition meiner Prometheus-Kantate unterbrach. Als ich zurückgekommen war, hatte ich mich so verändert gefühlt, daß das bereits fertige Präludium und die Entwürfe zur ersten Szene verpackt im Schrank liegen blieben, während ich mich den Techniken der Kunstsurrogate Film und Funk zuwandte. Durch die trügerische Begeisterung, mit der ich diese Künste unseres Jahrhunderts verteidigte und behauptete, sie eröffneten dem Komponisten ungeahnte Möglichkeiten, hatte ich mir vermutlich nur ein Schuldgefühl wegen des aufgegebenen Werks auszureden und mich vor mir selbst zu rechtfertigen versucht, weil ich eines Tages, als Ruth und ich durch unsere Beziehung die Existenz eines ausgezeichneten Mannes zerstört hatten, in eine Firma eingetreten war. Nach dem ersten anarchischen Stadium unserer Liebe war ich rasch zu der Überzeugung gekommen, daß die Berufung meiner Frau unvereinbar war mit der Art des Zusammenlebens, das ich mir gewünscht hätte. Und damit mir ihre Abwesenheit während Vorstellungen und Tourneen weniger fühlbar würde, hatte ich mir eine Aufgabe gesucht, die ich ohne die zu schöpferischer Arbeit notwendige Kontinuität auch an Sonn- und Feiertagen erledigen konnte. So war ich in das Haus des Kurators gekommen, das Organographische Institut, Stolz einer ehrwürdigen Universität. Unter diesem Dach hatte ich mir die ersten Kenntnisse über die frühesten Schlagzeuge verschafft: ausgehöhlte Stämme, Litophone, Raubtierkiefer, Schwirrhölzer und Fußknöchelrasseln, mit denen der Mensch in den langen ersten Tagen seines Daseins, als der Planet noch mit den Gerippen riesiger Tiere übersät war, jenen Weg angetreten hatte, der ihn eines Tages zur *Missa del Papa Marcello* und zu der *Kunst der Fuge* führen sollte. Unter dem Ansporn dieser eigentümlichen Art von Faulheit, die sich mit feuriger Energie an Aufgaben ganz anderer Art macht als diejenigen, die uns eigentlich beschäftigen sollten, begeisterte ich mich für Klassifikationsmethoden und die morphologische Untersuchung jener Instrumente aus Holz, gebranntem Ton, Geschirrkupfer, Schilfrohr, Därmen und Ziegenfellen, den

Urmüttern der verschiedenen Arten, Töne hervorzubringen, die mit tausendjähriger Gültigkeit fortleben sollten unter dem wunderbaren Firnis der Instrumentenbauer aus Cremona oder im Prunk der theologischen Flöten der Orgel. Entgegen den landläufigen Vorstellungen über den Ursprung der Musik hatte ich eine Theorie zu entwickeln begonnen, in der die Entstehung des ursprünglichen rhythmischen Ausdrucks aus dem Wunsch, den Schritt der Tiere oder den Gesang der Vögel nachzuahmen, abgeleitet werden sollte. Wenn man bedenkt, daß die ersten Darstellungen von Rentieren und Bisons auf Höhlenwänden einer magischen Jagdlist entsprungen sind – sich durch den Besitz des Bildes zum Herrn der Beute zu machen –, ging ich kaum fehl in der Annahme, daß die elementaren Rhythmen, welche die Hand einem klingenden Körper oder der Atem dem Hohlraum des Schilfrohrs zu entlocken suchte, die Rhythmen von Galopp und Sprung, Gezwitscher und Triller gewesen waren.

Während die Platte ablief, erbitterte mich der Gedanke, daß meine ingeniöse – vielleicht richtige – Theorie ebenso in die Rumpelkammer der Träume wandern würde wie so viele andere Dinge, welche die tagtägliche Tyrannei der Epoche mir nicht zu verwirklichen erlaubte. Mit einer raschen Bewegung wird der Grammophonarm aus der Rille gehoben. Der tönerne Vogel hört auf zu singen. Und nun geschieht das, wovor ich mich am meisten gefürchtet hatte: der Kurator zieht mich liebevoll in einen Winkel, um mich nach dem Stand meiner Arbeiten zu befragen, wobei er mir versichert, daß er viel Zeit habe, mich anzuhören und mit mir zu diskutieren. Er möchte etwas über meine Forschungen erfahren, meine neuesten Methoden kennenlernen, meine Schlußfolgerungen über den Ursprung der Musik prüfen, dem ich aufgrund meiner ingeniösen Theorie der magisch-rhythmischen Mimesis auf der Spur zu sein geglaubt hatte. Da ich ihm nicht entwischen kann, fange ich zu lügen an, erfinde Hindernisse, die angeblich die Ausarbeitung meiner Ergebnisse verzögert hätten. Aus Mangel an Übung unterlaufen mir die lächerlichsten Fehler bei der Anwendung von Fachwörtern, ich werfe die Klassifikationen durcheinander, verwechsle selbst die wichtigsten Daten, die ich früher einmal sehr genau kannte. Ich versuche mich auf Bibliographien hinauszureden und erfahre aus den spöttischen Berichtigungen meines Zuhörers, daß sie durch neue Spezialarbeiten längst überholt sind. Und als ich mich darauf berufe, mir bestimmte, erst vor kurzem von den Forschern aufgenommene Gesänge Primitiver beschaffen zu müssen, um sie miteinander zu vergleichen, kommt es mir vor, als fiele meine Stimme mit einem solchen kupfergonggleichen Lügenecho auf mich zurück, daß ich mitten im Satz steckenbleibe, weil ich die Endung eines organographischen Begriffs vergessen habe. Der Spiegel zeigt mir das jämmerliche Gesicht eines Falschspielers, der mit gezinkten Karten im Ärmel erwischt wird, als das meine. Ich komme mir derart häßlich vor, daß meine Beschämung plötzlich in Zorn umschlägt und ich in einem Schwall grober Worte über den Kurator herfalle, ihn frage, ob er glaube, in diesen Zeiten könne irgend jemand vom Studium primitiver Instrumente leben? Er wisse doch, wie ich mich nach einer entwurzelten Jugend unter ganz falschen Vorstellungen auf das Studium der Musik eingelassen habe, die doch nur die üblen Geschäftemacher in der Tin-Pan-Alley fett mache, wie ich dann monatelang als Militärdolmetscher durch eine Welt in Trümmern gekurvt sei, wie ich danach wieder auf dem Pflaster einer Stadt gelegen habe, in der es schwerer ist als in jeder anderen, mit dem Elend fertigzuwerden. Schließlich kennte ich, weil ich ihn selbst erlebt hätte, den grausamen Abstieg all dieser Leute, die in der Nacht ihr einziges Hemd waschen, mit zerrissenen Schuhsohlen durch den Schnee gehen, Kippen rauchen und im Schrank kochen und zuletzt derart vom Hunger verfolgt werden, daß ihre ganze Intelligenz auf einen einzigen Gedanken zusammenschrumpft: Essen. Ein solches Leben sei genauso steril, wie von morgens bis abends die besten Stunden des Lebens zu verkaufen. »Außerdem«, schreie ich jetzt, »bin ich leer! Leer! Leer!« Unbewegt, distanziert sieht mich der Kurator an, überraschend kalt, als habe er diesen plötzlichen Ausbruch durchaus erwartet. Dann spreche ich weiter, aber tonlos, abgerissen, wie in düsterer Erregung. Wie ein Sünder vor dem Beichtstuhl, wenn er den schwarzen Sack seiner Verfehlungen ausschüttet, sich unter dem Ansporn einer Art Euphorie bis zur Selbstverachtung heruntersetzt, so schildere ich jetzt vor meinem Lehrer in den schmutzigsten Farben, im häßlichsten Pechschwarz die Nutzlosigkeit meines Daseins: die Betäubung tagsüber, nachts die Bewußtlosigkeit. Meine Worte vernichten mich, als würden sie von einem anderen gesprochen, einem Richter, den ich in mir herumschleppe, ohne es zu wissen, der sich meiner physischen Mittel bedient, um sie auszusprechen, so daß ich, während ich mich höre, zutiefst darüber erschrecke, wie schwer es ist, wieder ein Mensch zu werden, wenn man erst einmal aufgehört hat, ein Mensch zu sein. Der Graben der verlorenen Jahre zwischen dem heutigen Ich und dem Ich, das ich irgendwann einmal sein wollte, hat finstere Untiefen erreicht. Es war jetzt, als schwiege ich und der Richter spräche durch meinen Mund weiter. In ein und demselben Körper lebten wir zusammen, zusammengehalten von einer geheimen Architektur, die mitten in unserem Leben, in unserem Fleisch Anwesenheit des Todes war. In dem Wesen, das mich aus dem barocken Spiegel anblickte, agierten in diesem Augenblick der Libertin und der Prediger, die zwei Grundfiguren jeder erbaulichen Allegorie, jeder exemplarischen Moral. Um nicht in den Spiegel zu sehen, blickte ich auf die Bibliothek. Aber dort in der Ecke bei den Renaissance-Musikern stand ein Band mit Kalbslederrücken neben den Bußpsalmen, der geradezu absichtlich hier zu stehen schien: die *Representazione di anima e di corpo.* Als ich schwieg, war es, als fiele ein Theatervorhang, als würden die Lichter gelöscht, und der Kurator ließ die bittere Stille sich in die Länge ziehen. Plötzlich vollführte er eine Handbewegung, als habe er, so sah es merkwürdigerweise aus, die Macht, Absolution zu erteilen. Langsam erhob er sich, griff nach dem Telefon und verlangte den Rektor der Universität, in deren Gebäude sich das Organographische Institut befand. Mit steigender Verwunderung und ohne den Blick vom Boden zu heben, hörte ich, wie er sich in Lobsprüchen über mich erging. Ich wurde als ein Sammler hingestellt, der wie kein anderer geeignet sei, dem Museum für Instrumente amerikanischer Ureinwohner, das, obgleich durch die Fülle an Dokumenten einzigartig auf der Welt, noch unvollständig war, einige seltene Stücke zu beschaffen. Ohne im einzelnen auf meine Sachkenntnisse einzugehen, betonte mein Lehrer, daß meine im Krieg erprobte physische Widerstandskraft es mir erlauben würde, Forschungen in Gegenden vorzunehmen, die für ältere Spezialisten überaus beschwerlich wären. Außerdem sei das Spanische die Sprache meiner Kindheit gewesen. Jedes neue Argument mußte mich in der Vorstellung des unsichtbaren Gesprächspartners höher wachsen lassen, mir nachgerade die Statur eines Jugendlichen von Hornbostel verleihen. Und voll Schrecken stellte ich fest, daß er mir sogar zutraute, ich würde unter anderen einzigartigen Idiophonen eines jener Musikinstrumente mitbringen, ein Mittelding zwischen Trommel und Perkussionsstab, von deren Existenz nicht einmal Schaeffner und Curt Sachs etwas bekannt war, und dazu den berühmten Krug mit zwei Rohrmundstücken, den bestimmte Indios bei ihren Bestattungszeremonien benutzten: Pater Servando de Castillejo hatte sie 1561 in seiner Abhandlung *De barbarorum Novi Mundi moribus* beschrieben, doch waren sie in keiner organographischen Sammlung vertreten, obwohl das Überleben dieses Volkes, das nach Aussagen des Paters diese Instrumente bei seinen Ritualen verwendet hatte, durch die Fortdauer einer noch jüngst von Forschern und Händlern bezeugten Sitte so gut wie erwiesen war. »Der Rektor erwartet uns«, sagte mein Lehrer. Der Gedanke erschien mir derart absurd, daß ich am liebsten laut aufgelacht hätte. Ich suchte nach einer liebenswürdigen Ausrede, berief mich auf meine jetzige Unwissenheit, meinen Abstand von jeglicher intellektueller Arbeit. Ich behauptete, die neuesten, auf die morphologische Entwicklung der Instrumente und nicht mehr auf Klang und Spielweise gegründeten Klassifikationsmethoden nicht zu kennen. Aber der Kurator schien derart darauf versessen, mich in eine Gegend zu schicken, in die er auf irgendeine Weise selber gehen wollte, daß er zu einem Argument griff, dem vernünftigerweise nichts entgegenzusetzen war: ich könne die Aufgabe während meiner Ferien zu Ende führen. Die Frage war also nur, ob ich mich um die Möglichkeit bringen wollte, einen gewaltigen Strom flußaufwärts zu fahren, weil ich zu sehr am Sägemehl der Bars klebte. Ich hatte in Wahrheit kein stichhaltiges Argument, das Angebot abzulehnen. Getäuscht durch ein Schweigen, das er als Zustimmung auslegte, ging der Kurator ins Nebenzimmer, um seinen Mantel zu holen, denn der Regen prasselte jetzt hart gegen die Scheiben. Ich nutzte die Gelegenheit, um aus dem Haus zu entwischen. Ich mußte unbedingt etwas trinken. In diesem Augenblick interessierte es mich nur, in eine nahegelegene Bar zu kommen. An ihren Wänden hingen Photographien von Rennpferden.

III

Auf dem Klavier lag ein Zettel, durch den Mouche mir auftrug, auf sie zu warten. Um etwas zu tun, setzte ich mich hin und spielte auf den Tasten herum, kombinierte wahllos Akkorde, ein Glas in Reichweite neben der letzten Oktav. Es roch nach frischer Farbe. Auf der Wand hinter dem Flügel waren schon die Hydra, das Schiff Argo, der Schütze und das Haar der Berenike in Umrissen skizziert, die demnächst dem Studio meiner Freundin ein zweckmäßig absonderliches Aussehen verleihen sollten. Nachdem ich anfangs weidlich über ihre astrologische Kompetenz gespottet hatte, mußte ich schließlich zugeben, daß das Geschäft mit den Horoskopen einträglich war und meiner Freundin überdies gestattete, frei über ihre Zeit zu verfügen, da sie es brieflich erledigte und nur von Zeit zu Zeit mit erheiterndem Ernst eine persönliche Beratung als eine mittlerweile gefragte Gunst erteilte. So also pinselte Mouche, die ihre Gelehrsamkeit aus bizarren Traktaten bezog, die schönsten Schicksalskarten aus ihren Wasserfarbtöpfchen und Tuschefläschchen, von Jupiter im Krebs bis Saturn in der Waage, und verschickte sie in die abgelegensten Gegenden des Landes, verziert mit den Tierkreiszeichen, denen sie auf meinen Rat durch Anleihen bei *De Coeleste Fisonomiae, Prognosticum supercoeleste* und anderen pittoresken lateinischen Texten einen Anstrich von Feierlichkeit gab. Die Menschen mußten in großer Furcht vor ihrer Zeit leben, dachte ich bisweilen, daß sie so häufig die Astrologen befragten, mit solcher Hingabe ihre Handlinien und Schriftzüge erforschten, über schlimme Vorzeichen in den Karten in Schrecken gerieten und die ältesten Wahrsagetechniken wieder aufwärmten, weil sie nicht mehr imstande waren, mit dem Stab des Haruspex in den Eingeweiden von Opfertieren zu lesen oder den Flug der Vögel zu deuten. Meine Freundin, die fest an verschleierte Hellseherinnen glaubte und sich intellektuell auf dem großen Jahrmarkt des Surrealismus gebildet hatte, fand nicht nur ihren Gewinn, sondern auch Vergnügen darin, den Himmel im Spiegel der Bücher zu betrachten und mit den schönen Namen der Konstellationen um sich zu werfen. Das war ihre jetzige Manier, Poesie zu machen, denn ihre einzigen Versuche, Poesie mit Worten zu produzieren – niedergelegt in einer Maquette, illustriert mit Photomontagen von Monstren und Statuen – hatte sie um den Glauben an die Originalität ihrer Inspiration gebracht, sobald die erste, der Druckerschwärze zu verdankende Selbstüberschätzung verflogen war. Ich hatte sie vor zwei Jahren während einer der Abwesenheiten Ruths kennengelernt, und obwohl meine Nächte in ihrem Bett begannen oder endeten, waren zärtliche Reden zwischen uns selten. Manchmal stritten wir uns grauenhaft, dann umarmten wir uns im Zorn, während wir Gesicht an Gesicht, so nahe aneinander, daß wir uns nicht sehen konnten, Schimpfwörter tauschten, die sich bei der Versöhnung der Körper in derbes Lob über das empfangene Vergnügen verwandelten. Mouche, die im Sprechen sehr zurück-

haltend, fast wortkarg war, bediente sich in diesen Augenblicken einer Hurensprache, die ich mit gleichen Ausdrücken beantworten mußte, damit dieser Bodensatz der Sprache die Lust schärfte. Ich hätte nicht sagen können, ob das, was mich an sie band, Liebe war. Mouche fiel mir oft auf die Nerven mit ihrem dogmatischen Festhalten an Ideen und Attitüden, die sie in den Brasserien von Saint-Germain-des-Prés aufgeschnappt hatte, und mehr als einmal trieb mich der unfruchtbare Streit darüber aus dem Haus in dem festen Vorsatz, nicht mehr wiederzukommen. Aber wenn ich in der folgenden Nacht nur an ihre Ausgelassenheit dachte, schmolz ich dahin, und schon kehrte ich zu ihr zurück: ich brauchte ihr Fleisch, in seinen Tiefen fand ich jene fordernde, egoistische Animalität, welche die Beschaffenheit meiner perennierenden Müdigkeit, sie von der psychischen auf die physische Ebene verlagernd, zu verändern vermochte. Nur so fand ich manchmal die gleiche seltene und so begehrte Art von Schlaf wie nach der Rückkehr von einem Ausflug aufs Land an einem der wenigen Tage im Jahr, an denen der Geruch der Bäume mich gänzlich durchdrang und wie betäubte. Da ich das Warten leid war, hämmerte ich wütend die Anfangstakte eines großen romantischen Konzerts, aber da sprangen die Türen auf, und das Haus füllte sich mit Menschen. Mouche, das Gesicht leicht gerötet, da sie getrunken hatte, kam in Begleitung des Malers, zweier meiner Assistenten, die ich hier am wenigsten erwartet hätte, der Innenarchitektin, die ein Stockwerk tiefer wohnte und immer um die übrigen Frauen herumstrich, und der Tänzerin, die für einen der nächsten Tage ein Ballett einstudierte, das bloß von rhythmischem Händeklatschen begleitet wurde.
»Wir haben eine Überraschung für dich!« verkündete meine Freundin lachend. Und gleich darauf wurde ein

Projektionsapparat aufgestellt und eine Kopie des Films eingespannt, der vergangenen Abend dem Publikum vorgestellt worden war und dessen begeisterte Aufnahme über den Beginn meiner Ferien entschieden hatte. Jetzt, als die Lichter gelöscht waren, traten mir die Bilder wieder vor Augen: der Thunfischfang mit dem wunderbaren Rhythmus der Netze und dem verzweifelten Getümmel der Fische im Kreis der schwarzen Boote, die Neunaugen, die aus den Höhlen ihrer Felstürme hervorsahen; die faszinierenden Greifbewegungen der Polypen; die Ankunft der Seeaale und der weite kupferfarbene Weingarten der Sargassosee. Dann die Stilleben: Schnekken und Angelhaken, der Korallenwald, die irrwitzige Schlacht der Schalentiere in so geschickter Großaufnahme, daß die Langusten wie dräuende Drachen aussahen. Wir hatten gut gearbeitet. Ich hörte noch einmal die gelungensten Passagen der Partitur, die flüssigen Arpeggi der Celesta, die gleitenden Portamenti der Wurlitzerorgel, das Gewoge der Harfen und, während der Kampfszene, die entfesselten Rhythmen von Xylophon, Klavier und Schlagzeug. Das hatte drei Monate Diskussionen, Ratlosigkeit, Experimente und Ärger gekostet, aber das Ergebnis war erstaunlich. Selbst der Text, den ein junger Dichter zusammen mit einem Ozeanographen unter Aufsicht der Spezialisten unserer Firma geschrieben hatte, war so gut, daß er sich in einer entsprechenden Anthologie durchaus hätte sehen lassen können. Und was die Montage und die musikalische Leitung betraf, so brauchte ich mir keine Vorwürfe zu machen. »Ein Meisterwerk«, sagte Mouche in der Dunkelheit. »Ein Meisterwerk«, echoten die anderen. Als das Licht anging, beglückwünschten mich alle und wollten den Film gleich noch einmal sehen. Und da nach der zweiten Vorführung neue Gäste kamen, wurde ich um eine dritte Vorführung gebeten. Aber jedesmal, wenn ich nach einer neuen Besichtigung der Arbeit an das algenumrankte Wort »Ende« kam, das Schlußbild dieser vorbildlichen Arbeit, fühlte ich mich weniger stolz auf die Leistung. Eine Einsicht vergiftete die anfängliche Befriedigung: daß nämlich diese ganze besessene Arbeit, der Aufwand an gutem Geschmack, die Beherrschung des Metiers, die Auswahl und Koordinierung meiner Mitarbeiter und Assistenten letzten Endes doch nur einen Werbefilm ergeben hatten, den ein Fischerei-Konsortium bei meiner Firma in Auftrag gegeben hatte, um einem Netz von Kooperativen desto besser das Wasser abzugraben. Woche um Woche hatte eine Gruppe von Technikern und Künstlern sich in abgedunkelten Sälen geplagt, um diesen Zelluloid-Streifen zustande zu bringen, der nur den einen Zweck hatte, das Publikum der erlesenen Speisekammer auf die technischen Mittel eines Industriezweigs aufmerksam zu machen, der in der Lage war, Tag für Tag für die Vermehrung der Fischbestände zu sorgen. Mir war, als hörte ich die Stimme meines Vaters aus den grauen Tagen seiner Witwerschaft, als er mit Vorliebe die Schrift zitierte: »Krumm kann nicht schlicht werden, noch was fehlt, gezählt werden.« Bei jeder Gelegenheit führte er diesen Spruch im Munde. Und das Wort des Ekklesiastes schmeckte mir bitter, wenn ich daran dachte, daß der Kurator beispielsweise nur die Schultern gezuckt hätte über diese Arbeit und vielleicht der Ansicht gewesen wäre, ebensogut könne man mit Kondensstreifen in den Himmel schreiben oder mit einer flott gezeichneten Reklame für knusprigen Blätterteig den Leuten um die Mittagszeit den Mund wässrig machen. Er würde mich für einen Komplizen der Landschaftsverschandler, Mauerverkleber, Quacksalber und Marktschreier halten. Aber schließlich, dachte ich triumphierend, gehörte der

Kurator auch einer Generation an, die vom »Erhabenen« durchdrungen war; die Logen in Bayreuth mit ihrem muffigen Samt wären sein Entzücken. Neue Gäste kamen, ihre Köpfe kreuzten das Licht des Projektionsapparats. »Nirgends entwickeln sich die Techniken so wie in der Werbung«, rief neben mir, als hätte er meine Gedanken erraten, der russische Maler, der vor kurzem die Ölmalerei zugunsten der Keramik aufgegeben hatte. »Die Mosaiken von Ravenna waren auch nichts anderes als Werbung«, sagte der Architekt, der auf abstrakte Kunst versessen war. Andere Stimmen erklangen aus der Dunkelheit: »Jede religiöse Kunst ist Werbung.« »Wie manche Bach-Kantaten.« »›Gott der Herr ist Sonn und Schild‹ fängt mit einem echten Slogan an.« »Der Film ist Teamwork; die Freskomalerei muß Teamwork werden; die Kunst der Zukunft wird Teamwork-Kunst sein.« Da abermals neue Gäste kamen und Flaschen mitbrachten, zerfiel die Unterhaltung. Der Maler zeigte eine Reihe von Zeichnungen, verstümmelte und geschundene Gestalten, die er, wie er sagte, als »anatomische Flächen, ins Volumen gesetzt«, auf seine Keramikplatten und -teller übertragen wolle, sie symbolisierten den Geist der Epoche. »Die Musik ist im Grunde nur eine Spekulation über Frequenzen«, sagte mein Assistent und warf seine chinesischen Würfel über die Tasten, um zu zeigen, wie ein musikalisches Thema aus Zufall entstehen könne. Alle redeten und schrien wir durcheinander, als eine tiefe Baßstimme von der Tür her mit einem energischen »Halt!« jeden von uns in der eben begonnenen Geste, im halb gesprochenen Wort, im Ausatmen eines Mundvolls Rauch wie zu einer Figur im Wachsfigurenkabinett erstarren ließ. Ein paar wurden angehalten, als sie gerade den Fuß zum nächsten Schritt hoben, andere hielten ihr Glas auf halbem Wege zwischen Tisch und Mund in der

Luft. (Ich bin ich. Ich sitze auf einem Sofa. Ich wollte eben ein Streichholz an der Reibfläche der Schachtel anzünden. Hugos Würfel hatten mich an einen Vers Mallarmés erinnert. Aber meine Hände wollten das Streichholz ohne einen Befehl des Bewußtseins anzünden. Also habe ich geschlafen. Geschlafen wie alle anderen hier.) Der zuletzt Angekommene erteilte einen neuen Befehl, und nun beendete jeder den abgebrochenen Satz oder Schritt, die in der Schwebe gebliebene Gebärde. Das war eine der Übungen, die X. T. H. – immer nannten wir ihn nur bei den Anfangsbuchstaben, so daß durch Sprachgewohnheit der Name Ixtiäitsch entstanden war – uns auferlegte, um uns »aufzuwecken«, wie er zu sagen pflegte, uns in den Zustand der Bewußtheit zu versetzen, in dem wir uns über unser gegenwärtiges Tun, so unbedeutend es war, Rechenschaft gäben. Wer automatisch handelt, pflegte er, ein uns geläufiges Prinzip zu eigenem Gebrauch umkehrend, sei eine *Essenz ohne Existenz*. Mouche hatte sich von Berufs wegen für die astrologischen Aspekte seiner Lehre begeistert, die in ihren Grundgedanken recht anziehend war, sich im weiteren Verlauf aber meiner Ansicht nach zu sehr in orientalischer Mystik, Pythagoreismus und tibetanischem Tantrismus verlief. Immerhin hatte Ixtiäitsch uns schließlich eine Reihe von Praktiken beigebracht, ähnlich den *asanas* der Yogi, er ließ uns auf eine bestimmte Art atmen und berechnete die Zeit des Ein- und Ausatmens nach *matras*. Mouche und ihre Freunde behaupteten, sie erreichten damit größere Selbstbeherrschung und hätten sich neue Kräfte angeeignet, was mir immer recht problematisch vorkam bei Menschen, die täglich tranken, um sich gegen Entmutigung, Angst vor dem Versagen, Selbstunzufriedenheit zu schützen, gegen die Furcht, ein Manuskript könnte abgelehnt werden, oder einfach gegen die Härte dieser Stadt, die ewige Hetze, die ständige Anonymität in der Masse, wo zwei Augenpaare sich nur durch Zufall trafen und ein Lächeln, wenn es von einem Fremden kam, immer eine Absicht verbarg. Ixtiäitsch war jetzt dabei, die Tänzerin durch Handauflegen von einem plötzlichen Anfall von Migräne zu befreien. Betäubt vom Hin und Her der Unterhaltung, die vom Dasein zum Boxkampf übersprang, vom Marxismus zu Hugos Versuchen, durch Glasstückchen, Bleistifte, Seidenpapier oder Blütenstengel, die er unter die Saiten schob, die Klangmöglichkeiten des Klaviers zu erweitern, trat ich auf die Terrasse, wo der Nachmittagsregen Mouches Zwerglinden von dem unvermeidlichen Ruß aus Fabrikschloten jenseits des Flusses reingewaschen hatte. Ich hatte immer Spaß gehabt an solchen Zusammenkünften, an dem schillernden Durcheinander der Ideen, wo das Gespräch von der Kabbala zur Angst übersprang und dazwischen irgendjemandes Plan diskutiert wurde, im Westen eine Hühnerfarm anzulegen, um durch die Aufzucht von Leghorn oder Rhode-Island-Red-Hühnern ein paar Künstlerfreunde über Wasser zu halten. Immer hatte ich Spaß gehabt an den Sprüngen vom Transzendentalen ins Absurde, vom elisabethanischen Theater zur Gnostik, vom Platonismus zur Akupunktur. Ich hatte mir sogar vorgenommen, eines Tages heimlich ein Mikrophon an irgendeinem Möbel anzubringen und die Unterhaltung aufzuzeichnen als Beweis für die schwindelerregende Elliptik des Denkens und der Sprache. In dieser Geistesgymnastik und hohen Schule der Kulturakrobatik fand ich überdies eine Rechtfertigung für manches moralisch Anfechtbare, das mich an anderen Menschen abgestoßen hätte. Aber eine Wahl unter Menschen zu treffen, war kein Problem. Da waren auf der einen Seite die Krämer, die Geschäftsleute, für die ich tagsüber arbeitete und die ihren Gewinn für derart stumpfsinnige Vergnügungen ausgaben, daß ich mich unter ihnen zwangsläufig als Mensch einer anderen Kategorie fühlen mußte. Auf der anderen Seite waren die, die hier zusammenkamen, die glücklich waren, wenn sie ein paar Flaschen Alkohol auftrieben, fasziniert waren von den Kräften, die Ixtiäitsch ihnen verhieß, die immer überschäumten von grandiosen Projekten. In der unerbittlichen Ordo der modernen Großstadt lebten sie eine Art von Askese. Sie verzichteten auf materielle Güter, litten Hunger und nahmen Geldnöte in Kauf zugunsten einer problematischen Selbstfindung im vollendeten Werk. Heute jedoch ermüdeten mich diese Menschen genauso wie sonst die Mengen- und Gewinnmenschen. Wohl deshalb, weil ich im Grunde noch beeindruckt war von der Szene im Haus des Kurators und mich nicht täuschen ließ von der Begeisterung der anderen über den Werbefilm, dessen Realisierung mich soviel Arbeit gekostet hatte. Die paradoxen Ansichten über Werbung und Kunst im Teamwork waren schließlich nur ein Versuch, an der Vergangenheit zu rütteln, um die geringe Vollkommenheit der eigenen Werke zu rechtfertigen. So-wenig befriedigte mich, des lächerlichen Zwecks wegen, das eben Geschaffene, daß ich, als Mouche mit einem Lob, das ihr leicht von den Lippen ging, auf mich zukam, jäh das Thema wechselte und ihr mein Abenteuer von heute nachmittag erzählte. Zu meiner großen Überraschung fiel sie mir um den Hals und rief, die Nachricht sei einfach *formidable* und bestätige ihr überdies einen hellseherischen Traum: sie sei mit großen safrangelben Vögeln geflogen, und das bedeute eindeutig *Reise und Erfolg, Situationswechsel durch Ortsveränderung*. Und ohne mir Zeit zu lassen, sie über ihren Irrtum aufzuklären, erging sie sich in den bekannten Gemeinplätzen über das Verlangen nach Evasion, über den lockenden Ruf des Unbekannten und unverhoffte Begegnungen, wobei offensichtlich die »pfeildurchbohrten Treidler« und »unglaublichen Floridas« aus dem *Trunkenen Schiff* auf ihre Sprache abgefärbt hatten. Rasch fiel ich ihr ins Wort und erzählte ihr, wie ich aus dem Haus des Kurators fortgelaufen sei, ohne auf das Angebot einzugehen. »Aber das ist ja himmelschreiend«, rief sie. »Du hättest doch auch an mich denken können.« Ich machte sie darauf aufmerksam, daß ich nicht genügend Geld hatte, um ihr eine Reise in so abgelegene Gegenden bezahlen zu können, daß andererseits die Universität in jedem Fall nur für die Kosten einer Person aufgekommen wäre. Nach einem peinlichen Schweigen – ihre Augen nahmen einen häßlichen Ausdruck ingrimmigen Zorns an – brach Mouche in Lachen aus: »Und dabei hatten wir den Maler der Cranachschen Venus hier ...« Meine Freundin erklärte mir ihren plötzlichen Einfall: um zu den Indios zu kommen, die mit Stabtrommeln und Begräbnisurnen Musik machten, müßten wir zuerst in die große tropische Stadt fahren, die für ihre schönen Strände und ihre pittoreske Folklore berühmt war. Wir bräuchten nur dort zu bleiben und ein paar Ausflüge in den nahen Urwald zu unternehmen, im übrigen könnten wir uns ein angenehmes Leben machen, solange das Geld reichte. Keine Menschenseele würde je erfahren, ob ich die für meine Sammlertätigkeit vorgeschriebene Route eingehalten hätte. Und zu meiner Ehrenrettung würde ich bei der Rückkehr ein paar einwandfrei und wissenschaftlich glaubwürdige »primitive« Instrumente abliefern, die der Malerfreund nach meinen Zeichnungen und Maßangaben makellos anfertigen würde, denn er sei ein großer Liebhaber primitiver Kunst und in kunsthandwerklichen Arbeiten, Kopien und Reproduktionen von solch teuflischer Geschicklichkeit, daß er davon leben könne, die Stile der großen Meister zu fälschen. Er schnitze katalanische Madonnen aus dem XIV. Jahrhundert mit abgeblätterter Vergoldung, Insektenstichen und Rissen, und seinen Meistercoup habe er vollbracht mit dem Verkauf einer in wenigen Wochen gemalten und gealterten Venus von Cranach an das Museum von Glasgow. Der Vorschlag kam mir derart schäbig und entwürdigend vor, daß ich angewidert ablehnte. In meinem Geist erstand die Universität in der Majestät eines Tempels, und ich wurde aufgefordert, ihre weißen Säulen mit Unrat zu bewerfen. Ich sprach lange, aber Mouche hörte mir nicht zu. Sie ging ins Studio zurück und verbreitete dort unter dem Jubel der Gäste die Nachricht von unserer Reise. Und nun lief sie fröhlich und ohne weiter von mir Notiz zu nehmen wie auf Schachbrettfeldern von einem Zimmer ins andere, schleifte Koffer, packte Zeug ein und wieder aus und stellte eine Liste all der Dinge auf, die gekauft werden mußten. Angesichts solcher Unverfrorenheit, die verletzender war als Spott, verließ ich, die Tür hinter mir zuschlagend, die Wohnung. Die Straße erschien mir in dieser Sonntagnacht besonders trostlos, schon bedrückt in Erwartung der Montagsängste, die Cafés waren leer, weil die Kunden in Gedanken an die Stunde des Aufstehens bereits nach Hausschlüsseln gesucht hatten im Licht der Straßenlaternen, die Bleigüsse über den regennassen Asphalt ausschütteten. Unentschlossen blieb ich stehen. In meinem Haus erwarteten mich die Unordnung, die Ruth bei der Abreise hinterlassen hatte, die bloße Spur ihres Kopfes auf dem Kopfkissen, die Theatergerüche. Und wenn am Morgen ein Wecker klingelte, würde ich aufwachen, ohne ein Ziel zu haben und in der ständigen Furcht, diesem aus mir selbst geborenen Anderen ausgeliefert zu sein, der mich alljährlich an der Schwelle der

Ferien erwartete. Diesem Jemand mit seinen Vorwürfen und bitteren Einsichten, den ich erst vor ein paar Stunden im Barockspiegel des Kurators erlebt hatte, als er die Asche aus mir herausholte. An jedem Sommeranfang, wenn die Synchronisationsgeräte überholt und neue Arbeitsräume mit schalldämpfendem Material hergerichtet werden mußten, fanden diese Begegnungen statt, dieser Austausch der einen Last gegen die andere, denn sobald ich meinen Sisyphus-Stein abgeworfen hatte, setzte sich der Andere auf meine noch wundgescheuerte Schulter, und ich wußte nicht recht, ob mir nicht manchmal das Basaltgewicht lieber war als der Richter. Nebel, der hinter den Kaimauern aufzog, breitete sich über den Gehsteigen aus, die Straßenlichter verschwammen in irisierendem Geflimmer, das die aus tiefhängenden Wolken fallenden Tropfen wie mit Nadeln durchstach. Vor den geräumigen, jetzt mit zerrissenen Tickets übersäten Vorhallen der Kinos wurden die Gitter geschlossen. Weiter vorn würde ich die menschenleere, kalt beleuchtete Straße überqueren, auf dem Gehsteig bergauf zu dem Bethaus laufen, das im Dunkeln lag, ich würde mit den Fingern über die Gitterstäbe streifen und sie zählen: zweiundfünfzig Stäbe. Ich lehnte mich an einen Laternenpfahl und dachte, wie leer diese drei schalen Wochen sein würden, die zu kurz waren, um etwas zu unternehmen, und die in dem Gefühl, eine Möglichkeit ausgeschlagen zu haben, desto bitterer sein würden, je mehr Zeit verstrich. Ich hatte keinen Finger gerührt, um mit dieser Mission beauftragt zu werden. Alles war auf mich zugekommen, und für die übertriebene Einschätzung meiner Fähigkeiten war ich nicht verantwortlich. Der Kurator brauchte schließlich nichts aus eigener Tasche zu bezahlen, und was die Universität anging: die zwischen Büchern altgewordenen Gelehrten, die keine direkten Kontakte zu den Kunsthandwerkern im Urwald unterhielten, würden die Täuschung kaum durchschauen. Immerhin waren die von Fray Servando de Castillejo beschriebenen Instrumente keine Kunstwerke, sondern Gegenstände, die in primitiven, noch heute lebendigen Techniken hergestellt wurden. In den Museen wurde mehr als eine fragwürdige Stradivarius aufbewahrt: die Fälschung einer Urwaldtrommel wäre ein vergleichsweise geringes Verbrechen, und schließlich konnten die verlangten Instrumente alter oder neuer Bauart sein ... »Diese Reise stand an die Wand geschrieben«, sagte Mouche, als sie mich zurückkommen sah, und zeigte auf den Schützen, das Schiff Argo und das Haar der Berenike, die jetzt im schwächeren Licht deutlicher ihre ockerbraunen Umrisse zeigten.

Während meine Freundin am Morgen die Formalitäten auf den Konsulaten erledigte, ging ich in die Universität, wo der Kurator, seit den frühen Morgenstunden auf den Beinen, zusammen mit dem Lautenmacher in blauer Schürze eine Viola d'amore reparierte. Ohne Überraschung sah er mich kommen, blickte mich über die Brillengläser hinweg an: »Gratuliere!« sagte er, ohne daß ich sicher war, ob er mich zu meinem Entschluß beglückwünschen wollte oder ob er erriet, daß, wenn ich in diesem Augenblick fähig war, einen klaren Gedanken zu fassen, es der Droge zu verdanken war, die Mouche mir beim Aufwachen gegeben hatte. Kurz darauf wurde ich in das Büro des Rektors geführt, der mich einen Vertrag unterschreiben ließ und mir das Geld aushändigte samt einigen Papieren, in denen die wichtigsten Punkte der mir übertragenen Aufgabe festgehalten waren. Dann stand ich, leicht benommen von der Geschwindigkeit, mit der alles sich abgespielt hatte, und noch immer ohne eine klare Vorstellung davon, was mich erwartete, in einem großen leeren Saal, wo der Kurator mich bat, so lange auf ihn zu warten, bis er den Dekan der philosophischen Fakultät begrüßt hätte, der eben von einem Kongreß in Amsterdam zurückgekehrt sei. Der Saal, stellte ich mit Vergnügen fest, war eine Galerie für Kunstreproduktionen – Photographien von Gemälden und Gipsabgüsse –, ein Museum für Studenten der Kunstgeschichte. Durch die Universalität bestimmter Bilder, einer impressionistischen Nymphe, einer Manetschen Familie, einer geheimnisvoll blickenden Madame Rivière, war ich plötzlich in die längst vergangenen Tage zurückversetzt, in denen ich die Enttäuschung über eine verfehlte Reise, eine frustrierende Pilgerfahrt durch die entheiligten heiligen Stätten der Kunst in der nahezu fensterlosen Welt der Museen zu verwinden gesucht hatte. Monatelang streifte ich damals durch die Läden der Kunsthandwerker, saß in den Opernlogen, besah Gärten und Friedhöfe auf romantischen Stichen, erlebte mit Goya die Kämpfe des 2. Mai oder folgte ihm auf die Beerdigung der Sardine unter die unheimlichen Masken, die mehr nach betrunkenen Büßern und Teufelsfratzen aus Mysterienspielen als nach Fastnachtslarven aussahen. Nachdem ich mit Le Nains Bauern ein wenig gerastet hatte, geriet ich mitten in die Renaissance durch das Bildnis eines jener Condottieri, die zwischen fahnengeschmückten Säulen reiten und auf Pferden sitzen, die mehr nach Marmor aussehen als nach lebenden Rössern. Bisweilen lebte ich gern mit den Bürgern aus dem Mittelalter, die so ausgiebig ihren Gewürzwein tranken, sich zur Beglaubigung ihrer Stiftung mit der Madonna malen ließen, Spanferkel mit angesengten Zitzen tranchierten, ihre flämischen Hähne kämpfen ließen und wachsgesichtigen, weniger lüstern als fidel aussehenden Dirnen in den Ausschnitt langten, den Sonntagnachmittagsmädchen, die durch die eben erteilte

Absolution frisch gestärkt waren zu neuer Sünde. Eine Eisenschnalle, eine barbarische, mit schmiedeeisernen Zinken gespickte Krone versetzten mich in das merowingische Europa der tiefen Wälder, der weglosen Gegenden, der Schwärme jener berühmt-berüchtigten Ratten, die eines Markttages geifernd vor Tollwut in den Hauptplatz einer Stadt eingefallen waren. Dann kamen die Steine von Mykene, der Grabschmuck, die schweren Töpferwaren eines ungeschlachten, wagemutigen vorklassischen Griechenlands, duftend nach Rinderbraten über offenem Feuer, ungebleichter Wolle, Kuhfladen und Schweiß von brünstigen Eselshengsten. So kam ich Stufe um Stufe zu den Vitrinen mit Harken, Äxten und Messern aus Silex, vor denen ich stehenblieb, fasziniert von der Nacht des Magdalénien, Solutréen, Abbévillien an jenem allerersten Anfang der Menschen, jener Grenze des Möglichen, die frühen Kosmographen zufolge vielleicht der Rand der flachen Erde war, wo, wenn man den Kopf in die schwindelnde Unendlichkeit der Gestirne hinausstreckte, der Himmel auch unter einem lag. Goyas Kronos gab mich der Neuzeit zurück, auf dem Weg über geräumige Küchen und noble Speisekammern. Dort entzündete der Küchenmeister seine Pfeife an einem glühenden Holzspan, die Küchenmagd sott einen Hasen im dampfenden Kessel, und durch das offene Fenster sah man im stillen Hof Spinnerinnen im Schatten einer Ulme schwatzen. Vor den altbekannten Bildern fragte ich mich, ob sich die Menschen früherer Zeiten ebensosehr in vergangene Epochen zurückgesehnt hatten, wie ich an diesem Sommermorgen, als hätte ich sie erlebt, von bestimmten Lebensweisen träumte, die der Mensch für immer verloren hat.

2. Kapitel

Ha! I scent life!
Shelley

IV

(Mittwoch, den 7. Juni)

Seit einigen Minuten merkten wir an unseren Gehörgängen, daß wir zur Landung ansetzten. Bald waren die Wolken wieder über uns, und das Flugzeug flog schwankend, als mißtraue es einer wankelhaften Luft, die es unversehens losließ und wieder auffing, einem Flügel plötzlich die Stütze versagte, es dann dem Rhythmus unsichtbarer Wellen überließ. Auf der rechten Seite erhob sich ein Gebirgszug von regennassem Moosgrün. Unten lag die Stadt in der prallen Sonne. Der Journalist, der sich neben mich gesetzt hatte – Mouche schlief auf der Sitzreihe hinter mir –, sprach halb liebevoll, halb spöttisch von dieser zerfließenden, in ihrer Topographie anarchischen Stadt ohne Stil, deren äußerste Straßen bereits unter uns zu erkennen waren. Um sich ausbreiten zu können auf dem schmalen Streifen Sand zwischen dem Meer und den Hügeln, auf denen Philip II. Befestigungswerke hatte anlegen lassen, habe die Bevölkerung jahrhundertelang angekämpft gegen das sumpfige Schwemmland, das Gelbe Fieber, die Insekten und die Unverrückbarkeit schwarzer Felsklippen, die da und dort aufragten, unerklimmbar, einsam, glattgespült, aerolithische Wurfgeschosse aus himmlischer Hand. Diese nutzlosen Monolithe, die zwischen Gebäuden, Türmen, modernen Kirchen, Antennen, alten Glockentürmen, Kuppeln aus der Jahrhundertwende hoch emporragten, verfälschten die Maßstäbe, setzten einen anderen, der nicht der des Menschen war, als wären sie Bauwerke, zu unbekanntem Zweck aufgerichtet, das Werk einer unausdenklichen, in der Nacht fernster Zeiten versunkenen Kultur. Seit Hunderten von Jahren kämpfe man hier gegen die

Wurzeln, die Steinböden hochstemmten und Mauern sprengten, aber wenn ein reicher Grundbesitzer für ein paar Monate nach Paris fuhr und seine Residenz in der Obhut einer trägen Dienerschaft zurückließ, nutzten die Wurzeln sogleich die Lieder und sorglosen Nickerchen, um überall den Rücken aufzuwölben, und machten binnen zwanzig Tagen die besten funktionalen Absichten eines Le Corbusier zuschanden. Aus den vornehmen, von ausgezeichneten Urbanisten angelegten Vorstadtvierteln waren die Palmen verbannt worden, aber in der Innenstadt erstanden die Palmen wieder und verliehen den Straßen – diesen ältesten, von den Stadtgründern an geeigneter Stelle mit der Schwertspitze gezogenen Straßen der Kolonialstädte – das Aussehen eines Säulengangs aus Blitzableitern. Über dem Häusergewimmel in den Börsen- und Zeitungsstraßen, über der Marmorpracht der Bankhäuser und Handelskammern, über dem strahlenden Weiß staatlicher Gebäude erhoben sich in einer Sonne von ununterbrochener Hundstagshitze alle die Waagen, Schlangenstäbe, Kreuze und geflügelten Genien, Fahnen und Ruhmestrompeten, Zahnräder, Hämmer und Siegesstatuen, die, sei es in Bronze, sei es in Stein, den Reichtum und das Gedeihen dieser Stadt verkünden sollten, die nach den Gesetzestexten vorbildlich geregelt war. Aber sobald im April die Regenfälle kamen, reichten die Abwässeranlagen nicht aus, standen die Plätze der Innenstadt unter Wasser und lösten ein solches Verkehrschaos aus, daß Fahrzeuge, wenn sie in unbekannte Gegenden kamen, Statuen überfuhren, sich in Sackgassen verirrten und gelegentlich auch in einer jener Schluchten zerschellten, die niemandem je gezeigt werden, weder Fremden noch berühmten Gästen von Rang, weil Menschen darin wohnen, die sich halbbekleidet durchs Leben schlagen, Gitarre und Trommel spielen und aus Blechdosen trinken. Elektrisches Licht war überallhin vorgedrungen, auch unter die Dächer der Armen war die Technik eingezogen. Mit erstaunlicher Leichtigkeit waren die modernen Maschinen assimiliert worden, ja manche Methoden, die von den Völkern der alten Geschichte noch mit größter Vorsicht experimentell erprobt wurden, gehörten hier zur Alltagsroutine. Der Fortschritt dokumentierte sich an den glattgeschorenen Rasenflächen, am Prunk der Botschaften, an der Vielfalt der Brot- und Weinsorten, an der Zufriedenheit der Händler, von denen die ältesten noch die schrecklichen Zeiten der Malariamücken kennengelernt hatten. Und doch gab es so etwas wie einen bösartigen Pollen in der Luft, einen koboldhaften Pollen – ungreifbarer Moder, fliegender Schimmel –, der sich plötzlich nach geheimnisvollem Planen ans Werk machte, um das Geschlossene zu öffnen und das Offene zu schließen, das Gewicht der Gegenstände zu verkehren, Gesichertes hinfällig zu machen. Eines schönen Morgens war die Serumampulle im Krankenhaus von Schimmel überzogen; Präzisionsgeräte versagten; bestimmte Sorten von Spirituosen fingen in den Flaschen zu rumoren an; den Rubens im Nationalmuseum hatte ein unbekannter, gegen Säure unempfindlicher Schmarotzer angenagt; urplötzlich rannten die Leute panikartig an die Schalter einer Bank, in der nichts vorgefallen war, aufgeschreckt vom Gerede einer alten Negerin, nach der die Polizei vergeblich fahndete. Wenn solches geschah, gab es nur eine Erklärung, und nur sie wurde von den mit den Geheimnissen der Stadt vertrauten Leuten als die richtige akzeptiert: »Der Wurm.« Niemand hatte den Wurm je gesehen. Aber der Wurm existierte, war in seinen Verwirrkünsten am Werk, tauchte auf, wo man ihn am wenigsten vermutete, und machte alterprobte Erfahrungen zunichte. Im übrigen waren trockene Gewitter mit einem Hagel von Blitzen nicht selten, und alle zehn Jahre brachen unter einem Zyklon, der seinen Rundtanz an irgendeiner Stelle des Ozeans begann, Hunderte von Häusern zusammen. Als wir schon sehr tief flogen, fragte ich meinen Reisegefährten nach einem weitläufigen, freundlichen Haus in einem Garten, der sich in Terrassen und geschmückt mit Statuen und Springbrunnen bis zum Strand hinzog. Hier, erfuhr ich, wohne der neue Präsident der Republik, und wäre ich ein paar Tage früher gekommen, hätte ich die Volksfeste für Krethi und Plethi und die Umzüge miterleben können, die zur Feier der Machtübernahme veranstaltet worden waren. Die schöne Residenz verschwand unter dem linken Flugzeugflügel. Und jetzt die immer erfreuliche Rückkehr auf die Erde, das Rollen auf festem Boden, der Marsch der Taubgewordenen in die Büros der Zollbehörde, wo alle Fragen mit schuldbewußtem Gesicht beantwortet werden. Während ich, benommen von der andersartigen Luft, auf die Beamten warte, die, ohne sich zu beeilen, den Inhalt unserer Koffer durchsuchen werden, stelle ich fest, daß der Gedanke, den gewohnten Wegen so fern zu sein, mir noch sehr ungewohnt ist. Doch gleichzeitig ist da eine Art wiedergefundenes Licht, ein Geruch nach warmem Espartogras, nach Meerwasser, das der Himmel niederzudrücken scheint, bis es beim tiefsten Grün ankommt, auch ein Umspringen der Brise, die aus irgendeiner Höhle an der Küste den Gestank von verfaulten Schalentieren landeinwärts weht. Noch am Morgen, als wir zwischen schmutziggrauen Wolken flogen, hatte ich es bereut, die Reise unternommen zu haben; am liebsten wäre ich bei der ersten Zwischenlandung so rasch wie möglich umgekehrt und hätte der Universität das Geld zurückgegeben. Ich fühlte mich als Komplice bei einem widerwärtigen Vorhaben, gefangen, entführt in diesem

Flugzeugkäfig, der im Dreitaktrhythmus schwankend gegen den Wind ankämpfte, der von Zeit zu Zeit einen feinen Regen über seine Aluminiumflügel wehte. Jetzt aber lullt eine seltsame Wollust meine Gewissensbisse ein. Und durch das Gehör, durch die Poren dringt langsam eine Kraft in mich ein: die Sprache! Hier also ist sie, die Sprache meiner Kindheit, in der ich Schrift und Noten lesen gelernt habe, die Sprache, die mir verschimmelt ist in einem Land, wo ich sie, da ich sie nicht gebrauchen konnte, wie ein unnützes Gerät beiseite gelegt habe. *Estos, Fabio, ay dolor! que ves agora ...* Nach so vielen Jahren fällt mir dieser Vers wieder ein: er stand als Beispiel für Interjektionen in einer kleinen Grammatik, die zusammen mit einem Bild meiner Mutter und einem blonden Löckchen, das sie mir abgeschnitten hatte, als ich sechs Jahre alt war, irgendwo aufbewahrt sein mußte. Die Sprache dieses Verses, die gleiche, steht jetzt auf den Ladenschildern, die ich durchs Fenster des Wartesaals sehen kann; sie lacht und verformt sich im Kauderwelsch der schwarzen Gepäckträger; sie wird zur Karikatur in einem *Biva el Precidente!*, auf dessen fehlerhafte Orthographie ich Mouche aufmerksam mache mit dem Stolz eines Mannes, der von jetzt an ihr Führer und Dolmetsch in der fremden Stadt sein wird. Das plötzliche Gefühl der Überlegenheit siegt über meine letzten Skrupel. Es bedrückt mich nicht mehr, daß ich gekommen bin. Und nun fällt mir eine Möglichkeit ein, an die ich früher nicht gedacht hatte: die Instrumente, die zu sammeln mir aufgetragen ist, müssen doch irgendwo in der Stadt zu kaufen sein. Es wäre unglaublich, wenn nicht irgend jemand, ein Kuriositätenhändler, ein reisemüder Forscher, daran gedacht hätte, aus solchen, von Ausländern hochbegehrten Dingen Gewinn zu schlagen. Ich würde diesen Jemand ausfindig machen und brächte so den Spielverderber in mir zum Schweigen. Die Idee erschien mir derart vortrefflich, daß ich, als wir durch ein volkstümliches Viertel zum Hotel fuhren, vor einem Trödelladen anhalten ließ: vielleicht war dies bereits die erhoffte Vorsehung. Es war ein Haus mit verschnörkelten Fenstergittern, alte Katzen lagen in allen Auslagen, auf dem Balkon dösten ein paar Papageien, die mit ihrem verstaubten, zerzausten Gefieder wie wucherndes, aus der grünlichen Fassade aufsprossendes Moos aussahen. Von den Instrumenten, die mich interessierten, wußte der Trödler-Antiquar nichts, aber statt dessen lenkte er meine Aufmerksamkeit auf andere Gegenstände, zeigte mir eine große Music-Box, in der ein paar vergoldete Schmetterlinge, auf Hämmerchen montiert, in einer Art Hüpfkonzert Walzer und Polka tanzten. Auf den Tischen standen Bilder von blumenumrankten Nonnen, die gerade die Gelübde abgelegt hatten, daneben Vasen, die aus Koralinhänden aufwuchsen. Eine heilige Rosa von Lima, unter einem wimmelnden Aufflug von Cherubim einem Rosenkelch entschwebend, hing neben einer Stierkampfszene an der Wand. Mouche bekam Lust auf ein zwischen Kameen und Korallenbäumen aufgestöbertes Seepferdchen, obwohl ich ihr sagte, daß wir das gleiche überall bekommen würden. Das ist Rimbauds schwarzer Hypokamp, antwortete sie und zahlte den Preis für die staubige literarische Chose. Ich hätte gern ein Filigrankreuz aus der Kolonialzeit gekauft, das in der Vitrine lag, aber da echte Edelsteine darin eingelassen waren, war es mir zu teuer. Als wir unter dem geheimnisvollen Schild *Rastro di Zoroastro* aus dem Laden traten, streifte meine Hand an einen Stock Basilienkraut. Betroffen blieb ich stehen, da ich den Duft entdeckte, den ich zum erstenmal auf der Haut eines kleinen Mädchens geatmet hatte – Maria del Carmen, die kleine Tochter des Gärtners –, als wir im Hinterhof eines Hauses unter einem alten Tamarindenbaum Mann und Frau spielten, während meine Mutter auf dem Klavier irgendeine allerneueste Habanera übte.

V

(Donnerstag, den 8.)

Erschrocken fahre ich mit der Hand über die Marmorplatte des Nachttischs nach dem Wecker, der, wenn überhaupt, dann viel weiter oben auf der Landkarte klingelt, Tausende von Kilometern von hier entfernt. Es kostet mich einiges Nachdenken und einen langen Blick durch die Jalousien auf den Platz, um zu begreifen, daß meine dort oben allmorgendliche Gewohnheitsgeste durch den Triangel eines Straßenverkäufers genarrt worden ist. Jetzt ertönt die Flöte eines Scherenschleifers, merkwürdig abgestimmt auf den melismatischen Ruf eines riesigen Negers, der einen Korb voll Pfirsiche auf dem Kopf balanciert. Die Bäume, die sich in der Morgenbrise wiegen, flocken weiß auf die Statue eines Nationalhelden, der durch die stürmisch gebauschte Krawatte an Lord Byron, durch die Art, wie er unsichtbaren Aufständischen eine Fahne voranträgt, auch an Lamartine erinnert. In der Ferne schlagen Kirchturmglocken in diesem typischen Pfarrkirchenrhythmus, der durch das Schwingen des Seils entsteht und den die elektrischen Geläute der pseudogotischen Kirchen meines Landes niemals erreichen. Mouche hat sich im Schlaf quer übers Bett gelegt, so daß mir kein Platz bleibt. Wegen der ungewohnten Hitze versucht sie von Zeit zu Zeit die Laken wegzustrampeln, verwickelt sich aber damit nur die Beine. Lange sehe ich sie an, leicht verärgert über das

Fiasko am Abend zuvor: der Duft, der aus einem nahen Orangenbaum bis in den vierten Stock zu uns heraufweht, hatte eine Art Freudentaumel ausgelöst und dadurch den großen physischen Jubel vereitelt, den ich mir von der ersten mit ihr gemeinsam in einem neuen Klima verbrachten Nacht versprochen hatte. Ich hatte sie mit einem Schlafpulver beruhigt und die hilfreiche schwarze Binde hervorgeholt, um möglichst rasch meinen Ärger zu verschlafen. Wieder blicke ich durch die Jalousien. Hinter dem Regierungspalast mit den klassischen Säulen unter dem barocken Architrav kann ich die klassizistische Fassade des Theaters erkennen: dort hatten uns gestern nacht mangels typischer einheimischer Darbietungen die in Marmor drapierten, von den streng blickenden Büsten Meyerbeers, Donizettis, Rossinis und Herolds bewachten Musen unter den großen Kristalllüstern in Empfang genommen. Über eine geschwungene Treppe mit Rokokogeblümel im Geländer waren wir hochgestiegen in einen Saal mit scharlachroter Samtbespannung und Goldzapfen in den Logenbrüstungen. Unter geräuschvoller Unterhaltung im Parkett stimmte das Orchester die Instrumente. Angeregtes Gelächter lief die Logen entlang, aus dem warmen Halbschatten tauchten Hände und setzten Dinge in Bewegung, die aus dem letzten Jahrhundert herübergerettet zu sein schienen: perlmutterne Operngucker, Lorgnons und Federfächer. Décolletés, Brustansatz und Schultern von molliger, überpuderter Üppigkeit beschworen die Erinnerung an Kameen und Spitzenkorsagen herauf. Ich würde mich belustigen, dachte ich, über das Lächerliche einer Opernaufführung, die sicherlich noch ganz in der Tradition der Bravourarien, der Koloratur und Fioritura stand. Aber der Vorhang war über dem Garten des Schlosses Lammermoore aufgegangen, ohne daß das altmodische Bühnenbild mit seinen verqueren Perspektiven, seinen Attrappen und seinem Hokuspokus mich zum Spott reizte. Vielmehr fühlte ich mich von einem unbestimmten, aus undeutlichen, sehr fernen Erinnerungen gewobenen Zauber eingefangen. Die große Plüschrotunde, die freiherzigen Ausschnitte, das zwischen den Brüsten angewärmte Spitzentüchlein, das üppige Haar, das gelegentlich aufdringliche Parfum, diese Bühne, auf der die Sängerinnen vor einer gewaltigen Vegetation herabwallender Leinwände zu größerer Wirksamkeit ihrer Arien die Hand aufs Herz legten, dieser ganze Komplex aus Traditionen, Verhaltensweisen und Gesten, die in einer modernen Großstadt wiederaufleben zu lassen unmöglich gewesen wäre, all das war die magische Welt eines Theaters, wie meine Großmutter es erlebt hatte, jene ganz in weiße Seide gekleidete Dame mit den sinnlichen, verhangenen Augen auf dem Gemälde von Madrazo, vor dem ich als Kind geträumt hatte, ehe mein Vater es aus Geldnot verkaufen mußte. Als ich eines Tages allein zu Hause war, hatte ich zuunterst in einem Koffer das Buch mit den Elfenbeindeckeln und dem silbernen Schloß entdeckt, in dem die Dame auf dem Ölbild als Verlobte Tagebuch geführt hatte. Unter Rosenblättern, die mit der Zeit tabakbraun geworden waren, hatte ich auf einer Seite die hingerissene Beschreibung einer *Gemma di Vergy* gelesen, gesungen in einem Theater von Havanna, das vermutlich aufs Haar dem glich, in dem ich in dieser Nacht saß. Zwar warteten draußen nicht mehr die schwarzen Kutscher in Stulpstiefeln und kokardengeschmückten Zylindern, im Hafen schaukelten nicht mehr die Leuchtfeuer der Korvetten und es würde zum Beschluß des Abends kein Singspiel geben. Aber im Publikum waren die gleichen vor Entzücken über die romantische Darbietung geröteten Gesichter, da

herrschte die gleiche Unaufmerksamkeit für alles, was nicht von den Hauptdarstellern gesungen wurde und was, sobald die bekannten Arien verklungen waren, nur noch als melodischer Hintergrund für bedeutsame Blicke diente, für wachsames Beäugen, Flüstern hinter dem Fächer, ersticktes Gelächter, hin und herschwirrende Nachrichten, Witzeleien, Sprödigkeiten und Finten: ein ganzer Mechanismus, ein Spiel, dessen Regeln ich nicht kannte, das ich aber neidvoll beobachtete wie ein Kind, das vom großen Maskenball ausgeschlossen ist.
In der Pause hatte Mouche erklärt, mehr von dieser Art könne sie nicht ertragen, das sei ja, sagte sie, wie die Lucia, die Madame Bovary in Rouen hört. Obwohl etwas Wahres an der Bemerkung war, fühlte ich mich plötzlich gereizt von der Überheblichkeit, mit der meine Freundin, wie so oft, alles abtat, was den hehren Grundsätzen bestimmter Künstlerkreise, in denen sie in Europa verkehrt hatte, zuwiderlief. Nicht weil irgend etwas gegen ihre – sehr geringe – musikalische Sensibilität verstieß, verdammte sie diese Oper, sondern weil es die Losung ihrer Generation war, die Oper zu belächeln. Als ich sie auch durch die listige Erinnerung an die Oper in Stendhals Parma nicht dazu bewegen konnte, auf ihren Sessel zurückzukehren, verließ ich ziemlich verstimmt das Theater. Ich fühlte, daß ich hart mit ihr würde diskutieren müssen, um gleich zu Beginn dieser Reise bestimmte Reaktionen zu unterbinden, die mich um das beste Vergnügen bringen konnten, daß ich einer bestimmten Art von Kritik von Anfang an den Boden entziehen mußte, die leicht vorauszusehen war, kannte ich doch nur zu gut die intellektuellen Vorurteile in den Gesprächen, die in ihrem Haus gepflegt wurden. Aber gleich darauf kam uns eine Nacht entgegen, tiefer als die Nacht im Theater, eine Nacht, die uns durch ihren

Gehalt an Schweigen, durch das Feierliche ihrer sternenschweren Gegenwart überwältigte. Für einen Augenblick konnte ein kreischendes Verkehrsgeräusch sie zerreißen, aber gleich darauf schloß sie sich wieder und erfüllte unversehrt Höfe und Portale, verdichtete sich in den offenen Fenstern scheinbar unbewohnter Häuser, lag schwer auf den mächtigen Steinarkaden in den menschenleeren Straßen. Wir hörten ein merkwürdiges, schallendes Geräusch und blieben überrascht stehen, aber mehrmals mußten wir gehen und wieder stehenbleiben, um dem Wunder auf die Spur zu kommen: unsere Schritte hallten auf dem Gehsteig gegenüber. Auf einem Platz vor einer stillosen, stucküberwucherten Kirche stand ein wolliger Hund auf den Hinterbeinen und tauchte genußvoll schlabbernd die Zunge in einen Tritonenbrunnen. Die Uhrzeiger hatten es nicht eilig; auf den altehrwürdigen Glockentürmen wie auf den Fassaden der staatlichen Behörden gaben sie die Stunden nach eigenem Ermessen an. In den modernen, bergab dem Meer zu gelegenen Stadtteilen ahnte man reges Leben, aber so sehr die ewig gleichen Schilder über den Nachtlokalen mit ihrer Leuchtschrift blinkten – die Wahrheit dieser Stadt, ihr Geist und ihre Gestalt, lagen hier, zeichenhaft ausgedrückt in den Gepflogenheiten, in den Steinen. Am Ende der Straße blieben wir vor einem kolonialen Herrenhaus mit ausladenden Portalen und bemoostem Dach stehen, wo die offenen Fenster den Blick freigaben auf einen Salon mit alten, goldgerahmten Gemälden, und entdeckten neben einem prachtvollen General in Käppi und Achselschnüren und drei exquisit gemalten Damen auf Spazierfahrt in einer Kalesche ein Bild der Taglioni mit kleinen Libellenflügeln im Rückenausschnitt. In den Kristalllüstern waren die Lichter angezündet, und doch war in den Gängen, die in andere erleuchtete Räume führten, keine menschliche Gegenwart zu bemerken. Es war, als sei vor einem Jahrhundert zu einem Ball gerüstet worden, zu dem niemand gekommen war. Kurz darauf ertönte, vierhändig auf einem Klavier gespielt, dem das Tropenklima den Klang eines Spinetts verliehen hatte, der pompöse Auftakt zu einem Walzer. Dann bauschte ein Luftzug die Vorhänge, und der ganze Salon schien in einem Aufflug von Tüll und Spitzen zu verschwimmen. Der Zauber war gebrochen. Mouche erklärte, sie sei müde. Gerade als ich mich dem Zauber dieser Nacht überlassen wollte, der mir die genaue Bedeutung bestimmter verschwommener Erinnerungen entzifferte, zerstörte meine Freundin den Genuß eines zeitvergessenen Friedens, der mich ohne Ermüdung bis ins Morgengrauen hätte tragen können. Über den Dächern bildeten die Sterne jetzt vielleicht die Hydra, das Schiff Argo, den Schützen oder das Haar der Berenike, die Konstellationen, mit denen Mouches Studio ausgeschmückt werden sollte. Aber es wäre nutzlos gewesen, sie danach zu fragen, denn außer dem Großen Bären kannte sie die Sternbilder so wenig wie ich. Als mir jetzt das Groteske dieser Unkenntnis an einer Person, die von den Sternen lebte, bewußt wurde, brach ich in Lachen aus und sah zu meiner Freundin hinüber. Sie schlug die Augen auf, ohne zu erwachen, sah mich an, ohne mich zu sehen, seufzte tief und drehte sich zur Wand. Ich hätte mich gern noch einmal hingelegt, aber dann dachte ich, daß es besser wäre, ihren Schlaf zu nützen und, wie ich am Abend beschlossen hatte, damit anzufangen, nach den Eingeborenen-Instrumenten zu suchen, die mir nicht aus dem Kopf gingen. Wenn Mouche mich so eifrig sähe, das wußte ich, würde sie mich schlichtweg für dämlich halten. Also kleidete ich mich an und ging, ohne sie zu wecken, aus dem Haus.

Die Sonne, die voll auf die Straße schien, sich im Glas

widerspiegelte, zitternde Strähnen ins Wasser flocht, war mir so fremd, so neu, daß ich mir, um ihr standzuhalten, Brillen mit dunklen Gläsern kaufen mußte. Dann suchte ich einen Weg in das Stadtviertel mit dem Herrenhaus im Kolonialstil, weil es dort Trödlerläden und ausgefallene Geschäfte geben mußte. Während ich auf schmalem Gehsteig eine Gasse bergan ging, blieb ich manchmal stehen, um mir die Aushängeschilder kleiner Läden anzusehen, die an das Kunsthandwerk früherer Zeiten erinnerten: da stand in blumenumrankten Lettern *Tuttilimundi, Zum Goldenen Stiefel, König Midas* und *Klingende Harfe*, über einem Buchantiquariat hing ein Globus, der sich je nach den Launen des Windes drehte. An einer Ecke fachte ein Mann unter einem knoblauchgespickten Kalbsschlegel die Glut in seinem Feueröfchen an, während das Fett in beizendem Rauch aufspritzte und den Duft von Thymian, Limonen und Pfeffer verströmte. Ein Stück weiter wurden Sangria, eisgekühlte Ananas und ölschwitzende Bratfische feilgeboten. Plötzlich drang ein Geruch warmen, frisch aus dem Ofen gefahrenen Brots aus dem Luftschacht eines Untergeschosses, in dessen Halbschatten von Kopf bis Fuß weißgekleidete Männer singend arbeiteten. In staunendem Entzücken blieb ich stehen. Seit so langer Zeit hatte ich nicht mehr gesehen, wie das Mehl durch die Hände rann, hatte es völlig vergessen in einem Land, wo das Brot, man wußte nicht wie, geknetet, nachts wie eine Sache, deren man sich schämen mußte, in geschlossenen Lastwagen angefahren wurde und aufgehört hatte, das Brot zu sein, das man mit der Hand bricht, das Brot, das der Vater verteilt, wenn er es gesegnet hat, das Brot, das ehrfürchtig entgegengenommen wird, ehe man über der breiten Schüssel voll Lauchsuppe seine Rinde bricht oder es mit Öl und Salz bestreut, um einen Geschmack wiederzufinden, der nicht nur der Geschmack nach Brot, Öl und Salz ist, sondern der große mittelmeerische Geschmack, den schon die Gefährten des Odysseus auf der Zunge geschmeckt hatten. Die Wiederbegegnung mit dem Mehl, eine Gravüre mit Marinera tanzenden Zambos, die ich in einem Schaufenster entdeckte, lenkten mich von dem Ziel ab, nach dem ich diese unbekannten Straßen durchstreifte. Hier blieb ich vor einer Erschießung Maximilians stehen, dort blätterte ich in einer alten Ausgabe von Marmontels *Incas,* deren Illustrationen an die freimaurerische Ästhetik der *Zauberflöte* erinnerten. Ich hörte Kindern zu, die beim Spielen in einem nach Eierspeise duftenden Hof das Lied von *Mambrú* sangen. Und weil mich die morgendliche Kühle eines Friedhofs anlockte, wanderte ich schließlich im Schatten von Zypressen zwischen Gräbern, die unter Unkraut und Glockenblumen wie vergessen schienen. Über manchen Gräbern stand unter schimmligem Glas die Daguerreotypie des hier Begrabenen: ein Student mit fiebrigen Augen, ein Veteran aus dem Grenzkrieg, eine lorbeerbekränzte Dichterin. Ich betrachtete gerade ein Denkmal für die Opfer eines Schiffbruchs, als die Luft von einer Maschinengewehrsalve wie Wachspapier zerrissen wurde. Sicherlich waren es Schüler einer Militärschule bei der Waffenübung. Stille trat ein, dann fingen die Tauben, die rings um die römischen Urnen die Kröpfe blähten, wieder zu gurren an.

Estos, Fabio, ay dolor!, que ves agora,
campos de soledad, mustio collado,
fueron un tiempo Itálica famosa.

Mehrmals wiederholte ich diese Verse, die mir seit meiner Ankunft Bruchstück um Bruchstück wieder eingefallen waren und sich endlich in meinem Gedächtnis wieder zusammengefügt hatten, als abermals, kräftiger diesmal, das Geknatter der Maschinengewehre zu hören war. Ein Kind rannte vorüber, dahinter barfüßig, einen Trog mit nasser Wäsche im Arm, eine schreckensbleiche Frau, wie auf der Flucht vor einer großen Gefahr. Irgendwo hinter der Friedhofsmauer schrie eine Stimme: »Es geht los! Es geht los!« Leicht beunruhigt trat ich aus dem Friedhof und kehrte in den modernen Teil der Stadt zurück. Die Straßen, stellte ich fest, waren menschenleer, an den Läden wurden die Rolläden mit einer Geschwindigkeit heruntergelassen, die nichts Gutes verhieß. Ich zog meinen Paß heraus, als ob die Stempel zwischen den Paßdeckeln ein wirksamer Schutz gewesen wären. Da erscholl ein vielstimmiger Schrei, und ich blieb, nun ernstlich erschrocken, im Schutz einer Säule stehen. Auf der Flucht vor einer heftigen Schießerei ergoß sich eine kreischende, angsterfüllte Menge, alles niedertrampelnd, in eine Avenida. Es hagelte zersplittertes Glas. Unter dem Aufprall der Kugeln bebten die Metallpfosten der Straßenlaternen wie Orgelpfeifen unter einem Steinregen. Eine Hochspannungsleitung schlug zu Boden und fegte die Straße endgültig leer. An manchen Stellen flammte der Asphalt auf. Ganz in meiner Nähe brach ein Obstverkäufer vornüber zusammen, während seine Früchte zu Boden rollten und, von einem Geschoß auf ebener Erde getroffen, hüpfend auseinanderstoben. Ich lief an die nächste Ecke, um in einem Säulenportal Schutz zu suchen. An den Pilastern hingen noch die auf der Flucht zurückgelassenen Lotterielose. Nur der Vogelmarkt trennte mich noch vom Grundstück des Hotels. Da bewog mich das Zischen einer Kugel, die über meine Schulter hinweg in das Schaufenster einer Apotheke einschlug, loszurennen. Über Kisten und Käfige springend, Kanarienvögel niederrennend, Kolibris zerquetschend, die Schwänze verschreckter Sittiche niedertrampelnd, erreichte ich einen Eingang für Dienstpersonal, der offen geblieben war. Ein Tukan kam hinter mir her, einen gebrochenen Flügel nachschleppend, als suche er Schutz bei mir. Auf der Lenkstange eines verlassenen Fahrrades plusterte sich ein prachtvoller Papagei, allein auf dem menschenleeren Platz, und wärmte sich in der Sonne. Ich ging in unser Zimmer hinauf. Mouche schlief noch immer, ein Kissen im Arm, das Nachthemd über die Hüften gestreift, die Füße in den Laken verwickelt. Ich war, was sie betraf, beruhigt und ging in die Empfangshalle hinunter, auf der Suche nach Erklärungen. Man sprach von einer Revolution. Aber was hieß das für jemanden wie mich, dem die Geschichte dieses Landes in allem fremd war, ausgenommen seine Entdeckung, die Conquista und die Reisen von ein paar Mönchen, die sich über Musikinstrumente der Ureinwohner geäußert hatten. Also begann ich die Leute auszufragen, die gute Informationen zu besitzen schienen, da sie so wortreich kommentierten und sich erhitzten. Aber bald merkte ich, daß jeder seine eigene Version der Ereignisse zum besten gab und Namen von Persönlichkeiten nannte, die mir nichts sagten. Also versuchte ich, die Tendenzen und Bestrebungen der kämpfenden Parteien in Erfahrung zu bringen, sah aber danach nicht klarer. Als ich meinte, begriffen zu haben, daß es sich um eine Bewegung von Sozialisten gegen Konservative oder Radikale, von Kommunisten gegen Katholiken handelte, verwirrte sich das Spiel von neuem, die Positionen verkehrten sich, und wieder wurden Namen genannt, als ob alles, was hier geschah, mehr eine Sache von Personen als von Parteien sei. Jedesmal sah ich mich wieder zurückgeworfen auf meine Unkenntnis eines Kräfteverhältnisses, das, weil es so seltsam an eine Familienfehde erinnerte, einer Geschichte zwischen Ghibellinen und Welfen glich, einem Streit zwischen feindlichen Brüdern, einem Kampf zwischen Menschen, die sich gestern noch einig waren. Während ich einer Sache auf den Grund zu gehen versuchte, die nach meinen Denkgewohnheiten ein zeitgenössischer politischer Konflikt hätte sein müssen, stieß ich hier auf etwas, das eher einem Religionskrieg glich. Wegen der unglaublichen chronologischen Verschiebung der Kriterien stellten sich mir diese Kämpfe zwischen Verfechtern der fortschrittlichen Tendenz und den Konservativen so dar, als lieferten sich Menschen aus verschiedenen Jahrhunderten über die Zeiten hinweg eine erbitterte Schlacht. »Sehr richtig«, antwortete mir ein Rechtsanwalt in dunklem Anzug von altmodischem Schnitt, der die Ereignisse mit erstaunlicher Ruhe hinzunehmen schien, »bedenken Sie, daß wir traditionellerweise daran gewöhnt sind, Rousseau und die Ketzergerichte, Madonnenbilder auf den Fahnen und das *Kapital* als gleichzeitig zu betrachten . . .« Unterdessen erschien Mouche, verschreckt, weil aus dem Schlaf gerissen von den Sirenen der Ambulanzen, die jetzt immer zahlreicher fuhren, in voller Geschwindigkeit auch an den Vogelmarkt kamen, wo die Chauffeure, sobald sie die Scheinbarrikaden aus aufgetürmten Vogelkäfigen sahen, brutal bremsten und die letzten noch übriggebliebenen Spottdrosseln und Trupiale überfuhren. Angesichts der unerquicklichen Aussicht auf eine Zwangsinternierung schimpfte meine Freundin weidlich über die Vorfälle, die alle ihre Pläne über den Haufen warfen. An der Bar setzten sich mißgelaunte Ausländer zu Karten- und Würfelpartien zusammen und zogen beim Trinken über diese Mestizen-Staaten her, die immer irgendein Schlamassel auf Lager hatten. Wir erfuhren, daß mehrere Kellner aus dem Hotel verschwunden waren, und kurz darauf sahen wir sie unter den Arkaden der anderen

Straßenseite, mit Mausern und kreuzweise über die Brust gelegten Patronengurten bewaffnet. Als wir bemerkten, daß sie die weißen Dienstjacken anbehalten hatten, witzelten wir noch über ihre martialische Erscheinung. Aber als sie an die nächste Ecke kamen, knickten die zwei vordersten, von einer Maschinengewehrgarbe in den Bauch getroffen, zusammen. Mouche stieß einen Schrekkensschrei aus und preßte die Hände auf ihren Leib. Alle wichen wir wortlos weiter in die Hotelhalle zurück, ohne doch den Blick abwenden zu können von diesen Körpern, die den Asphalt rot färbten und die Kugeln, die jetzt wieder in sie einschlugen und neue Blutflecken im hellen Drill hervorriefen, nicht mehr spürten. Die Witzeleien von vorhin erschienen mir jetzt abscheulich. Auch wenn man in diesen Landstrichen für Leidenschaften starb, die ich nicht kannte, so war der Tod hier nicht weniger Tod als anderswo. Mehr als einmal hatte ich vor Ruinen, die ich ohne Siegerstolz betrachtete, den Fuß auf die Leiber von Männern gesetzt, die gestorben waren, weil sie Prinzipien verteidigten, die nicht schlechter sein konnten als diejenigen, auf die man sich hier berief. In diesem Augenblick fuhren mehrere Panzer vorbei – Abfälle aus unserem Krieg –, und als der Donner der Kettenraupen verhallt war, schien es, als hätte die Straßenschlacht an Stärke zugenommen. Rund um die Festung Philipps II. verschmolzen die Detonationen manchmal zu einem einzigen kompakten Krachen, in dem einzelne Schüsse nicht mehr zu unterscheiden waren, und zerrissen die Luft in einer ununterbrochenen Explosion, die wie die Sturmflut eines aufgewühlten Meers je nach der Windrichtung näherkam oder sich entfernte. Manchmal entstand plötzlich eine Pause. Man hörte ein krankes Kind in der Nachbarschaft weinen, ein Hahn krähte, eine Tür schlug zu. Aber gleich darauf ging abermals ein Maschinengewehr los und das Getöse brandete wieder auf, verstärkt vom schneidenden Geheul der Krankenwagen. Ein Mörser eröffnete das Feuer auf die alte Kathedrale, ab und zu schlug eine Kugel hämmernd in die Glockentürme ein. »*Eh bien, c'est gai!*« rief neben uns eine Frau mit tiefer, singender, leicht kehliger Stimme, die sich uns als Malerin aus Kanada und geschiedene Frau eines zentralamerikanischen Diplomaten vorstellte. Ich nutzte die Gelegenheit, daß Mouche sich mit jemandem unterhalten konnte, um rasch einen scharfen Schnaps zu trinken und dadurch eher über die zwei Leichen hinwegzukommen, die da in nächster Nähe neben dem Gehsteig steif zu werden begannen. Nach einem kalten Mittagessen, das keine künftigen Bankette verhieß, vergingen die Nachmittagsstunden wie im Flug unter zusammenhanglosem Lesen, Kartenspielen und zerstreuten Gesprächen, denen unschwer die allgemeine Angst zu entnehmen war. Mit Anbruch der Nacht schlossen Mouche und ich uns in unser Zimmer ein und tranken hemmungslos, um nicht zu sehr an das zu denken, was rings um uns geschah, und überließen uns, sobald wir sorglos genug waren, dem Spiel der Körper. Während andere um uns herum sich dem Spiel mit dem Tod hingaben, fanden wir eine seltsame, geschärfte Lust in unseren Umarmungen. Es lag etwas von der Liebesraserei auf Totentänzen in unserer Gier, immer enger zu verschmelzen – mich in unmöglichen Tiefen festzusaugen –, während neben uns, hinter den Jalousien, die Kugeln sausten oder in die Kirchenkuppel einschlugen, daß der Stuck in die Tiefe polterte. Schließlich schliefen wir auf dem hellen Teppichboden ein. Und es war seit langem die erste Nacht, in der ich ohne schwarze Binde und ohne Drogen Schlaf fand.

VI

(Freitag, den 9.)

Wie in einer belagerten Burg, wie auf einem Schiff in Quarantäne versuchten wir uns am nächsten Tag in der Lage, welche die Ereignisse uns aufzwangen, einzurichten. Aber statt uns träge zu machen in diesen Mauern, die uns gegen die Außenwelt schützten, bewirkte die tragische Situation merkwürdigerweise das Bedürfnis, etwas zu tun. Wer ein Gewerbe betrieb, versuchte eine Werkstatt oder ein Büro einzurichten, wie um den anderen zu beweisen, daß man sich in einer anomalen Situation in einer dauerhaften Beschäftigung verankern muß. Auf der Musikempore im Speisesaal übte ein Pianist Triller und Mordenten eines klassischen Rondos und versuchte den zu harten Tasten Cembaloklänge zu entlocken. Die zweite Abteilung eines Ballettensembles übte an der Barstange, während die Primaballerina in dem freien Raum zwischen den an die Wand geschobenen Tischen langsame Arabesken beschrieb. Schreibmaschinen klapperten im ganzen Gebäude. Im Schreibzimmer durchmusterten Geschäftsleute den Inhalt großer kalbslederner Aktenmappen. In seinem Zimmer dirigierte der österreichische Kapellmeister, der von der Philharmonischen Gesellschaft dieser Stadt eingeladen worden war, mit herrlichen Gebärden das ›Requiem‹ von Brahms vor dem Spiegel und gab einem großen imaginären Chor die fugenartigen Einsätze. In dem Zeitungs- und Bücherstand waren keine Zeitschrift, kein Kriminalroman, keine Unterhaltungsliteratur mehr aufzutreiben. Mouche holte ihren Badeanzug, denn die Tür zu einem geschützten Hinterhof war geöffnet worden und einige Untätige lagen dort zwischen Topfpalmen und grünen Keramikfröschen um einen gekachelten Brunnen in der Sonne. Besorgt stellte ich fest, daß vorausschauende Gäste sich mit Tabak eingedeckt und den Zigarettenstand des Hotels bereits leergekauft hatten. Ich trat an den Eingang der Empfangshalle, vor dem die Bronzegitter geschlossen waren. Draußen hatte die Schießerei nachgelassen. Es hörte sich an, als ob nur noch Gruppen, Guerillas, sich in verschiedenen Stadtteilen kurze, aber nach dem hastigen Schußwechsel zu urteilen, erbitterte Gefechte lieferten. Von Dächern und Dachterrassen fielen vereinzelte Schüsse. Im Nordteil der Stadt war ein großer Brand ausgebrochen. Einige behaupteten, was da brenne, sei die Kaserne. Da mir die Namen, die das Geschehen beherrschten, so wenig sagten, verzichtete ich darauf, weitere Fragen zu stellen. Ich vertiefte mich in die Lektüre alter Zeitungen und lenkte mich ab mit Nachrichten aus abgelegenen Ortschaften über Gewitterstürme, an Land gespülte Wale, Fälle von Hexerei. Als es elf Uhr schlug – ich hatte diese Stunde mit einiger Ungeduld erwartet –, stellte ich fest, daß die Bartische noch immer an die Wand gerückt standen. Gleich darauf erfuhren wir, daß auch die letzten treuen Angestellten kurz vor dem Morgengrauen gegangen waren, um sich der Revolution anzuschließen. Diese Nachricht, die mir nicht besonders alarmierend erschien, löste unter den Hotelgästen eine wahre Panik aus. Alle ließen ihre Beschäftigungen im Stich und liefen in der Halle zusammen, wo der Geschäftsführer die Gemüter zu beruhigen versuchte. Als es hieß, es werde heute kein Brot geben, brach eine Frau in Tränen aus. Unterdessen spie ein Wasserhahn, den jemand geöffnet hatte, einen rostfarbenen Strahl aus und ließ eine Art Jodler vernehmen, der durch die Rohre im ganzen Haus gurgelte. Als wir die Fontäne am Tritonenbrunnen versiegen sahen, wußten wir, daß wir von jetzt an nur noch mit den Wasservorräten des Hotels rechnen konnten, und die waren gering. Es war von Epidemien und Seuchen die Rede, die in diesem Tropenklima schlimmer seien als anderswo. Jemand versuchte sich mit seinem Konsulat in Verbindung zu setzen: die Telefone waren ohne Strom, und ihre Stummheit machte sie so nutzlos, arme Krüppel mit ihrem einen Arm am Haken, daß viele zornig an ihnen rüttelten, sie gegen die Tische schlugen und damit wenigstens uns zum Sprechen brachten. »Das ist der Wurm«, sagte der Geschäftsführer, den Witz wiederholend, der in der Stadt zur Erklärung aller Katastrophen herhalten mußte. »Das ist der Wurm.« Wie sich die Menschen aufregen, wenn ihre Maschinen ihnen plötzlich nicht mehr gehorchen, dachte ich und ging eine Leiter suchen, um an das Fensterchen eines Badezimmers im vierten Stock hinaufzureichen, aus dem man gefahrlos hinaussehen konnte. Als ich es müde war, das Dächerpanorama abzuspähen, bemerkte ich, daß auf Höhe meiner Schuhsohlen etwas Merkwürdiges vorging. Es war, als wollte ein unterirdisches Leben plötzlich auf sich aufmerksam machen, indem es eine Unzahl ausgefallenen Getiers aus der Dunkelheit entließ. Durch die wasserlosen, von ferne glucksenden Wasserrohre kamen seltsame Nissen, krabbelnde graue Oblaten, hervor, Kellerasseln mit getupften Panzern und, als wären sie von der Seife angelockt, ein paar Tausendfüßler von geringer Länge, die sich beim geringsten Schrecken zusammenrollten und wie winzige Kupferspiralen unbeweglich auf dem Boden liegen blieben. Aus den Abflußrohren, aus den Wasserhähnen spitzten mißtrauisch erkundende Fühler, ohne daß der Körper, der sie in Bewegung setzte, zum Vorschein kam. In den Schränken begann ein fast unhörbares Rumoren wie von raschelndem Papier, ein leichtes Raspeln am Holz, und wer rasch eine Tür öffnete, löste eine Flucht von Insekten aus, die, weil sie es noch nicht gewohnt waren, über poliertes Holz zu laufen, ausrutschten und sich, die Beine nach oben, totstellten. Ein Fläschchen mit süßlicher Medizin, das auf dem Nachttisch stand, hatte eine Prozession roter Ameisen angelockt. Unter dem Teppich steckte Ungeziefer, und aus dem Schlüsselloch sahen Spinnen hervor. In dieser Stadt genügten ein paar Stunden Unordnung, eine kurze Unterbrechung in der Überwachung der mühsam errichteten Ordnung – schon nutzten die Geschöpfe aus dem Erdboden die Trockenheit in den Leitungsrohren, um in den belagerten Ort einzufallen. Ich kehrte in die Halle zurück, wo die Nervosität ihren Höhepunkt erreicht hatte. Auf der Treppe erschien der Kapellmeister, den Taktstock in der Hand, um nachzusehen, was der Aufruhr zu bedeuten habe. Angesichts seines Struwwelkopfs, seines ernsten, strengen Blicks trat Stille ein. In hoffnungsvoller Erwartung sahen wir ihn an, als sei er mit außerordentlichen Machtbefugnissen ausgestattet, um uns aus unserer Angst zu erlösen. Kraft einer Autorität, an die sein Beruf ihn gewöhnt hatte, tadelte er die Kopflosigkeit der Panikmacher und verlangte, daß unverzüglich eine Kommission aus Gästen gebildet werden sollte, die über die im Hause vorhandenen Vorräte an Lebensmitteln Bericht abstatten sollten; gegebenenfalls würde er, der es gewohnt war, Menschen Befehle zu erteilen, eine Rationierung anordnen, und um die Gemüter zu besänftigen, zitierte er das erhabene Beispiel des Heiligenstädter Testaments. In nächster Nähe des Hotels mußte eine Leiche oder ein Tierkadaver verwesen, denn Aasgeruch drang durch die Oberlichter in die Bar, die einzigen Fenster, die ohne Gefahr offen bleiben konnten, da sie oberhalb der Konsole einer mahagonigetäfelten

Wand lagen. Außerdem schien es, als hätte sich die Zahl der Fliegen, die mit irritierender Beharrlichkeit um unsere Köpfe schwirrten, seit dem Morgen vervielfacht. Mouche, die nicht länger im Hinterhof bleiben mochte, betrat, den Gürtel ihres Bademantels schließend, die Halle und beschwerte sich, man habe ihr nach dem Sonnenbad nur einen halben Eimer Wasser gegeben. In ihrer Begleitung kam die trotz ihrer Häßlichkeit anziehende kanadische Malerin mit der tiefen, singenden Stimme, die sich uns am Abend vorgestellt hatte. Sie kannte das Land und nahm die Vorfälle mit einer Gelassenheit auf, die sich auf die Gereiztheit meiner Freundin wohltuend auswirkte, zumal sie behauptete, es fände sich sicher bald ein Ausweg aus dieser Lage. Ich ließ Mouche bei ihrer neuen Freundin und stieg, den Anordnungen des Kapellmeisters folgend, mit der Gästekommission in den Keller zur Bestandsaufnahme der Nahrungsmittel. Rasch hatten wir festgestellt, daß wir etwa zwei Wochen der Belagerung standhalten konnten, wenn wir mit den Vorräten sparsam umgingen. Der Geschäftsführer machte sich stark, mit Hilfe des ausländischen Personals zu jeder Mahlzeit ein einfaches Fleischgericht zuzubereiten, das wir uns selbst in der Küche holen müßten. Wir standen auf feuchtem, frischem Sägemehl, das Halbdunkel in dieser unterirdischen Speisekammer lud zu wohliger Trägheit ein. Besserer Laune, inspizierten wir nun den Weinkeller, in dem Flaschen und Fässer für lange Zeit lagen ... Da sie merkten, daß wir so bald nicht zurückkommen würden, stiegen auch die übrigen Gäste die Kellertreppe herunter und stöberten uns auf, als wir vor den Zapfhähnen standen und aus allen Gefäßen tranken, die uns unter die Hand kamen. Unser Bericht löste ansteckende Heiterkeit aus. Unter allgemeinem Ab- und Umfüllen von Flaschen stiegen die

Spirituosen das ganze Gebäude hoch, vom Keller bis in die obersten Stockwerke, und bald traten anstelle der Schreibmaschinen die Grammophone in Aktion. Die nervöse Spannung der letzten Stunden setzte sich bei den meisten in hemmungslose Sauflust um, während der Aasgeruch immer durchdringender wurde und die Insekten jetzt überall waren. Nur der Kapellmeister blieb schlechter Laune und verwünschte die Aufständischen, die ihm mit ihrer Rebellion die Proben zu Brahms' ›Requiem‹ vermasselten. In seinem Zorn zitierte er einen Brief, in dem Goethe die gezähmte, für immer von ihren wahnwitzigen, fieberhaften Erschütterungen befreite Natur gepriesen hatte. »Hier Urwald!« brüllte er und streckte seinen langen Arm vor, als wolle er sein Orchester zu einem Fortissimo animieren. Bei dem Wort »Urwald« blickte ich unwillkürlich nach dem Innenhof, wo zwischen den weißen Wänden die Topfpalmen im gleißenden Licht standen unter einem wolkenlosen Himmel, in dem nur von Zeit zu Zeit ein vom Aas angelockter Geier durchflog: aus dem Halbschatten betrachtet, sahen sie fast wie große Palmen aus. Ich glaubte, Mouche wäre zu ihrem Liegestuhl zurückgekehrt; als ich sie dort nicht fand, dachte ich, sie würde sich umkleiden. Aber sie war auch nicht in unserem Zimmer. Nachdem ich eine Weile auf sie gewartet hatte, trieb mich der Schnaps, den ich am frühen Morgen getrunken hatte, Mouche zu suchen. Ich verließ die Bar wie jemand, der zu einer bedeutenden Unternehmung aufbricht, und stieg von der Halle aus zwischen zwei Karyatiden von feierlicher Marmorwürde die Treppe hinauf. Von dem einheimischen, nach Melasse schmeckenden Schnaps, den ich zusätzlich zu mir bekannten Schnäpsen getrunken hatte, war mein Kopf wie fühllos geworden. Plötzlich betrunken, schwankte ich im Dunkeln zwischen Geländer und Wand, wie ein

Blinder tastend. Als ich mit einemmal auf schmaleren, mit gelbem Linoleum ausgelegten Stufen stand, begriff ich, daß ich nach einer langen Wanderung über den vierten Stock hinausgeraten war, ohne die geringste Ahnung zu haben, wo meine Freundin sein könnte. Dennoch setzte ich meinen Weg fort, schwitzend, hartnäckig; auch das Gebaren von Leuten, die spöttisch zur Seite traten, um mich passieren zu lassen, konnte meine Ausdauer nicht beirren. Auf einem scharlachroten Teppich von Wegbreite lief ich durch endlose Korridore an numerierten – unerträglich numerierten – Türen vorbei, sie im Vorübergehen zählend, als gehörte auch das zu der Aufgabe, die mir auferlegt war. Plötzlich brachte etwas mir sehr Bekanntes mich zum Stehen, hatte ich, schwankend, das unheimliche Gefühl, daß ich gar nicht verreist war, daß ich noch immer *dort* war auf meinen täglichen Gängen durch irgendein stilloses, unpersönliches Gebäude. Ich kannte doch diesen Feuerlöscher aus rotem Metall mit der aufgeklebten Gebrauchsanweisung, ich kannte doch seit langer, langer Zeit diesen roten Teppich, auf dem ich ging, diese Konsolen unter der Decke und die lange Reihe von Bronzezahlen, hinter denen die gleichen Möbel und die gleichen Gerätschaften standen, auf gleiche Weise angeordnet unter irgendeinem kitschigen Bild von der Madonna, den Niagarafällen oder dem Schiefen Turm zu Pisa. Bei dem Gedanken, daß ich mich nicht von der Stelle gerührt hatte, verlagerte sich der Krampf, den ich im Kopf spürte, in die Eingeweide. Wieder hatte ich die Vorstellung, in einem Bienenkorb zu sein, fühlte ich mich bedrückt und niedergeschlagen zwischen diesen parallelen Wänden, an denen noch die Besen lehnten und aussahen, als hätten die Angestellten wie flüchtende Galeerensklaven ihre Gerätschaften dort zurückgelassen. Es war, als verbüßte ich die grausame

Strafe, eine Ewigkeit lang zwischen Zahlen gehen zu müssen, zwischen den Tabellen eines riesigen, in die Wände eingelassenen Kalenders, zwischen einer labyrinthischen Chronologie, vielleicht der meines eigenen Daseins unter dem ständigen Zeitzwang und einer Hetze, die nur dazu diente, mich jeden Morgen an den Ausgangspunkt des Vortages zurückzuwerfen. Ich wußte längst nicht mehr, wen ich eigentlich suchte in dieser Flucht von Zimmern, in denen Menschen wohnten, ohne Spuren von ihrem Aufenthalt zu hinterlassen. Mich bedrückte die Realität all dieser Stufen, die ich noch höher steigen müßte, um in jenes alleroberste Stockwerk zu gelangen, in dem das Gebäude nur noch aus grauem Zement bestand, ohne Gips und Akanthus, und die Fenster mit Wachspapier beklebt waren, um die Angestellten gegen die Witterung zu schützen. Das Absurde dieser Wanderung durch die Schichten erinnerte mich an die Theorie vom Wurm: sie war die einzige Erklärung für meine Arbeit als Sisyphus mit weiblichem Felsklotz auf den Schultern. Ich mußte über den Einfall lachen, und das minderte meinen Eifer, nach Mouche zu suchen. Zwar wußte ich, daß sie, wenn sie getrunken hatte, jeder sinnlichen Regung besonders leicht nachgab, und wenn das auch nicht hieß, daß sie wirklich den Wunsch hatte, sich wegzuwerfen, trieb es sie doch leicht bis an die Grenze zweideutigster Neugierde. Aber bei der Weinschlauchschwere in meinen Beinen kümmerte mich selbst das nicht mehr. Ich ging in unser abgedunkeltes Zimmer zurück, warf mich bäuchlings aufs Bett und fiel in einen Schlaf, in dem sich bald Alptraumgewitter um die Vorstellung von Hitze und Durst zusammenballten.

Tatsächlich war mein Mund ausgetrocknet, als ich hörte, daß ich gerufen wurde. Mouche stand neben mir mit der kanadischen Malerin, die wir tags zuvor kennengelernt hatten. Zum dritten Mal begegnete ich dieser Frau mit dem ein wenig eckigen Körper, deren Gesicht durch die gerade Nase unter der niedrigen Stirn etwas unerschrokken Statuarisches hatte, was zu dem noch unausgeprägten, lustbetonten Mädchenmund seltsam kontrastierte. Ich fragte meine Freundin, wo sie die Mittagszeit über gewesen sei. »Die Revolution ist aus«, sagte sie statt einer Antwort. Tatsächlich verkündeten die Radiostationen den Sieg der einen Partei und die Gefangennahme der Mitglieder der vorigen Regierung, und hier, hatte ich mir sagen lassen, war ein Übergang von der Macht in den Kerker keine Seltenheit. Ich wollte mich gerade über das Ende unserer Haft freuen, als Mouche mich darauf aufmerksam machte, daß für unbestimmte Zeit Ausgangssperre ab sechs Uhr verhängt worden sei bei strenger Strafe für jeden, der sich nach dieser Zeit auf der Straße blicken ließ. Angesichts eines solchen Handicaps, das unserer Reise alles Unterhaltsame nehmen würde, sprach ich von sofortiger Abreise, zumal mir dies gestatten würde, mit leeren Händen vor den Kurator zu treten, war ich doch wie durch göttliche Vorsehung der Pflicht enthoben, das bei dem gescheiterten Unternehmen ausgegebene Geld zurückzuerstatten. Aber meine Freundin wußte bereits, daß die von ähnlichen Ansinnen überhäuften Fluggesellschaften uns frühestens in einer Woche einen Flug reservieren würden. Übrigens hatte es nicht den Anschein, als sei sie darüber sonderlich erzürnt, und ich erklärte mir dieses Sichfügen in die Tatsachen mit der Erleichterung, die jede Auflösung einer krampfhaft verworrenen Situation mit sich bringt. In diesem Augenblick bat mich die Malerin, an ein Wort von Mouche anknüpfend, wir möchten doch ein paar Tage in ihrem Haus in Los Altos verbringen. Los Altos sei eine friedliche, ruhige, wegen des Klimas und wegen der Silberschmiede von Ausländern sehr geschätzte Sommerfrische, weshalb polizeiliche Verordnungen dort ziemlich lasch gehandhabt würden. Sie habe ihr Atelier in einem Haus aus dem siebzehnten Jahrhundert, das sie um ein Butterbrot erworben habe, der Patio sei vermutlich eine Replik des Innenhofs der Posada de la Sangre in Toledo. Mouche hatte die Einladung bereits angenommen, ohne mich zu fragen, und erzählte schon von Spaziergängen zwischen wilden Hortensien, von einem Kloster mit Barockaltären und herrlicher Täfelung und einem Saal, wo sich die Nonnen unter einem schwarzen Christus vor einer schauerlichen Reliquie geißelten: der Zunge eines Bischofs, die zur Erinnerung an die große Beredsamkeit des Prälaten aufbewahrt werde. Ich verhielt mich abwartend, ohne direkt zu antworten, weniger weil ich keine Lust gehabt hätte, als beleidigt über die Frechheit meiner Freundin. Da die Gefahr nun vorüber war, öffnete ich die Fenster und sah in den Abendhimmel hinaus, der schon in Nacht überging. Erst jetzt bemerkte ich, daß die beiden Frauen ihren besten Staat angelegt hatten, um in den Speisesaal zu gehen. Ich wollte mich gerade darüber lustigmachen, als ich auf der Straße etwas mir viel Interessanteres entdeckte: in dem Lebensmittelladen mit aufgehängten Knoblauchzöpfen, der mir seines seltsamen Namens wegen – *Der Glaube an Gott* – schon früher aufgefallen war, wurde die kleinere Tür geöffnet, um einen Mann einzulassen, der sich, einen Korb am Arm, dicht an die Wand gedrückt herangepirscht hatte. Gleich darauf kam er mit Brot und Flaschen und einer frisch angezündeten Zigarette wieder heraus. Da ich mit einem schneidenden Bedürfnis zu rauchen aufgewacht war, es im Hotel aber keinen Tabak mehr gab, machte ich Mouche, die inzwischen schon Kippen rauchte, auf meine Entdeckung aufmerksam. Ich lief die Treppe hinunter und rannte, so schnell ich konnte, über den Platz, aus Angst, der Laden könnte gleich wieder schließen. Schon hatte ich zwanzig Pakete Zigaretten in der Hand, als auf der nächsten Straßenkreuzung eine wilde Schießerei begann. Mehrere Freischärler, auf einem hofwärts abfallenden Dach postiert, schossen mit Gewehren und Pistolen über den First eines Hauses. Der Ladenbesitzer schloß schleunigst die Tür und verrammelte sie mit einem dicken Balken. Ich setzte mich mißmutig auf einen Hocker, und plötzlich wurde mir klar, wie unvorsichtig es gewesen war, den Worten meiner Freundin Glauben zu schenken. Vielleicht war die Revolution insofern tatsächlich vorbei, als die lebenswichtigen Zentren der Stadt besetzt waren, aber die Verfolgung Widerstand leistender Gruppen ging weiter. Im Hinterzimmer des Ladens murmelten Frauen den Rosenkranz. Ein Geruch nach Fischlake würgte mich in der Kehle. Ich drehte ein paar Karten um, die auf dem Ladentisch liegengeblieben waren, und erkannte Stab, Kelch, Gold und Schwert der spanischen Tarockkarten, die ich so lange nicht mehr gesehen hatte, daß ich kaum mehr wußte, wie sie aussahen. Die Schüsse fielen jetzt seltener. Unter einer Lithographie, die das Elend des auf Borg und den Wohlstand des bar verkaufenden Händlers darstellte, betrachtete mich der Ladenbesitzer schweigend, an seiner Zigarre ziehend. Die Ruhe, die im Haus herrschte, der Duft der Jasminbüsche, die unter einem Granatbaum im Innenhof wuchsen, das Tropfen eines alten Tonkrugs machten mich schläfrig: ich nickte ein, ohne zu schlafen; ein leichtes Rucken des Kopfes gab mich von Zeit zu Zeit für Sekunden der Umwelt zurück. Die Wanduhr schlug acht. Gewehrschüsse waren nicht mehr zu hören. Ich öffnete die Tür einen Spalt und blickte zum Hotel hinüber. In der Dunkelheit, die es rings umgab, strahlten die Oberlichter der Bar, und durch die Türgitter schimmerten die Kronleuchter der Halle. Beifall wurde geklatscht. Als ich gleich danach die ersten Takte der *Barricades Mystérieuses* hörte, war mir klar, daß der Pianist ein paar von den Stücken spielte, die er am Morgen auf dem Flügel im Speisesaal geübt hatte, und daß er eine stattliche Anzahl von Gläsern getrunken haben mußte, weil ihm bei Trillern und Appoggiaturen häufig die Finger ausglitten. Im Zwischengeschoß wurde hinter den eisernen Rolläden getanzt. Das ganze Haus war in Feststimmung. Ich drückte dem Ladenbesitzer die Hand und wollte eben losrennen, als ein Schuß fiel, ein einziger, und eine Kugel nur ein paar Meter entfernt ungefähr in Höhe meiner Brust einschlug. In entsetzlicher Angst sprang ich zurück. Ich war im Krieg gewesen; aber der Krieg, wie ich ihn als Dolmetscher im Generalstab erlebt hatte, war etwas anderes: die Gefahr verteilte sich auf viele, der Rückzug hing nicht vom einzelnen ab. Hier hingegen hätte der Tod mir beinahe ein Bein gestellt, und ich selber war schuld daran. Mehr als zehn Minuten vergingen, ohne daß ein Schuß die Nacht zerriß. Aber als ich mich eben fragte, ob ich jetzt wieder hinausgehen sollte, knallte es von neuem. Vermutlich lag irgendein Heckenschütze auf Posten und leerte von Zeit zu Zeit seine Waffe – eine alte Waffe, sicherlich eine Muskete –, um die Leute von der Straße fernzuhalten. Ich brauchte nur ein paar Sekunden, um auf den Gehsteig gegenüber zu gelangen; aber in diesen Sekunden würde ich ein schreckliches Hasardspiel spielen. Unwillkürlich fiel mir Buffons Spieler ein, der ein Stäbchen aufs Parkett wirft in der Hoffnung, es werde die parallelen Fugen nicht schneiden. Hier waren die parallelen Linien die unabhängig von meinen Absichten ziel- und wahllos abgefeuerten Schüsse, die draußen fielen, wenn man sie am wenigsten erwartete, und der unabweisbare Gedanke schreckte mich, ich könnte das Stäbchen des Spielers sein und mein Körper in irgendeinem Punkt, in irgendeinem möglichen Schnittwinkel der Schußlinie liegen. Schicksal spielte in diese Wahrscheinlichkeitsrechnung nicht hinein, da es einzig von mir abhing, ob ich alles aufs Spiel setzen wollte, um nichts zu gewinnen. Zuletzt mußte ich mir eingestehen, daß das, was mich auf meiner Straßenseite so erbitterte, gar nicht der Wunsch war, ins Hotel zurückzukehren. Es war vielmehr dasselbe, was mich schon vor einigen Stunden dazu getrieben hatte, im Rausch durch so viele Gänge zu laufen. Auch jetzt beruhte meine Ungeduld auf meinem geringen Vertrauen in Mouche. Wenn ich hier, auf dieser Seite des Grabens, auf diesem schauerlichen Parkett der Möglichkeiten an sie dachte, so nur, weil ich sie der schlimmsten physischen Untreue für fähig hielt, obwohl ich ihr, seit wir uns kannten, nie einen konkreten Vorwurf hätte machen können. Es gab nichts, worauf sich mein Argwohn, meine ewige Eifersucht hätten gründen können, aber ich wußte nur zu gut, daß ihre intellektuelle Bildung, die so reich war an alles rechtfertigenden Ideen und Scheinargumenten, sie dazu bringen konnte, sich – zumal in der anomalen Situation dieser Nacht – auf irgendein ausgefallenes Experiment einzulassen. Ich sagte mir, daß es sich gerade deshalb nicht lohnte, den Tod zu riskieren, nur um mich von einem Zweifel zu befreien. Und dennoch konnte ich den Gedanken nicht ertragen, daß sie da drüben, in diesem vom Rausch bewohnten Haus von meiner Aufsicht befreit war. Alles war möglich in diesem wildgewordenen Hotel mit den dunklen Kellern und den unzähligen Zimmern, die an spurenlose Liebe gewöhnt sind. Ich weiß nicht, warum der Gedanke mich nicht losließ, daß diese Straßenschlucht, die mit jedem Schuß breiter wurde, etwas wie eine Warnung war, eine Vorwegnahme künftiger Ereignisse. In diesem Augenblick geschah im Hotel etwas Seltsames. Musik und Stimmen brachen mit einem Schlag ab. Schreien, Weinen, Rufe erschallten im ganzen Gebäude. Lichter wurden gelöscht, andere angezündet. Eine Art dumpfer Erschütterung schien dort zu herrschen, eine Panik ohne Flucht. Wieder setzte die Schießerei in der Straßenkreuzung ein. Aber diesmal kamen mehrere Infanteriepatrouillen mit Karabinern und Maschinengewehren. Hinter den Säulen der Hauseingänge rückten die Soldaten langsam bis zu der Stelle vor, wo der Laden lag. Die Heckenschützen hatten sich vom Dach zurückgezogen, so daß die regulären Truppen jetzt das Stück Straße kontrollierten, das ich überqueren mußte. Ich ließ mich von einem Unteroffizier begleiten und erreichte endlich das Hotel. Als das Gitter geöffnet wurde und ich die Halle betrat, blieb ich fassungslos stehen: auf einem großen Nußbaumtisch, der nun als Totenbahre diente, lag der Kapellmeister, ein Kruzifix zwischen den Aufschlägen seines Fracks. In vier rebenumrankten Silberleuchtern – passendere gab es nicht – brannten Kerzen: eine verirrte Kugel hatte den Meister in die Stirn getroffen, als er in seinem Zimmer unvorsichtig nahe ans Fenster getreten war. Ich blickte auf die Gesichter um ihn: unrasierte, schmutzige Gesichter, aufgedunsen vom Rausch, den der Tod übertäubt hatte. Noch immer kamen Insekten durch die Leitungsrohre, die Körper rochen nach saurem Schweiß, Latrinengestank zog sich durchs ganze Haus. Die Tänzerinnen sahen wie Gespenster aus, mager und übernächtigt. Zwei von ihnen, noch in den Tüllröckchen und Trikots, in denen sie kurz zuvor ein Adagio getanzt hatten, liefen schluchzend in den Schatten der großen Marmortreppe. Die Fliegen waren nun überall, surrten um die Lichter, krochen über die Hände, flogen um das Haar der Frauen. Draußen schwoll das Aas an. Ich fand Mouche, einem Nervenzusammenbruch nahe, auf dem Bett in unserem Zimmer. »Sobald es hell wird, bringen wir sie nach Los Altos«, sagte die Malerin. In den Höfen krähten die ersten Hähne. Unten auf dem Gehsteig luden schwarzgekleidete Männer die Kandelaber des Bestattungsinstituts von einem Wagen in Schwarz und Silber.

VII

(Samstag, den 10.)

Mit der kleinen Schmalspurbahn, die wie ein Kinderzug in einem Vergnügungspark aussah, waren wir kurz nach Mittag in Los Altos angekommen, und der Ort gefiel mir so gut, daß ich schon zum dritten Mal an diesem Nachmittag auf dem Brückchen über dem Wildbach stand, um im Ganzen zu überblicken, was ich auf den früheren Wanderungen Schritt für Schritt und indiskret in Fenster und Türen blickend durchstreift hatte. Nichts, was sich dem Blick bot, war monumental oder feierlich; nichts wurde auf Ansichtskarten reproduziert oder in Reiseführern gepriesen. Doch für mich ging von diesem Provinzwinkel, in dem jede Straßenecke, jede mit Nägeln beschlagene Tür einem bestimmten Lebensstil entsprach, ein Zauber aus, den die allzu abgegriffenen, viel zu oft photographierten Steine in anderen bereits musealen Dörfern verloren hatten. Bei Nacht sah der an den Berghang geschmiegte Ort wie eine Bilderbogen-Stadt aus, deren erbauliche und höllische Partien von den Straßenlaternen aus der Dunkelheit hervorgehoben wurden. Diese fünfzehn insektenumschwirrten Straßenlaternen hatten die gleiche isolierende Funktion wie Altarkerzen oder Theaterscheinwerfer: sie zeigten in vollem Licht die Stationen des Kalvarienberges. Wie auf einer Allegorie des gottseligen und des lasterhaften Lebens, wo die Bösen immer unten schmoren müssen, beleuchtete die erste Laterne die Fuhrmannskneipe, wo Pisco und Charanda, Kresse- und Maulbeerschnaps ausgeschenkt wurden und Betrunkene auf den Fässern vor dem Hauseingang schliefen, ein Ort, schlechten Umgang zu pflegen und ein böses Beispiel zu geben. Die zweite Laterne schaukelte über dem Haus der Lola, wo auf dem gestreiften Samtsofa, das früher einmal einem Richter vom Königlichen Gerichtshof gehört hatte, in Weiß, Blau und Rosa die Carmen, die Ninfa und die Esperanza unter chinesischen Lampions saßen und warteten. Im Kreis der dritten Laterne drehten sich die Kamele, Löwen und Strauße eines Karussells, während die Schaukelsitze eines Riesenrads ins Dunkel der Nacht auffuhren, da das Licht in solche Höhen nicht hinaufreichte, und von dort wieder herunterschwebten, solange die Walze mit dem »Schlittschuhläuferwalzer« ablief. Wie vom Himmel des Ruhms herab, goß die vierte Laterne weißes Licht auf die Statue des Dichters, berühmter Sohn der Stadt und Verfasser einer *Hymne auf die Landwirtschaft*, der hier mit einer von Grünspan überzogenen Feder auf einer Marmorplatte unter dem anleitenden Zeigefinger einer nur noch einarmigen Muse weiterschrieb. Unter der fünften Laterne war außer zwei schlafenden Eseln nichts Bemerkenswertes. Die sechste strahlte die Lourdes-Grotte an, ein aus Zement und von weit her geholten Steinen mühsam errichtetes Bauwerk, das um so bemerkenswerter wurde, wenn man bedachte, daß an derselben Stelle eine natürliche Grotte hatte zugemauert werden müssen. Die siebte Laterne gehörte den schwarzgrünen Pinien und dem Rosenstrauch, der sich an einem stets geschlossenen Säulenportal hochrankte. Dann war die Kathedrale an der Reihe, deren mächtige Strebepfeiler aus tiefen Schatten vorsprangen im Licht der achten Laterne, die an einem besonders hohen Pfosten hing und deshalb bis an das Zifferblatt der Uhr reichte, wo seit vierzig Jahren die Zeiger auf halb sieben standen und damit, dem Geraune der Betschwestern und bigotten alten Weiber zufolge, die Stunde eines kurz bevorstehenden Jüngsten Gerichts anzeigten, bei dem die schamlosen Frauen aus der Nachbarschaft zur Rechenschaft gezogen werden würden. Die neunte Laterne leuchtete über dem Athenäum für kulturelle Veranstaltungen und väterländische Gedenkfeiern nebst kleinem Museum, in dem der Ring aufbewahrt wurde, an welchem eine Nacht lang die Hängematte des Helden aus dem Feldzug de los Riscos gehangen hatte, ein Reiskorn, auf welches jemand mehrere Abschnitte des Don Quijote geschrieben hatte, ein Porträt Napoleons aus den x-Buchstaben einer Schreibmaschine und, in Spiritusgläsern, eine komplette Sammlung der Giftschlangen der Gegend. Verschlossen, geheimnisvoll, von zwei schwarzgrauen Salomonssäulen flankiert, auf denen ein von Kapitell zu Kapitell gespannter Zirkel ruhte, nahm die Freimaurerloge das gesamte Umfeld der zehnten Laterne ein. Dann kam das Augustinerkloster in einer Allee, die schlecht beleuchtet war, weil zu viele Insekten die elfte Laterne verdunkelten. In die nächste Laterne mußten sich die Kaserne und der dorische Pavillon teilen, der, obgleich die Kuppel vom Blitz gespalten war, noch immer zu sommerlichen Abendkonzerten benutzt wurde, bei dem die Jugend promenierte, die Jungen auf der einen, die Mädchen auf der anderen Seite. Im Kegel der dreizehnten Laterne bäumte sich ein Pferd, darauf saß ein verwaschener Bronzecaudillo, der gewöhnlich mit seinem funkelnden

Schwert die Nebelschwaden in zwei gleiche Ströme schied. Dahinter lag, ein schwarzer, von Kerzen und Glutöfchen zitternder Streifen, die Siedlung der Indios mit ihren an Heiligenbilder erinnernden Geburten und Totenwachen. Weiter oben, unter der vorletzten Laterne, wartete ein Zementsockel auf die sehnespannende Geste des *Tapferen Bogenschützen* und kühnen Konquistadorentöters, dessen steinernes Denkmal Freimaurer und Kommunisten in Auftrag gegeben hatten, um die Pfaffen zu ärgern. Dahinter lag undurchdringliche Nacht. Und am Ende, so weit oben, daß es aussah, als käme es aus der anderen Welt, beschien das alleroberste Licht die Holzkreuze, die dort, wo der Wind am stärksten blies, auf drei steinigen Hügeln standen. Vor einem Hintergrund von Sternen und Wolken endete die Bilderbogenstadt, gesprenkelt von winzigen, kaum wahrnehmbaren Lichtern. Alles übrige waren Lehmziegel, die im Dunkel mit dem Lehm der Berge zu verschmelzen schienen.
Fröstelnd in der kühlen Luft, die von den Höhen wehte, kehrte ich durch die gewundenen Gassen zum Haus der Malerin zurück. Ich muß sagen, daß mich diese Frau, die ich in den vergangenen Tagen nicht sonderlich beachtet hatte – unser zufälliges Zusammenleben hatte ich wie jedes beliebige andere akzeptiert –, seit der Abfahrt aus der Hauptstadt von Mal zu Mal mehr irritierte wegen der wachsenden Hochschätzung, die Mouche ihr entgegenbrachte. War sie mir anfangs als eine farblose Person erschienen, so empfand ich sie jetzt von Stunde zu Stunde deutlicher als eine störende Kraft. Durch berechnete Langsamkeit gab sie ihren Worten Gewicht und lenkte selbst die kleinsten Entscheidungen, die uns drei betrafen, mit kaum betonter, aber hartnäckiger Autorität, und meine Freundin unterwarf sich ihr mit einer für ihren Charakter ungewöhnlichen Sanftmut. Sie, die so gern

ihre Augenblicksgelüste zum Gesetz erhob, stimmte selbst dann noch unserer Gastgeberin zu, wenn sie Minuten vorher mit mir übereingekommen war, das nicht zu tun, was sie gleich darauf betont freudig unternahm. Ständig sollte ich aus dem Haus gehen, wenn ich im Haus bleiben wollte, sollte ausruhen, wenn ich gerade vorgeschlagen hatte, in die dunstigen Berge hinaufzugehen. Aus der Bedeutung, die sie dieser neuen Freundschaft zumaß, ging deutlich hervor, wie sehr Mouche schon nach ein paar Tagen eine bestimmte Ordnung der Wirklichkeit, die wir hinter uns gelassen hatten, vermißte. Während der Höhenunterschied, die reine Luft, das Aussetzen der Gewohnheiten, die Wiederbegegnung mit der Sprache meiner Kindheit in mir zögernd, aber spürbar eine Art Rückkehr zu einem seit langer Zeit verlorenen Gleichgewicht bewirkte, waren an ihr, obwohl sie es noch nicht zugab, Anzeichen der Langeweile zu bemerken. Nichts von dem, was wir bis jetzt gesehen hatten, schien dem zu entsprechen, was sie auf dieser Reise zu finden gewünscht hatte, vorausgesetzt, daß sie überhaupt etwas Bestimmtes zu finden wünschte. Und dabei hatte Mouche doch immer so klug über die Italienreise gesprochen, die sie vor unserer Begegnung gemacht hatte. Als ich bemerkte, wie falsch oder unglücklich ihre Reaktionen auf dieses Land waren, das uns so sehr überraschte, weil wir ganz unvorbereitet und ohne Kenntnis seiner Vergangenheit waren, uns nicht in Büchern informiert hatten, fragte ich mich, ob ihre scharfsinnigen Bemerkungen über die geheimnisvolle Sinnlichkeit der Fenster im Palast Barberini, die Puttenobsession am Deckengewölbe von San Giovanni di Laterano, die beinahe weibliche Intimität von San Carlo alle Quattro Fontane mit seinem schattigen, ganz auf Rundungen abgestellten Kreuzgang im Grund nicht nur willkommene, auf die Stimmung des jeweiligen Tages zugeschnittene Zitate waren, die sie in kleinen Schlucken aus den allgemein zugänglichen Quellen, aus Gelesenem oder Gehörtem übernommen hatte. Zuerst entsprachen ihre Urteile immer einer ästhetischen Forderung des Tages. Sie schwärmte von Bemoostem und Schattigem, wenn es als neu galt, von Bemoostem und Schattigem zu sprechen. Wenn sie aber vor etwas ihr gänzlich Unbekanntem stand, vor einer schwer einzuordnenden Tatsache, einer Art von Architektur, die nicht irgendein Buch ihr angekündigt hatte, war sie wie verstört, schwankend, unfähig, eine treffende Meinung zu formulieren, und dann erstand sie aufgrund von Bücherweisheit ein staubiges Seepferd, wo sie eine naive Miniatur der heiligen Rosa mit ihrer blühenden Palme hätte kaufen können. Da die kanadische Malerin die Geliebte eines durch seine Essays über Lewis und Ann Radcliff berühmt gewordenen Dichters gewesen war, konnte Mouche sich endlich wieder auf dem Feld des Surrealismus, der Astrologie und der Traumdeutung tummeln, samt allem, was dazu gehörte. Jedesmal, wenn sie auf eine Frau stieß – und das geschah nicht oft –, die, wie sie in solchen Fällen sagte, die gleiche Sprache wie sie sprach, widmete sie sich dieser neuen Freundschaft mit nie erlahmender Hingabe, einem Aufwand an Aufmerksamkeiten und einer Betulichkeit, die mir zum Schluß auf die Nerven gingen. Lange dauerten diese Zärtlichkeitsanwandlungen nicht; an einem x-beliebigen Tag endeten sie unerwartet genauso plötzlich, wie sie begonnen hatten. Aber solange sie anhielten, weckten sie in mir den unerträglichsten Verdacht. Es war auch jetzt, wie andere Male, ein bloßes Gefühl, eine Unruhe, ein Zweifel: nichts bewies mir, daß da etwas Schuldhaftes war. Aber seit jenem Abend vor der Abreise, nach der Beerdigung des Kapellmeisters, an der ich mit einer Abordnung von Gästen teilgenommen hatte, ließ der quälende Gedanke mich nicht mehr los. Als ich vom Friedhof zurückkam, lagen noch die Blätter der in diesem Land zu stark duftenden Blumen auf dem Boden der Empfangshalle verstreut. Die Straßenkehrer waren dabei, das Aas fortzuschaffen, ein von Aasgeiern zerfleischtes Pferd, das sich während der Aussegnung durch seinen Gestank so infam bemerkbar gemacht hatte, und da die Beine nicht in den Karren paßten, schlugen sie sie mit der Machete ab, so daß die Hufe samt Knochen und Hufeisen zwischen Schwärme grüner Fliegen auf den Asphalt fielen. Drinnen stellten die Angestellten, die von der Revolution wie von einer normalen Besorgung zurückgekommen waren, die Möbel wieder an ihre Stelle und polierten die Türgriffe mit dem Wildlederlappen. Mouche war anscheinend mit ihrer Freundin ausgegangen. Als beide erschienen – die Stunde des Ausgangsverbots war bereits überschritten – und behaupteten, sie seien nur eben auf der Straße gewesen, dann aber abgedrängt worden von der Menge, die den Sieg der stärkeren Partei feierte, schien etwas Merkwürdiges zwischen ihnen zu spielen. Beide zeigten, ganz anders als sonst, eine Art kalter Gleichgültigkeit gegen alles, eine Selbstzufriedenheit wie Menschen, die von einer Reise in verbotene Zonen zurückkehren. Unablässig beobachtete ich sie, um einen Blick geheimen Einverständnisses zwischen ihnen zu erhaschen; jeden Satz der einen oder der anderen überdachte ich, um einem verborgenen oder verräterischen Sinn auf den Grund zu kommen; mit verwirrenden, widersprüchlichen Fragen versuchte ich sie aus dem Konzept zu bringen – ohne jedes Ergebnis. Mein langjähriger Umgang mit bestimmten Kreisen, mein angelernter Zynismus sagten mir zwar, daß mein Vorgehen grotesk sei. Und dennoch litt ich an etwas weit

Schlimmerem als Eifersucht: Es war das unerträgliche Gefühl, von einem Spiel ausgeschlossen zu sein, das ich deshalb als um so verabscheuungswürdiger empfand. Ich konnte diese Perfidie, diese Verstellung nicht ertragen, diese Vorstellung von einem geheimen, von Weibern hinter meinem Rücken ausgeheckten lustvollen »Etwas«. Augenblicklich lieferte mir meine Phantasie konkrete Bilder der abstoßendsten physischen Möglichkeiten, und obwohl ich mir tausendmal sagte, daß nur sinnliche Gewöhnung und nicht Liebe mich an Mouche band, war ich drauf und dran, mich zu benehmen wie ein Ehemann im Melodram. Ich wußte, daß, wenn der Sturm vorüber war und ich meiner Freundin diese Qualen eingestehen würde, sie nur die Achseln zucken und sagen würde, das sei ihr zu albern, als daß sie sich darüber ärgern werde, die *Animalität* solcher Reaktionen gingen auf meine Kindheit, auf meine Erziehung im hispano-amerikanischen Milieu zurück. Aber selbst jetzt, in der Beschaulichkeit dieser menschenleeren Straßen, überfiel mich wieder der Verdacht. Ich ging schneller, um möglichst rasch ins Haus zu kommen, aus Furcht und zugleich in dem Wunsch nach Klarheit. Dort jedoch erwartete mich das Unverhoffte: dort herrschte ein ungeheurer Trubel bei fleißigem Bechern. Drei junge Künstler waren eben aus der Hauptstadt angekommen, auf der Flucht, wie wir, vor der Ausgangssperre und dem Zwang, sich bei Anbruch der Dämmerung in die Häuser einzuschließen. Der Musiker war so sehr Weißer, der Dichter so sehr Indio, der Maler so sehr Schwarzer, daß ich unwillkürlich an die drei Könige aus dem Morgenland denken mußte, als ich sie rings um die Hängematte stehen sah, in der Mouche wohlig ausgestreckt diese Art Anbetung bereitwillig gestattete. Es gab nur ein Thema: Paris. Ich hörte zu, wie die jungen Leute meine Freundin befragten, wie

Christen im Mittelalter einen Pilger nach der Rückkehr vom Heiligen Grab befragt haben mochten. Sie wollten immer neue Einzelheiten erfahren über das Aussehen des Haupts dieser oder jener Schule, das Mouche zu kennen sich brüstete; sie wollten wissen, ob ein bestimmtes Café noch von diesem oder jenem Schriftsteller besucht würde; ob zwei andere Schriftsteller sich nach ihrer Polemik über Kierkegaard wieder versöhnt hätten; ob die gegenstandslose Kunst noch immer von denselben Leuten verteidigt würde ... Und wenn ihre Kenntnisse des Französischen oder des Englischen nicht ausreichten, alles zu verstehen, warfen sie der Malerin flehentliche Blicke zu, damit sie sich erbarme und ihnen eine Anekdote oder einen Satz, dessen kostbare Quintessenz ihnen vielleicht entgangen war, ins Spanische übersetze. Als ich in der bösartigen Absicht, Mouche um die Gelegenheit zu derart glanzvoller Selbstdarstellung zu bringen, anfing, die jungen Leute über die Geschichte ihres Landes auszufragen, über die ersten literarischen Ansätze in der Kolonialzeit, über volkstümliche Überlieferung, war leicht zu merken, wie ungelegen ihnen dieser Themenwechsel kam. Um meiner Freundin nicht das Wort zu lassen, fragte ich, ob sie je in den Urwald gegangen seien. Der indianische Dichter antwortete achselzuckend, in dieser Richtung gäbe es nichts zu sehen, so weit man auch ginge, solche Reise überlasse man den Ausländern, die auf das Sammeln von Pfeilen erpicht seien. Die Kultur, behauptete der schwarze Maler, sei nicht im Urwald. Dem Musiker zufolge konnte man heute nur dort leben, wo zeitgenössisches Denken und künstlerisches Schaffen am aktivsten waren, und damit war er wieder bei der Stadt angekommen, deren intellektuelle Topographie so sehr in den Köpfen seiner Gefährten spukte, daß sie, wie sie eingestanden, mit offenen Augen vor einem Stadtplan träumen konnten, auf dem in dicken blauen Kreisen die Metro-Stationen eingezeichnet waren: Solferino, Oberkampf, Corvisard, Mouton-Duvernet. Zwischen den Kreisen waren die Strecken in das Gewirr der Straßen und mehrmals über die Seine hinweg wie die Schnüre eines Netzes eingezeichnet. In dieses Netz würden die jungen heiligen drei Könige wohl bald fallen, geleitet von dem Stern über der großen Krippe Saint-Germain-des-Prés. Je nach Laune des Tages würde man ihnen dort das Verlangen nach *évasion* predigen, die Vorzüge des Selbstmords, die Notwendigkeit, auf den erstbesten Passanten zu schießen. Irgendein wahnumnebelter Meister würde sie zum Kult eines Dionysos überreden – Gottes der Ekstase und des Schreckens, der Wildheit und der Befreiung, eines wahnsinnigen Gottes, dessen bloßes Erscheinen die Lebewesen in Rausch versetze –, freilich ohne ihnen zu sagen, daß der Hohepriester dieses Dionysos, Nietzsche, sich einst als Feldartillerist, den Säbel in der Hand und den Helm auf einem Tischchen im Münchener Stil, hatte porträtieren lassen, eine unheilverkündende Präfiguration jenes Schreckensgottes, der tatsächlich über das Europa einer gewissen Neunten Sinfonie hereinbrechen sollte. Ich sah sie schon abgemagert und blaß in ihren ungeheizten Ateliers – den Indio olivgrün, den Schwarzen ohne sein Lachen, den Weißen pervertiert –, wenn sie, längst ohne Erinnerung an die Sonne, die sie zurückgelassen hatten, verzweifelt das gleiche zu tun versuchten, was unter dem Netz auf dem Stadtplan mit gutem Recht getan wurde. Wenn sie ihre Jugend damit vertan hatten, würden sie Jahre später blicklos und entmutigt in ihre Länder zurückkehren und keinen Unternehmungsgeist mehr aufbringen für die meiner Ansicht nach einzige angemessene Aufgabe in dieser Umgebung, deren Werte mir nach und nach deutlich wurden: den Dingen einen Namen zu geben, wie Adam. Als ich sie in jener Nacht betrachtete, wurde mir bewußt, wie sehr die vorzeitige Entwurzelung aus dieser Welt, in der ich als in der meinen aufgewachsen war, mir geschadet hatte; wie sehr die rasche Begeisterung der Menschen meiner Generation, die von den Theorien in die gleichen Labyrinthe geschickt und von den gleichen Minotauren verschlungen wurden, dazu beigetragen hatte, mich in die Irre zu führen. Manche Gedankengänge, mit denen ich mich lange beschäftigt hatte, langweilten mich heute, und ich spürte ein dunkles Verlangen, etwas zu sagen, das nicht tagtäglich hier oder dort von Leuten gesagt wurde, die sich für up to date hielten in bezug auf Dinge, die in fünfzehn Jahren widerlegt sein oder verabscheut werden würden. Wieder einmal holten mich hier die Gespräche ein, die mich im Hause von Mouche manchmal amüsiert hatten. Aber hier, auf dem Balkon über dem Wildbach, der unten in der Schlucht brauste, in der schneidenden Luft, die nach nassem Heu roch, und so nahe den Tieren der Erde, die unter rötlichen Luzernen krochen und in ihrem Fangzahn den Tod trugen, in diesem Augenblick, da die Nacht wie nie zuvor zu etwas eigentümlich Berührbarem für mich wurde, waren bestimmte »moderne« Themen mir unerträglich. Am liebsten hätte ich die Stimmen, die in meinem Rücken sprachen, zum Schweigen gebracht, um dem Quaken der Frösche, dem schrillen Zirpen der Grillen, dem Rhythmus eines in den Achsen quietschenden Karrens auf dem nächtlichen Kalvarienberg besser zuhören zu können. Verstimmt gegen Mouche, gegen jedermann, in dem Wunsch, etwas zu schreiben, etwas zu komponieren, ging ich aus dem Haus und bis ans Ufer des Wildbachs, um noch einmal die Stationen der Bilderbogenstadt zu betrachten. Oben schlug jemand auf dem

Klavier der Malerin probeweise Akkorde an. Dann begann der junge Musiker – aus der Härte des Anschlags ging hervor, daß der Komponist selbst am Instrument saß – zu spielen. Spaßeshalber zählte ich die Töne: es waren zwölf, und keiner verdoppelte sich, bis das unruhige Andante am Ende wieder in das anfängliche Es-Dur einmündete. Ich hätte wetten können, daß die Atonalität bis in dieses Land vorgedrungen war, daß ihre Rezepte hier bereits im Schwange waren. Ich ging zur Kneipe hinunter, um einen Maulbeerschnaps zu trinken. Dort saßen Fuhrleute, in ihre Ponchos gehüllt, und erzählten, daß die Bäume bluteten, wenn man sie am Karfreitag mit der Axt schlug, und daß Disteln aus den Bäuchen der Wespen wüchsen, wenn sie im Rauch bestimmter Urwaldhölzer erstickt wären. Plötzlich trat ein Harfenspieler an die Theke, als sei er aus der Nacht aufgetaucht. Barfuß, sein Instrument über dem Rücken, bat er, den Hut in der Hand, um die Erlaubnis, ein wenig Musik machen zu dürfen. Er kam von weit her, aus einem Dorf im Distrikt Tembladeras, wo er in Erfüllung eines Gelübdes, wie schon in früheren Jahren, am Tag der Kreuzesauffindung vor der Kirche gespielt hatte. Jetzt wolle er sich nur als Entgelt für seine Kunst mit einem tüchtigen Agavenschnaps stärken. Es wurde still. Ernst, als vollziehe er eine rituelle Handlung, legte der Harfenist die Hände über die Saiten, und ich hörte voll Bewunderung, wie er, um sich die Finger zu lockern, frei nach eigenen Einfällen präludierte. In seinen Läufen, in den strengen, von machtvoll-feierlichen Akkorden unterbrochenen Rezitativen lag etwas von der festlichen Größe mittelalterlicher Orgel-Präambeln. Durch das willkürlich gestimmte ländliche Instrument, das den Harfenisten zwang, sich an eine Tonfolge zu halten, in der bestimmte Töne fehlten, entstand der Eindruck, als beruhe seine

Musik auf der meisterlichen Handhabung alter Weisen und Kirchenmusiken, so daß auf dem Weg über einen authentischen Primitivismus das entstand, was manche zeitgenössischen Komponisten in ihren besten Versuchen erreichten. Die feierliche Improvisation erinnerte an die Tradition der Orgel, der Vihuela, der Laute, aber zugleich vibrierte in diesem konisch gebauten Resonanzkasten, den der Musiker zwischen seinen schuppigen Knöcheln hielt, ein neuer, lebendiger Pulsschlag. Danach spielte er Tänze, schwindelerregend schnelle Tänze, in denen Zweivierteltakt zwanglos mit Dreivierteltakt abwechselten, und das in einem Modalsystem, das niemals derartigen Proben unterzogen worden war. Ich wäre am liebsten ins Haus zurückgegangen und hätte den jungen Musiker an den Ohren hierhergezogen, damit er zu seinem eigenen Nutzen höre, was hier gespielt wurde. Aber unterdessen kamen die Gummimäntel und Laternen der Patrouille: die Polizei ordnete an, daß die Kneipe geschlossen werde. Auch hier, ließ ich mir sagen, sollte eine Ausgangssperre von Sonnenuntergang bis Sonnenaufgang mehrere Tage lang eingehalten werden. Diese unerfreuliche Tatsache, die unser – für mich unerquickliches – Zusammenleben mit der Malerin noch enger gestalten würde, gab mir plötzlich einen Entschluß ein, der eine ganze Folge von Überlegungen und Grübeleien mit einem Mal beendete. Von Los Altos fuhren Autobusse an den Hafen, und von dort aus konnte man flußaufwärts den südlichen Urwald erreichen. Wir würden den Betrug, den meine Freundin sich ausgedacht hatte, um so weniger fortsetzen, als die Umstände den Plan ohnedies alle Augenblicke durchkreuzten. Durch die Revolution war der Wert meines Geldes im Verhältnis zur einheimischen Währung beträchtlich gestiegen. Alles in allem war es das Einfachste, Sauberste, Interessanteste, den noch verbleibenden Urlaub dazu zu benützen, meine Verpflichtungen gegenüber dem Kurator und der Universität zu erfüllen und die übernommene Aufgabe ehrlich auszuführen. Damit mir keine Zeit blieb, den Entschluß rückgängig zu machen, kaufte ich beim Wirt zwei Fahrkarten für den Autobus am nächsten Morgen. Es kümmerte mich nicht, was Mouche denken würde: zum ersten Mal fühlte ich mich fähig, ihr meinen Willen aufzuzwingen.

3. Kapitel

»... das wird geschehen, wenn er sich auf den Weg macht, sein Gesicht enthüllt und spricht und ausspeit, was er geschluckt hat, und seine Last abwirft.«

Das Buch von Chilam-Balán

VIII

(den 11. Juni)

Der Streit dauerte bis Mitternacht. Mouche fühlte sich plötzlich erkältet; ich mußte ihre Stirn befühlen, die eher kühl war, sie klagte über Schüttelfrost und hustete so lange, bis ihre Kehle derart gereizt war, daß sie husten mußte. Ich schloß die Koffer, ohne mich weiter um sie zu kümmern, und der Morgen war noch nicht angebrochen, als wir in dem schon ziemlich vollen Autobus Platz nahmen, in dem die Leute sich in ihre Umschlagtücher gewickelt oder Frottiertücher als Schals um den Hals geschlungen hatten. Bis zum letzten Augenblick unterhielt sich meine Freundin mit der Malerin und machte mit ihr aus, daß wir uns in der Hauptstadt treffen würden, sobald wir – nach einer oder höchstens zwei Wochen – von der Reise zurück wären. Endlich fuhren wir auf der Landstraße und bogen in Richtung Sierra in eine Schlucht so voller Nebel, daß die Gipfel der Gebirgszüge im Morgengrauen nur schattenhaft zu erkennen waren. Da ich wußte, daß Mouche sich mehrere Stunden lang krank stellen würde, denn sie gehörte zu den Leuten, die sich erst verstellen und dann an ihre Verstellung glauben, zog ich mich in mich zurück, entschlossen, allein zu genießen, was zu sehen war, und sie zu vergessen, obwohl sie an meiner Schulter schlummerte und leise stöhnte. Durch die Wiederbegegnung mit Lebensweisen, Geschmäcken, Worten und Dingen, die mich tiefer geprägt hatten, als ich es geglaubt hätte, war der Weg aus der Hauptstadt nach Los Altos für mich wie der Rücklauf der Zeit in die Kindheit gewesen, ein Zurückgehen in die frühen Jugendjahre und ihre aufdämmernden Perspektiven. Der Granatbaum und der irdene

Krug, die Figuren auf den spanischen Spielkarten, das Basilienkraut im Hof und die blaue Flügeltür hatten wieder zu mir gesprochen. Doch was jetzt begann, lag jenseits aller Bilder, die ich aufgenommen hatte, als ich die Welt nicht mehr allein durch den Tastsinn erfuhr. Sobald wir aus dem irisierenden Dunst heraus wären, der sich allmählich mit morgendlichem Grün färbte, würde so etwas wie eine Entdeckungsreise für mich beginnen. Mit quietschenden Achsen und Staub in den Nordostwind wirbelnd, kletterte der Autobus höher, kletterte, über den Abgrund geneigt, mit solcher Anstrengung, daß es schien, als hätte jede überwundene Höhe das verbeulte Chassis unsagbare Leiden gekostet. Es war ein klägliches Vehikel mit rot gestrichenem Dach, das sich zwischen den senkrechten Wänden der Schlucht, mit den Rädern an den Steinen Halt suchend, hocharbeitete, ein Gefährt, das unter immer höheren Bergen immer kleiner wurde. Denn die Berge wuchsen und wuchsen. Jetzt, da die Gipfel in der Sonne lagen, ragten sie zu beiden Seiten immer schroffer und düsterer empor, wie schwarze Äxte, die Schneide im unaufhörlich brausend aus den Schluchten aufsteigenden Wind. Die Landschaft erweiterte, vergrößerte ihre Maßstäbe, stellte neue, erdrückende Proportionen auf. Als wir glaubten, am Ende dieser Auffahrt über Hunderte von Kurven und engen Kehren die Höhe erreicht zu haben, entdeckten wir einen anderen, noch steileren, noch zerklüfteteren Grat zwischen vereisten Gipfeln, die mit ihren gewaltigen Höhen die zuvor erklommene Höhe weit überragten. Bei seinem beharrlichen Aufstieg durch die Schlucht war das Fahrzeug immer mehr geschrumpft, stand, wie es sich auf seinen runden Hinterbeinen vorwärtsschob, den Insekten näher als den Felsen. Es war Tag geworden, und zwischen den abweisenden Gipfeln flogen Nebelfetzen in dem vom

Aufwind zerwühlten Himmel. Als oberhalb der schwarzen Äxte, oberhalb der Schneegrenze und der höchsten Hänge die Vulkane zum Vorschein kamen, war es mit unserem Ansehen als Menschen zu Ende, wie zuvor schon mit dem Ansehen der Vegetation. Wir waren winzige Wesen, stumm, mit starren Gesichtern in diesem Hochland, wo sich nur noch filzige Kakteen behaupten konnten, die sich wie Flechten, wie Blumen auf einer Kohlenhalde in einem Boden ohne Erde festklammerten. Hinter uns waren die Wolken tief unten zurückgeblieben, die die Täler beschatteten, und weiter oben waren andere Wolken, die, weil sie höher standen, niemals die Menschen zu Gesicht bekämen, die sich zwischen den Dingen im Menschenmaßstab bewegten. Wir waren auf der Wirbelsäule des sagenhaften Westindien, dort, wo die Rückenwirbel der Anden, auf beiden Seiten von Gipfeln flankiert, im Halbmond, fast wie ein Schnee einschlürfendes Fischmaul, die Winde ablenkten oder abschwächten, die von Ozean zu Ozean ihren Weg suchten. Nun kamen wir an Krater voll geologischer Rückstände, deren Ränder schauerlich schwarz oder mit traurigen Felsbrocken wie mit versteinerten Tieren gespickt waren. Sprachlose Angst überkam mich angesichts der Vielfalt der Gipfel und Schlünde. Bei jedem geheimnisvollen Nebel, den ich auf der einen oder anderen Seite des unglaublichen Weges entdeckte, dachte ich an die Möglichkeit, daß unter seinem schillernden Gewoge eine Leere gähnte, so gewaltig wie die Entfernung, die uns von unserer Erde trennte. Denn von hier, von diesem unerschütterlichen, nie betretenen, die Gipfel weiß umhüllenden Eis aus gedacht, schien die Erde mit ihren Tieren, Bäumen und Winden etwas anderes, diesem hier Fremdes zu sein: eine für Menschen geschaffene Welt, in der nicht Nacht für Nacht die Sturmorgel durch Gründe und Schlüfte brauste.

Die ziehenden Wolken trennten dieses schwarzsteinige Hochland von unserem Boden. Verstört von der stummen tellurischen Drohung, die von jeder einzelnen Form dieses Lava- und Gipfelgerölls ausging, bemerkte ich mit ungeheurer Erleichterung, daß das armselige Ding, in dem wir fuhren, etwas weniger ächzte und jetzt zur ersten Abfahrt ansetzte, die ich seit Stunden erlebte. Wir fuhren bereits auf der anderen Seite der Kordillere, als das Fahrzeug brutal gebremst wurde und wir mitten auf einer kleinen Steinbrücke stehenblieben, unter der ein Wildbach in so großer Tiefe dahinbrauste, daß seine Wasser nicht zu sehen waren, obwohl sein reißendes Gefälle uns wie Donner in den Ohren dröhnte. Eine Frau in einem blauen Umschlagtuch saß auf der Steinbrücke, ein Bündel und ein Regenschirm lagen neben ihr auf dem Boden. Wir sprachen sie an, aber sie antwortete nicht. Wie verstört, mit verschleierten Augen und zitternden Lippen, wiegte sie leicht den Kopf unter dem verrutschten roten Tuch, dessen Knoten unter dem Kinn sich gelöst hatte. Einer der Mitreisenden ging zu ihr hin, steckte ihr ein Stück Melasse in den Mund, den er ihr fest zuhielt, damit sie es hinunterschlucken mußte. Als hätte sie verstanden, begann sie langsam zu kauen, und nach und nach kam wieder Ausdruck in ihre Augen. Es schien, als kehrte sie von weither zurück und entdeckte die Welt voll Staunen. Sie sah mich an, als wäre mein Gesicht ihr bekannt, dann stand sie mit großer Anstrengung auf, ohne das stützende Geländer loszulassen. In diesem Augenblick hallte ein ferner Bergrutsch über unseren Köpfen und wirbelte die Dämpfe auf, die aus den Tiefen eines Kraters, als würden sie stoßweise hochgeschleudert, aufzusteigen begannen. Die Frau schien plötzlich zu sich zu kommen. Sie stieß einen Schrei aus, klammerte sich an mich und bat mit einer in der dünnen Luft brüchig gewordenen Stimme, wir sollten sie nicht wieder sterben lassen. Sie habe sich unvorsichtigerweise von Leuten aus anderen Gegenden hier absetzen lassen, die wohl geglaubt hätten, sie wisse, wie gefährlich es sei, in solchen Höhen einzuschlafen. Erst jetzt begreife sie, daß sie beinahe gestorben wäre. Mit ungelenken Schritten ließ sie sich zum Autobus führen, wo sie den Rest der Melasse hinunterschluckte. Als wir weiter unten fuhren und die Luft dichter wurde, ließ man sie einen Schluck Branntwein trinken, und bald schlug ihre Angst in Lustigkeit um. Im Autobus erzählte man sich Anekdoten von höhenkranken Leuten, die an genau dieser Stelle gestorben waren, und schilderte diese Vorfälle so launig, als handele es sich um Alltagsereignisse. Hinter dem Krater jenes Vulkans, der jetzt einige niedrigere Gipfel verdeckte, steckten seit einem halben Jahrhundert acht von der Höhenkrankheit überraschte Mitglieder einer wissenschaftlichen Mission noch immer im Eis wie in einer Vitrine. Dort oben säßen sie im Kreis, in den Gebärden angehaltenen Lebens, in denen der Tod sie überrascht hätte, und blickten starr aus dem Kristall, das ihre Gesichter wie durchsichtige Totenmasken bedecke. Wir fuhren nun rasch bergab. Die Wolken, die wir beim Aufstieg unter uns gelassen hatten, zogen wieder über uns hin, der Nebel zerriß und gab die Sicht auf das noch ferne Tal frei. Wir kehrten auf den Boden der Menschen zurück, der Atem, nun von den bohrenden Nadelstichen der Kälte befreit, fand wieder zu seinem normalen Rhythmus. Auf einer kleinen, von Gebirgsbächen umflossenen Kuppe tauchte ein Dorf auf, das mir trotz der hochbarocken Kirche wegen der rund um den Hauptplatz gedrängten Dächer und den gewundenen, gebirgspfadengen Viehwegen, die in ihn einmündeten, von erstaunlich kastilischem Zuschnitt zu sein schien.

Der Schrei eines Esels erinnerte mich an eine Ansicht von El Toboso über der dritten Lektion meines Lesebuchs – ein Esel stand darauf im Vordergrund –, der das kleine Dorf erstaunlich ähnlich sah. »In einem Dorf in La Mancha, auf dessen Namen ich mich nicht entsinnen kann, lebte unlängst ein Edler, der eine Lanze und einen alten Schild besaß, einen dürren Klepper und einen Jagdhund . . .« Ich war stolz, daß ich noch erinnerte, was unser Schullehrer uns zwanzig Jungen mit soviel Mühe beigebracht hatte. Früher zwar hatte ich den ganzen Abschnitt auswendig gekonnt, während ich jetzt nach dem »Jagdhund« nicht weiterwußte. Es verdroß mich, daß ich es vergessen hatte, und immer wieder fing ich an bei ». . . einem Dorf in La Mancha«, um zu sehen, ob mir nicht auch der zweite Satz noch einfiele, als die Frau, die wir vor dem Tod gerettet hatten, auf eine breite Biegung am Fuß des Berges wies und sagte, diese Stelle heiße *La Hoya.* »Eine Olla, mehr von Rinder- als von Hammelfleisch, des abends gewöhnlich kalte Küche, des sonnabends arme Ritter und freitags Linsen, sonntags aber einige gebratene Tauben zur Zugabe verzehrten drei Viertel seiner Einnahmen . . .« Weiter kam ich nicht. Aber meine Aufmerksamkeit galt jetzt der Frau, die ich mit Sympathie ansah, weil sie zur rechten Zeit das Wort »Hoya« ausgesprochen hatte. Von meinem Sitz aus konnte ich nicht einmal die Hälfte ihres Gesichts sehen, aus dem das Jochbein hervortrat, während das zur Schläfe hin verlängerte Auge unter einer Braue, die Willensstärke verriet, in tiefem Schatten lag. Das Profil war von der Stirn zur Nase sehr rein, doch unter diesen unbeweglichen, stolzen Zügen war der Mund unerwartet voll und sinnlich. Die schmale Wange verlief flach bis zum Ohr, das ebenso deutlich durchmodelliert war wie das Gesicht in seinem Rahmen aus schwarzem, da und dort von Zelluloidkämmen zusammengehaltenem Haar. Offensichtlich waren mehrere Rassen in dieser Frau zusammengeflossen. Durch Haar und Backenknochen war sie India, durch Stirne und Nase mittelmeerisch und Negerin durch die feste Rundung der Schulter und die auffallend breiten Hüften, die ich bemerkte, als sie aufstand, um ihr Bündel und ihren Regenschirm ins Gepäcknetz zu legen. Fest stand, daß diese Summe von Rassen Rasse besaß. Durch ihre erstaunlichen, ohne jede Aufhellung tiefschwarzen Augen erinnerte sie an Gestalten auf archaischen Fresken, die den Beschauer von vorn wie von der Seite aus einem mit Tusche gezogenen Kreis so intensiv anblicken. Durch die Assoziation von Bildern kam ich auf *La Parisienne* von Kreta und stellte fest, daß das Blut dieser aus dem Paramo und dem Nebel aufgetauchten Reisenden nicht stärker gemischt sein konnte wie das all der Rassen, die sich Jahrhunderte hindurch im Mittelmeerbecken mestiziert hatten. Ja, ich fragte mich, ob die Verschmelzung bestimmter niederer Rassen – ohne Verpflanzung der Wurzel – der ungeheuren Begegnung zwischen Kelten, Negern, Romanen, Indianern und sogar »Neuchristen« auf den großen Sammelplätzen Amerikas nach der Entdeckung wirklich vorzuziehen war. Denn hier hatten sich nicht blutsverwandte Völker vermischt wie die, welche die Geschichte an manchen Kreuzwegen des Seefahrers Odysseus zusammengeknetet hatte, sondern die großen Rassen der Welt, die entlegensten und unterschiedlichsten, die Jahrtausende lang nicht wußten, daß sie auf dem gleichen Planeten lebten.

Unversehens fiel eintöniger, dichter Regen und beschlug die Fensterscheiben. Der Übergang in eine fast wieder normale Atmosphäre hatte die Reisenden schläfrig gemacht. Ich aß ein wenig Obst und schickte mich ebenfalls an zu schlafen, nicht ohne noch festzustellen, daß ich eine Woche nach Beginn unserer Reise wieder fähig war, wie in meiner Jugend zu jeder beliebigen Stunde einzuschlafen. Als ich bei Einbruch der Nacht erwachte, hielten wir in einem Dorf. Die weiß gekalkten Häuser standen an den Berg geschmiegt zwischen einer dunklen Vegetation, unter kalten Wäldern, in denen die durch die Landarbeit entstandenen Lichtungen aussahen, als lägen sie mitten in der Wildnis. Von den Wipfeln der Bäume hingen dicke Lianen, die über den Wegen hin und her schwangen und sie mit Nebelwasser besprengten. Aus den tiefen Schatten der Berge stieg die Nacht allmählich an die Gipfel. Mouche hängte sich ganz ermattet an meinen Arm und erklärte, der Tag habe sie durch die Höhenunterschiede sehr angestrengt. Sie habe Kopfweh, fühle sich fiebrig, wolle nur noch ein Medikament einnehmen und sofort zu Bett gehen. Ich ließ sie in dem gekalkten Zimmer, dessen ganzer Luxus aus einem Wasserkrug und einer Waschschüssel bestand, und ging in den Speisesaal der Herberge hinunter, der nichts anderes war als eine Verlängerung oder Fortsetzung der Küche. In einem großen Kamin brannte ein Holzfeuer. Nachdem ich eine Maissuppe gegessen hatte und einen kräftigen Bergkäse, der nach Ziege schmeckte, setzte ich mich träge und glücklich in den Lichtkreis des Kamins. Ich sah dem Spiel der Flammen zu, als der Schatten einer Person vor mir auftauchte, die sich ans andere Ende des Tisches setzte. Es war die Frau, die wir am Morgen gerettet hatten. Sie hatte sich für uns fein gemacht, und so machte ich mir ein Vergnügen daraus, ihren hübschen Anzug in allen Einzelheiten zu betrachten. Sie war weder gut noch schlecht angezogen, ihre Kleider waren außer der Mode, zeitlos, eine verzwickte Verbindung von Lochstickerei, Rüschen und Bändern, naturfarben und blau, alles sehr sauber und gestärkt, steif wie Spielkarten, beinahe wie aus einem Kleiderschrank der Romantik oder aus der Truhe eines Zauberkünstlers. Ein Samtband von dunklerem Blau war an ihrem Mieder befestigt. Sie verlangte Gerichte, deren Namen ich nicht kannte, und begann langsam zu essen, ohne zu sprechen und ohne die Augen vom Wachstuch zu heben, als quäle sie eine Sorge. Nach einiger Zeit wagte ich, ihr einige Fragen zu stellen, und erfuhr, daß sie ein gutes Stück mit uns reisen werde, da sie ein Werk der Barmherzigkeit zu verrichten habe. Sie kam vom anderen Ende des Landes, hatte Wüsten, Hochebenen und inselreiche Seen durchquert, war durch Urwald und Tiefebenen gereist, um ihrem schwerkranken Vater ein Bild der Vierzehn Nothelfer zu bringen, dem die Familie aufgrund besonderer Verehrung wahre Wunder verdanke und das bis jetzt einer Tante anvertraut gewesen sei, die über die nötigen Mittel verfüge, es auf gut erleuchteten Altären aufzustellen. Da wir allein im Eßsaal zurückgeblieben waren, ging ich zu einem Schrank in der Ecke, der meine Neugier erregt hatte, weil ein angenehmer Duft nach Waldkräutern seinen Fächern entströmte. Neben Flaschen mit Beize und Essigmischungen waren Schubladen, auf denen Pflanzennamen standen. Die junge Frau trat heran, zog trockene Blätter, Moose und Ginster hervor, zerrieb sie in der Innenfläche der Hand und lobte, sie nach dem Geruch bestimmend, ihre Eigenschaften. Die im Tau gepflückte Aloe war gut gegen Brustbeschwerden, eine Rotliane, um das Haar lockig zu machen, Zehrkraut gegen Husten, Basilienkraut zur Abwehr von Unglück, Bärenkraut, Engelwurz, Pitahaya und Johanniskraut gegen ich weiß nicht mehr welche Leiden. Die Frau sprach von den Kräutern, als wären es stets hellwache Wesen, die in einem nahen, wenngleich geheimnisvollen Reich von unheimlichen Würdenträgern beschützt würden. Durch ihren Mund begannen die Pflanzen zu sprechen und verkündeten ihre eigentümlichen Kräfte. Der Wald hatte einen Herrn, das war ein Geist, der auf einem Bein hüpfte, und nichts, was im Schatten der Bäume wuchs, durfte ohne Gegengabe angenommen werden. Wenn man auf der Suche nach heilkräftigen Schößlingen, Pilzen oder Lianen das Dikkicht betrat, mußte man grüßen, um Erlaubnis bitten und Münzen zwischen die Wurzeln eines sehr alten Stammes legen. Und verließ man den Wald, mußte man sich ehrerbietig umdrehen und nochmals grüßen, denn Tausende von Augen bewachten aus Rinde und Laub alle unsere Bewegungen. Ich hätte nicht sagen können, warum diese Frau mir plötzlich sehr schön vorkam, als sie eine Hand voll duftender Samen ins Kaminfeuer warf und ihr Gesicht sich in kräftigen Umrissen gegen die Dunkelheit abhob. Gerade wollte ich ihr ein triviales Kompliment machen, als sie mir unvermittelt eine gute Nacht wünschte und von den Flammen zurücktrat. Ich blieb allein und sah ins Feuer. Seit langer Zeit hatte ich nicht mehr ins Feuer geschaut.

IX

(Später)

Ich saß noch nicht lange vor dem Feuer, als ich in einem Winkel des Saals leise Stimmen hörte. Jemand hatte ein Radio uralter Bauart eingeschaltet gelassen, das zwischen Maiskolben und Schlangengurken auf dem Küchentisch stand. Ich wollte es abstellen, als eine mir nur allzu bekannte Trompetenquinte aus dem malträtierten Kasten erklang. Es war die gleiche, die mich erst vor wenigen Tagen aus einem Konzertsaal vertrieben hatte. Doch in dieser Nacht, vor den brennenden Holzscheiten, die zu

Asche zerfielen, den Grillen, die zwischen den Deckenbalken zirpten, gewann diese so weit von hier aufgeführte Musik eine geheimnisvolle Macht. Die gesichtslosen, unbekannten, unsichtbaren Ausführenden waren gleichsam abstrakte Interpreten des Geschriebenen. Der Text, der die Andengipfel überflog und am Fuß dieses Berges landete, brachte von irgendwoher Klänge, die nicht von den Noten herrührten, sondern ein Echo meiner selbst waren. Ich hielt das Gesicht an den Apparat, um zu hören. Schon umschwebten die Triolen der zweiten Geigen und Violoncelli die Quinte, die zwei absteigenden Töne sanken herab, als tropften sie von den Bogen der ersten Geigen und Bratschen in einer Bangigkeit, die gleich darauf Angst wurde, ein Drang zur Flucht angesichts einer plötzlich entfesselten Kraft. Und dann kam, aufbrechend aus sturmbewegten Schatten, das erste Thema der Neunten Sinfonie. Erleichtert glaubte ich aufzuatmen in der gesicherten Tonfolge, aber bald verstummten die Saiteninstrumente wieder, magischer Zusammenbruch des eben Aufgerichteten, und warfen mich in die Unruhe der Phrasierung zurück. Die musikalische Ode, von der ich so lange Zeit nichts mehr hatte wissen wollen, kam jetzt zu mir zurück mit einem ganzen Strom von Erinnerungen, die ich vergebens aus dem *Crescendo* zu verdrängen versuchte, das jetzt zögernd einsetzte, als sei es seines Weges noch nicht gewiß. Sooft der metallische Klang eines Horns einen Akkord verstärkte, glaubte ich meinen Vater mit seinem Spitzbart zu sehen, wie er das Gesicht vorstreckte, um die vor ihm aufgeschlagenen Noten zu lesen, in dieser eigentümlichen Haltung des Hornisten, der beim Spielen zu vergessen scheint, daß die große Messingvolute, an der seine Lippen hängen, ihm die Kontur eines korinthischen Kapitells verleiht. Durch den eigentümlichen Mimetismus, der

Oboisten gewöhnlich schmal und dürr, Posaunisten jovial und pausbäckig macht, hatte die Stimme meines Vaters schließlich einen metallischen, vibrierenden Klang angenommen. Ich höre sie wie damals, als ich mich in einen Korbstuhl neben ihn setzte und er mir Stiche zeigte, auf denen die Vorgänger seines edlen Instruments abgebildet waren: byzantinische Jagdhörner, römische Buccinen, sarazenische Trommeln und die Silbertuben Friedrich Barbarossas. Seiner Meinung nach hatten die Mauern Jerichos nur unter dem furchtbaren Schall des *Horns* fallen können – ein Wort, das er deutsch mit rollendem r aussprach, so daß es in seinem Mund ehernes Gewicht erhielt. Er war in den Konservatorien der deutschen Schweiz ausgebildet worden, und deshalb verkündete er laut die Überlegenheit des metallisch klingenden Horns – Abkömmling des Jagdhorns, das früher im ganzen Schwarzwald erschallt war – über das, was er geringschätzig auf französisch *le cor* nannte, denn seiner Ansicht nach brachte die in Paris gelehrte Technik sein männliches Instrument in die Nachbarschaft der weiblichen Holzblasinstrumente. Und zum Beweis schwenkte er den Schalltrichter seines Instruments und schmetterte mit dem Schwung eines Engels am Jüngsten Gericht das Siegfriedthema über die Wände des Innenhofs. Fest stand jedenfalls, daß ich meine Geburt diesseits des Ozeans der Jagdszene aus Glasunoffs *Raymonda* verdankte ... Das Attentat von Sarajewo hatte meinen Vater auf einer Wagner-Tournee im Teatro Real von Madrid überrascht, und aus Zorn über den unerwarteten Kampfgeist der deutschen und französischen Sozialisten schwor er dem alten, wurmstichigen Kontinent ab und nahm die Stelle eines Ersten Trompeters in einem Orchester an, das Anna Pawlowa auf einer Tournee durch die Antillen begleitete. Eine Ehe, deren gefühlsmäßige Grundlage mir immer verborgen blieb, brachte es mit sich, daß ich meine ersten Abenteuer unter dem großen Tamarindenbaum im Patio erlebte, während meine Mutter, die zusammen mit der schwarzen Köchin in der Küche beschäftigt war, mir die Geschichte vom hochwohlgeborenen Herrn Kater sang, der auf goldenem Sessel sitzt und gefragt wird, ob er nicht eine Bergkatze, die Nichte eines falben Katers, heiraten will. Die Fortdauer des Krieges, die geringe Nachfrage für ein Instrument, das nur, wenn winterliche Nordwinde bliesen, in der Opernsaison, gebraucht wurde, bewogen meinen Vater, eine kleine Musikalienhandlung aufzumachen. Wenn ihn manchmal die Sehnsucht nach einem Sinfonieorchester überkam, holte er einen Taktstock aus der Vitrine und dann dirigierte er mit Nikisch- oder Mahler-Gesten ein imaginäres Orchester, wobei er die ausgefallensten Onomatopöien für Schlagzeug, Baß und Blechinstrumente erfand. Meine Mutter schloß rasch die Fenster, damit die Leute nicht glaubten, er sei verrückt geworden, obwohl sie in ahnenalter spanischer Fügsamkeit dafürhielt, daß alles, was dieser Gatte tat, der weder spielte noch trank, wohlgetan sei, auch wenn er dem Anschein nach ein wenig närrisch war. Immer hatte mein Vater mit besonderer Hingabe diese klagende, düstere und zugleich triumphale Koda mit seiner Baritonstimme paraphrasiert, die jetzt mit der zitternden Chromatik der Bässe einsetzte. Zwei rasche Skalen mündeten in das Unisono eines Exodiums, das dem Orchester wie mit Faustschlägen entrissen wurde. Danach trat Stille ein. Eine Stille, die bald von dem freudigen Gezirp der Grillen und dem Knistern des Feuers besiegt wurde. Ich aber wartete voll Ungeduld auf den jähen Beginn des Scherzo. Und schon ließ ich mich forttragen, einhüllen von den diabolischen Arabesken der zweiten Geigen, fern von allem, was nicht

Musik war, als die klanglich so eigenartige Verdoppelung der Trompeten, die Wagner eines Schreibfehlers wegen in der Partitur Beethovens eingesetzt hatte, mich, wieder an der Seite meines Vaters, in jene Tage versetzte, als die Mutter mit ihrem blausamtenen Nähkästchen schon nicht mehr unter uns weilte, sie, die mir so oft die Geschichte vom hochwohlgeborenen Herrn Kater vorgesungen hatte oder das Lied von Mambrú oder Alfons XII. Totenklage um Mercedes: *Vier Herzöge trugen sie hin durch die Straßen von Aldaví.* Damals verbrachte mein Vater seine Abende über der lutherischen Bibel, die der Katholizismus meiner Mutter so viele Jahre lang in den Schrank verbannt hatte. Verdüstert durch die Witwerschaft, verbittert über eine Einsamkeit, für die ihm die Straße keinen Ersatz bot, hatte mein Vater mit allem gebrochen, was ihn an diese heiße, brodelnde Stadt band, in der ich zur Welt gekommen war, und war nach Nordamerika gezogen, wo er seinen Musikalienhandel mit wenig Glück wieder aufnahm. Die Meditationen über den Ekklesiastes und über die Psalmen verbanden sich in seinem Kopf mit unerwarteten Sehnsüchten. Damals fing er an, mir über die Arbeiter zu sprechen, die sich die Neunte Sinfonie anhörten. Immer deutlicher übersetzte er seine Mißerfolge auf diesem Kontinent in Sehnsucht nach einem Europa, das er nur noch aus der Perspektive der strahlenden Höhen, Apotheosen und Festspiele sah. Das, was er die Neue Welt nannte, war für ihn bloß eine geschichtslose Hemisphäre, weitab von den großen Traditionen des Mittelmeers, ein Indianer- und Neger-Land, bevölkert vom Abschaum der großen Nationen Europas – nicht zu vergessen die klassischen Huren, die von Gendarmen im Dreispitz nach New Orleans verfrachtet worden waren und denen Querflöten den Abschiedsmarsch geblasen hatten – wobei ich immer den Eindruck hatte, daß dieses letzte Detail eher eine Reminiszenz aus seinem Opernrepertoire darstellte. Umgekehrt sprach er von den Vaterländern des alten Kontinents mit der größten Ehrerbietung und entwarf vor meinen staunenden Augen eine Heidelberger Universität, die ich mir nur begrünt von ehrwürdigem Efeu vorstellen konnte. So wanderte ich denn im Geist von den Tiorben des Engelskonzerts zu den erlauchten Tafeln des Gewandhauses, von Sängerkriegen zu Potsdamer Konzerten und lernte die Namen von Städten, die allein durch ihren Klang Traumstätten heraufbeschworen: Ocker, Gold oder Bronze – wie Bonn, Schwanengefieder – wie Siena. Was aber mein Vater, für den das Hochhalten bestimmter Grundsätze das eigentliche Haben der Kultur darstellte, vor allem betonte, war die große Ehrfurcht, die man dort dem geheiligten Menschenleben entgegenbrachte. Er erzählte mir von Schriftstellern, die in der Abgeschiedenheit ihres Arbeitszimmers ganze Monarchien zum Wanken gebracht hätten, ohne daß irgend jemand sie zu behelligen gewagt hätte. Und immer mündeten seine Reden über Zolas *J'accuse*, über Rathenaus Redeschlachten, Töchter der Kapitulation Ludwigs XVI. vor Mirabeau, in Betrachtungen über den unaufhaltsamen Fortschritt, die stufenweise Sozialisierung, eine kollektive Kultur und endeten bei den aufgeklärten Arbeitern, die dort drüben in seiner Geburtsstadt neben einer Kathedrale aus dem 18. Jahrhundert ihre Mußezeit in öffentlichen Bibliotheken verbrachten und die, statt sonntags in der Messe zu verdummen – der Kult der Wissenschaften hatte dort den Aberglauben abgelöst – mit ihren Familien in die Konzertsäle strömten, um die Neunte Sinfonie anzuhören. So sah ich sie denn seit meiner Jugend, diese Arbeiter in blauen Blusen und Kordsamthosen, wie sie tief ergriffen von dem genialen Atem des Beethovenschen Werks vielleicht gerade demselben Trio lauschten, dessen warme, schmeichelnde Phrasierung jetzt in den Stimmen der Violoncelli und Bratschen aufklang. Der Zauber dieser Vision hatte so stark gewirkt, daß ich nach dem Tod meines Vaters das wenige Geld aus seiner mageren Erbschaft und den Erlös aus dem Verkauf von Sonaten und Partituren dazu verwendet hatte, meine geistige Heimat kennenzulernen. Eines schönen Tages überquerte ich den Ozean und war fest überzeugt, daß ich niemals zurückkehren würde. Aber am Ende einer Lehrzeit des Staunens, die ich später scherzhaft die Anbetung der Fassaden nannte, begegnete mir eine Wirklichkeit, die zu den Lehren meines Vaters auffallend im Widerspruch stand. Weit entfernt, die Augen auf die Neunte Sinfonie zu heften, war die Intelligenz geradezu darauf versessen, im Gleichschritt durch Triumphbögen aus roh gezimmertem Holz und Totempfählen mit alten Sonnensymbolen zu marschieren. Der Übergang von Marmor und Bronze früherer Apotheosen zu einem gigantischen Aufwand an Fichtenholz, Einwegbrettern und Wahrzeichen aus steifem Goldpapier hätte diese Menschen, die da vor dem Lautsprecher den allzu aufgeblähten Worten lauschten, mißtrauischer machen sollen, dachte ich. Aber es sah nicht aus, als ob es so wäre. Jedermann hielt sich für ungeheuer berufen, viele setzten sich zur Rechten Gottes und richteten über Menschen früherer Zeiten, die das Verbrechen begangen hatten, die Zukunft nicht vorauszusehen. Ich habe mit eigenen Augen gesehen, wie ein Heidelberger Metaphysiker im Stechschritt seinen jungen Philosophen zum Wahllokal vorausmarschierte, um seine Stimme denen zu geben, die alles, was auch nur den Anschein von Geistigkeit erweckte, dem Gespött preisgaben. Ich habe gesehen, wie Paare zur Sommersonnenwende auf den Blocksberg stiegen, um alte, längst sinnlos gewordene Weihefeuer zu entzünden. Aber nichts hatte mich so beeindruckt wie diese Vorladung vor Gericht, dieses grabschänderische, strafende Hervorzerren eines großen Toten, der eine Sinfonie mit dem Choral des Augsburger Bekenntnisses enden ließ, oder jenes, der mit seiner so reinen Stimme vor den graugrünen Wellen der Nordsee ausgerufen hatte: »Ich liebe das Meer wie meine Seele.« Ich hatte es satt, mir das *Lyrische Intermezzo* nur flüsternd aufsagen zu dürfen und ständig davon reden zu hören, daß wieder eine Leiche auf der Straße aufgefunden worden war, daß neue Terroraktionen und neue Auswanderungen bevorstanden, und so flüchtete ich wie in den Schutz heiliger Stätten in den tröstlichen Halbschatten der Museen und begann dort meine ausgedehnten Reisen durch die Zeit. Aber sooft ich aus den Pinakotheken kam, war es draußen nur noch schlimmer. Die Zeitungen riefen zum Mord auf. Die Gläubigen zitterten unter der Kanzel, wenn ihre Bischöfe die Stimme erhoben. Die Rabbiner versteckten die Thora, die protestantischen Pfarrer wurden aus ihren Kirchen vertrieben. Vor aller Augen wurden die Riten aufgelöst, das Wort zerbrochen. Nachts warfen Studenten altehrwürdiger Fakultäten auf öffentlichen Plätzen Bücher in brennende Scheiterhaufen. Auf Schritt und Tritt stieß man in diesem Kontinent auf die Photographien von Kindern, die bei der Bombardierung offener Ortschaften getötet worden waren, hörte man von Gelehrten, die in Salzbergwerken gefangengehalten wurden, von rätselhaften Entführungen, Hetzjagden und Fensterstürzen, von Bauern, die in der Stierkampfarena erschossen wurden. Ich staunte über den Unterschied zwischen der Welt, nach der mein Vater sich so sehr gesehnt hatte, und der, die ich hier, empört und zutiefst verwundet, zur Kenntnis nehmen mußte. Wo immer ich das Lächeln eines Erasmus, den *Discours de la*

Méthode, den humanistischen Geist, den faustischen Drang und die apollinische Seele suchte, stieß ich auf Autodafés und Ketzergerichte, auf die politischen Prozesse, die nur eine andere Art von Gottesurteilen waren. Kein berühmtes Tympanon, keinen Glockenturm, keinen Wasserspeier oder lächelnden Engel konnte man sich ansehen, ohne daß einem nicht gesagt wurde, darin kündige sich bereits die neue Bewegung an, und das, was die Hirten vor der Krippe anbeteten, sei eigentlich gar nicht das, was der Krippe ihren Glanz verleihe. Ich hatte diese Epoche satt. Und der Gedanke war schrecklich, daß es in dieser Welt ohne Verstecke, in dieser seit Jahrhunderten gebändigten Natur, wo eine fast vollständige Synchronisation aller Existenzen dazu geführt hatte, daß nur noch um zwei oder drei zu Tode gerittene Probleme gekämpft wurde, keinen Fluchtweg gab außer der Phantasie. Propagandareden ersetzten die Mythen, Slogans die Dogmen. Angeekelt von den in Erz gegossenen Gemeinplätzen, von der zensierten Schrift und den menschenleeren Hörsälen reiste ich wieder dem Atlantik zu, entschlossen, ihn nun in umgekehrter Richtung zu überqueren. Zwei Tage vor meiner Abreise betrachtete ich einen kaum bekannten Totentanz auf den Holzbalken des Beinhauses von Saint Symphorien in Blois. Es war eine Art Scheunenhof, überwuchert von Unkraut, eingesponnen in jahrhundertealte Trauer, und über den Pfeilern war noch einmal das unerschöpfliche Thema abgehandelt: die Eitelkeit allen Prunks, Skelette unter wollüstigem Fleisch, vermoderte Rippen unter dem Meßgewand des Prälaten, unter dem Kleid des Trommlers, der in diesem Knochenkonzert mit zwei Schienbeinen die Trommel schlug. Aber der armselige Scheunenhof als Kulisse für dieses unvergängliche Gleichnis, nahe dabei der trübe, aufgewühlte Fluß, die Bauernhöfe und Fabriken ringsum, die Schweine, die sich unter dem jahrhundertealten, vom Regen graugewaschenen Schnitzwerk dieser Figuren des Todes suhlten wie das Schwein des heiligen Antonius, gaben diesem Bild von Asche, Staub und Vergänglichkeit eine einzigartige Gültigkeit in der Gegenwart. Und die in Beethovens Scherzo so häufig gerührten Pauken gewannen schicksalhafte Aussagekraft, als ich sie mit jener Darstellung im Beinhaus von Blois zusammenhielt, vor dem mich, als ich es verließ, die Nachtausgaben der Zeitungen mit der Nachricht vom Ausbruch des Krieges überraschten.

Das Holz war zu Asche zerfallen. Auf dem Berghang hoch über den Dächern und Pinien bellte ein Hund in der Dunkelheit. Die Musik selbst hatte mich von der Musik abgelenkt, aber das Grillengezirp führte mich zu ihr zurück, und ich wartete nun auf den B-Dur-Klang, der mir bereits im Ohr lag. Und schon entwickelte sich aus der leisen Aufforderung von Fagott und Klarinette der herrliche, in seinem zurückhaltenden Lyrismus so tiefe Adagio-Satz. Wegen seines langsamen Tempos war er der einzige in der Sinfonie, dem meine Mutter, sonst mehr in Habaneras und Opernpotpourris geübt, gewachsen war, und so holte sie sich manchmal den Klavierauszug aus einem Fach im Laden und spielte ihn. Beim sechsten, von den Holzbläsern leise, echohaft abgeschlossenen Takt komme ich aus dem Gymnasium nach Hause, noch atemlos, weil ich gerannt bin, um auf den kleinen Pappelfrüchten schlittern zu können, mit denen der Gehsteig übersät ist. Unser Haus hat eine große Vorhalle mit getünchten Säulen, die wegen des Straßengefälles wie eine Stufe zwischen den benachbarten Säuleneingängen liegt, dem höher gelegenen und dem tiefer gelegenen. Oben, am Ende der Straße, auf Höhe der Dächer, die Kirche Jesús del Monte mit den Bäumen auf dem kleinen, von Geländern eingeschlossenen Vorplatz. Das Haus ist einmal ein Herrschaftshaus gewesen; aus dieser Zeit stammen noch die großen Möbel aus dunklem Holz, die tiefen Schränke und ein Kronleuchter aus geschliffenem Kristall, auf dem kleine Regenbögen aufschimmern, wenn durch die fächerartig angeordneten blauen, weißen und roten Glasscheiben in der Rundbogentür zum Salon die letzten Sonnenstrahlen ihn streifen. Ich setze mich tief in einen Schaukelstuhl, der für ein Kind zu hoch und zu breit ist, und schlage auf steif ausgestreckten Beinen die Grammatik der Königlich-Spanischen Akademie bei dem Abschnitt auf, den ich an diesem Abend lernen muß. *Estos, Fabio, ay dolor! que ves agora* . . . heißt der Beispielsatz, der mir erst vor kurzem wieder einfiel. *Estos, Fabio, ay dolor, que ves agora* . . . Dort hinten singt die Negerin zwischen ihren rußigen Töpfen ein Lied aus der Kolonialzeit, in dem von den Schnurrbärten der Gardisten die Rede ist. Meine Mutter spielt auf dem Klavier, auf dem wieder einmal die F-Taste klemmt. Ganz hinten im Haus ist ein Zimmer, an dessen Fenstergitter sich ein Gartenkürbis hochrankt. Ich rufe Maria del Carmen, die zwischen eingetopften Arecapalmen, in Kochgeschirr eingepflanzten Rosenstöcken, Nelken-, Kalas- und Sonnenblumensetzlingen im Hinterhof ihres Vaters, des Gärtners, spielt. Sie schlängelt sich durch das Schlupfloch in der Kakteenhecke und legt sich neben mich in den Waschkorb, der wie ein Schiff aussieht und unser Reiseschiff ist. Es duftet nach Espartogras und Halmen und Heu in diesem Waschkorb, den ein schwitzender Riese, der Unmengen gekochter Bohnen ißt und Baudilio heißt, einmal die Woche ins Haus bringt. Ich werde nicht müde, das Mädchen immer wieder an mich zu drücken. Ihre Wärme macht mich so wohlig träge, und ich möchte endlos so liegen. Aber da das Mädchen sich langweilt, nur so dazuliegen, ohne sich zu rühren, erzähle ich ihr, wir sind auf hoher See, und gleich werden wir an der Kaimauer anlegen: dort die Truhe mit dem runden Deckel, an dem so viele bunte Schilder kleben, soll die Kaimauer sein, am Griff machen die Schiffe fest. In der Schule haben sie mir von schmutzigen Sachen zwischen Mann und Frau erzählt. Ich habe das empört zurückgewiesen, ich wußte doch, daß das nur Schweinereien waren, die Erwachsene erfunden haben, um sich über kleine Kinder lustig zu machen. An jenem Tag, als sie mir das erzählten, wagte ich meiner Mutter nicht in die Augen zu sehen. Jetzt frage ich Maria del Carmen, ob sie meine Frau sein will, und weil sie ja sagt, drücke ich sie noch ein wenig fester an mich, und damit sie nicht von mir abrückt, mache ich mit der Stimme eine Schiffssirene nach. Ich atme stoßweise, das Herz schlägt mir bis zum Halse, aber das Ungemach ist so wonnig, daß ich gar nicht begreifen kann, weshalb die Negerin sich so aufregt, als sie uns entdeckt, uns aus dem Waschkorb zieht, den Waschkorb auf einen Schrank stemmt und schreit, daß ich für diese Spiele zu groß bin. Meiner Mutter sagt sie nichts. Bei ihr beklage ich mich denn auch, aber sie sagt nur, daß es Zeit ist, daß ich meine Aufgaben machen soll. Ich gehe wieder an meinen Abschnitt in der Grammatik, aber der Geruch nach Wurzeln, Korbweide und Espartogras verfolgt mich. Dieser Geruch, der manchmal so wirklichkeitstreu aus der Vergangenheit aufsteigt, daß ich zuinnerst erschauere. Dieser Geruch, den ich heute nacht wiedergefunden habe. Während ich neben dem Schrank mit den Waldkräutern stehe, endet das Adagio mit vier Pianissimoakkorden, das erste Arpeggio erklingt und eine selbst in der Übertragung hörbare Bewegung geht durch den Chor, der gleich einsetzen wird. Ich ahne die energische Geste des unsichtbaren Dirigenten, mit der der dramatische Auftakt zu Schillers Ode anhebt. Der Sturm der Blechinstrumente und Pauken, der später, zum Echo abgeschwächt, wiederkehren wird, bildet den Rahmen für eine Wiederaufnahme der schon gehörten Themen. Aber sobald diese Themen sich aufschwingen, sich durchsetzen, wieder das werden wollen, was sie waren, werden sie abgebrochen, zerstückelt, in Fetzen gerissen und in eine Art zukunftsträchtiges Chaos geschleudert. Diese Ruinensinfonie innerhalb der Sinfonie gäbe eine dramatische Hintergrundmusik ab, denke ich, der ich an *déformation professionelle* leide, für einen Dokumentarfilm über meine Wanderungen als Militärdolmetscher gegen Ende des Krieges. Es waren apokalyptische Wanderungen gewesen zwischen Mauern, so zerschossen, daß sie wie die Buchstaben eines unbekannten Alphabets aussahen, Wanderungen durch Krater, in denen Statuen in Trümmern lagen, durch Klöster ohne Dach, auf Wegen, abgesteckt von enthaupteten Engeln, vorbei an einem Abendmahl, das durch die Bombardierung unter freiem Himmel stand, und endend in Staub und Asche dort, wo jahrhundertelang das größte Archiv für Ambrosianischen Gesang gestanden hatte. Aber die Schrecken des Krieges sind Menschenwerk. In Kupfer gestochen oder eingeschwärzt mit den Tinten der Radierung, hat jede Epoche die ihren hinterlassen. Hier war das Neue, Niedagewesene, das Moderne jene Höhle des Grauens, jene Buchhalterei des Grauens, jenes unbetretbare Revier des Grauens, das wir auf unserem Vormarsch zu sehen bekamen: das Haus des Entsetzens, wo alles von Foltern zeugte, von Massenvernichtung, von Verbrennungen zwischen blutbespritzten, kotbespritzten Wänden, vor denen Berge von Knochen lagen, menschliche Gebisse zusammengeschaufelt waren, zu schweigen von den schlimmeren, den in Gummihandschuhen in sauberen, lichten, aseptisch weiß strahlenden Operationszimmern kalt herbeigeführten Toden. Nur ein paar Schritte von hier hatten sensible, kultivierte Menschen, ohne sich um den schauerlichen Rauch aus gewissen Schloten oder – zuvor – die gellenden jüdischen Gebete zu kümmern, weiterhin ihre Briefmarken gesammelt, die Ruhmesgeschichte ihrer Rasse studiert, hatten Mozarts *Kleine Nachtmusik* aufgeführt und den Kindern Andersens Märchen von der *Meerjungfrau* vorgelesen. Auch das war neu, auf grauenhafte Weise modern, auf entsetzliche Weise niedagewesen. Etwas war in mir zusammengebrochen an jenem Nachmittag, als ich mit trockenem Mund und dem Gefühl, als hätte ich Gipsstaub geschluckt, diesen furchtbaren Park der Untaten verließ, den aufzusuchen ich mich gezwungen hatte, um mich davon zu überzeugen, daß es ihn gab. Niemals hätte ich mir einen derart absoluten Bankrott des westlichen Menschen vorstellen können wie den, welchen die Rückstände des Grauens hier offenbarten. Als Kind hatten mich die Geschichten geängstigt, die man sich über die Greueltaten Pancho Villas erzählte, so daß sein Name sich in meiner Vorstellung mit dem haarigen nächtlichen Schatten des Teufels verband. »Bildung verpflichtet«, pflegte mein Vater damals zu sagen, wenn er die Bilder von Erschießungen sah, die von den Zeitungen veröffentlicht wurden. Dieses Losungswort einer neuen Ritterschaft des Geistes umschrieb seinen Glauben an einen durch Bücher bewirkten Untergang der Unmenschlichkeit. Als Manichäer, der er auf seine Weise war, sah er die Welt als einen Kampfplatz an, auf dem das Licht der Buchdruckerei wider die Finsternis einer uranfänglichen Tierhaftigkeit stritt, den Ursprung jeder Grausamkeit, in der alle Menschen befangen waren, die von Unterricht, Musik und Laboratorien nichts wußten. Jener Pancho Villa, der seine Feinde an die Wand stellte, verkörperte für ihn das Böse und erneuerte damit über die Jahrhunderte hinweg die Untaten jenes assyrischen Fürsten, der seine Gefangenen mit der Lanze blendete, oder die des entsetzlichen Kreuzfahrers, der die Katharer in die Höhlen des Mont-Ségur einmauerte. In seinen Augen hatte das Böse, von dem Europa schon befreit war, auf diesem beinahe geschichtslosen Kontinent seine letzte Heimstatt. Nachdem ich in dem Haus des Entsetzens gestanden hatte, in diesem Lager, das erdacht, geschaffen und in Betrieb genommen worden war von Menschen, die über soviel ehrfurchtgebietendes Wissen verfügten, erschienen mir die Schüsse von Charros de Oro, die im Handstreich überrumpelten Städte, die zwischen Kakteen zum Entgleisen gebrachten Züge, die Schießereien nachts, wenn die Indios tanzten und sich berauschten, wie farbenfrohe Bilder aus einem Abenteuerroman mit wilden Ritten unter der Sonne, mit männlichem Imponiergehabe, mit dem sauberen Tod auf dem schweißnassen Fell der Pferde und den am Wegrand zur Welt gebrachten Soldatenkindern. Und das Schlimmste an meiner Begegnung mit dieser kaltblütigsten Barbarei der Geschichte war, daß in jener Nacht die Henker und die Bewacher, diejenigen, die körbeweise die blutige Watte fortgeschafft, und diejenigen, die in schwarze Wachstuchhefte die Toten eingetragen hatten, nach dem Essen in dem Hangar, in den sie eingesperrt waren, zu singen anfingen. Aus dem Schlaf aufgeschreckt, saß ich verstört auf meinem Bett und hörte sie dasselbe singen, was jetzt auf ein Zeichen des weit entfernten Dirigenten der Chor sang:

Freude, schöner Götterfunken,
Tochter aus Elysium,

Wir betreten feuertrunken,
Himmlische, dein Heiligtum.

Also hatte ich sie doch noch gefunden, diese Neunte Sinfonie, derentwegen ich damals meine Reise unternommen hatte, wenn auch nicht dort, wo mein Vater sie angesiedelt hatte . . . *Alle Menschen werden Brüder, wo dein sanfter Flügel weilt:* Schillers Verse zerrissen mir das Herz durch die sarkastischen Gedanken, die sie mir eingaben. In diesen Versen gipfelte ein jahrhundertelanges Streben nach Toleranz, Güte, Verständnis für die anderen. Die Neunte Sinfonie war Montaignes sanftes Blätterteiggebäck, der Azur Utopias, die Essenz der Elzevier, die Stimme Voltaires im Prozeß gegen Callas. Jubelnd schwoll sie jetzt an: *Alle Menschen werden Brüder, wo dein sanfter Flügel weilt,* wie in jener Nacht, als ich den Glauben an Menschen verlor, die logen, wenn sie von Grundsätzen sprachen und sich dabei auf Texte beriefen, deren tiefer Sinn ihnen verlorengegangen war. Um nicht ständig an diesen Totentanz um mich herum denken zu müssen, griff ich zu dem Mittel der Landser: ich ließ mich von meinen Kameraden in ihre Kneipen und Bordelle mitnehmen, ich soff wie sie, überließ mich einer Art Bewußtlosigkeit jenseits des Schocks, und so überstand ich den Krieg, ohne mich für Worte oder Taten zu begeistern. Wir siegten, ich fühlte mich besiegt. Mich bezauberte nicht einmal mehr jene Nacht, die ich in der Requisitenkammer des Bayreuther Festspielhauses verbrachte, wo Schwäne und Pferde aus Wagners Zoo von der Decke herunterhingen und ein glanzloser, mottenzerfressener Fafner mit seinem Kopf unter meinem, des Feindes, Feldbett Schutz zu suchen schien. Als ein Mann ohne Hoffnungen kehrte ich eines Tages in die große Stadt zurück und trat in die erstbeste Bar, um mich gegen jeden idealistischen Vorschlag zu wappnen. Ein Mann, der versuchte, sich stark zu fühlen, weil er einem anderen Mann die Frau wegnahm, und der schließlich doch der Einsamkeit nicht geteilten Lebens verfiel. Ein Mann, der auf den Namen Mensch hörte und doch am Abend zuvor noch bereit gewesen war, einen anderen, der Vertrauen in ihn setzte, mit Musikinstrumenten aus dem Trödlerladen zu betrügen . . . Plötzlich langweilte mich diese Neunte Sinfonie mit ihren unerfüllten Versprechungen, ihrem messianischen Drang, zumal dieses Jahrmarktsarsenal der »türkischen Musik«, die im Prestissimofinale so pöbelhaft ausufert. Die majestätische *Tochter aus Elysium, Freude, schöner Götterfunke* des Schlusses wartete ich nicht mehr ab. Ich schalte das Radio aus und frage mich, wie ich es fertiggebracht habe, fast die ganze Partitur anzuhören, sogar völlig selbstvergessen für Augenblicke, wenn mich die mit der Musik verbundenen Erinnerungen nicht zu sehr beschäftigten. Ich lege die Hand auf eine Schlangengurke, die sich anfühlt, als käme ihre Kälte unter der Schale hervor; in die andere Hand nehme ich einen grünen Aji und breche ihn mit dem Daumen auf, damit der Saft haften bleibe, den mein Mund genießerisch aufnimmt. Ich öffne den Pflanzenschrank, hole eine Handvoll trockener Kräuter heraus und atme lange ihren Duft. Im Kamin glimmt noch ein Rest von Loderasche, Rot in Schwarz, wie etwas Lebendiges. Ich sehe zum Fenster hinaus: selbst die nächsten Bäume sind in der Finsternis verschwunden. Der Gänserich im Hinterhof zieht den Kopf unter dem Flügel hervor und öffnet den Schnabel, ohne ganz wachzuwerden. Eine Frucht war in die Nacht gefallen.

X

(Dienstag, den 12.)

Als Mouche kurz nach dem Morgengrauen aus dem Zimmer kam, sah sie mitgenommener aus als am Abend zuvor. Die Unbequemlichkeit, einen Tag lang auf schlechten Straßen zu fahren, das harte Bett, der Zwang, den Körper durch frühes Aufstehen einer Disziplin zu unterwerfen, hatten genügt, ihr alle Farbe zu nehmen. Sie, in unseren ausschweifenden Nächten so sprühend, so quicklebendig, war hier ein Bild der Unlust. Ihre helle Haut war wie beschlagen, ihr rotes Haar hing grün verfärbt in Strähnen unter dem Kopftuch hervor. Ein Ausdruck von Mißlaunigkeit machte sie überraschend alt und gab ihren in den Mundwinkeln häßlich nach unten gezogenen Lippen, die sie der schlechten Spiegel und des spärlichen Lichts wegen nicht so schminken konnte wie sonst, etwas Verkniffenes. Um sie zu zerstreuen, erzählte ich ihr, was ich vergangene Nacht von der Reisenden erfahren hatte. Da aber kam sie selbst herein, zitternd vor Kälte, da sie sich mit den Frauen des Hauses an der Quelle gewaschen hatte, und lachend über ihr Zittern. Aus dem Haar, das sie in Zöpfen um den Kopf gewunden hatte, tropfte noch Wasser auf ihr matthäutiges Gesicht. Zutraulich wandte sie sich an Mouche, duzte sie, als kennte sie sie seit langem, und stellte ihr Fragen, die ich übersetzte. Als wir im Autobus Platz nahmen, hatten sich die beiden Frauen bereits eine Sprache aus Zeichen und einzelnen Wörtern zurechtgelegt, in der sie sich verständigen konnten. Da Mouche schon wieder müde war, legte sie den Kopf auf die Schulter der anderen, und Rosario – so hieß sie, wie wir inzwischen wußten – hörte sich die Klagen meiner Freundin über das Zermürbende einer derart unbequemen Reise mit mütterlicher Fürsorglichkeit an, in der jedoch, wie mir schien, eine Spur Ironie lag. Ich war froh, der Sorge um Mouche ein wenig enthoben zu sein, und so begann ich den Tag in bester Laune, allein auf einem geräumigen Sitzplatz. Nachmittags sollten wir an dem Flußhafen eintreffen, von dem aus Schiffe flußaufwärts bis an den Rand des südlichen Urwalds fuhren, und jetzt bewegten wir uns, immer den Hängen entlang, immer bergab, heißeren Gegenden zu. In schon tropischer Vegetation hielten wir bisweilen in einem Dorf, in dem kaum noch ein Fenster offenstand. Blühende Kletterpflanzen, Kakteen, Bambus wuchsen hier, aus einem Patio erhob sich eine Palme und entfaltete ihre Blätter über dem Dach eines Hauses, vor dem Frauen im Freien saßen und flickten. Gegen Mittag fiel Regen so dicht und anhaltend, daß durch die wassergrauen Fensterscheiben nichts mehr zu sehen war. Mouche holte ein Buch aus ihrem Koffer. Rosario, um es ihr gleichzutun, kramte ein Buch aus ihrem Kleiderbündel. Es war ein verschrammtes Buch, auf schlechtem Papier gedruckt. Auf dem dreifarbigen Einband war eine Frau abgebildet, in Bärenfell oder Ähnliches gekleidet, die am Eingang einer Höhle stand und von einem prächtigen Ritter unter den wohlwollenden Blicken einer langhälsigen Hirschkuh umarmt wurde: *Die Geschichte der Genoveva von Brabant.* Ich dachte sofort an den komischen Kontrast zwischen dieser Lektüre und dem sicherlich berühmten Roman, den Mouche in der Hand hielt und den ich nach dem dritten Kapitel weggelegt hatte, weil mich bei diesem Wust an Obszönitäten eine Art trübsinniges Schamgefühl überkam. Obwohl ein Gegner sexueller Enthaltsamkeit und jeder Verlogenheit in bezug auf das Spiel der Körper, war mir jede Literatur und jeder Wortschatz zuwider, in denen die physische Liebe, sei es nun aus Witz, aus Sarkasmus oder aus

Grobheit, in den Schmutz gezogen wurde. Ich fand, der Mensch sollte sich im Beischlaf die einfache Spontaneität und spielerische Freude bewahren, die auch den Tieren während der Paarungszeit eigen ist, er sollte sich ungehemmt seiner lustvollen Tätigkeit hingeben in dem Bewußtsein, daß der Riegel vor der Tür und die Komplizität bei der Suche nach dem Vergnügen alles ausschloß, was Ironie oder Spott über physisches Fehlverhalten oder über die Animalität bestimmter Haltungen eines Paares, das sich selbst nicht mit fremden Augen sehen konnte, hätte hervorrufen können. Pornographie war mir deshalb ebenso verhaßt wie gewisse gepfefferte Erzählungen, gewisse schmutzige Wortwendungen, gewisse auf Sexualität gemünzte Metaphern, und mich ekelte vor einer bestimmten, heute hochgeschätzten Literatur, die offenbar darauf ausging, alles das zu entstellen und zu verzerren, was einen Mann in Zeiten sexueller Schwierigkeiten und Entmutigungen entschädigen konnte für sein Versagen bei demjenigen Akt, der die stärkste Bestätigung seiner Männlichkeit darstellt, weil er in dem Fleisch, das er teilt, ihre Gegenwart am ungebrochensten fühlt. Über die Schultern der beiden Frauen las ich mit, versuchte ich, die schwarze gegen die rosa Lektüre abzuwägen. Doch lange konnte ich das Spiel nicht durchhalten wegen der Geschwindigkeit, mit der Mouche die Seiten umblätterte, und der langsamen Leseweise Rosarios, die ihre Augen geruhsam von Anfang bis Ende jeder Zeile wandern ließ, dabei buchstabierend die Lippen bewegte und in der Abfolge der Wörter auf die erregendsten Abenteuer stieß, die freilich nicht immer so ausgingen, wie sie es sich wünschte. Manchmal hielt sie bei einer neuen Untat, die gegen die unselige Genoveva verübt wurde, mit dem Ausdruck der Empörung inne und kehrte noch einmal zum Anfang des Absatzes zurück, zweifelnd, ob ein solches Ausmaß an Bosheit denn möglich sei. Und las zum zweiten Mal die kummervolle Begebenheit, wie verstört über ihre Ohnmacht angesichts der Tatsachen. Ihr Gesicht spiegelte tiefe Unruhe, als die finsteren Absichten Golos deutlicher zutage traten. »Das sind Märchen aus früheren Zeiten«, sagte ich, um sie zum Sprechen zu bringen. Sie merkte, daß ich über ihre Schulter mitgelesen hatte, und sah mich erschrocken an. »Was in den Büchern steht, ist wahr«, antwortete sie. Ich sah zu Mouches Buch hinüber. Selbst wenn wahr wäre, was darin in einer Prosa, die der verängstigte Verleger mehrmals hatte zurechtstutzen müssen, erzählt wurde, hätten diese mühsam zusammengebastelten Unanständigkeiten noch lange nicht die Obszönität erreicht, die hinduistische Bildhauer oder einfache präinkaische Töpfer auf dem Niveau authentischer Größe erreicht hatten. Rosario schloß die Augen. »Was in den Büchern steht, ist wahr.« Für sie war die Geschichte der Genoveva wahrscheinlich eine Begebenheit, die sich in dem gleichen Rhythmus, in dem sie sie las, in einem Land der Jetztzeit abspielte. Die Vergangenheit ist unvorstellbar für jemand, der den Kleiderschrank, das Dekor und die Requisitenkammer der Geschichte nicht kennt. Sicher stellte sie sich die Schlösser von Brabant genauso wie die großen, häufig mit Zinnen herausgeputzten Gutshöfe hierzulande vor. Jagen und Reiten waren noch durchaus Sitte auf diesen Gutshöfen, und Rotwild und Stachelschweine wurden hier noch mit Hundemeuten gehetzt. Und was die Kleidung betraf, so sah Rosario den Roman vermutlich ähnlich, wie manche Maler der Frührenaissance das Evangelium betrachtet hatten, die demzufolge die Gestalten der Passionsgeschichte nach Art der Würdenträger ihrer Zeit kleideten und gelegentlich einen Pilatus im Staat eines Florentiner Magistrats kopfüber in die Hölle

schickten ... Die Nacht brach an und das Licht wurde so schwach, daß jeder sich in sich selbst zurückzog. Längere Zeit fuhren wir durch die Dunkelheit, bis wir, um einen Felsen biegend, plötzlich in das weite lodernde Tal der Flammen einfuhren.
Schon auf der Reise hatten ein paar Leute mir von dieser Siedlung erzählt, die, als Erdöl aus dem versumpften Boden sprudelte, binnen weniger Wochen entstanden war. Aber der Hinweis hatte mich nicht annähernd auf das phantastische Schauspiel vorbereitet, das sich nun bei jeder Wegbiegung gewaltiger vor uns entfaltete. In weitem Umkreis tanzten die Flammen über einer kahlen Ebene, flatterten im Wind wie die Fahnen eines göttlichen Strafgerichts. Über dem Gas, das den Bohrlöchern entströmte, wiegten sie sich, zitterten und schwankten in sich selbst eingebettet, frei und zugleich gebunden an die Gasrohre – Gestänge, an dem der Feuerschwarm flatterte, Stamm des Feuerbaums, der zischend im wütenden Purpur aus dem Boden aufflog, ohne fliegen zu können. Plötzlich verwandelte der Wind sie in eine verzehrende Feuersbrunst, in wahnsinnig gewordene Brandfackeln, bündelte sie gleich darauf zu einem einzigen schwarzroten Stamm, dessen schwingende Bewegung für Augenblicke an einen menschlichen Rumpf denken ließ. Aber gleich brach das Verbundene wieder auseinander, der brennende Leib wand sich in gelblichen Zuckungen, rollte sich zum flammenden Dornbusch ein, um dann funkensprühend und tosend hochauf in tausend zischenden Geißeln gegen die Siedlung zu lodern wie zur Strafe gegen eine gottlose Stadt. Neben den entfesselten Bränden arbeiteten unermüdlich, mit sinnverwirrender Regelmäßigkeit, die Bohrmaschinen und sahen aus wie der Schattenriß großer Vögel, die in immer gleichen Abständen mit der Bewegung eines baumhöhlenden Spechts ihre

Schnäbel in den Boden bohrten. Es lag etwas unheimlich Starres, Besessenes, Bösartiges in ihren Silhouetten, wie sie sich, ohne Feuer zu fangen, auf und ab bewegten, wie Salamander aus Flut und Ebbe jener Feuerströme entstanden, die der Wind in großen Wogen bis zum Horizont aufflockte. Man war versucht, ihnen die Namen böser Geister zuzulegen – und ich machte mir ein Vergnügen daraus, sie Rabengerippe, Eisenaasgeier oder Teufelsdreizack zu nennen –, als unsere Fahrt auf einem Hof endete, in dem schwarze, durch den Widerschein der Flammen rötlich schimmernde Schweine sich in Pfützen voll fleckiger Schaumkrusten und Fettaugen suhlten. Die Wirtsstube der Herberge war voll von Männern, die sich brüllend miteinander verständigten, als hätte der Rauch von den Bratspießen sie eingenebelt. Da sie die Arbeitskittel noch nicht abgelegt und ihre Gasmasken nur unters Kinn geschoben hatten, sahen sie aus, als hätte der schwärzeste Schweiß der Erde sich in Güssen, Klecksen und Spritzern an ihnen festgesetzt. Sie hielten ihre Flaschen um den Hals gepackt und soffen gewaltig; auf den Tischen lagen kreuz und quer Karten und Spielmarken. Aber mit einemmal unterbrachen sie ihr Briskaspiel und drängten unter Jubelgeschrei auf den Hof. Dort fand der Theatercoup statt: Frauen in Ballkleidern und hochhackigen Schuhen, glitzernden Schmuck im Haar und um den Hals, waren in irgendeinem Gefährt angekommen, und ihr Erscheinen in diesem dreckigen, mit Futtertrögen umstandenen Hof kam mir aberwitzig vor, zumal die Flammen, die bei jedem Umspringen des Windes ihrem Glanzlichtertanz eine andere Richtung gaben, sich im Flitterwerk der Kleider, in Glasperlen und Pailletten widerspiegelten. Geschäftig liefen die feuerfarbenen Frauen unter den schwarzen Männern umher, schleppten unter ohrenbetäubendem Gekreisch Pakete und Koffer, und um den Wirrwarr voll zu machen, scheuchten die Esel und weckten die Hühner auf, die unter dem Wetterdach auf ihren Stangen geschlafen hatten. Morgen sei das Fest des Dorfheiligen, erfuhr ich, und die Frauen seien Prostituierte, die jahraus, jahrein so herumzögen, von Jahrmärkten zu Prozessionen, von Bergwerken zu Pilgerstätten, um die Tage auszunützen, in denen sich die Männer spendabel zeigten. So blieben sie auf dem Weg der Kirchtürme, hurten für den heiligen Christophorus oder die heilige Lucia, hurten an Allerseelen oder am Tag der Unschuldigen Kinder, hurten am Wegrand unter Friedhofsmauern, am Strand der Ströme oder in gemieteten engen Kammern im Hinterhaus eines Wirts, wo die Waschschüssel auf dem Boden stand. Am meisten verwunderte mich, wie freundlich die eben Angekommenen von den Wirtsleuten empfangen wurden, ohne daß die ehrbaren Frauen des Hauses, die Gattin des Wirts oder seine junge Tochter Zeichen der Verachtung zu erkennen gegeben hätten. Man schien sie hier ein wenig wie Dorftrottel, Zigeuner oder Clowns zu betrachten. Lachend sahen die Küchenmägde zu, wie sie in ihren Ballkleidern über Schweine und Pfützen sprangen und sich das Gepäck von ein paar Ölarbeitern tragen ließen, die offensichtlich entschlossen waren, als erste ihre Gunst zu genießen. Mir kamen diese Wanderprostituierten, die hier und jetzt in unsere Zeit eintraten, wie die Basen jener mittelalterlichen Dirnen vor, die früher einmal von Bremen nach Hamburg und von Antwerpen nach Gent auf die Jahrmärkte gezogen waren, um die Männer, Meister wie Lehrlinge, von ihren schlechten Säften zu reinigen, und die gelegentlich zur Erleichterung ihres Gewissens einen Sankt-Jakobs-Pilger um die Erlaubnis baten, seine weitgereiste Muschel küssen zu dürfen. Als die Frauen ihre Sachen verstaut hatten, kamen sie lärmend in den Eßsaal. Mouche war so fasziniert von ihnen, daß sie mich aufforderte, mit ihr ihnen nachzugehen, damit sie ihre Kleider und Frisuren genauer studieren könne. Sie, die bis jetzt gleichgültig und schläfrig gewesen war, war mit einemmal wie verklärt. Es gibt Menschen, deren Augen aufblitzen, wenn sie die Nähe des Geschlechtlichen spüren. Seit dem letzten Abend hatte meine Freundin sich für nichts interessiert und nur gejammert, aber in der ersten zweideutigen Situation, auf die sie stieß, schien sie aufzuleben. Diese Prostituierten seien *formidables*, einzigartig, sie hätten einen Stil, den es längst nicht mehr gebe, sagte sie und ging zu ihnen hin. Erstaunt blickte Rosario mich an, als ob sie etwas sagen wollte, als sie sah, wie Mouche sich hinten im Saal auf eine Bank neben den Tisch setzte, an dem sich die Frauen niedergelassen hatten, und mit einer von ihnen, der am auffälligsten gekleideten, durch Zeichen ein Gespräch anzufangen versuchte. Um einer Erklärung aus dem Weg zu gehen, die Rosario wahrscheinlich nicht verstanden hätte, nahm ich unser Gepäck und begab mich auf die Suche nach unserem Zimmer. Über der Dornenhecke, die den Hof einzäunte, tanzte der Feuerschein. Ich war gerade dabei, unsere letzten Ausgaben aufzuschreiben, da schien mir, als hörte ich Mouche ängstlich nach mir rufen. Im Schrankspiegel sah ich sie kurz am anderen Ende des Gangs, wo sie vor einem Mann zu flüchten schien, der sie verfolgte. Als ich bei ihnen ankam, hielt der Mann sie um die Taille gepackt, um sie in eine der Kammern zu zerren. Ich versetzte ihm einen Faustschlag. Der Mann drehte sich um und schleuderte mich mit einem Hieb auf einen Tisch voll leerer Flaschen, die zu Boden rollten und zerbrachen. Ich hängte mich an meinen Gegner, und beide wälzten wir uns auf dem Boden in den Glasscherben, die uns Hände und Arme zerschnitten. Nach kurzem Kampf lag ich entkräftet zwischen seinen Knien rücklings auf dem Boden, und zwei gewaltige Pranken flogen auf, um desto besser, wie Keulen, auf mein Gesicht herabzusausen. In diesem Augenblick kam Rosario und hinter ihr der Wirt. »Yannes!« schrie sie, »Yannes! . . .« Langsam und wie beschämt über den Vorfall, erhob sich der Mann, den sie an den Handgelenken festhielt. Der Wirt erklärte ihm etwas, das ich in der Aufregung nicht verstand. Mein Gegner sah kleinlaut aus, als er zerknirscht zu mir sagte: »Ich wußte ja nicht . . . Irrtum . . . Nicht gesagt, daß Mann hat.« Rosario wischte mir mit einem in Rum getränkten Tuch das Gesicht ab. »War selber schuld, saß bei den anderen.« Das Schlimmste war, daß ich nicht eigentlich auf den Mann zornig war, der mich geschlagen hatte, sondern auf Mouche, die sich in ihrem typischen exzentrischen Gebaren zu den Prostituierten gesetzt hatte. »Es ist nichts passiert, es ist nichts passiert!« sagte der Wirt zu den Neugierigen, die sich im Gang drängten. Und als ob tatsächlich nichts geschehen wäre, forderte mich Rosario auf, dem Mann, der jetzt in Entschuldigungen zerfloß, die Hand zu reichen. Um mich vollends zu beruhigen, fing sie an, mir von ihm zu erzählen. Sie kenne ihn seit langem, sagte sie, er sei kein Hiesiger, sondern sei aus Puerto Anunciación, dem Dorf an der Südspitze des Urwalds, wo ihr Vater auf sie und das wunderwirkende Bild wartete. Die Bezeichnung Diamantensucher machte mir den Mann, der mich eben geschlagen hatte, interessant. Bald saßen wir in der Kantine und hatten über einer halben Flasche Rum unseren törichten Streit bereits vergessen. Der Bergmann, breitschultrig und schmalhüftig, hatte einen fast raubvogelhaften Blick, und sein Gesicht mit dem schmalen Bart hätte durch die Entschlossenheit und Kraft des Profils aus einem Triumphbogen stammen können. Ich erfuhr, daß er Grieche war – was den unglaublichen Artikelschwund in seiner Sprechweise erklärte –, und wollte ihn gerade im Scherz fragen, ob er vielleicht einer der Sieben gegen Theben wäre, als Mouche mit unbeteiligter Miene, als wisse sie nichts von einer Rauferei, bei der wir uns die Hände zerschnitten hatten, an unseren Tisch trat. Andeutungsweise machte ich ihr ein paar Vorwürfe, in denen sich mein Ärger höchst unzureichend Luft machte. Ohne darauf einzugehen, setzte sie sich an die freie Seite des Tischs und musterte mit einem Interesse, das mir nach dem Vorgefallenen aufreizend und herausfordernd erschien, den Griechen, der jetzt so ehrerbietig war, daß er sogar seinen Hocker verrückte, um nicht zu nahe an meiner Freundin zu sitzen. Auf die Entschuldigungen des Diamantensuchers, der sich selbst einen brutalen Kerl und verdammten Idioten bezeichnete, antwortete sie, die Sache sei ja nicht der Rede wert gewesen. Ich wandte mich Rosario zu. Sie warf mir aus den Augenwinkeln einen ernsthaft-ironischen Blick zu, von dem ich nicht wußte, wie ich ihn auslegen sollte. Ich wollte ein Gespräch anfangen, um uns von der mißlichen Lage abzulenken, brachte aber kein Wort über die Lippen. Unterdessen war Mouche näher an den Griechen herangerückt und lächelte ihn so aufreizend unruhig an, daß mir der Zorn das Blut in die Schläfen trieb. Kaum hatten wir einen Zusammenstoß hinter uns, der bedauerliche Folgen hätte haben können, gefiel sie sich darin, dem Bergmann, der sie noch vor einer halben Stunde als Prostituierte behandelt hatte, den Kopf zu verdrehen. Ihre Haltung war so literarisch, verdankte sich so sehr jenem Geist, in dem heutzutage Matrosenkneipen und neblige Kais verherrlicht wurden, daß sie mir in ihrer Unfähigkeit, sich in welcher Situation immer von den Gemeinplätzen ihrer Generation zu befreien, plötzlich unglaublich grotesk vorkam. Sie mußte sich ein Seepferd kaufen, um sich an Rimbaud zu erinnern, wo eine Reliquie in naiver kolonialer Handwerkskunst zu haben gewesen wäre; sie mußte sich ausgerechnet in einem Theater, das dem Schloßgarten von Lammermoore seinen Duft zurückgab, über die romantische Oper lustigmachen, und sie begriff nicht, daß die Prostituierte in Romanen über den Ausbruch aus den sozialen Schranken sich hier in eine Mischung aus gewinnsüchtiger Jahrmarktsdirne und ägyptischer Maria ohne Ruch der Heiligkeit verwandelt hatte. Ich sah sie so zweideutig an, daß Rosario, die vielleicht glaubte, ich würde aus Eifersucht gleich wieder zu raufen anfangen, in dem Versuch, mich zu beruhigen, mir einen dunklen Satz, halb Sprichwort, halb Sinnspruch, entgegenhielt: »Wenn der Mann sich prügelt, soll er es tun, um sein Haus zu verteidigen.« Ich wußte nicht, was Rosario mit »mein Haus« sagen wollte, aber wenn sie damit sagen wollte, was ich mir darunter vorstellte, hatte sie recht: Mouche war nicht »mein Haus«. Sie war vielmehr das Weib aus der Heiligen Schrift, wild und unbändig, daß ihre Füße in ihrem Hause nicht bleiben können. Über den Tisch hinweg schlug dieser Satz eine Brücke zwischen mir und Rosario, ich fühlte mich in diesem Augenblick gehalten von der Sympathie eines Menschen, der vielleicht darunter gelitten hätte, wenn ich zum zweiten Mal besiegt worden wäre. Auch sonst gewann die junge Frau von Stunde zu Stunde in meinen Augen: sie stellte gewisse Verbindungen zur Umwelt her, die ich dadurch deutlicher wahrnahm. Umgekehrt wurde mir Mouche durch den wachsenden Mißklang zwischen ihr und unserer Umgebung immer fremder. Eine Aura von Exotismus umgab sie immer stärker und vertiefte den Abstand zwischen ihr und den anderen, zwischen ihrem

Tun und Gebaren und den hier üblichen Verhaltensweisen. Allmählich wurde sie zu einem Fremdkörper, exzentrisch, fehl am Platz und nicht weniger auffällig als früher an den christlichen Höfen der Turban der Botschafter der Hohen Pforte. Rosario hingegen war wie die Cäcilie oder die Lucia, die sich wieder in ihr Kirchenfenster einfügen, wenn eine Scheibe ausgebessert worden ist. Vom Morgen zum Abend und vom Abend zur Nacht wurde sie authentischer, echter, stand sicherer in einer Landschaft, deren gleichbleibende Merkmale um so deutlicher hervortraten, je näher wir dem Strom kamen. Zwischen ihrem Fleisch und diesem Stück Erde entstanden Beziehungen, traten zutage in der sonnengebräunten Haut, der gleichen Beschaffenheit des Haars und der Einheitlichkeit der Formen, welche Hüften, Schultern und Schenkeln, wie sie hier geschätzt wurden, gleich Werken, die aus derselben Töpferscheibe hervorgingen, den übereinstimmenden Stil verliehen. Ich fühlte, wie mir Rosario, die mit jeder Stunde schöner wurde, immer näher kam und ich alles, was sie sagte und ausdrückte, billigte, während die andere sich durch ihren Abstand zur Umwelt mehr und mehr auflöste. Und doch: wenn ich diese Frau als Frau betrachtete, kam ich mir ungeschickt und gehemmt vor. Angesichts ihrer angeborenen Würde, die sich jeder leichten Eroberung zu entziehen schien, wurde mir mein eigener Exotismus bewußt. Nicht nur die zerscherbten Flaschen standen zwischen uns und geboten Vorsicht, es waren auch die tausend Bücher, die ich gelesen hatte und sie nicht; es waren ihr Glaube und Aberglaube, ihre Sitten und Vorstellungen, die ich nicht kannte und die keine geringere Daseinsberechtigung hatten als meine. Meine Bildung und ihre Vorurteile, was man sie gelehrt und was für sie Gewicht hatte, all das waren Dinge, die mir in diesem Augenblick unvereinbar erschienen. Zwar sagte ich mir immer wieder, daß die jederzeit mögliche Vereinigung zwischen dem Körper eines Mannes und dem Körper einer Frau mit all dem nichts zu tun hatte, und doch war mir klar, daß eine ganze Kultur mit ihren Verzerrungen und Ansprüchen mich von dieser Stirn trennte, hinter der vielleicht nicht einmal eine klare Vorstellung von der Kugelgestalt der Erde oder von der Aufteilung der Landkarte in Nationen herrschte. So dachte ich, als mir wieder einfiel, daß sie an einen Herrn der Wälder glaubte. Und als ich das kleine goldene Kreuz an ihrem Hals sah, wurde mir auch bewußt, daß das einzige Gebiet, auf dem unsere Überzeugungen sich hätten treffen können, der Glaube an Christus, ein Gebiet war, das meine väterlichen Vorfahren seit langem geräumt hatten: seit sie als Hugenotten durch die Aufhebung des Edikts von Nantes aus Savoyen vertrieben worden und durch einen von ihnen, einen Freund des Barons von Holbach, zur Enzyklopädie übergetreten waren und Bibeln nur noch ihrer Poesie wegen in der Familie gehalten wurden und nicht, weil irgend jemand noch an die Schrift glaubte ... Eine neue Schicht Ölarbeiter fiel in die Kneipe ein. Die roten Frauen kamen aus den Kammern im Hof zurück und verwahrten das Geld von ihren ersten Kunden. Um die falsche Situation zu beenden, die uns allen, die wir um den Tisch saßen, unheimlich war, schlug ich vor, an den Fluß zu gehen. Der Diamantensucher war ganz verschüchtert von dem schmeichelhaften Entgegenkommen meiner Freundin, die ihn aufgefordert hatte, ihr seine abenteuerlichen Reisen durch den Urwald zu erzählen, was er denn auch tat, ohne daß seine paar Brocken Französisch ihm erlaubten, je einen Satz zu vollenden, und ohne daß Mouche ihm zuhörte. Als er meinen Vorschlag hörte, kaufte er ein paar Flaschen eisgekühltes

Bier und führte uns auf einem geraden Weg, der uns von den Flammen im Tal entfernte, in die Nacht hinaus. Bald kamen wir ans Ufer des Stroms, der mit dem stetigen, gewaltig-tiefen Grollen erdspaltender Wassermassen durch die Nacht floß. Es war nicht das aufgeregte Gurgeln schmalerer Flüsse, nicht das Böllern der Wildbäche noch das geruhsame Murmeln der Wellen in schmalem Bett, das ich nachts an anderen Ufern so oft gehört hatte: es war die ruhige Gewalt, der fortzeugende Rhythmus eines Gefälles, das in Hunderten und Aberhunderten Meilen Entfernung der Vereinigung mit anderen, noch weiter entfernten Flüssen und der Schubkraft ihrer Katarakte und Quellen entsprang. In der Finsternis schien es, als hätte das Wasser, das hier seit undenklichen Zeiten Wasser hinabdrängte, kein zweites Ufer und als übertöne sein Vorbeirauschen alles, bis ans Ende der Welt. Schweigend gingen wir weiter, bis wir an eine Bucht kamen, eine Stelle mit stehendem Wasser, die als Schiffsfriedhof diente. Hier lagen alte, aufgegebene Schiffe mit treibenden Steuern und Scharen von Fröschen auf dem Verdeck, darunter auch ein im Schlamm festgefahrener alter Segler von eleganter Bauart, mit holzgeschnitzter Galionsfigur, einer Amphitrite, deren nackte Brüste zwischen den bis zu den Klüsen gespannten Segeln wie zwischen ausgebreiteten Flügeln hervorsahen. Wir standen nahe am Schiffsrumpf, als die Figur, die über unseren Häuptern zu schweben schien, plötzlich von einer wetterwendischen Lohe in Rot getaucht wurde. Wir waren müde geworden von der frischen Nachtluft und dem ewigen Rauschen des Stroms und lagerten uns auf dem Kiesstrand. Rosario löste ihr Haar und begann sich mit so langsamen und schlafnahen Bewegungen zu kämmen, daß ich nicht wagte, sie anzusprechen. Mouche hingegen erzählte Nichtigkeiten, stellte dem Griechen

Fragen und quittierte seine Antworten mit schrillem Lachen, anscheinend ohne sich bewußt zu werden, daß wir an einem Ort waren, dessen Elemente sich zu einer jener unvergeßlichen Szenerien zusammenfügten, wie sie einem Menschen nur selten begegnen. Die Galionsfigur, die Flammen, der Fluß, die verlassenen Schiffe, die Sterne: nichts Sichtbares schien sie zu berühren. Dies war, glaube ich, der Augenblick, in dem ihre Gegenwart mir zum erstenmal zur Last fiel, eine Bürde, auf die jeder Tag neuen Ballast häufen würde.

XI

(Mittwoch, den 13.)

Stille ist ein Wort aus meinem Wortschatz. Als einer, der es mit Musik zu tun hat, gebrauchte ich es öfter als Menschen in anderen Berufen. Ich weiß, wie man mit der Stille spekulieren kann, wie man sie mißt und einsetzt. Doch während ich jetzt auf diesem Stein sitze, lebe ich die Stille: eine Stille aus solchen Fernen und so vielen Schichten von Stille, daß ein ausgesprochenes Wort wie Schöpfungsdonner in sie einbräche. Würde ich etwas sagen, würde ich, wie ich es oft tue, mit mir selber reden – ich würde vor mir selber erschrecken. Die Matrosen sind unten geblieben, sie schneiden am Ufer Futter für die Zuchtstiere, die mit uns unterwegs sind. Ihre Stimmen dringen nicht zu mir. Ohne an sie zu denken, blicke ich in die unermeßliche Ebene, deren Grenzen in einem halbrunden Streifen dunkleren Himmels verfließen. Aus dem Blickwinkel des Kiesels, des Halms überschaue ich in weitem Umkreis einen stattlichen Teil jenes Planeten, auf dem ich lebe. Um eine Wolke zu sehen, brauche ich die Augen nicht mehr zu heben: die regungslosen

Zirruswölkchen, die seit ewigen Zeiten hier stillzustehen scheinen, sind in Reichweite meiner Hand, die meine Wimpern beschattet. In großen Abständen Bäume, laubreich, einsam, daneben immer ein Kaktus wie ein riesiger Kandelaber aus grünem Stein, auf dem Sperber sitzen, unbeweglich und schwer wie Wappenvögel. Nichts erzeugt einen Laut, stößt an, rollt oder schwingt. Wenn sich eine Fliege auf ihrem Flug in einem Spinnennetz verfängt, klingt ihr angstvolles Sirren wie Donnerrollen. Danach ist die Luft wieder still von einem Horizont zum andern, ohne Laut. Über eine Stunde bin ich hier, ohne mich von der Stelle zu rühren, in dem Bewußtsein, daß es nutzlos ist, dorthin zu gehen, wo man doch immer die Mitte des Betrachteten ist. In ziemlicher Entfernung schaut ein Hirsch aus dem Schilf einer Lagune. Mit elegant gehobenem Kopf steht er so regungslos in der Ebene, daß er wie ein Denkmal oder ein totemistisches Wahrzeichen wirkt. Wie ein mythischer Ahnherr von Menschen, die erst noch geboren werden müssen, der Begründer eines Klans, der sein Geweih auf einen Pfahl nagelt und daraus sein Wahrzeichen, seine Hymne und seine Fahne macht. Als er mich wittert, entfernt er sich gemessen. Ohne Eile läßt er mich mit der Welt allein. Ich wende mich dem Strom zu. Sein Bett ist so breit, daß seine Schnellen, Wirbel und Strudel, die seinen immerwährenden Lauf aufwühlen, zu einem einzigen Puls verschmelzen, der vom Sommer bis zur Regenzeit mit den immer gleichen Pausen und wilden Schlägen seit Urzeiten pocht, lange ehe es Menschen gab. Heute im Morgengrauen haben wir uns eingeschifft. Ich habe viele Stunden lang die Ufer betrachtet, und was ich gesehen habe, unterscheidet sich kaum von dem, was Fray Servando de Castillejo berichtet hat, als er vor dreihundert Jahren in seinen Sandalen über diese Erde zog. Wo er einen Fels mit dem Profil eines Sauriers am anderen Ufer notiert hat, habe ich einen Fels mit dem Profil eines Sauriers am anderen Ufer gesehen. Wo der Chronist über die riesenhaften Bäume staunte, habe ich riesenhafte Bäume gesehen, die Söhne der früheren an derselben Stelle, von den gleichen Vögeln bevölkert, von den gleichen Blitzen gespalten. Durch einen Bruch, einen Einschnitt am westlichen Horizont betritt der Strom den Raum, den ich überblicke; vor meinen Augen wird er so breit, daß das andere Ufer in laubgrünem Dunst verschwimmt. Dann verläßt er die Landschaft, wie er sie betreten hat, den morgendlichen Horizont aufreißend, um sich weiter nach Osten zu ergießen, wo, hundert Meilen vom Meer entfernt, das Gewucher seiner unzähligen Inseln beginnt. Neben dem Strom, der Kornspeicher, Fluß und Weg in einem ist, fallen die Umtriebe der Menschen nicht mehr ins Gewicht. Schienenwege und Straßen liegen hinter uns. Man reist mit dem Schiff, stromauf- oder stromabwärts. So oder so muß der Reisende sich unabänderlichen Zeiten fügen. Hier gehorchen die Reisen der Menschen dem Gesetzbuch der Regenfälle. Ich stelle fest, daß ich, der eingefleischte Zeitvermesser, der von Berufs wegen auf das Metronom und von Amts wegen auf den Chronographen schaut, seit Tagen an keine Uhr mehr denke und den Stand der Sonne nur noch mit Hunger oder mit Schlaf in Verbindung bringe. Als ich entdecke, daß meine Uhr gar nicht aufgezogen ist, breche ich, allein mitten in dieser Ebene ohne Zeit, in schallendes Gelächter aus. Nicht weit von mir flattert ein Schwarm Wachteln auf. Der Eigner der »Seekuh« ruft mich an Bord, schreiend in einem Singsang, dem ringsum Vogelgekrächz antwortet. Ich lege mich wieder auf die Futterballen unter dem breiten Segeltuchdach, zwischen den Zuchtstieren auf der einen und den schwarzen

Köchinnen auf der anderen Seite. Durch die schwitzenden Negerinnen, die singend ihren Aji zerstoßen, die brünstigen Stiere und den säuerlichen Duft der Luzernen herrscht hier ein Geruch, der mich geradezu berauscht. Nichts an diesem Geruch hätte man als Wohlgeruch bezeichnen können, und doch stärkt er mich, als käme seine Essenz einem heimlichen Bedürfnis meines Körpers entgegen. Es geht mir wie dem Bauern, der nach jahrelangem Aufenthalt in der Stadt in den väterlichen Hof zurückkehrt und in Tränen der Rührung ausbricht, sobald er den Mistgeruch wittert. Etwas Ähnliches hat es, wie ich mich erinnere, in dem Hinterhof aus meiner Kinderzeit gegeben: auch dort zerstieß eine schwitzende Negerin singend den Aji, und weiter draußen weideten die Kühe. Und vor allem ist dort dieser Heukorb gewesen, das Schiff meiner Reisen mit Maria del Carmen, das wie diese Luzernen gerochen hat, in die ich jetzt, fast schmerzhaft erregt, meinen Kopf vergrabe. Mouche, die ihre Hängematte aufgehängt hat, wo es am luftigsten ist, plaudert mit dem Griechen und ahnt nicht einmal, daß es diesen Platz gibt, dieses Mittelding zwischen Rumpelkammer und Schlupfwinkel. Rosario hingegen klettert des öfteren auf den Futterberg, und es stört sie nicht, daß Wasser durch das Segeltuch tropft und das zuletzt geschnittene Futter auffrischt. In einiger Entfernung zu mir streckt sie sich aus und beißt lächelnd in eine Frucht. Ich bewundere den Mut dieser Frau, die ohne alle Bedenklichkeiten, ohne Angst diese Reise unternimmt, von der die Museumsdirektoren, für die ich unterwegs bin, glauben, sie sei ein gefährliches Unternehmen. Starkes Selbstvertrauen der Frauen scheint hier durchaus üblich zu sein. Am Heck wäscht sich, indem sie Eimer voll Wasser über sich ausgießt, eine noch junge Mulattin in geblümtem Hemd, die zu ihrem Liebsten, einem

Goldgräber, an den Unterlauf eines beinahe noch unerforschten Flusses reist. Eine andere, in Trauerkleidern, will in einem Urwalddörfchen, wo es in den Hochwasser-Monaten noch Hungersnöte gibt, ihr Glück als Prostituierte versuchen in der Hoffnung, bald zur festen Freundin zu avancieren. Immer mehr bereue ich es, Mouche auf diese Reise mitgenommen zu haben. Ohne sie hätte ich mich leichter unter die Mannschaften mischen und ihre Kost mit ihnen teilen können, von der sie glauben, sie sei zu derb für unseren feinen Gaumen; ich hätte näher bei diesen starken, entschlossenen Frauen leben und mir ihre Geschichten erzählen lassen können; vor allem hätte ich mehr Freiheit gehabt, mich Rosario zu nähern, deren tieferes Wesen sich meinen Erforschungsmethoden um so mehr entzieht, als ich sie bis jetzt nur an den ziemlich gleichartigen Frauen meiner bisherigen Bekanntschaften hatte erproben können. Bei jeder Kleinigkeit fürchte ich, sie zu beleidigen oder zu belästigen, in der Vertrautheit zu weit zu gehen oder ihr Aufmerksamkeiten zu erweisen, die ihr täppisch oder unmännlich erscheinen könnten. Manchmal denke ich, daß ein kurzer Moment, wenn wir zwischen den engen Viehställen allein sind und niemand uns sieht, einen brutalen Überfall von meiner Seite geradezu fordert; alles scheint mich dazu aufzufordern, und doch getraue ich mich nicht. Und dabei habe ich beobachtet, daß die Männer an Bord mit den Frauen sehr ungeniert in einem ironisch-rauhen Ton umgehen, der ihnen zu gefallen scheint. Aber diese Leute kennen die Spielregeln, Losungsworte und Redewendungen, die mir fremd sind. Als Rosario gestern abend ein Haute-Couture-Hemd an mir sah, das ich in einem der teuersten Geschäfte der Welt gekauft habe, lachte sie auf und meinte, solche Wäsche passe besser zu Frauen. Neben ihr lebe ich in der ständigen Furcht, mich lächerlich zu machen, und es hilft nichts, wenn ich denke, daß die anderen es eben nicht besser verstehen, denn hier sind sie diejenigen, die es besser verstehen. Mouche weiß nicht, daß ich sie nur deshalb scheinbar noch überwache und mich stelle, als mißfielen mir ihre Gespräche mit dem Griechen, weil ich mir einbilde, Rosario könnte es für meine Pflicht halten, eine Frau ein wenig zu beaufsichtigen, die an meiner Seite den Wechselfällen einer Reise ausgesetzt ist. Manchmal erhasche ich einen Blick, eine Bewegung, ein Wort, das ich nicht verstehe, und glaube, das bedeute eine Verabredung. Ich klettere auf die Futterballen und warte, aber gerade dann warte ich vergeblich. Die brünstigen Stiere brüllen, die Negerinnen singen, um die Matrosen zu reizen und aufzugeilen, der Luzernengeruch berauscht mich. Das Blut pocht mir in den Schläfen, im Geschlecht, ich schließe die Augen und überlasse mich entnervenden erotischen Träumereien.

Bei Sonnenuntergang legten wir an einer rohen hölzernen Mole an, deren Pfähle im Morast standen. Wir kamen in ein Dorf, in dem so viel von Lasso und Lassowerfen die Rede war, daß ich begriff: wir waren im Reich der Pferde angekommen. Da war vor allem dieser Geruch nach Zirkusarena, nach schweißnassen Pferdeflanken, der so lange die Welt durchzogen und eine von Wiehern begleitete Kultur verkündet hatte. Da klang das gedämpfte Hämmern zum Beweis dafür, daß in der Nähe ein Schmied war, eine schwarze Gestalt vor den Flammen der Esse noch an Amboß und Blasebalg hantierte. Da war das Aufzischen des rohglühenden Eisens im kalten Wasser und das im Rhythmus des Hufnagelns gesungene Lied. Danach, das nervöse Trappeln der frisch beschlagenen Pferde, die noch Angst hatten, auf den Steinen auszurutschen, und das mit dem Zügel bewirkte Aufbäumen und Piaffieren vor dem jungen Mädchen, das, ein Band im Haar, zum Fenster heraussah. Mit dem Pferd war auch die nach frischem Korduanleder duftende Sattlerei wieder da, die zwischen aufgehängten Pferdegeschirren, Gaucho-Steigbügeln, gepunztem Zaumzeug und den Sonntagshalftern mit silberbeschlagenem Stirnband geschäftigen Arbeiter. Im Reich der Pferde schienen die Männer männlicher zu sein. Sie beherrschten hier jahrtausendealte Techniken, die ihre Hände mit Eisen und Fell in unmittelbare Berührung brachten, sie die Kunst des Zureitens und Zähmens lehrten, die sie an Festtagen vor den bewundernden Frauen vorführten: was diese Männer mit ihrem Schenkeldruck und ihren Armen alles machen konnten! Hier waren die männlichen Spiele zu Hause, das Zähmen der wiehernden Junghengste, das Umwerfen des Stiers, der am Schwanz gezerrt wurde, bis die Kraft dieses der Sonne heiligen Tiers sich im Staub wälzte. Hier herrschte eine geheimnisvolle Beziehung zwischen dem Tier mit den mächtigen Testikeln, das tiefer als jedes andere in das weibliche Tier eindringt, und dem Mann, dem als universales Symbol des Muts galt, was an Reiterstatuen modelliert, in Bronze gegossen oder in Marmor gehauen wurde, damit das stattliche Roß einstände für den Helden, der auf ihm ritt und über die Pärchen, die sich in den öffentlichen Anlagen trafen, einen segensreichen Schatten würfe. Standen viele Pferde kopfnickend vor einem Haus, dann gab es hier eine Gesellschaft; stand aber nachts ein einzelnes Pferd halb verborgen hinter der Hecke, dann hatte sein Herr sicher die Sporen abgelegt, um sich leise ins Haus zu schleichen, in dem ein Schatten ihn erwartete. Der Gedanke faszinierte mich, daß das Pferd, nachdem es der wichtigste Besitz des europäischen Menschen, seine Kriegsmaschine, sein Fortbewegungsmittel, sein Bote, der Piedestal seiner Helden, der Schmuck seiner Metopen und Triumphbögen gewesen war, seine große Geschichte in Amerika fortsetzte, denn nur in der Neuen Welt verrichtete es noch wirklich und in riesigem Maßstab seine jahrhundertealte Funktion. Würde das Reich des Pferdes auf der Landkarte ausgespart bleiben, wie im Mittelalter noch unbekannte Länder, dann würde der vierte Teil dieser Hemisphäre weiß bleiben und damit die große Verbreitung des Hufeisens in Ländern bezeugen, in die das Kreuz Christi nicht im Staub schleifend, sondern zu Pferde eingezogen war, aufragend, emporgehoben von Männern, die für Zentauren gehalten wurden.

XII

(Donnerstag, den 14.)

Bei Vollmond schifften wir uns wieder ein, denn im Hafen von Santiago de los Aguinaldos, am anderen Ufer des Stroms, sollte ein Kapuzinermönch abgeholt werden, und der Kapitän wollte noch in den Morgenstunden eine Stelle mit besonders starken Schnellen hinter sich bringen, um nachmittags einen Teil der Ladung löschen zu können. Meisterhaft steuernd, eine ganze Reihe von Klippen umschiffend, die mit der Stange abgetastet werden mußten, hatte er sein Vorhaben ausgeführt, und so befand ich mich mittags in der Ruinenstadt. Unbewohnt standen die Häuser in den breiten, menschenleeren Straßen, die Türen waren vermodert bis auf den Rahmen oder einen Stirnbalken, manche moosüberwachsene Dächer waren genau in der Mitte eingestürzt, weil ein termitenzerfressener, von Feuerschwamm geschwärzter Stützbalken zusammengebrochen war. Hier trugen die Säulen eines Hauseingangs, den die Wurzeln eines

Feigenbaums zum Einsturz gebracht hatten, nur noch Reste eines Kranzgesimses. Es gab Treppen ohne Anfang und Ende, die im Leeren zu schweben schienen, und Balkongitter, die unter einem gegen den Himmel offenen Fensterrahmen hingen. In großen Salons mit ausgetretenen Fliesen bildeten Büsche großer weißer Glockenblumen anmutig-leichte Vorhänge, in den dunklen Winkeln wucherten goldgelbe Duftakazien und scharlachrote Osterblumen, und in den Gängen, im Schnittpunkt der Zugluft, streckten Kakteen zitternd ihre Kandelaberarme in die Höhe, als hätten unsichtbare Diener sie ihnen aufgerichtet. Schwämme wuchsen in den Türfüllungen, Disteln aus den Kaminen. Bäume kletterten die Wände hoch und schlugen ihre Krallen in die Mauerspalten. Von einer abgebrannten Kirche standen nur noch ein paar Stützpfeiler und Strebebogen und ein monumentaler Rundbogen, in dessen abgebröckeltem Giebelrelief noch die Figuren eines himmlischen Konzerts Gambe, Theorbe, Tastenorgel, Viola und Maracas spielender Engel zu erkennen waren. Über die Maracas war ich so erstaunt, daß ich zum Schiff zurückgehen, Bleistift und Papier holen wollte, um diesen organographisch ungewöhnlichen Fund in einer Skizze für den Kurator festzuhalten. Aber in diesem Augenblick erschallten Trommeln und schrille Flöten, ein paar Teufel erschienen an einer Ecke des Hauptplatzes und nahmen den Weg zu einer kümmerlichen Kirche aus Ziegelstein und Gips gegenüber der Kathedrale. Die Tänzer hatten ihre Gesichter unter schwarzen Tüchern verborgen wie die Büßer christlicher Orden: in kurzen Sprüngen rückten sie langsam vor, vorneweg eine Art Anführer oder Zeremonienmeister, der mit seiner Maske eines dreigehörnten, schweinsschnäuzigen Dämons den Belzebub, Drachen oder Narrenkönig in einem Mysterienspiel hätte spielen können.

Vor Beklemmung verschlug es mir die Sprache angesichts dieser gesichtslosen, wie Vatermörder verhüllten Männer, diesen Masken, die dem Geheimnis der Zeit entstiegen waren, um die ewige Lust des Menschen an Verstellung und Verkleidung lebendig zu erhalten, seine Vorliebe, sich als Tier, als Ungeheuer oder böser Geist auszugeben. Die seltsamen Tänzer kamen an die Kirche und schlugen mehrmals mit dem Türklopfer an das Portal. Lange standen sie weinend und jammernd vor der verschlossenen Pforte, bis sich plötzlich knarrend die Türflügel öffneten und in einer Weihrauchwolke der Apostel Jakobus erschien, der Sohn des Zebedäus und der Salome, auf einem weißen Pferd reitend, das die Gläubigen auf den Schultern trugen. Vor der goldenen Krone des Heiligen wichen die Teufel entsetzt zurück; als wären sie von Krämpfen befallen, torkelten sie gegeneinander, fielen zu Boden und wälzten sich auf der Erde. Hinter dem Heiligenbild erschallte zum uralten Klang der Posaune, der Schalmei, der Klarinette und der Pauke die Hymne:

Primus ex apostolis
Martir Jerosolimis
Jacobus egregio
Sacer est martirio

Oben läutete, was das Zeug hielt, die Glocke, mit Fußtritten in Schwung gesetzt, von ein paar Kindern, die rittlings auf dem Glockenstuhl saßen. Langsam zog die Prozession um die Kirche, voran das näselnde Falsett des Pfarrers, während die Gruppe der Teufel, die Qualen des Exorzismus mimend, unter den Spritzern des Weihwasserwedels wimmernd zurücksprang. Zuletzt wurde das Bild des Apostels Jakobus vom *Campus Stellae* unter dem schattenspendenden Baldachin aus zerschlissenem Samt wieder in die Kirche eingebracht, mit hartem Prall schlossen sich die Türflügel über einem Gewoge von Lichtern und Kerzen. Nun fingen die Teufel, die draußen bleiben mußten, zu rennen an, und aus den Dämonen wurden Possenreißer, die in die Ruinenstadt auseinanderstoben und derb in die Fenster hineinschrien, ob die Frauen hier auch noch fleißig niederkämen. Ich war wieder allein auf dem traurigen Platz mit dem von Wurzeln aufgerissenen Pflaster. Aber bald darauf erschien Rosario, die in die Stadt gegangen war, um ein paar Kerzen für die Genesung ihres Vaters anzuzünden. Sie kam in Gesellschaft des bärtigen Kapuziners, der sich mit uns einschiffen sollte, und stellte ihn mir vor: Bruder Pedro de Henestrosa. In seiner langsamen, sentenzenhaften Sprechweise erklärte mir der Mönch in wenigen Worten, daß es hier – und nur hier – der Brauch sei, den Apostel Jakobus am Fronleichnamstag aus der Kirche zu führen. An einem Fronleichnamstag nämlich sei kurz nach der Gründung der Stadt dieses Bild des Schutzheiligen angekommen, und seither werde diese Tradition eingehalten. Zwei schwarze Musiker mit umgehängten Mandolinen gesellten sich zu uns und jammerten: das Fest habe diesmal nur aus Mariengebeten und Prozessionen bestanden, noch einmal kämen sie sicherlich nicht hierher. Früher einmal, so erfuhr ich nun, sei dies eine Stadt der vollen Truhen gewesen, reich an Hausrat und Schränken voll holländischer Leinwand, doch durch die ständigen Plünderungen während eines langdauernden Provinzkrieges seien die Paläste und Stammhäuser verwüstet worden, habe der Efeu die Wappen überwuchert. Wer konnte, zog fort und verkaufte seinen Palast, sei es zu einem noch so geringen Preis. Danach kam die andere Plage: die Stechmücken aus den verlassenen Reisfeldern, die sich in Sümpfe zurückverwandelten. Diesmal war es der Tod, der die Paläste den Quecken und Kletten überließ, so daß die Rundbögen, Decken und Türstürze zu verfallen begannen. Heute bevölkerten nur noch Schatten diese Ruinen, die selbst bloß noch der Schatten der einstmals reichen Stadt Santiago de los Aguinaldos waren. Angeregt von dem Bericht des Missionars, dachte ich an all die Städte, die durch Erbfolgekriege zerstört oder durch die Pest verwüstet worden waren, als die zwei Musikanten auf Rosarios Bitten, zu unserer Unterhaltung zu spielen, worauf sie eben Lust hätten, auf ihren Mandolinen präludierten. Und plötzlich führte mich ihr Gesang weit über mein eigenes Zurückdenken in die Geschichte hinaus. Die zwei schwarzgesichtigen Spielleute sangen Stanzen über Karl den Großen, über Roland und den Bischof Turpin, über den Verrat Ganelons und das in Roncesvalles mohrenspaltende Schwert Durandart. Wir waren schon an der Anlegestelle, da sangen sie noch die Geschichte von den Infanten von Lara, die ich nicht kannte und die unter all diesen wie alte, verlassene Burgen zerfallenen und mit Schwamm bedeckten Mauern durch den altertümlichen Ton des Liedes etwas Schauerliches hatte. Als in der Abenddämmerung die Schatten der Ruinen länger wurden, legten wir ab. Mouche, die an der Reling stand, bemerkte, daß diese Gespensterstadt an Phantastischem und Unheimlichen alles übertreffe, was die von ihr meistgeschätzten modernen Maler sich ausgedacht hatten. Dies seien keine imaginären Architekturen, keine Anhäufung poetischen Trödels: hier wandere man durch echte Labyrinthe, gehe über Treppen, die tatsächlich am Treppenabsatz abgebrochen seien bis auf ein Geländer ohne Geländersäulen, das sich in der Nacht eines Baums verlor. Mouches Bemerkung war nicht dumm, aber ich hatte ihr gegenüber jenen Grad der Sättigung erreicht, wo ein Mann einer Frau so überdrüssig ist, daß sie ihn langweilt, selbst wenn sie etwas Kluges sagt.

Mit seiner Fracht an brüllenden Stieren, Hühnerkäfigen und frei laufenden Schweinen im Zwischendeck, die sich unter der Hängematte des Mönchs herumtrieben und sich in seinen Rosenkranz aus Samenperlen verwickelten, bei dem Gesang der schwarzen Köchinnen, dem Lachen des Diamantengriechen, der Prostituierten im schwarzen Trauerhemd, die sich im Vorderschiff wusch, dem Spektakel der zwei Spielleute, die den Matrosen zum Tanz aufspielten, erinnerte mich der Dampfer an Boschs Narrenschiff: ein Narrenschiff, das nun ablegte von einem Ufer, das ich nirgends einzuordnen vermochte, denn wenn sich das, was ich gesehen hatte, auch auf Stile, Grundsätze und Mythen zurückführen ließ, die ich unschwer identifizieren konnte, so war doch das Ergebnis, der aus den bekannten Wurzeln aufgewachsene Baum, für mich ebenso verblüffend wie die riesenhaften Bäume, die nun die Ufer immer dichter verschlossen und sich zu beiden Seiten eines Nebenflusses in zwei Gruppen mit runden Rücken und schnauzenhaft aufgereckten Wipfeln wie eine Ratsversammlung überdimensionaler Hundskopfmonster gegen den Abendhimmel abhoben. Ich versicherte mich zwar der Elemente dieser Szenerie. Aber in der Feuchtigkeit dieser Welt waren die Ruinen ruinenhafter, sprengten die Kletterpflanzen die Steine anders, hatten die Insekten andere Manien, und die Teufel waren teuflischer, wenn tanzende Neger unter den gehörnten Masken winselten. Ein Engel und eine Maraca waren an sich nichts Neues. Aber einen Maraca spielenden Engel wie auf dem Relief in der abgebrannten Kirche hatte ich noch nirgends gesehen. Ich fragte mich, ob diesen Ländern nicht die Rolle zugefallen sei, erstmals in der Menschheitsgeschichte eine Symbiose bestimmter

Kulturen herbeizuführen, als mich ein Ton, der mir aus der Nähe und zugleich aus großer Ferne zu kommen schien, aus meinen Gedanken riß. Neben mir psalmodierte Bruder Pedro de Henestrosa, um sich für Fronleichnam das Gedächtnis aufzufrischen, einen gregorianischen Gesang, der in Neumen auf den vergilbten, von Insekten zernagten Seiten eines geschichtsträchtigen *Liber Usualis* stand:

Sumite psalmum, et date tympanum:
Psalterium jocundum cum citara.
Buccinate in Neomenia tuba
In insigni Dei solemnitis vestrae.

XIII

(Freitag, den 18.)

Als wir vor Puerto Anunciación ankamen – einer feuchten, unausgesetzt von der wuchernden Pflanzenwelt belagerten und seit Hunderten von Jahren erfolglos gegen sie ankämpfenden Stadt –, wurde mir klar, daß wir das Reich des Pferdes hinter uns gelassen hatten und nun in das Reich des Hundes eintraten. Hinter den Dächern ragten die ersten Bäume empor, die Vorhut des noch fernen Urwalds, seine hochmütigen Wachposten. Vereinzelt, in ziemlichen Abständen, mehr Obeliske als Bäume, erhoben sie sich aus dem unwegsamen magrovendurchwachsenen Gestrüpp, dessen schleichendes Fortwuchern in einer einzigen Nacht die Wege auslöschte. In einer Welt ohne Wege konnte das Pferd nichts mehr ausrichten. Und jenseits der grünen Masse, die alle südwärts führenden Straßen abschnitt, verliefen Wege und Pfade unter einer solchen Wucht tiefhängender Äste, daß ein

Reiter nicht durchkam. Hingegen konnte der Hund mit seinen Augen auf Kniehöhe des Menschen sehen, was sich unter trügerischen Malangas, in den Höhlen umgestürzter Bäume oder unter dem dürren Laub verbarg. Der Hund mit seiner witternden Nase, seinem feinen Geruchssinn, seinem Rücken, der durch Haarsträuben Gefahr anzeigt, hatte über die Jahrhunderte hinweg seinen Pakt mit dem Menschen treulich eingehalten: denn ein Pakt war es, was Hund und Mensch hier verband, was sie durch gegenseitiges Sich-Ergänzen von Fähigkeiten wie in Partnerschaft arbeiten ließ. Der Hund lieferte die an seinem Gefährten verkümmerten Sinne, das Auge seiner Nase, seinen Vierfüßlergang, sein hilfreiches Aussehen als Tier unter Tieren im Tausch gegen den Unternehmungsgeist, die Waffen, das Ruder, den aufrechten Gang, über die der andere verfügte. Der Hund war das einzige Wesen, das die Wohltat des Feuers mit dem Menschen teilte und sich in dieser Annäherung an Prometheus das Recht nahm, in jedem gegen das Tier geführten Krieg die Partei des Menschen zu ergreifen. Deshalb war diese Stadt die Stadt des Hundegebells. In den Höfen, hinter den Gitterzäunen, unter den Tischen streckten die Hunde alle Viere von sich, schnoberten, kratzten, schlugen an. Sie saßen am Bug der Boote, liefen auf den Dachterrassen hin und her, bewachten den Braten, bis er gar war, nahmen teil an allen Versammlungen und gemeinschaftlichen Unternehmungen, gingen sogar in die Kirche, und zwar so häufig, daß eine alte Verordnung aus der Kolonialzeit, die nie angewendet wurde, weil niemand sie wichtig nahm, das Amt eines Hundebüttels vorsah, damit dieser »an allen Samstagen und bei allen Vigilien an Festtagen, an denen solche abgehalten werden«, die Hunde aus dem Tempel vertrieb. In Vollmondnächten versammelten sich die Hunde zu einem gewaltigen Chorbellen in gemeinsamer Anbetung, und jedermann war so gewöhnt daran, daß niemand mehr eine düstere Vorbedeutung darin sah. Man ertrug die gestörte Nachtruhe mit der gleichen nachsichtigen Duldsamkeit wie das lästige Ritual von Verwandten, die einer anderen Religion angehören als wir.

Das Haus mit den gesprungenen Wänden, das in Anunciación das Gasthaus vorstellte, war eine ehemalige Kaserne. Die Zimmer gingen auf einen schlammigen Hof, in dem – als Mundvorrat für Hungerszeiten – riesige Schildkröten herumkrochen. Zwei Segeltuchbetten und eine Holzbank bildeten das gesamte Mobiliar, an der Tür war ein Stück Spiegel mit drei rostigen Nägeln festgemacht. Als der Mond über dem Fluß aufging, erklang nach einer kurzen Ruhepause abermals, von den gigantischen Bäumen der Franziskanermission bis zu den schwarz sich gegen das Wasser abhebenden Inseln, die heulende Antiphonie der Hunde und fand am anderen Ufer des Flusses ein unerwartetes Responsorium. Mouche war schlechter Laune. Sie konnte sich nicht damit abfinden, daß wir den elektrischen Strom hinter uns gelassen hatten, daß man hier noch in der Petroleum- und Kerzen-Epoche lebte und daß es nicht einmal eine Apotheke gab, in der sie die zur Pflege ihrer Person so hilfreichen Dinge hätte kaufen können. Meine Freundin war schlau genug, die Aufmerksamkeit, die sie ihrem Gesicht und ihrem Körper angedeihen ließ, zu verschweigen, damit andere glaubten, sie sei über solche einer Intellektuellen unwürdigen Eitelkeiten hoch erhaben, und gab damit überdies zu verstehen, daß ihre Jugend und natürliche Schönheit ausreichten, sie attraktiv zu machen. Oft hatte ich, der ihre Strategie kannte, sie aus der luftigen Höhe der Futterballen belustigt oder mit boshafter Ironie beobachtet, wenn sie mit grimmig gerunzelten Brauen in ihren Spiegel sah. Jetzt bemerkte ich mit Erstaunen, wie selbst der Stoff ihres Gesichts, das Fleisch, aus dem sie gemacht war, seit dem Morgen unseres letzten Schiffsreisetages gewelkt zu sein schien. Die vom harten Wasser mißhandelte Haut war gerötet und zeigte an Nase und Schläfe Zonen mit zu weit geöffneten Poren. Ihr Haar sah aus, als sei es zu Werg geworden. Ungleichmäßig rötlich und grün schattiert, offenbarte es, wieviel sein kupferfarbener Schimmer dem weisen Umgang mit Farben verdankte. Unter der fleckigen Bluse – aus den Schiffsplanen war eine merkwürdige Substanz, eine Art Harz, auf uns herabgetropft – sahen ihre Brüste weniger straff aus, und weil der Aufenthalt auf dem mit Eimern und Fässern vollgestopften Verdeck dieses schwimmenden Schuppens, der unser Schiff war, einen zwang, sich ständig irgendwo anzuhalten, war der Lack auf ihren abgebrochenen Fingernägeln gesprungen. Aus ihren so hübsch grün und gelb getigerten kastanienbraunen Augen sah ein Gemisch aus Langeweile, Müdigkeit und Ekel, vor allem aber ein schwelender Zorn darüber, daß sie nicht herausschreien konnte, wie unausstehlich sie diese Reise fand, die sie doch selbst mit Sätzen voll hochliterarischen Jubels so eifrig betrieben hatte. Noch am Abend vor der Abreise, fiel mir jetzt wieder ein, hatte sie das sattsam bekannte Verlangen, auszubrechen und alles hinter sich zu lassen, bemüht, hatte das große Wort *Abenteuer* aufgeladen mit allem, was an »Aufforderung zur Reise«, »Flucht aus der Alltäglichkeit«, »unverhofften Begegnungen« und des entrückten Dichters Vision von »unglaublichen Floriden« darin enthalten sein mochte. Für sie, die teilnahmslos allem gegenüberstand, was mich täglich erregte und mein Entzücken war, was mir die vergessenen Kindheitseindrücke zurückgab – für sie hatte das Wort Abenteuer bis jetzt tatsächlich nur die erzwungene Abgeschlossenheit im Hotel der Hauptstadt bedeutet, danach ein Landschaftspanorama von gleichbleibender monotoner Größe, ein zielloses Herumziehen von einem Ort zum anderen ohne jeden bedeutenden Zwischenfall, und das immer mit einer bleiernen Müdigkeit aus Nächten ohne Nachttischlampe und mit dem vom Hahnenschrei verkürzten Morgenschlaf. Die Arme um die Knie geschlungen, schaukelte sie jetzt auf dem Segeltuchbett, unbekümmert um ihre liederlich verrutschten Röcke, und trank in kleinen Schlucken Branntwein aus einer Blechflasche. Sie sprach von den Pyramiden in Mexiko, von den Festungswerken der Inka – die sie nur aus Abbildungen kannte –, von den Treppen des Mont Alban, den aus gebranntem Lehm errichteten Dörfern der Hopi, und beklagte es, daß nicht auch in diesem Land die Indios solche Wunderwerke errichtet hätten. Dann fing sie an, in der von unserer Generation hochgeschätzten apodiktischen, mit Fachausdrücken durchsetzten Sprache der Eingeweihten – ich bezeichnete sie für mich als Ökonomistenjargon – mit der Lebensweise der hiesigen Menschen, mit ihren Vorurteilen, ihrem Aberglauben, ihrer rückständigen Landwirtschaft, dem trügerischen Geschäft mit dem Bergbau ins Gericht zu gehen, und so landete sie denn auch bald beim Mehrwert und der Ausbeutung des Menschen durch den Menschen. Um ihr zu widersprechen, sagte ich, wenn etwas auf dieser Reise mich mit Bewunderung erfülle, so sei es gerade die Entdeckung, daß es auf der Welt noch riesige Gebiete gebe, wo die Menschen ohne fiebrige Hast ihre Tage verlebten, und wenn sich auch hier viele Menschen mit einem Dach aus Blattfasern, einem Kühlkrug, einer Pfanne, einer Hängematte und einer Gitarre zufriedengäben, so hätten sie sich andererseits noch eine Art Animismus erhalten, sie seien sich noch uralter

Traditionen bewußt, und viele Mythen überlebten bis heute in ihrer Erinnerung, was alles in allem eine ehrlichere und kräftigere Kultur bezeuge als die, die wir hinter uns gelassen hätten. Für ein Dorf sei es interessanter, sich die Erinnerung an das Rolandslied zu bewahren, als fließendes warmes Wasser im Haus zu haben. Mir gefalle es, daß es noch Menschen gebe, die nicht bereit seien, ihre Seele gegen eine automatische Vorrichtung einzutauschen, die mit den Handwäscherinnen zugleich deren Lieder mit fortnahm und einer tausendjährigen Folklore ein Ende setzte. Als hätte sie mich nicht gehört oder als seien meine Worte bedeutungslos, behauptete Mouche, es gäbe hier nichts, was zu sehen oder zu untersuchen der Mühe verlohne, dieses Land habe weder Geschichte noch einen Charakter, und sie wünsche morgen früh abzureisen, sagte sie, ihren persönlichen Entschluß zum Gesetz erhebend, zumal das Schiff, das nun flußabwärts fahre, die Rückkehr sicher in gut einem Tag bewältigen werde. Aber ihre Wünsche kümmerten mich nun wenig. Und da es für sie etwas Neues war, daß ich kurz angebunden erklärte, ich hätte vor, den Auftrag der Universität auszuführen und mich demzufolge also auch dorthin zu begeben, wo ich die Musikinstrumente, die ich suchen sollte, finden würde, nannte mich meine Freundin in plötzlich aufwallendem Zorn einen *bourgeois*. Diese Bezeichnung – ich kannte sie gut – war eine Reminiszenz aus der Zeit, in der viele gebildete Frauen sich zu Revolutionärinnen ernannten, um in den Genuß näheren Umgangs mit jenen militanten Gruppen zu kommen, unter denen es eine Menge interessanter Intellektueller gab, und sich auf dem Hintergrund philosophischer und sozialer Ideen – wie früher im Schutz ästhetischer Ideen, die in bestimmten literarischen Kapellen vertreten wurden – einer freien Sexualität zu verschreiben. Gerade Mouche, die immer auf ihr eigenes Wohl bedacht war, die ihr Vergnügen und ihre kleinen Leidenschaften über alles stellte, erschien mir als der Archetypus des Bürgerlichen. Und gerade sie wandte dieses Wort *bourgeois* als schlimmste Beschimpfung an, sobald jemand kam und ihren Anschauungen irgend etwas entgegensetzte, das mit Grundsätzen und bestimmten beschwerlichen Pflichten zu tun hatte, sich nicht mit einer bestimmten Art sexueller Freizügigkeit in Einklang bringen ließ, religiöse Überzeugungen ins Spiel brachte oder eine Ordnung verlangte. Da mein Entschluß, dem Kurator gegenüber den Anstand zu bewahren und mit meinem Gewissen im reinen zu sein, einen Strich durch ihre Rechnung machte, mußte sie mich einen *bourgeois* nennen. Plötzlich sprang sie vom Bett auf – die Haarsträhnen hingen ihr ins Gesicht – und schüttelte in einer wütenden Gebärde, wie ich sie nie an ihr gesehen hatte, ihre kleinen Fäuste an meinen Schläfen. Schnellstens, schrie sie, wolle sie wieder nach Los Altos, sie brauche ein kühleres Klima, um sich zu erholen, und dort würden wir den Rest meiner Ferien verbringen. Der Name Los Altos, die Erinnerung an die zweideutige Aufmerksamkeit, mit der die kanadische Malerin meine Freundin umgeben hatte, brachten mich plötzlich in Rage. Obwohl ich mich für gewöhnlich in acht nahm, keine Grobheiten zu sagen, wenn ich mit ihr stritt, überkam mich in dieser Nacht, während ich es genoß, daß sie im Licht der Petroleumlampe häßlich war, ein nervöser Zwang, sie zu verletzen, sie zu prügeln, um den ganzen Ballast an altem Groll, der sich auf dem Grund meiner Seele angehäuft hatte, mit einem Schlag loszuwerden. Zur Eröffnung zog ich über die Kanadierin her und wandte ein Wort auf sie an, das auf Mouche wie ein Stich mit glühender Nadel wirkte. Sie trat einen Schritt zurück und schleuderte mir die Branntweinflasche gegen den Kopf, den sie nur um Haaresbreite verfehlte. Erschrocken kam sie mit nun schon wieder reuevollen Händen auf mich zu, aber nun hatte ihre Heftigkeit auch meinen Worten die Taue gekappt. Ich liebte sie nicht mehr, schrie ich, ihre Gegenwart sei mir unerträglich, mich ekle selbst vor ihrem Körper. Diese Sprache, die sie an mir nicht kannte und die mich selbst verblüffte, mußte ihr so entsetzlich in den Ohren klingen, daß sie auf den Hof hinausrannte, als würde den Worten eine handfeste Züchtigung auf dem Fuße folgen. Doch sie hatte den Schlamm nicht bedacht. In vollem Lauf rutschte sie aus und schlug hart in eine von Schildkröten bevölkerte Lache. Als sie spürte, wie die feuchten Panzer, im Sumpf versinkenden Ritterrüstungen gleich, sich unter ihr zu bewegen begannen, stieß sie einen Schreckensschrei aus und weckte damit die seit einer Weile schweigenden Hunde. Unter dem allgemeinen Bellkonzert brachte ich Mouche ins Zimmer, zog ihr die nach Schlamm stinkenden Kleider aus und wusch sie mit einem groben, zerrissenen Tuch von Kopf bis Fuß. Und nachdem ich ihr noch einen großen Schluck Branntwein zu trinken gegeben und sie zu Bett gebracht hatte, ging ich auf die Straße, ohne mich um ihr Rufen und Schluchzen zu kümmern. Ich wollte – ich mußte sie für ein paar Stunden vergessen.

In einer nahen Wirtschaft traf ich den Griechen. Er zechte gewaltig in Gesellschaft eines kleinen Männleins mit buschigen Augenbrauen, das er mir als den Pionier vorstellte, und gleich machte er mich auch noch auf einen gelben Hund aufmerksam, der aus einer Schüssel Bier trank, ein, wie er sagte, bemerkenswertes Subjekt, das auf den Namen Falke höre. Dann beteuerte der Bergmann, was für ein Glück ich hätte, so ohne weiteres einen Mann kennenzulernen, den man in Anunciación nicht oft zu

Gesicht bekäme. Der Urwald, erklärte er mir, umfasse zwar ein unermeßlich großes Gebiet, sei aber mit seinen Gebirgen, Abgründen, Schätzen, Nomadenvölkern und Spuren untergegangener Kulturen doch eine in sich geschlossene Welt; er ernähre seine Fauna und seine Menschen, forme seine eigenen Wolken, baue seine Meteore, erzeuge seine eigenen Regenfälle: ein verborgener Staat, eine chiffrierte Landkarte, ein weites Pflanzenreich mit sehr wenigen Türen. »Fast wie die Arche Noah, in der alle Tiere der Erde Platz fanden, die aber nur eine einzige kleine Tür hatte«, fügte das Männlein abschließend hinzu. Um in diese Welt zu gelangen, habe sich der Pionier die Schlüssel zu verborgenen Eingängen erst suchen müssen; nur er kenne einen bestimmten Einschlupf zwischen Bäumen, den einzigen im Umkreis von fünfzig Meilen, durch ihn gelange man zu einer engen Steintreppe und über sie hinab in die weitläufigen Geheimnisse jener großen tellurischen Barockarchitektur. Nur er kenne den Lianenweg, auf dem man unter dem Wasserfall durchgehen konnte, nur er das Schlupfloch im Dickicht, den Eingang in die Höhle mit den Steinzeichnungen und die verborgenen Nebenhöhlen, die zu den begehbaren Gängen führten. Er verstünde sich auf die Geheimschrift der geknickten Zweige, der Einschnitte in die Rinde, des nicht abgefallenen, sondern aufgestellten Asts. Monatelang sei er verschwunden, und wenn man am wenigsten an ihn denke, tauche er aus dem Schlupfloch in der Pflanzenwelt wieder hervor und bringe allerlei Dinge mit. Einmal habe er eine Schmetterlingssammlung und Eidechsenleder, Säcke voller Reiherfedern, lebende, seltsam pfeifende Vögel oder anthropomorphe Töpfereien, poetische Gerätschaften oder seltene Korbwaren, für die der eine oder andere Fremde sich interessieren mochte. Ein anderes Mal sei er mit zwanzig

Indios angekommen, die mit Orchideen beladen waren. Und der Hund heiße Falke, wegen der Geschicklichkeit, mit der er Vögel schnappe und apportiere, ohne eine Feder zu beschädigen, damit sein Herr sehen könne, ob sie für das gemeinsam betriebene Geschäft von Nutzen wären. Als der Pionier von der Straße aus gerufen wurde und sich von uns trennte, um draußen den Thunfischer zu begrüßen, der mit einigen seiner zweiundvierzig unehelichen Söhne in Geschäften unterwegs war, benutzte der Grieche die Gelegenheit, um mir leise zuzuflüstern, alle hier seien der Meinung, daß dieser ungewöhnliche Mann auf seinen Streifzügen eine riesige Goldader entdeckt habe, deren Lage er naturgemäß streng geheim halte. Niemand könne sich anders erklären, warum die Lastträger, sooft er sie mitbrachte, unverzüglich in den Wald zurückkehrten, noch dazu mit mehr Waren, als für den Unterhalt von ein paar Menschen nötig war, ja sogar mit einem Zuchteber, Stoffen, Kämmen, Zucker und anderen Dingen, die doch für Leute, die weltabgeschiedene Flüsse befahren, kaum einen Wert haben. Würden ihm diesbezüglich Fragen gestellt, antworte er ausweichend und rufe gleich seine Indios zusammen, um sie wieder in den Dschungel zu schicken, ohne daß sie auch nur durch das Dorf gehen durften. Man munkle, daß Leute, die von den Gerichten gesucht würden, seine Goldader abbauten oder daß er Gefangene dazu verwende, die er einem Stamm kriegerischer Indios abgekauft habe oder daß er sich zum König einer Gruppe von Negern ausgerufen habe, deren Vorfahren vor dreihundert Jahren in den Urwald geflohen seien und die, wie behauptet wurde, in palisadenbewehrten Dörfern lebten, in denen immerzu die Trommeln dröhnten wie Donner. Da kehrte der Pionier zurück, und um rasch das Thema zu wechseln, sprach der Bergmann von dem Ziel meiner Reise. Der Pionier war an den Umgang mit Personen, die ausgefallene Pläne hatten, gewöhnt, war auch mit einem seltsamen Kauz, einem Pflanzensammler namens Montsalvatje, befreundet, über den er des Lobes voll war. Ich könne diese Musikinstrumente, sagte er, in den ersten Dörfern eines Stammes bekommen, der drei Tagereisen von hier am Ufer eines Flüßchens lebte, das wegen der stets wechselnden Farbe seiner aufgewühlten Wasser *El Pintado* heiße. Als ich ihn über bestimmte primitive Riten befragte, zählte er mir sämtliche Musikinstrumente her, an die er sich erinnerte. Vom Schnaps angeregt, beschrieb er mir mit Musikergesten und Onomatopöen eine ganze Reihe von Baumtrommeln, Knochenflöten, Geweih- und Schädelhörnern, Heulkrügen und Zauberschellen zur Totenklage. Wir unterhielten uns noch, als Bruder Pedro de Henestrosa mit der Nachricht zu uns kam, soeben sei Rosarios Vater gestorben. Ich war bestürzt über die so ganz unerwartete Mitteilung, und zugleich fühlte ich den heftigen Wunsch, die junge Frau zu sehen, von der ich seit unserer Ankunft nichts mehr gehört hatte. Durch Gassen, in denen kleine Bäche schmutzigen Wassers flossen, ging ich in Begleitung des Griechen, des Kapuziners und des Pioniers zum Trauerhaus, und Falke, der bei keiner Totenwache fehlte, wenn er im Dorf war, trottete hinter uns her. Ich hatte noch den Nußgeschmack des Agavenschnapses im Mund, den ich in der kleinen Kneipe und mit Genuß gekostet hatte. Auf dem reich verzierten Schild über dem Wirtshaus stand der lustig-widersinnige Name: *Erinnerungen an die Zukunft.*

XIV

(Freitag Nacht)

In dem Haus mit den acht vergitterten Fenstern war noch immer der Tod am Werk. Er war überall zugegen, emsig und aufmerksam ordnete er alles zu seiner Feier, gruppierte die Weinenden, zündete Kerzen an, wachte darüber, daß auch das ganze Dorf Platz fand in den geräumigen Zimmern mit den tiefen Steinbänken und breiten Türschwellen, um sein Werk desto besser betrachten zu können. Auf altem, von Schimmel verwüstetem Samt stand schon der Sarg und hallte vom Einschlagen der Silbernägel unter dem Hammer des Tischlers, der sich nie in den genauen Maßen eines Toten irrte, weil er als weitblickender Mann die Maße aller Dorfbewohner in seinem Gedächtnis speicherte. Aus der Nacht kamen Blumen ins Haus, allzu schwer duftende Blumen, gepflückt an Fensterbrettern, in Höfen oder vom Urwald überwucherten Gärten: Narden und schwerblättriger Jasmin, Waldlilien, wachsartige Magnolien waren zum Strauß gebunden mit Bändern, die gestern noch eine Festfrisur geziert hatten. Im Vorgarten und im Empfangszimmer standen die Männer in ernsten Gesprächen, in den Schlafzimmern beteten die Frauen mit verteilten Stimmen und sprachen gemeinsam nur das obsessionell wiederkehrende »Gegrüßet seist du, Maria, voll der Gnaden, der Herr ist mit dir, du bist gebenedeit unter den Weibern«. Aus dunklen Winkeln, zwischen Heiligenbildern und Rosenkränzen, die von der Konsole hingen, stieg das Gemurmel auf, schwoll an und verebbte wie der unabänderliche Rhythmus friedlicher Wellen über dem rollenden Kies einer Sandbank. Alle Spiegel, in deren Tiefe der Tote gelebt hatte, waren mit schwarzem Krepp und Tüchern verhangen. Einige Notablen der Stadt, der Lotse, der Bürgermeister, der Lehrer, der Thunfischer und der Gerber, verneigten sich vor dem Toten, nachdem sie ihre Zigarettenstummel in die Hüte geworfen hatten. In diesem Augenblick stieß ein mageres, schwarzgekleidetes Mädchen einen schrillen Schrei aus und fiel wie in Krämpfen zu Boden. Man trug sie aus dem Raum. Jetzt trat Rosario an den Sarg. Ganz in Schwarz, das glänzende Haar dicht an den Kopf gekämmt, mit blassen Lippen, erschien sie mir überwältigend schön. Aus ihren vom Weinen vergrößerten Augen blickte sie alle an, dann führte sie jäh, als sei sie im Innersten getroffen, die zusammengekrampfte Hand an den Mund und stieß einen langen, unmenschlich heulenden Schrei aus, wie eine Gebärende oder eine vom Teufel Besessene, und warf sich mit ausgebreiteten Armen über den Sarg. Sie werde ihre Kleider zerreißen, stieß sie mit heiserer Stimme unter Schluchzen hervor, sie werde sich die Augen ausreißen, sie wolle nicht länger leben, sie werde sich ins offene Grab stürzen, damit sich die Erde über ihr schließe. Wütend klammerte sie sich an den Sarg, als man sie wegziehen wollte, und drohte jedem, der ihr die Finger aus dem schwarzen Samt lösen wollte, mit geheimnisvoll schauerlichen, wie aus prophetischer Tiefe aufsteigenden Worten. Aus rauher, würgender Kehle sprach sie von großem künftigem Unglück, vom Ende der Welt, vom Jüngsten Gericht, von Plagen und Sühne. Wie ohnmächtig wurde sie schließlich aus dem Raum getragen, ihr Haar war aufgelöst, ihre Beine hingen wie leblos herab. Die von dem wilden Auftritt zerrissenen Strümpfe, die frisch gefärbten, abgetragenen Schuhe, die mit einwärts gekehrten Spitzen über den Boden schleiften, schnitten mir ins Herz. Aber schon warf sich eine ihrer Schwestern über den Sarg ... Tief beeindruckt von der Heftigkeit dieses Schmerzes, dachte ich an die griechische Tragödie. In diesen kinderreichen Familien, wo jeder seine Trauerkleidung in der Truhe liegen hatte, war der Tod etwas Alltägliches. Die so oft gebärenden Mütter kannten ihn gut. Aber diese Frauen, die sich bei der Totenklage in die altbekannten Aufgaben teilten, die seit ihrer Kindheit wußten, wie ein Toter gekleidet und der Spiegel verhangen wird und welche Gebete gesprochen werden, begehrten in einem sehr alten Ritual gegen den Tod auf. Denn was sie hier zeigten, war vor allem ein verzweifeltes, drohendes *Aufbegehren* gegen die Anwesenheit des Todes in diesem Haus. Angesichts eines Leichnams schrien diese Bäuerinnen in der Lautstärke der Choephoren, schwangen ihr schweres Haar wie schwarze Schleier über den furchtbaren Gesichtern von Königstöchtern: erhabene Hündinnen, heulende Troerinnen auf der Flucht aus den brennenden Palästen. Das Anhalten der Verzweiflung, das großartige Gespür für Dramatik, mit dem die neun Schwestern – denn so viele waren es – einmal zur rechten, einmal zur linken Tür hereinkamen, den Auftritt einer Mutter vorbereitend, der gewaltigen Hekuba, die ihre Einsamkeit verfluchte, über den Trümmern ihres Hauses schluchzte und schrie, daß kein Gott in ihm sei, ließen mich vermuten, daß hier viel Theater im Spiel war. Neben mir bemerkte ein Verwandter voll Bewunderung, diese Frauen beweinten ihren Toten, daß es eine wahre Freude sei. Und doch fühlte ich mich angezogen, mitgerissen, als würden dunkle Erinnerungen an die Totenrituale von Menschen in mir geweckt, die vor langen Zeiten das Reich von dieser Welt bewohnt hatten. Und aus irgendeiner Falte meines Gedächtnisses stieg ein Vers von Shelley auf und kehrte, wie eingebettet in seinen Sinn, immer wieder:

... How canst thou hear
Who knowest not the language of the death?

Die Menschen in den Städten, in denen ich gelebt hatte, kannten in der Tat den Sinn dieser Stimmen nicht mehr, sie hatten die Sprache derer, die mit den Toten reden können, verlernt. Die Sprache derer, die von dem letzten Alleinsein der Sterbenden wissen, ihrer Angst, wenn sie bitten, man möge sie nicht allein lassen auf dem Weg ins Ungewisse. Mit dem Schrei, sie würden sich ins Grab des Vaters stürzen, erfüllten die Schwestern die nobelsten Formen eines tausendjährigen Rituals, bei welchem dem Toten Dinge und Versprechungen mitgegeben werden, um ihn über seine Einsamkeit hinwegzutäuschen: Geldstücke werden ihm in den Mund, Diener-, Frauen-, Musikerfiguren in sein Grab gelegt, dazu Losungsworte, Empfehlungsschreiben, Passierscheine für Unterweltsschiffer und Herren vom Anderen Ufer, deren Tarife und Forderungen niemand kennt. Zugleich dachte ich darüber nach, was für eine schäbige, mittelmäßige Angelegenheit der Tod für die Menschen auf meinem Ufer – für meinesgleichen – geworden war durch die großen kalten Geschäfte, die Bestattungen mit Bronze, Prunk und Gebeten, bei denen sich doch nicht verbergen ließ, daß hinter Kränzen und eisgekühlten Betten nur eine Schar eingelernter Trauergestalten mit vertraglich festgesetzten Feierlichkeiten und oft benutzten Gegenständen aufwartete und sich gelegentlich eine Hand in Erwartung eines Trinkgelds über den Leichnam streckte. Man mag die Tragödie, die hier aufgeführt wurde, belächeln. Aber was sich in ihr abspielte, ging auf die frühesten Rituale der Menschen zurück. Während ich noch darüber nachdachte, kam der Diamantensucher mit einem merkwürdig pfiffigen Ausdruck auf mich zu, um mir zu sagen, ich möchte zu Rosario gehen, sie sei allein in der Küche und bereite dort den Kaffee für die Frauen. Dies scheine mir kaum der geeignete Augenblick, sagte ich unangenehm berührt von seinem ironischen Ton, sie von ihrem Kummer abzulenken. »Geh hinein und hab keine Angst«, antwortete der Grieche, als sage er eine Lektion auf. »Dem Kühnen gelingt jedes Beginnen am besten, und käm er auch aus der Fremde.« Ich wollte erwidern, daß ich seine befremdlichen Ratschläge nicht nötig hätte, da setzte er, plötzlich deklamierend, hinzu: »Aber suche zuerst die Königin drinnen im Saal. Diese heißt Arete mit Namen und ward von denselben Eltern gezeugt, von welchen der König Alkinoos herstammt.« Und um meiner Verblüffung über die so ganz unerwarteten Verse ein Ende zu setzen, sah er mich aus seinen Raubvogelaugen an und schloß lachend: »Homer, Odyssee.« Drinnen zwischen Krügen und Kruggestellen, irdenen Töpfen und einem Holzfeuerherd stand Rosario und goß kochendes Wasser in einen großen, vom Kaffeesatz vieler Jahre gedunkelten Stofftrichter. Der gewaltsame Ausbruch schien den Schmerz von ihr genommen zu haben. Sehr ruhig erklärte sie mir, daß das Gebet zu den Vierzehn Nothelfern zu spät gekommen sei, es habe ihren Vater nicht mehr retten können. Dann berichtete sie über seine Krankheit und bediente sich dabei einer Sprache, in der, wie in Legenden, noch ganz mythologische Vorstellungen über die menschliche Physiologie zutage traten. Mit dem Verdruß über einen Gevatter habe alles angefangen, dann habe übermäßige Sonnenhitze beim Überqueren eines Flusses die Sache verschlimmert, dadurch nämlich seien die Säfte ihm zu Kopfe gestiegen, auf halbem Weg jedoch ins Stocken geraten wegen eines Luftzugs, wodurch sein halber Körper ohne Blut gewesen sei, und das wieder habe zu einer Entzündung der Schenkel und Geschlechtsteile geführt und nach vierzig Tagen Fieber eine Verhärtung der Herzwände bewirkt. Während Rosario sprach, trat ich näher, angezogen von der Wärme, die ihr Körper ausstrahlte und die ich durch die Kleider hindurch auf der Haut spürte. Sie lehnte an einem riesigen Kessel, der auf dem Boden stand, und hatte die Arme so auf den Rand gestützt, daß die Wölbung des Gefäßes ihre Hüften mir zubog. Das Herdfeuer schien ihr ins Gesicht und entzündete kleine Fünkchen in ihren ernsthaften Augen. Mit Beschämung fühlte ich, daß ich sie mit einem solchen Verlangen begehrte, wie ich es seit meiner Jugend nicht mehr gespürt hatte. Ich weiß nicht, ob hier mit im Spiel war, was in so vielen Geschichten erzählt wird: daß es uns in der Nähe des Fleisches, das nicht mehr leben wird, nach lebendigem Fleisch verlangt, aber mein Blick, der ihr die Trauerkleider vom Leib riß, muß so gierig gewesen sein, daß Rosario mit schrägen Schritten, wie an das Mäuerchen eines Ziehbrunnens gepreßt, um den Kessel herumging, um ihn zwischen uns zu bringen, und wieder ihre Ellbogen auf den Rand aufstützte, mir gegenüber jetzt, und mich vom anderen Ufer des schwarzen, mit Wasser gefüllten Hohls anblickte, in dem unsere Stimmen wie in einem Kirchenschiff dröhnten. Von Zeit zu Zeit ließ sie mich allein, ging in das Totenzimmer und kam, sich die Tränen abwischend, zu mir, der ich sie mit der Ungeduld eines Liebhabers erwartete, zurück. Wir sprachen wenig. Geschmeichelt und mit einer Passivität, die an Hingabe grenzte, ließ sie sich über das Wasser im Kessel hinweg betrachten. Bald darauf schlug die Uhr die Stunde, zu der der Tag anbricht, aber der Tag brach nicht an. Verwundert traten wir alle auf die Straße, auf die Höfe hinaus. Wo sonst die Sonne aufging, war der Himmel von einer rötlichen Wolke wie aus Rauch oder glühender Asche oder bräunlichen Pollen verdüstert, die sich rasch hob und von einem Horizont zum anderen ausbreitete. Als die Wolke über uns stand, regnete es Schmetterlinge auf die Dächer, in die Gefäße, auf unsere Schultern. Es waren kleine Schmetterlinge von sattem, violett gestreiften Gelb, die sich an einer unbekannten Stelle des Kontinents, irgendwo hinter dem unermeßlichen Urwald in Myriaden aufgeschwungen hatten, verscheucht vielleicht, von einer Naturkatastrophe nach einer schwindelerregenden Vermehrung vertrieben: ein ungeheures Ereignis ohne Geschichte und ohne Zeugen. Der Pionier sagte, solche Schmetterlingsschwärme seien hier nichts Ungewöhnliches, und wenn sie aufträten, bekäme man einen ganzen Tag lang die Sonne nicht zu Gesicht. Rosarios Vater müsse also bei Kerzenlicht beerdigt werden in einer von Flügeln geröteten Tagnacht. In diesem Winkel der Welt gab es noch die großen Tierwanderungen, von denen die Chronisten einer fernen Vergangenheit aus Europa berichteten, als die Donau schwarz war von Ratten oder die Wölfe in Rudeln bis in den Markt der Städte vordrangen. Vorige Woche, wurde erzählt, sei ein riesiger Jaguar von Leuten aus der Nachbarschaft in der Vorhalle der Kirche getötet worden.

XV

(Samstag, den 16. Juni)

Zur Hälfte von Unkraut überwuchert, das die Mauer überwunden hat, ist der Friedhof, in dem wir Rosarios Vater begraben, eine Art Fortsetzung oder Nebenraum der Kirche, von ihr getrennt nur durch ein ungefüges Portal und ein schweres, kurzarmiges Steinkreuz auf gekacheltem Sockel, in das die Passionswerkzeuge eingemeißelt sind. Die Kirche ist gedrungen, in den Fensternischen tritt die Tiefe der dicken, aus gewaltigen Quadern gefügten und durch mächtige Strebepfeiler verstärkten Mauern zutage, die mehr wie die Befestigungswerke einer Burg aussehen. Die niedrigen, plumpen Bögen, die Holzdecke, deren Tragbalken auf künstlerisch kaum bearbeiteten Kragsteinen aufruhen, erinnern an frühe romanische Kirchen. Drinnen herrscht am Spätvormittag Nacht, aber durch den noch immer zwischen Himmel und Erde dahinziehenden Schmetterlingsschwarm schimmert die Dunkelheit rötlich. Daher sehen die alten Heiligen zwischen ihren Öllämpchen und Kerzen wieder wie Krippenfiguren und Bilderbogengestalten aus, zumal alle ihr Handwerk betreiben, als wäre die Kirche vor allem eine Werkstatt: dem heiligen Isidor ist eine Hacke in die Hand gegeben, damit er das frische Gras und die Maiskolben auf seinem Sockel bearbeiten kann; Petrus trägt einen gewaltigen Schlüsselbund, zu dem jeden Tag ein neuer Schlüssel hinzukommt. Georg durchbohrt mit solcher Wut den Drachen, daß seine Lanze zum Sprungstab wird, an dem er sich gleich über den Feind hinwegschwingen wird; der Christophorus mit einem Palmstab als Stecken ist ein solcher Riese, daß das Jesuskind ihm nur von der Schulter bis zum Ohr reicht, und die Hunde des Lazarus sind mit echtem Hundefell überzogen, damit man auch glauben soll, daß sie seine Wunden belecken. Reich an ihnen zugesprochener Macht, überhäuft mit Forderungen jeder Art, durch Votivbilder in echter Münze entlohnt und alle Augenblicke in Prozessionen aus der Kirche geführt, seien diese Heiligen im täglichen Leben der Leute so etwas wie die verfügbaren Beamten Gottes, in Akkord arbeitende Fürsprecher, himmlische Bürokraten in einer Art Ministerium für Bittgesuche und Beschwerden geworden. Täglich erhielten sie Geschenke und Lichter, meist mit dem Ersuchen um Vergebung für eine gotteslästerliche Tat. Sie würden angerufen wie ein Hohes Gericht, man trage ihnen Probleme vor, wie Rheuma, Hagelschlag oder verirrtes Vieh. Die Spieler riefen sie an, wenn sie die Karten gezinkt hatten, und die Prostituierten zündeten ihnen nach einem einträglichen Tag eine Kerze an. All dies erzählte mir lachend der Pionier, und es versöhnte mich mit der Welt Gottes, die seit dem Verblassen der *Legenda Aurea* in Stahlbetonkapellen mit manieristischen Figuren auf den modernen Kirchenfenstern in den Städten, aus denen ich kam, jede ursprüngliche Kraft verloren hatten. Vor dem Christus aus schwarzem Holz, der über dem Hauptaltar zu verbluten schien, fand ich die Atmosphäre der Mysterienspiele wieder, und er erinnerte mich an die furchtbare Hagiographie, die mich eines Tages in einer uralten Kapelle byzantinischer Bauart tief beeindruckt hatte, als ich vor Bildern stand, auf denen einem Märtyrer der Krummsäbel von einem Ohr zum andern im Schädel steckte und kriegerische Bischöfe hoch zu Roß die Köpfe der Heiden unter blutigen Hufen zertraten. Unter anderen Umständen wäre ich gern noch lange in dieser ländlichen Kirche geblieben, aber die Schmetterlingsfinsternis, in der wir uns aufhielten, begann mich zu beunruhigen wie eine Sonnenfinsternis, die über das mögliche Zeitmaß hinaus fortdauert. Dies und die Strapazen der letzten Nacht trieben mich in den Gasthof zurück, wo Mouche, ein Kissen im Arm, noch schlief und vermutlich glaubte, der Tag sei noch gar nicht angebrochen. Als ich ein paar Stunden später erwachte, war sie nicht mehr im Zimmer und die Sonne schien: die große Schmetterlingswanderung war vorbei. Ich war froh, daß mir eine mögliche Auseinandersetzung auf diese Weise erspart blieb, und ging zu Rosario in der Hoffnung, daß sie schon auf sei. Im Haus ging alles wieder seinen alltäglichen Gang. Die schwarzgekleideten Frauen verrichteten still ihre Arbeit gemäß dem alten

Brauch, nach dem gewohnten Ereignis des Todes weiterzuleben wie vorher. Im Hof, in dem überall schlafende Hunde lagen, unterhielt sich der Pionier mit Bruder Pedro über die nächste Reise in den Urwald. Da erschien Mouche und hinter ihr der Grieche. Den Entschluß umzukehren, den sie letzte Nacht so wütend verfochten hatte, schien sie vergessen zu haben. Im Gegenteil: ein aufreizender Ausdruck boshafter Freude lag auf ihrem Gesicht, den Rosario, mit einer Näharbeit an Trauerkleidern beschäftigt, zur gleichen Zeit wie ich bemerkte. Meine Freundin hielt es für angebracht zu erklären, sie habe Yannes an der Anlegestelle in einem der Segelkanus einiger Kautschuksammler getroffen, die flußaufwärts fahren und auf dem kürzeren Weg über einen derzeit befahrbaren Cañon die Stromschnellen von Piedras Negras umgehen wollten. Sie habe den Bergmann gebeten, sie mitzunehmen, sie habe diese Granitbarriere sehen wollen, die Grenze für jedes größere Schiff seit der Zeit, als die ersten Entdecker Amerikas in Zorntränen ausgebrochen waren angesichts des schauerlich brodelnden Beckens, der gewaltsam hochgeschleuderten Wasser, der in brüllenden Wirbeln tanzenden Baumstämme. Sie stand im Begriff, das großartige Schauspiel literarisch auszuschmücken, zeigte auch ein paar seltene Blumen, eine Art wilder Lilien, die sie angeblich am Rand der tosenden Strudel gepflückt hatte, als der Pionier, der Frauen niemals zuhörte und Mouches Bericht ohnehin nicht verstand, sie mit einer ungeduldigen Geste unterbrach. Seiner Meinung nach sollten wir das Boot der Kautschuksammler dazu benützen, ein gutes Stück der Schiffsreise auf bequemere Weise hinter uns zu bringen. Yannes versicherte, daß wir das Diamantenbergwerk seines Bruders noch in dieser Nacht erreichen könnten. Wider alle Erwartung nahm Mouche, als sie von einem

»Diamantenbergwerk« sprechen hörte, den Vorschlag mit Jubel auf, geblendet, wie ich vermutete, von der Vorstellung einer juwelenfunkelnden Grotte. Sie fiel Rosario um den Hals und bat sie, uns auf diesem noch einfachen Stück unserer Reise zu begleiten. Morgen würden wir an der Diamantenmine übernachten, und dort könne sie, wenn wir weiterreisten, unsere Rückkehr abwarten. Ich hatte den Eindruck, daß Mouche in Wirklichkeit nur herausbringen wollte, was uns an Schwierigkeiten bevorstand, und sich wenigstens für eine Tagereise einer Begleitung versichern wollte, um nach Puerto Anunciación zurückkehren zu können, falls sie die Partie aufgab. Ich jedenfalls war hocherfreut, daß Rosario uns begleiten sollte. Ich blickte sie an und sah, wie sie unschlüssig die Augen von ihrer Näharbeit hob, wie in Erwartung dessen, was mein Wunsch und Wille sei. Sobald sie meiner Zustimmung sicher war, suchte sie ihre Schwestern auf, die in den Zimmern und vor den Abwaschtrögen ein großes Protestkonzert anstimmten und befanden, dieser Plan sei reiner Wahnsinn. Ohne darauf einzugehen, erschien sie kurz danach mit einem Kleiderbündel und einem derben Schultertuch. Auf dem Weg zum Gasthaus ging Mouche uns voraus, und Rosario benützte die Gelegenheit, um mir leise zu sagen, daß die Blumen, die meine Freundin mitgebracht hatte, nicht auf den Klippen von Piedras Negras wüchsen, sondern auf einer dicht bewachsenen Insel – sie wies sie mir mit dem Finger –, auf der ein primitives, heute verlassenes Missionshaus stünde. Ich wollte Näheres von ihr erfragen, aber von diesem Augenblick an vermied sie es, mit mir allein zu sein, bis wir im Boot der Kautschuksammler saßen. Sobald das Boot mit der Stange durch die stillen Gewässer der Zufahrt gebracht war, segelte es, lavierend, um der mächtigen Strömung auszuweichen, flußaufwärts. Auf dem vom Mast weit abgehobenen Dreieckssegel – dem alten Galeerensegel – spielte das Licht der untergehenden Sonne. Die Landschaft in diesem Vorzimmer des Urwalds wirkte feierlich und düster. Die schwarzen, von Nässebahnen gestreiften Schieferhügel am linken Ufer waren von erschreckender Trostlosigkeit. Auf den Abhängen lagen Granitblöcke wie versteinerte Tiere, saurier- und tapirgestaltig. Aus einer stillen Flußniederung erhob sich ein dreigliedriger Wall wie ein barbarischer Kenotaph: zuoberst ein ovaler Stein, der wie eine riesige, zum Sprung ansetzende Kröte aussah. Alles in dieser mineralischen, fast baumlosen Landschaft atmete Geheimnis. Zwischen spärlichen, weit auseinanderliegenden Büschen türmten sich hin und wieder Basaltanhäufungen, lagen fast rechteckige Monolithe wie Ruinen hocharchaischer Tempel, Menhire oder Dolmen – Überreste einer verschütteten Totenstadt, in der alles zu Stille und Reglosigkeit geworden war. Als hätte hier einmal eine seltsame Kultur geblüht, von Menschen hervorgebracht, die anders als die bekannten Menschen gewesen waren, und hätte beim Versinken in der Nacht der Jahrhunderte Spuren einer Architektur hinterlassen, deren Zwecke niemand mehr kannte. Eine Art blinder Geometrie waltete in der Verteilung dieser aufragenden oder umgestürzten glatten Steine, die in Serien bis zum Fluß hinabreichten: Serien rechteckiger Blöcke, Serien tafelartiger Steine, gemischte Serien und dazwischen, sie verbindend, ein von Plättchen wie mit Fliesen ausgelegter und in Abständen mit zerbrochenen Obelisken gesäumter Weg. Inseln hatten sich mitten im Strom gebildet wie aus einer Anhäufung erratischer Blöcke, wie aus der Faust eines phantastischen Bergzertrümmerers herabgeschleuderte Kiesel von unvorstellbarem Ausmaß. Und jede dieser Inseln belebte aufs neue die fixe Idee, die sich durch Rosarios merkwürdige Behauptung in mir festgesetzt hatte. Schließlich fragte ich, wie zerstreut, nach der Insel mit dem verlassenen Missionshaus. »Das ist Santa Prisca«, sagte Bruder Pedro, und dabei überzog eine leichte Röte sein Gesicht. »Sie sollten sie lieber San Priapus nennen«, platzte der Pionier unter dem Gelächter der Kautschuksammler heraus. So erfuhr ich, daß die Ruinen der alten Franziskanerniederlassung seit Jahren den Pärchen, die sich nicht im Dorf verlustieren konnten, als Zuflucht diente. Auf dieser Insel sei so viel Unzucht getrieben worden, behauptete der Steuermann, daß jeder Mann, und sei er noch so sittenstreng, und sei er Kapuziner, nur diesen Geruch nach Feuchtigkeit, Pilzen und Waldlilien einzuatmen brauche, um in Hitze zu geraten. Ich ging zum Bug und setzte mich neben Rosario, die in der Geschichte der Genoveva von Brabant zu lesen schien. Mouche, die auf einem Sack Futterkraut ausgestreckt lag und das Gespräch nicht hatte hören können, ahnte nicht, daß etwas geschehen war, was für unser gemeinsames Leben einschneidend sein würde. Dabei fühlte ich keinerlei Ärger, verspürte – wenigstens in diesem Augenblick – keine Anwandlung, sie für das, was sie getan hatte, zu strafen. Im Gegenteil: in dieser Dämmerung, die im Schilf die quakenden Frösche versammelte, im Gesirr der Nachtinsekten, die die Taginsekten abzulösen begannen, fühlte ich mich unbeschwert, gelöst, erleichtert, da ich ihre Niedertracht nun kannte, wie jemand, der endlich eine Bürde loswird, die er schon zu lange mit sich herumgeschleppt hat. Am Ufer schimmerten Magnolienblüten auf. Ich dachte an den Weg, auf dem meine Frau jeden Tag zum Theater ging. Aber sie selbst nahm nicht Gestalt an in meinem Gedächtnis, sondern zerfloß in unbestimmte Formen, verschwamm gleichsam. Der wiegende Schoß des Boots erinnerte mich an den Waschkorb, der bei den abenteuerlichen Reisen meiner Kindheit das echte Schiff ersetzt hatte. Rosarios Arm entströmte eine Wärme, die mein Arm aufnahm wie einen seltsamen, wonnevollen Juckreiz.

XVI

(Samstag Nacht)

In der Art, wie er sein Haus baut, offenbart der Mensch seine Abstammung. Das Haus der Griechen ist aus den gleichen Materialien gebaut wie die Hütten der Indios, und Pflanzenfasern, Palmblatt und Rohrgeflecht bestimmen, wie in allen Architekturen der Welt, durch die Grenzen ihrer Widerstandsfähigkeit die Normen des Hauses. Und doch genügen ein weniger steil gestelltes Dach, eine leichte Verlängerung der Dachbalken, damit der Giebel sich zum Frontispiz weitet und das Architrav entsteht. Aus dem instinktiven Willen, die dorische Säule nachzuahmen, waren hier Baumstämme von größerem Durchmesser als Pilaster gewählt worden. Auch die steinige Landschaft trägt zu dem überraschend hellenistischen Ambiente bei. Und die älteren oder jüngeren Gesichter der drei Brüder von Yannes, die ich nun kennenlerne, sind wie Abgüsse von Profilen aus den Reliefs antiker Triumphbögen. Unweit von hier, wird mir gesagt, in einer Hütte, die nachts als Ziegenstall dient, sei der Doktor Montsalvatje anzutreffen, von dem der Pionier am Abend zuvor erzählt hat, dort ordne und erneuere er seine Sammlung seltener Pflanzen. Da kommt er auch schon auf uns zu, gestikuliert, redet in kehligem Tonfall, der Wissenschaftsabenteurer, der Curare und Yopo und Peyotl sammelt und alles erforschen und erproben will, was es sonst noch an giftigen und berauschenden, in ihrer Wirksamkeit wenig bekannten Urwaldpflanzen gibt. Ohne sich sonderlich darum zu kümmern, wer wir sind, überschüttet uns der Pflanzensammler mit einem Schwall lateinischer Ausdrücke zur Bestimmung nie gesehener Pilze, von denen er eine Probe zwischen den Fingern zerreibt, und erklärt uns, weshalb er überzeugt sei, daß er sie auf die richtigen Namen getauft habe. Plötzlich wird ihm klar, daß wir ja gar keine Botaniker sind, er spöttelt über sich selbst als einen, wie er sagt, Herrn der Gifte, und bittet um Nachrichten aus der Welt, aus der wir kommen. Ich erzähle dieses und jenes, aber ganz offensichtlich – ich spüre es an der Unaufmerksamkeit der Leute – interessieren meine neuesten Neuigkeiten hier niemanden. Was der Doktor Montsalvatje in Wirklichkeit hören wollte, waren Ereignisse aus dem Leben des Flusses. Jetzt schluckt er eine Chinintablette, die er von Bruder Pedro de Henestrosa erbeten hat. Am Montag werde er mit seinen Herbarien nach Puerto Anunciación fahren, erklärt er, aber schleunigst wieder zurückkehren, da er auf eine unbekannte Clavaria gestoßen sei, die durch ihren bloßen Geruch visuelle Halluzinationen hervorrufe, und eine Crucifere, in deren Nähe bestimmte Metalle sich beschlügen. Die Griechen tippen sich mit dem Finger an die Schläfen, als suchten sie dort den Stein der Narrheit. Der Pionier macht sich über den merkwürdigen Klang lustig, den manche Eingeborenenwörter in seinem Mund annehmen. Die Kautschuksammler hingegen sagen, er sei ein großer Arzt, und erzählen, wie er einmal mit der Spitze eines schartigen Messers eine Eiterbeule geschnitten habe. Rosario, die ihn kennt, findet, der unstillbare Rededrang nach einer langen Zeit des Schweigens stehe im Einklang mit seiner Persönlichkeit. Mouche hat ihm den Spitznamen ›Herr Macbeth‹ beigelegt und unterhält sich französisch mit ihm, aber bald langweilt sie sich bei seinen Pflanzengeschichten und bittet Yannes, ihr die Hängematte im Haus aufzuhängen. Der Pflanzensammler sei keinesfalls verrückt, erklärt mir Bruder Pedro, aber nach monatelanger Einsamkeit im Wald neige er zum Fabulieren als einem Ausgleich und so habe er sich auch einen kuriosen Stammbaum aus Alchimisten und Häretikern zugelegt und sich zum direkten Nachfahren des Raimundus Lullus erklärt, den er beharrlich Ramón Ilull nenne, und behauptet, daß die Versessenheit auf Bäume in den Traktaten des hochgebildeten Gelehrten schon in den Tagen der *Ars Magna* für die Familie charakteristisch gewesen sei. Das Durcheinander bei der Ankunft und den ersten Begegnungen legt sich erst, als die Bergleute in derben Holzschalen Ziegenkäse bringen, dazu Rettiche und Tomaten aus ihrem winzigen Gärtchen, und als erstes Kassawabrot, Salz und Branntwein anbieten, vielleicht in unbewußter Erinnerung an das jahrhundertealte Ritual, Fremde mit Salz, Brot und Wein zu empfangen. Nun sitzen wir um das Holzfeuer, und der uralte Zwang, es die ganze Nacht hindurch nicht ausgehen zu lassen, schließt uns zusammen. Einige stützen sich auf die Ellenbogen, andere vergraben das Kinn in der Hand, der Kapuziner zieht unter der Kutte die Knie an, die Frauen haben sich auf Umschlagtüchern niedergelassen, Falke liegt mit hängender Zunge neben Polyphem, der einäugigen Dogge der Griechen: aber alle blicken wir in die Flammen, die zwischen den zu feuchten Zweigen aufspringen und blaßgelb verlöschen, um auf einem trockenen Span bläulich wieder aufzuflammen, während darunter das erste Holz zu Glut zerfällt. Die großen Schieferblöcke auf dem Abhang, auf dem wir lagern, wirken wie phantastische Stelen, Gedenksteine, Monolithe auf einer gewaltigen Freitreppe, deren oberste Stufen sich in der

Finsternis verlieren. Der Tag ist anstrengend gewesen, und doch denkt niemand an Schlafen. Da sitzen wir wie behext vom Feuer, leicht berauscht von der Wärme, jeder in sich verschlossen, gedankenverloren ohne zu denken, mit den anderen verbunden in einem Gefühl des Wohlbehagens, der Ruhe, das wir aus einem sehr alten Grund gemeinsam genießen. Nicht lange, und hinter den erratischen Blöcken erscheint am Horizont eine kalte Helligkeit, und hinter einem dichtbelaubten Baum, in dem die Grillen zirpen, tritt der Mond hervor. Zwei große weiße Vögel stoßen krächzend im Sturzflug herab. Wenn das Feuer brennt, löst sich die Zunge: einer der Griechen klagt darüber, daß die Diamantenmine offenbar erschöpft sei. Montsalvatje zuckt nur die Achseln: weiter innen, meint er, bei den Grandes Mesetas, gebe es Diamanten in jedem Flußbett. Mit seiner schweren Hornbrille, der sonnengebräunten Glatze, den kurzen, sommersprossigen Händen und fleischigen, an Seesterne erinnernden Fingern verwandelt sich der Pflanzensammler in meiner von seinen Worten angeregten Phantasie in eine Art Erdgeist, in einen höhlenbewachenden Zwerg. Er spricht von Gold, und da der Mensch seit je gern von Schätzen erzählen hört, verstummt ein jeder. Der Erzähler – Erzähler am Feuer, wie es sich gehört – hat in fernen Bibliotheken alles studiert, was sich in der Welt auf Gold bezieht, und plötzlich erscheint, weitab, vom Mondlicht eingefärbt, wie eine Luftspiegelung El Dorado. Bruder Pedro lächelt spöttisch. Der Pionier wirft kleine Zweige ins Feuer, während er mit maskenhaft verschlossenem Gesicht zuhört. Für den Pflanzensammler ist der Mythos nur ein Abglanz der Wirklichkeit. Überall, wo nach der Stadt Manoa gesucht worden sei, weiter oben, weiter unten, im ganzen riesigen Umkreis dieser Gespensterstadt, gebe es Diamanten im Uferschlamm der Flüsse und

Gold auf dem Grund unter Wasser. »Anschwemmungen«, wendet Yannes ein. »Also gibt es ein Hauptlager, das wir nicht kennen«, argumentiert Montsalvatje, »also gibt es in der ungeheuren Staffelung seltsam geformter, von Kaskaden überspülter Berge dieser Gegend – der am wenigsten erforschten der Welt –, an deren Schwelle wir sitzen, eine Art tellurisches Alchemielaboratorium. Also gibt es das, was Walter Raleigh die Mutterader nennt, die Mutter der Erzadern, in welcher der unerschöpfliche, in Hunderte von Flüssen geworfene Kies kostbarer Metalle entsteht.« Und inspiriert von dem Namen dieses Mannes, den die Spanier SérGuáte-Ràle nennen, beruft sich der Pflanzensammler sogleich auf das Zeugnis fabulöser Abenteurer, die nun, bei Namen genannt, aus den Schatten treten, um ihre Kettenpanzer oder baumwollgefütterten Waffenröcke an unserem Feuer zu wärmen. Federmann, Belalcázar, Espira, Orellano, gefolgt von ihren Kaplanen, Trommlern und Trompetern und eskortiert von der Nigromantenschar der Knocheneinrenker, Heilpflanzenkundigen und Totenbeschwörer: blonde, krausbärtige Deutsche oder dürre Estremadura-Spanier mit Ziegenbärtchen. Von ihren Standarten umflattert, reiten sie wie Gonzalo Pizarro auf Pferden, deren Hufe sich mit massivem Gold beschlagen, sobald sie den schwankenden Boden El Dorados betreten. Und da ist vor allem Philipp von Hutten, von den Kastiliern Urre genannt, der eines denkwürdigen Abends im Kreis seiner Männer von einem Berggipfel aus hingerissen und sprachlos vor Staunen die große Stadt Manoa und ihre wunderbaren Schlösser erblickt hat. Seit damals lief die Nachricht um, und deshalb rissen die tastenden Vorstöße in den Urwald nicht ab, die tragisch scheiternden Expeditionen, auf denen man sich verirrte und im Kreise lief, die Reittiere aufaß, das Blut der Pferde trank und starb wie der von Pfeilen durchbohrte Sebastian. Und das waren nur die überlieferten Reisen in den Urwald, denn die Namen all derer, die sich in kleinen Gruppen die Flügel am Lichtschein des Mythos verbrannten und ihre Skelette in den Rüstungen am Fuß irgendeiner unerklimmbaren Felswand zurückließen, hatten die Chronisten vergessen. Der Pionier stand auf und hielt, eine Schattengestalt vor dem Feuer, eine Axt an den Lichtschein, die mir schon am Nachmittag ihres merkwürdigen Profils wegen aufgefallen war: die Schneide, kastilische Schmiedearbeit, steckte an einem Stiel aus Olivenholz, der schwarz geworden war, ohne sich vom Eisen zu lösen. Ins Holz hatte ein Soldat, der einmal Bauer gewesen war, mit der Messerspitze ein Datum eingeritzt –, und dieses Datum stammte aus der Zeit der Conquista. Während wir geheimnisvoll erregt die Waffe von Hand zu Hand gehen ließen, erzählte uns der Pionier, wie er sie gefunden hatte: im dichten Dschungel zwischen einem makabren Durcheinander von menschlichen Gebeinen, Pickelhauben, Schwertern und Armbrüsten, die derart in die Wurzeln eines Baums eingeklemmt waren, daß eine Hellebarde, auf Höhe eines menschlichen Körpers eingekeilt, aussah, als werde sie noch immer von den abwesenden Händen gehalten. Aus dem kalten Eisen strömte das Wunder in unsere Fingerspitzen. Wir ließen uns einfangen von den seltsamen Begebenheiten und sehnten uns nach noch größeren Wundern. Und schon traten, von Montsalvatje heraufgerufen, die indianischen Heilkünstler ans Feuer, die mit der Beschwörungsformel von Bogotà Wunden schließen konnten, die Riesenkönigin Cicanohora, die Fischmenschen, die auf dem Grund der Seen schliefen, und Fabelwesen, die sich vom bloßen Duft der Blumen nährten. Wir glaubten bereits an die Karbunkelhündchen, die einen strahlenden Edelstein zwischen den

Augen trugen, an die Hydra, die Federmanns Leute gesehen hatten, an den wunderwirkenden Bezoarstein, der sich in den Eingeweiden von Hirschen findet, an die Tahunachas, unter deren Riesenohren sich fünf Menschen niederkauern konnten, oder an die Wilden eines anderen Stammes, deren Beine nach den glaubwürdigen Berichten eines heiligmäßigen Priors in Vogel-Strauß-Krallen endeten. Zwei Jahrhunderte lang hatten die Blinden auf der Pilgerstraße nach Santiago de Compostela die wunderbare Geschichte von einer amerikanischen Harpyie gesungen, die in Konstantinopel wütend und brüllend gestorben und dort noch immer ausgestellt sei ... Bruder Pedro de Henestrosa fühlte sich bemüßigt, solche Märchen als Teufelswerk zu erklären, sofern sie, weil von Mönchen berichtet, einigermaßen ernstzunehmen waren, und sie der Lust an der Verbreitung von Lügenmärchen zuzuschreiben, wenn Soldaten sie erzählt hatten. Aber sofort warf sich Montsalvatje zum Verfechter der Wunder auf und wies darauf hin, daß noch mitten im Jahrhundert der Aufklärung Mönche das Reich von Manoa für schiere Wirklichkeit gehalten hatten, denn wie sonst hätten sie sich aufgemacht, es zu suchen. Siebzig Jahre früher habe ein angesehener Geograph in einem wissenschaftlichen Bericht versichert, er habe in der Gegend der Grandes Mesetas etwas gesehen, das ganz wie die Gespensterstadt aussah, die der Urre erblickt hatte. Amazonen jedenfalls habe es gegeben, das seien die Frauen gewesen, deren Männer von den Kariben auf ihren geheimnisvollen Wanderungen ins Reich des Mais getötet worden waren. Im Urwald der Maya gebe es Stufenpyramiden, Landeplätze, Denkmale und Tempel und darin eine Menge phantastischer Malereien, in denen die Rituale fischgestaltiger und langustengestaltiger Priester dargestellt seien. Da tauchten hinter umgestürzten

Bäumen plötzlich riesige Köpfe auf und richteten den Blick auf den Beschauer, bis dieser schließlich entdecke, daß die Lider gesenkt und die nach innen gewendete Betrachtung des Todes weit schrecklicher sei als zwei starre Pupillen. Anderswo gebe es eine lange Straße der Götter, an der Angesicht in Angesicht und Seite an Seite Gottheiten stünden, deren Namen für immer unbekannt bleiben würden – heute seien sie umgestürzt und zersprungen, aber jahrhundertelang seien sie das Abbild einer den Menschen verweigerten Unsterblichkeit gewesen. An der Pazifikküste seien Zeichnungen von derart ungeheuren Ausmaßen entdeckt worden, daß die Leute seit undenklichen Zeiten darüber hinweggegangen seien, ohne zu merken, daß sie den Fuß darauf setzten; als sollten sie von einem anderen Planeten aus gesehen werden, waren diese Zeichnungen von Völkern entworfen worden, die als Schrift ein Knotensystem benutzten und jede Erfindung eines Alphabets mit dem Tode bestraften. Fast jeden Tag kämen im Urwald behauene Steine zum Vorschein; auf einem abgelegenen Berghang sei eine gefiederte Schlange dargestellt, aber Tausende von Petroglyphen, die in Tiergestalt und in Form von Sternbildern und geheimnisvollen Zeichen an den Ufern der großen Flüsse ihre Sprache sprächen, könne bis jetzt noch niemand entziffern. Doktor Montsalvatje, der am Feuer stand, wies auf die fernen Hochebenen, die sich dunkelblau unter dem Mondlicht abzeichneten: »Niemand weiß, was hinter diesen Bergen liegt.« Und der Ton, in dem er das sagte, versetzte uns in eine Erregung, wie wir sie seit den Kindertagen nicht mehr gespürt hatten. Am liebsten wären wir alle aufgesprungen und wären losgezogen, um noch vor dem Morgengrauen die Pforte zu dieser Märchenwelt zu erreichen. Wieder einmal schimmerten die Wasser der Laguna di Parima auf, wieder einmal erstanden vor uns die Prachtschlösser von Manoa. Abermals bestand die Möglichkeit, daß sie existierten, da sie doch mythisch fortlebten in der Einbildungskraft all jener, die im Umkreis des Urwalds, das heißt, des Unbekannten lebten. Auch ich hatte unwillkürlich die Vorstellung, daß der Pionier, die griechischen Bergleute, die zwei Kautschuksammler und alle, die Jahr um Jahr nach der Regenzeit den Weg in den Dschungel nahmen, nur nach El Dorado suchten, nicht anders, als es die ersten Eroberer unter dem Bann dieses Namens getan hatten. Der Doktor öffnete ein Glasgefäß voll dunkler Steinchen, die unter dem Schein des Feuers in unseren Händen aufglänzten. Wir berührten Gold. Wir hielten es unter die Augen, damit es uns größer erschien. Mit Alchemistenbewegungen wogen wir es in der Hand. Mouche legte es auf die Zunge, um zu wissen, wie es schmeckte. Und als die Goldkörner wieder im Glas lagen, schien es, als habe das Feuer an Leuchtkraft verloren und sei die Nacht kälter geworden. Im Fluß quakten riesige Frösche. Plötzlich schleuderte Pater Pedro seinen Stab ins Feuer, und der Stock wurde zum Stab des Moses, als die Schlange von ihm abfiel, die er eben getötet hatte.

XVII

(Sonntag, den 17. Juni)

Ich komme von der Mine zurück und freue mich schon im voraus, wenn ich denke, wie enttäuscht Mouche sein wird, sobald sie sieht, daß die juwelengleißende Höhle, der Agamemnonschatz, den sie sicherlich erwartet, nur das umgegrabene, aufgeschürfte, gründlich zerwühlte Bett eines Wildbachs ist; ein Schlammfeld, an den

Rändern und auf dem Grund, von oben bis unten und zwanzigmal an der gleichen Stelle, dem Fundort, von der Schaufel durchforscht in der Hoffnung, man habe vielleicht durch ein geringfügiges Abweichen der Hand, wegen eines Abstands von Millimetern den wunderbaren Stein des Reichtums übersehen. Unterwegs schildert mir der jüngste der Diamantensucher das große Elend dieses Berufs, die täglichen Enttäuschungen und den merkwürdigen, verhängnisvollen Zwang, unter dem jeder, der einen großen Edelstein gefunden hat, verarmt und verschuldet wieder an den Ort der ersten Entdeckung zurückkehrt. Aber jedesmal, wenn ein einzigartiger Diamant aus der Erde zum Vorschein kommt, lebt die Illusion wieder auf, und sein künftiges, früher als seine Größe erahntes Gefunkel springt über Wald und Gebirg und läßt all denen, die nach einem ergebnislosen Tag die Schmutzkrusten von ihren Körpern scheuern, das Herz höher schlagen. Ich frage nach den beiden Frauen und höre, sie seien an einen Wildbach gegangen, um an einer ruhigen Stelle, wo es keine gefährlichen Tiere gibt, zu baden. Doch unvermittelt höre ich ihre Stimmen, und erschrocken über den heftigen Ton und das Unerklärliche des Geschreis laufe ich aus dem Haus. Sofort denken wir, jemand könnte ihnen nachgegangen sein, um sie nackt am Ufer zu überraschen und zu belästigen. Aber da taucht auch schon Mouche auf, in nassen Kleidern, und ruft um Hilfe, als wäre etwas Schreckliches hinter ihr her. Ehe ich auch nur einen Schritt machen konnte, sehe ich Rosario, die nur einen groben Unterrock übergeworfen hat, sehe, wie sie meine Freundin einholt, sie mit einem Stoß zu Boden wirft und mit einem Stock barbarisch auf sie einschlägt. Wie sie mit zerzaustem Haar, das ihr um die Schultern fliegt, Schimpfwörter ausspeit und mit Füßen, Stock und freier Hand zugleich auf meine Freundin eindrischt, bietet sie ein Bild so wilder Wut, daß wir alle hinlaufen, um sie festzuhalten. Auch jetzt noch windet sie sich, schlägt um sich, wie rasend beißt sie ihre Überwältiger und ringt unter heiserem Grunzen und Schnauben nach Worten. Als ich Mouche aufhelfe, kann sie sich kaum auf den Beinen halten. Sie blutet aus der Nase, von einem Schlag sind ihr Zähne ausgebrochen. Ihr ganzer Körper ist mit Kratzwunden und Beulen bedeckt. Doktor Montsalvatje bringt sie in die Hütte, wo er sein Herbar hat, um sie zu verarzten. Wir, die übrigen, stehen um Rosario herum, um zu erfahren, was vorgefallen ist. Aber Rosario schweigt jetzt beharrlich und verweigert die Antwort. Mit hängendem Kopf sitzt sie auf einem Stein und schüttelt nur immer wieder eigensinnig verneinend den Kopf, so daß bei jeder Bewegung ihr schwarzes Haar von einer Seite auf die andere über ihr immer noch wütendes Gesicht fliegt. Ich gehe in die Hütte. Mouche liegt, mit Heftpflaster verklebt und nach Tinkturen riechend, in der Hängematte des Pflanzensammlers. Sie wisse nicht, warum Rosario sie angegriffen habe, sagt sie auf meine Fragen, sie habe sich wie eine Verrückte aufgeführt, und ohne weiter auf die Sache einzugehen, bricht sie in Weinen aus. Sie wolle sofort umkehren, sagt sie, sie könne es nicht mehr aushalten, sie sei völlig erschöpft und dem Wahnsinn nahe. Jetzt plötzlich bittet sie, und noch vor kurzem, das weiß ich, hätte sie mit diesen in ihrem Mund so ungewohnten Bitten alles von mir erreicht. Doch während ich jetzt neben ihr stehe und sehe, wie ihr Körper von Schluchzen geschüttelt wird in einer Verzweiflung, die diesmal echt zu sein scheint, bleibe ich kalt und fühle mich wie gepanzert von einer Härte, über die ich mich selbst wundere, die ich aber billige, wie ich den festen Willen eines anderen Menschen billigen würde. Nie hätte ich gedacht, daß Mouche nach so langen Jahren des Zusammenlebens mir so fremd werden könnte. Wenn auch die Liebe für sie verflogen war, die ich ihr vielleicht einmal entgegengebracht hatte – obwohl ich jetzt an der Echtheit dieses Gefühls zweifelte –, so hätte doch das Band einer echten Freundschaft überdauern können. Aber in weniger als zwei Wochen hatten sich in mir solche Umschwünge, Veränderungen und Rückläufe abgespielt, daß ich gegen ihre Bitten taub blieb. Ich ließ sie über ihre Schutzlosigkeit jammern und kehrte in das Haus der Griechen zurück, wo sich Rosario, nun einigermaßen beruhigt, schweigend in einer Hängematte zusammengerollt hatte und ihr Gesicht unter ihren Armen verbarg. Die Männer blickten düster, als fühlten sie Unbehagen, obwohl sie mit ihren Gedanken ganz woanders zu sein schienen. Die Griechen hantierten allzu nervös bei der Zubereitung einer Fischsuppe, die in einem großen irdenen Topf brodelte, und stritten in einem Ton, der falsch klang, über Öl, Pfefferschoten und Knoblauch. Die Kautschuksammler flickten wortlos ihre Stoffschuhe. Der Pionier badete Falke, der sich auf einem Aas gewälzt hatte, und der Hund, der sich von dem kübelweise über ihm ausgegossenen Wasser malträtiert fühlte, fletschte die Zähne gegen jeden, der ihn auch nur anblickte. Bruder Pedro ließ seinen Rosenkranz aus Samenkugeln durch die Finger gleiten. Ich fühlte, daß alle wie in schweigender Übereinkunft auf Rosarios Seite standen; das störende Element, das alle instinktiv ablehnten, war Mouche. Alle ahnten, daß Rosarios gewalttätiger Überfall einen Grund hatte, der ihr das Recht zu einem derart wütenden Angriff gab. Vielleicht dachten die Kautschuksammler, daß Rosario in Yannes verliebt sei und sich über das aufreizende Betragen meiner Freundin erbost habe. In erstickender Hitze verstrichen mehrere Stunden, in denen jeder sich in sich selbst zurückzog. Ich stellte fest, daß die Fähigkeit zu schweigen in den Männern zunahm, je näher wir an den Urwald kamen. Vielleicht beruhte auf dieser Fähigkeit der sentenzenhafte, geradezu biblische Ton, in dem sie mit ein paar Worten einen Gedanken formulierten. Wer sprach, sprach langsam, und jeder hörte erst den anderen an und überlegte, ehe er antwortete. Als die Steine dunklere Schatten warfen, kam Doktor Montsalvatje mit einer Nachricht, auf die wir am wenigsten gefaßt waren: Mouche zittere vor Fieber. Sie sei aus tiefem Schlaf aufgefahren, habe wirres Zeug phantasiert und sei jetzt, von Fieberschauern geschüttelt, bewußtlos. Bruder Pedro, durch seine Streifzüge im Urwald der Erfahrenste, diagnostizierte Malaria und damit eine Krankheit, um die hier nicht viel Aufhebens gemacht wird. Man flößte ihr Chinintabletten ein, und ich blieb bei ihr, knirschend vor Wut. Ausgerechnet jetzt, da wir nur noch zwei Tagereisen vor dem Ziel unserer Reise und bereits auf der Schwelle zum Unbekannten standen, mußte Mouche idiotischerweise von einem Insekt gestochen werden, das sich nur deshalb sie ausgesucht hatte, weil sie die geringste Widerstandskraft gegen diese Krankheit hatte. Wie zum Spaß hatte eine starke, tiefe, harte Natur sie aufgerieben, erschöpft, entstellt und gebrochen, um ihr nun unversehens den Gnadenstoß zu versetzen. Ich staunte über die Geschwindigkeit, mit der es zu dieser Niederlage, zu dieser exemplarischen Rache des Ungebrochenen, Authentischen gekommen war. Mouche, hierher verschlagen aus künftigen Zeiten, da Promenadewege das Dickicht ersetzen würden, war eine lächerliche Figur. Sie stammte aus einer anderen Zeit, einer anderen Epoche. Für die Menschen, mit denen wir jetzt zusammenlebten, waren weibliche Treue, Respekt vor den Eltern, aufrechtes Handeln, das unverbrüchlich gehaltene

Wort, die Ehre, die verpflichtet, und die Verpflichtung, die Ehre einbringt, konstante, ewige, unumstößliche Werte, an denen nicht zu rütteln war. Verstieß jemand gegen diese Gesetze, verlor er das Recht auf Ansehen, auch wenn es andererseits nicht als Verbrechen galt, wenn ein Mann einen anderen aus purer Mannhaftigkeit umbrachte. Wie im allerklassischsten Theater war auf dieser Bühne gegenwärtiger Wirklichkeit alles aus einem Guß: der Gute wie der Böse, die beispielhafte Ehefrau wie die treulose Geliebte, der niederträchtige wie der treue Freund, die würdige wie die unwürdige Mutter. Nicht umsonst überlieferten die Romanzen, die hier stromauf und stromab gesungen wurden, die tragische Mär von der geschändeten Ehefrau, die aus Scham stirbt, und die Geschichte von der treuen Zamba, die zehn Jahre auf den Gatten wartet, obwohl alle überzeugt sind, daß er längst im Urwald ein Fraß der Ameisen geworden ist. Es war offenkundig, daß Mouche auf dieser Bühne nichts mehr zu suchen hatte, und seit man mich von ihrem Ausflug mit dem Griechen auf die Insel Santa Prisca in Kenntnis gesetzt hatte, mußte ich das zugeben, wenn ich nicht jede Würde verlieren wollte. Durch den Malariaanfall aber bedeutete ihre Abreise auch meine Abreise, und das hieß, daß ich auf die einzige mögliche Leistung verzichten, daß ich mit leeren Händen und verschuldet zurückkehren und beschämt vor der einzigen Person würde stehen müssen, an deren Urteil mir lag – und das nur, weil ich den Leibwächter einer Frau spielen mußte, die ich jetzt verabscheute. Vielleicht weil er mir die Seelenqualen vom Gesicht ablas, kam Montsalvatje mit einem geradezu providentiellen Vorschlag zu mir: es mache ihm nichts aus, sagte er, Mouche mitzunehmen, wenn er morgen wegführe. Er würde sie an eine Stelle bringen, wo sie in aller Bequemlichkeit auf mich warten könne, denn sie nach dem ersten Anfall, geschwächt, wie sie war, zur Weiterreise zu zwingen, sei schlechterdings unmöglich. Sie sei keine Frau für solch abenteuerliche Reisen. *Anima vagula, blandula,* setzte er abschließend spöttisch hinzu. Statt aller Antwort schloß ich ihn in die Arme.

Der Mond ist wieder aufgegangen. Neben einem großen Stein verlöscht das Feuer, um das wir uns in den ersten Abendstunden versammelt haben. Mouches Atem gleicht mehr einem Stöhnen, und die Wörter, die sie in Fieberträumen stammelt, sind wie ein Röcheln und Krächzen. Jemand legt mir die Hand auf die Schulter. Rosario setzt sich neben mich auf die Matte, ohne etwas zu sagen, aber ich fühle, daß jetzt eine Erklärung kommen wird, und warte schweigend. Der Schrei eines Vogels, der an den Strom fliegt und die Grillen auf dem Dach weckt, scheint sie zu bestimmen. Anfangs so leise, daß ich kaum verstehe, erzählt sie mir, was ich bereits vermutet habe. Das gemeinsame Bad am Wildbach. Mouche, die sich auf die Schönheit ihres Körpers etwas zugute hält und keine Gelegenheit verpaßt, sie unter Beweis zu stellen, reizt Rosario so lange mit vorgetäuschten Zweifeln, ob sie ebenso festes Fleisch habe wie sie selber, bis auch der Unterrock fällt, den Rosario in bäuerlicher Schamhaftigkeit anbehalten hat. Folgen das Drängen, das schlaue Zureden, das Vorführen der Nacktheit, das Lob über die festen Brüste, den straffen Bauch, die liebkosende Berührung, und dann eine Berührung, an der Rosario jäh eine Absicht durchschaut, die sie instinktiv zutiefst empört. Ohne es zu ahnen, hat Mouche ihr eine Schmach angetan, die für hiesige Frauen schlimmer ist als die schlimmsten Schimpfwörter, schlimmer als die Herabsetzung der Mutter, schlimmer als die Verstoßung aus dem Haus, schlimmer als die Verunglimpfung des Leibes, aus dem man geboren war, schlimmer als der Zweifel an der Treue des Gatten, schlimmer als der Name Hündin, schlimmer als die Bezeichnung Hure. Bei der Erinnerung an den Kampf am Morgen glühen Rosarios Augen derart, daß ich den Ausbruch neuer Gewalttätigkeiten befürchte. Ich packe sie an den Handgelenken, damit sie Ruhe hält, aber durch die jähe Bewegung stoße ich mit dem Fuß einen Korb um, in dem der Pflanzensammler zwischen Malangablättern seine getrockneten Kräuter aufbewahrt. Schweres knisterndes Heu fällt auf uns, ein Duft nach Kampfer, Sandelholz und Safran hüllt uns ein. In jäher Erregung halte ich den Atem an: so – beinahe so – hatte der Korb meiner magischen Reisen gerochen, in dem ich, als wir Kinder waren, Maria del Carmen an mich preßte neben den Beeten, in denen ihr Vater Basilienkraut und Minze ausgesät hatte. Rosarios Gesicht ist dicht an meinem, ich spüre den Pulsschlag ihrer Adern in meinen Händen, und plötzlich sehe ich soviel Verlangen, Hingabe, Ungeduld in ihrem Lächeln – aber es ist eher ein verhaltenes Lachen, eine krampfhafte Erwartung –, daß mein Wunsch, ein nur noch auf den Akt des Besitzens gerichteter Wille, mich über sie wirft. Es ist eine rasche, brutale Umarmung ohne Zärtlichkeit, eher ein gegenseitiger Kampf um Brechen und Besiegen als eine hingerissene Vereinigung. Doch als wir, noch keuchend, wieder Seite an Seite liegen und als uns bewußt wird, was geschehen ist, durchströmt uns ein großes Glücksgefühl, als hätten die Körper in einem Pakt den Anfang eines neuen Lebens besiegelt. Wir liegen auf den verstreuten Kräutern und denken nur noch an unsere Wonnen. Der Mond scheint durch den türlosen Eingang in die Hütte, langsam kriecht er an unseren Beinen hoch, liegt auf unseren Knöcheln, erreicht jetzt die Wade Rosarios, die mich mit ungeduldigen Händen streichelt. Sie ist es nun, die sich auf mich wirft und in gierigem Druck die Hüften über mir spannt. Aber während wir noch nach der bequemsten Stellung suchen, überflutet eine heisere, abgerissene Stimme unsere Ohren mit Schimpfwörtern und treibt uns mit einem Schlag auseinander. Wir waren unter die Hängematte gerollt und hatten völlig vergessen, wer darin stöhnte. Das wutverzerrte, sardonische, geifernde Gesicht Mouches tauchte über uns auf, ein Gorgonenhaupt unter wirren Strähnen: »Schweine«, schreit sie. »Schweine!« – Rosario tritt mit dem Fuß gegen die Hängematte, um meine Freundin zum Schweigen zu bringen, und oben überschlägt sich die Stimme in irrwitzigem Gefasel. Die getrennten Körper finden wieder zusammen, und zwischen mein Gesicht und das leichenhafte Gesicht Mouches, das über einem leblosen Arm aus der Hängematte hängt, schiebt sich als dichter Vorhang das Haar Rosarios, die nun ihre Ellbogen auf den Boden aufstützt, um mir ihren Rhythmus aufzuzwingen. Als wir wieder Ohren haben für unsere Umwelt, kümmert uns die im Finstern keifende Frau nicht mehr. Sie hätte in diesem Augenblick brüllend vor Schmerzen sterben können, ohne daß es uns berührt hätte. Ich habe meinen Samen in das Vlies gesät, das ich als mir gehörig liebkose, und meine Bewegung schließt den lustvollen Zusammenfluß zweierlei Bluts, das sich begegnet ist.

XVIII

(Montag, den 18. Juni)

Roh, wie nur zwei Liebende sein können, die sich eben gefunden haben und die, weil sie des Wunders noch nicht versichert und noch nicht aneinander gestillt sind, alles niederreißen, was sich ihrer nächsten Vereinigung in den

Weg stellt, haben wir Mouche fortgeschafft. Wir haben die weinende, halb ohnmächtige Frau in eine Decke gewickelt und in Montsalvatjes Kanu gesetzt und reden ihr ein, ich würde in einem anderen Boot nachkommen. Ich habe dem Botaniker mehr Geld als nötig gegeben, damit er sich um sie kümmert, die Fahrtkosten bezahlen, sie unterbringen und für die Behandlung aufkommen kann, so daß mir nur ein paar schmutzige Scheine und Kleingeld übrigbleiben, die überdies im Urwald wenig Wert haben, da hier nur im Tausch gegen einfache Nutzgegenstände wie Nadeln, Messer, Ahlen gehandelt wird. Aber in meiner Freigebigkeit liegt auch ein Beschwichtigungsritual, mit dem ich meine letzten Skrupel zum Schweigen bringe: da Mouche die Reise ohnehin nicht mit uns fortsetzen kann, erfülle ich – im Materiellen – meine letzte Pflicht. Andererseits ist es ziemlich wahrscheinlich, daß Montsalvatje sie nur mit dem boshaften Hintergedanken so bereitwillig mitgenommen hat, sich nach monatelanger Enthaltsamkeit an einer keineswegs häßlichen Frau schadlos zu halten. Die Vorstellung läßt mich kalt, ja insgeheim bedaure ich es, daß sich der Botaniker bei seiner keineswegs stattlichen Körperbeschaffenheit vermutlich eine Niederlage bereiten wird. Fern im breiter werdenden Strom verschwindet das Boot, und damit geht ein Abschnitt meines Lebens zu Ende. Nie habe ich mich so leicht, so wohl in meiner Haut gefühlt wie an diesem Morgen. Spöttisch klopfe ich Yannes, der ganz melancholisch aussieht, auf die Schulter, und sein fragender, zerknirschter Blick ist eine neue Entschuldigung für meine Unerbittlichkeit. Im übrigen sind sich alle darüber im klaren, daß Rosario sich mir, wie man hier sagt, *versprochen* hat. Sie ist mir gegenüber die Aufmerksamkeit selbst, sie bringt mir das Essen, melkt für mich die Ziegen, wischt mir mit frischen Tüchern den

Schweiß ab; sie achtet mit solcher Sorglichkeit auf jedes meiner Worte, auf meinen Durst, mein Schweigen, meinen Schlaf, daß ich mich stolz fühle, ein Mann zu sein: hier *dient* die Frau dem Mann im nobelsten Sinn des Worts, mit jeder ihrer Gesten errichtet sie das Haus. Denn wenn Rosario und ich auch noch kein eigenes Dach über dem Kopf haben: ihre Hände sind mein Tisch, sind der Krug Wasser, aus dem sie erst ein Blatt herausfischt, ehe sie ihn mir reicht, sie ist das mit meinen, des Herrn, Initialen versehene Geschirr ... »Ich bin gespannt, wann Sie sich endlich an *eine* Frau binden werden«, flüstert Bruder Pedro hinter mir her und gibt mir damit zu verstehen, daß ich mit kindischem Verheimlichen bei ihm nicht ankomme. Um das Thema zu umgehen und nicht eingestehen zu müssen, daß ich verheiratet bin, noch dazu nach dem Ritus der Ketzer, gehe ich zu dem Griechen, der eben seine Sachen zusammenpackt, um mit uns weiter flußaufwärts zu fahren. Da er genau weiß, daß das Lager hier erschöpft ist und Fortuna ihn nur zum Narren hält, will er nun eine noch kaum bekannte Gebirgsgegend oberhalb des Caño Pintado erforschen. Den besten Platz in seinem Bündel hebt er für ein Buch auf, sein einziges, das er überall mit sich herumschleppt, eine billige zweisprachige Ausgabe der Odyssee in schwarzem Wachstucheinband und mit grünverschimmelten Seiten. Seine Brüder, die lange Abschnitte des Textes auswendig können, schlagen da und dort die spanische Übersetzung nach, ehe sie sich von dem Band wieder trennen müssen, und lesen in ihrem kantigen, harten Tonfall noch rasch ein paar Stellen nach, wobei sie häufig das v und das u verwechseln. In einer kleinen Schule in Kalamata habe man ihnen die Namen der Tragödiendichter und die Bedeutung der Mythen beigebracht, aber aufgrund eines dunklen Charakterzugs, der ihnen gemeinsam sei, hätten alle drei es mit dem Abenteurer Odysseus gehalten, der so viele wunderbare Länder aufgesucht habe und alles andere als ein Verächter des Goldes gewesen sei, habe er sich doch sogar den Gesang der Sirenen versagt, um seinen Besitz in Ithaka nicht zu verlieren. Als ein Stachelschwein dem Hund der Bergleute ein Auge ausstach, hätten sie ihn Polyphem genannt, in Erinnerung an den Zyklopen, dessen traurige Geschichte sie sich Hunderte von Malen am Lagerfeuer vorgelesen hätten. Ich frage Yannes, warum er sein Land verlassen habe, obwohl ein Blut, dessen früheste Quellen er kenne, ihn so stark daran binde. Der Bergmann seufzt und schildert mir die mittelmeerische Welt als eine Welt in Trümmern. Er spricht über das, was er hinter sich gelassen hat, als spräche er über die Mauern von Mykenä, die leeren Gräber, die säulengeschmückten Innenhöfe, in denen sich jetzt die Ziegen tummeln. Ein leergefischtes Meer, die Purpurschnecken, die nicht mehr gefragt sind, der Verfall der Mythen und eine große Hoffnung, die sich nicht erfüllt hat. Dazu das Meer, seit Jahrhunderten der letzte Ausweg für seine Landsleute, ein großes Meer, das in größere Meere führt. Er sei in Tränen ausgebrochen, erzählt er mir, als er den ersten Berg auf dieser Seite des Ozeans erblickt habe, ein roter, karstiger Berg sei es gewesen, genau wie die mit Disteln und Dornbüschen bewachsenen Berge bei ihm daheim. Hier sei er der Gier nach Edelmetallen verfallen, dem Geschäftsgeist, der Reiselust, die schon so viele seiner Vorfahren zum Ruder hatte greifen lassen. Sobald er den Edelstein gefunden habe, von dem er träume, werde er sich unter einem steil abfallenden Berg ein Haus am Strand bauen, und dieses Haus werde Säulen haben wie der Poseidontempel. Und abermals beklagt er das Schicksal seines Volkes und schlägt den Band auf der ersten Seite auf und deklamiert:

»Welche Klagen erheben die Sterblichen wider die Götter! Nur von uns, wie sie schrein, kommt alles Übel, und dennoch schaffen die Toren, dem Schicksal entgegen, ihr Elend – behauptet Zeus«, fügt er hinzu und legt nun rasch das Buch beiseite, denn da kommen die Kautschuksammler und tragen an einer Stange ein seltsames Huftier, das sie eben erlegt haben. Für einen Augenblick glaube ich, es wäre ein besonders großes Wildschwein. »Ein Tapir! ein Tapir!« schreit Bruder Pedro, schlägt die Hände vor Erstaunen zusammen und rennt jubelnd den Jägern entgegen, was seinen Überdruß an dem täglichen Maniokbrei, der gewöhnlichen Urwaldkost, zur Genüge bezeugt. In Feststimmung wird Feuer gemacht, das Tier abgebrüht und zerlegt. Beim Anblick der Schenkel, der Innereien und Lendenstücke überkommt uns die gleiche Freßlust, wie sie gewöhnlich den Wilden nachgesagt wird. Mit seinem nackten Oberkörper und dem heiligen Ernst, mit dem er am Werk ist, erscheint mir der Diamantensucher plötzlich ungeheuer archaisch. Daß er ein paar Stirnhaare des Tiers ins Feuer wirft, hat die Bedeutung eines Sühneopfers und könnte mir eine Strophe der Odyssee erklären. Die Art, wie die Fleischstücke erst mit Öl beträufelt, dann an den Spieß gesteckt werden, wie sie auf einem Brett aufgetragen, aber zuvor noch mit Branntwein übergossen werden, entspricht so alten mittelmeerischen Bräuchen, daß Yannes mir sekundenlang zum Schweinehirten Eumäus wird, als er mir das beste Lendenstück anbietet. Wir sind mit dem Festschmaus noch nicht fertig, als der Pionier, gefolgt von dem freudig bellenden Falken, mit großen Schritten zum Fluß geht. In zwei sehr primitiven Booten – ausgehöhlten Baumstämmen – rudern Indios flußaufwärts: der Augenblick der Abreise ist gekommen, und jeder schnürt seine Sachen zum Bündel. Ich gehe mit Rosario in die Hütte, und noch einmal umarmen wir uns auf der gestampften Erde, auf der die getrockneten Kräuter, die Montsalvatje beim Ordnen seiner Sammlung liegengelassen hat, noch den gleichen herben, aufreizenden Duft verströmen wie gestern. Diesmal korrigieren wir die Ungeschicklichkeiten und die Hast unserer ersten Begegnung, wir meistern besser die Syntax der Körper. Die Glieder spielen sich aufeinander ein, die Arme finden die richtige Lage. In wunderbar tastenden Versuchen wählen und bestimmen wir die Haltungen, die künftig Rhythmus und Modus unserer Umarmungen bestimmen werden. Aus der gemeinsamen Lehre beim Zusammenschmieden des Paars erwächst dessen geheime Sprache. Aus der Lust kommen die intimen, den anderen verbotenen Wörter, entsteht die Sprache unserer künftigen Nächte: eine erdichtete Sprache für zwei Stimmen, mit Worten für das Besitzergreifen, Dankwörtern, Geschlechtswörtern, von der Haut erfundenen Vokabeln, neuen, gestern noch unvorstellbaren Kosenamen, bei denen wir uns von nun an nennen werden, wenn keiner uns hört. Rosario hat mich heute zum ersten Mal bei meinem Vornamen gerufen und ihn so oft wiederholt, als müsse sie seine Silben erst modellieren. In ihrem Mund hat der Name einen so seltsamen, unerwarteten Klang, daß ich mich wie gebannt fühle, wenn ich dieses Wort, das ich von allen Wörtern am besten kenne – das mir vertrauteste – so anders aussprechen höre, als wäre es neu erschaffen. Wir erleben das unvergleichliche Glück gemeinsam gefühlten und gemeinsam gestillten Durstes, und wenn wir auf unsere Umwelt hinausschauen, ist es, als käme ein Land uns aus dem Gedächtnis zurück und lege uns einen ganz neuen Geschmack auf die Zunge. Ich springe ins Wasser, wasche mir die Kräuter ab, die der Schweiß an meinen Schultern festgeklebt hat, und muß lachen bei dem

Gedanken, daß durchaus gegen eine Tradition verstößt, was uns geschieht, denn für uns fällt die Paarungszeit mitten in den Sommer. Meine Geliebte ist schon auf dem Weg zu den Booten. Wir verabschieden uns von den Kautschuksammlern und legen ab. Im ersten Boot sitzen der Pionier, Rosario und ich. Im anderen sind Bruder Pedro, Yannes und das Gepäck. »Fahren wir mit Gott«, sagt der Pionier und setzt sich neben Falke ins Boot, der mit witternder Nase wie eine Galionsfigur am Bug steht. Segel werden wir von nun an nicht mehr zu Gesicht bekommen. Die Sonne, der Mond, das Lagerfeuer und manchmal ein Blitz werden die einzigen Lichter sein, die unsere Gesichter bescheinen.

4. Kapitel

Wird nur noch Stille, Unbeweglichkeit sein am Fuß der Bäume, der Schlinggewächse? Gut ist es also, daß Wächter da sind.
Popol-Vuh

XIX

(Montag nachmittag)

Nach zwei Stunden Fahrt zwischen Steinblöcken – Inseln, Gebirgsvorsprüngen, Bergen aus Steinblöcken –, deren Formen einen solchen Erfindungsreichtum aufweisen, daß sie aufhören, uns in Erstaunen zu versetzen, tritt eine halbhohe, ungeheuer dichte Vegetation – steifes Gras und darüber das immer gleiche Wehen und Wiegen der Bambusmassive – an die Stelle des Steins, löst ihn ab durch die endlose Monotonie unabsehbaren, undurchdringlichen Grüns. Angeregt von den phantastischen Geschichten, die Montsalvatje uns am Feuer erzählt hat, vertreibe ich mir die Zeit mit einem Kinderspiel: wir sind Conquistadoren auf der Suche nach dem Reich Manoa. Bruder Pedro ist unser Kaplan, bei dem wir beichten, falls wir an der Schwelle des Reichs tödlich verwundet werden. Der Pionier könnte ganz gut Philipp von Hutten sein, der Grieche Micer Kodros, der Astrolog, und aus Falke wird Balboas Hund Leoncico. Mir selbst lege ich in dieser Expedition die Rolle des Trompeters Juan de San Pedro zu, der bei der Plünderung eines Dorfs eine Frau genommen hat und nun mit sich führt. Und die Indios sind eben die Indios: es mag sonderbar erscheinen, aber ich habe mich an den seltsamen Standesunterschied gewöhnt, den der Pionier etwa macht, wenn er von einem seiner Streifzüge erzählt und ohne jede Bosheit ganz natürlich sagt: »Wir waren drei *Männer* und zwölf *Indios.*« Ich stelle mir vor, daß diese kritische Unterscheidung auf die Frage nach der Taufe zurückgeht, und das gibt dem Roman, dem ich mir zu dem authentischen Schauplatz hinzuerfinde, einen Anstrich von Wirklichkeit. Wir fahren am linken Ufer entlang, und hier haben die Bambushaine jetzt einer Art niedrigem Urwald ohne jeden Farbtupfer Platz gemacht, der seine Wurzeln ins Wasser streckt und wie ein uneinnehmbarer Wall aufragt, steilrecht wie eine Bretterwand, eine endlose Mauer, Baum an Baum, die sich bis an die Strömung herangeschoben hat, ohne den geringsten sichtbaren Eingang, ohne auch nur einen Spalt, lückenlos. Unter dem Sonnenlicht, das im Dunst über den feuchten Blättern verschwimmt, erstreckt sich diese endlose Wand so sinnlos, daß es einem schließlich vorkommt, als hätten Menschen sie mit Theodolit und Bleilot errichtet. Das Boot hält immer dichter an diesem versperrten, düsteren Ufer, und es scheint, als untersuche der Pionier es mit gespannter Aufmerksamkeit Handbreit um Handbreit. Es kommt mir völlig unmöglich vor, daß wir hier irgend etwas suchen könnten, und doch rudern die Indios immer langsamer, und auch der Hund blickt mit gesträubtem Nackenhaar in die gleiche Richtung wie sein Herr. Kurz darauf schreckt ein Ausruf des Pioniers mich auf: »Da ist der Eingang!« . . . Zwei Meter vor uns stand ein Stamm gleich allen anderen, weder höher als sie noch schuppiger. Aber in die Rinde war ein Zeichen eingeritzt: drei senkrecht übereinanderstehende Vs, die so ineinandergeschoben waren, daß das eine dem anderen als Behältnis diente, eine Zeichnung, die sich ins Unendliche fortsetzen ließe, die sich hier aber nur vervielfältigte, wenn sie sich im Wasser spiegelte. Neben dem Baum wölbte sich der Einschlupf, aber er war so eng, so niedrig, daß ich es für ausgeschlossen hielt, das Boot durchzubringen. Und doch schob sich unser Fahrzeug in den engen Tunnel, wenn es auch so wenig Spielraum hatte, daß die Seitenwände an den aufgebogenen Wurzeln scheuerten. Mit den Rudern, den Händen mußten Hindernisse und Schranken beseitigt werden, damit wir die unglaubliche

Fahrt im erstickten Dickicht fortsetzen konnten. Ein spitzes Holzstück sauste wie ein geschwungener Knüppel auf meine Schulter, daß ich am Hals blutete. Ein unerträglicher, oft nicht einmal greifbarer Pflanzenruß regnete aus den Ästen auf uns herab – ein im Raum schwimmendes Plankton – und wog manchmal so schwer, als hätte jemand Hände voll Stahlstaub auf uns geworfen. Auch hautreizende Pflanzenfasern fielen auf uns, verfaulte Früchte, behaarte Samen, die uns Tränen in die Augen trieben, Unrat und stinkender Staub, der unsere Gesichter wie mit Räude bedeckte. Unter einem Stoß des Bugs barst ein Termitennest und ergoß sich in einer Lawine graubraunen Staubs. Aber schlimmer vielleicht als alles, was Schatten warf, war, was sich unter uns bewegte. Große löchrige Blätter wiegten sich auf dem Wasser wie ockerfarbene Samtmasken, Pflanzen, die als Falle und Versteck dienten. Dort schwammen Trauben schmutziger, mit einem Firnis aus rötlichem Pollen überzogener Blasen und verschwanden vor einem Ruderschlag plötzlich mit den tastenden, unsicheren Schwimmbewegungen von Holothurien im Sog des Sumpfwassers. Da spannten sich dichte, opalisierende Schleier als Tarnung über einem Stein, festgemacht in seinen verborgenen Galerien. Und im lockeren, mit langbärtigen Krallen gespickten Grund, wo alles aussah wie ein einziges schmieriges Gewimmel von Schlangen, herrschte ein unausgesetzter, schweigender Krieg. Ein unerwartetes Knistern, ein jähes Schlängeln, ein Aufplatschen im Wasser verrieten die Flucht unsichtbaren Getiers, und zurück blieb eine Bahn aufgewühlter Fäulnis, schwarzgraue Strudel am Fuß schwärzlicher, von Läusen wimmelnder Rinde. Eine ganze kriechende Fauna war zu erahnen in diesem ewigen Schlamm, dieser graugrünen Gärung unter dunklen Wassern, die säuerlich rochen wie mit Essig und Aas versetzter Schmutz, und auf der öligen Oberfläche liefen Insekten, die so beschaffen waren, daß sie im Wasser nicht einsanken: fast durchsichtige Wanzen, weiße Wasserflöhe, Fliegen mit gewinkelten Beinen, winzige Mücken, fast nur ein zitterndes Pünktchen im grünen Licht – denn das Grün, in das nur ein paar Sonnenstrahlen eindrangen, war so intensiv, daß sich dort, wo die Äste herabhingen, das Tageslicht moosgrün färbte und unten, an den Baumwurzeln, einen Grünton annahm wie der Grund einer Schlammgrube. Als wir einige Zeit in der Wasserrinne gefahren waren, erlebten wir ein ähnliches Phänomen wie die Bergsteiger, wenn sie sich im Schnee verirren: in einer Art Orientierungsverlust, einer Seekrankheit der Augen, verloren wir das Gefühl für die Senkrechte. Es war nicht mehr festzustellen, was Baum, was Spiegelung auf dem Wasser war, wir konnten nicht mehr unterscheiden, ob das Licht von oben oder von unten kam, ob das Dach Wasser oder das Wasser Boden war, ob die Spalten im Laub nicht Lichtschächte im Wasser waren. Da Stämme, Äste, Lianen sich in stumpfem oder spitzem Winkel im Wasser brachen, glaubte man überall phantasmagorische Wege, nicht vorhandene Schlupflöcher, Gänge und Ufer zu sehen. Die Störung der Wahrnehmung, die ununterbrochene Abfolge winziger Sinnestäuschungen in Reichweite der Hand verstärkte in mir ein unsäglich beklemmendes Gefühl der Verstörung und totalen Verwirrung. Es war, als zwänge mich jemand, mich bis zum Schwindel um mich selber zu drehen, ehe er mich vor einem geheimgehaltenen Ort absetzte. Ich fragte mich, ob die Ruderer überhaupt noch eine genaue Vorstellung von den Bootskörpern hatten. Ich fing an, mich zu fürchten. Da war nichts Bedrohliches, alles um mich herum schien ganz ruhig zu sein. Aber aus der Hinterwelt des Instinkts stieg eine unbestimmte Angst in mir auf und zwang mich, tief Luft zu holen, ohne daß ich je genügend Luft bekam. Überdies wurde die Feuchtigkeit in den Kleidern, auf der Haut, im Haar immer unerträglicher, eine laue, klebrige Feuchtigkeit, die wie eine fette Salbe in alles eindrang und die fortgesetzten Stiche von Schnaken, Moskitos und anderen namenlosen Insekten, die bis zum Abend, wenn die Anopheles kamen, Herren der Luft waren, noch empfindlicher machten. Eine Kröte fiel mir auf die Stirn und hinterließ, als der Schrecken verflogen war, ein beinahe wonnevolles Gefühl von Kühle. Hätte ich nicht gewußt, daß es eine Kröte war, hätte ich sie in der Hand behalten, um mir an ihr die Schläfen zu kühlen. Jetzt waren es kleine rote Spinnen, die auf das Kanu herabfielen, Tausende von Spinnennetzen spannten sich zwischen dem Wasser und den untersten Zweigen. Sooft das Boot irgendwo anstieß, fiel fahlgrauer Feuerschwamm zwischen die Bordwände, vermischt mit ausgedörrten Wespen, Resten von Insektenflügeln, Fühlern und halb ausgesaugten Käfern. Die Männer waren schmutzig und schmierig, ihre durchgeschwitzten Hemden mit Dreck, mit Harz, mit Pflanzensaft bespritzt, ihre Gesichter zeigten bereits die Wachsfarbe, die alle Urwaldgesichter unter der geringen Sonneneinwirkung annehmen. Als wir am Fuß eines gelben Felsens auf einen kleinen Teich hinausfuhren, hatte ich ein Gefühl, als wäre ich eingeschnürt und würde von allen Seiten zusammengepreßt. Der Pionier rief mich an einen Platz abseits der Landestelle des Kanus, um mir etwas Schauerliches zu zeigen: da lag ein totes, schon verfaultes Krokodil, und unter seinem Leder drängten sich Schwärme grüner Fliegen. Für Augenblicke erreichte ihr Gesirr die Klangfarbe einer sentimental-süßlichen Klage, wie wenn irgend jemand – eine Frau – aus dem Rachen des Sauriers wimmerte. Ich floh vor dem Entsetzlichen und suchte Wärme bei meiner Geliebten. Ich hatte Angst. In einer vorzeitigen Dämmerung dunkelten schon die Schatten, und kaum hatten wir notdürftig ein Lager aufgeschlagen, war es Nacht. Jeder zog sich in den Wiegeraum seiner Hängematte zurück. Und nun erschallte rings im Urwald das Quaken riesiger Frösche. Die Finsternis erschauerte vor schreckhaften, gleitenden Bewegungen. Irgendwo probte jemand den Ansatz an einer Oboe. In den Tiefen eines Wildbachs brach eine groteske Trompete in Gelächter aus. Im Laub respondierten sich Tausende von Flöten in zwei verschiedenen Tonlagen. Dann ertönten Metallkämme, Sägen, die sich in Holz fraßen, Harmonikatöne, das Trillern und Schaben der Grillen, die über die ganze Erde verstreut zu sein schienen. Da ein Schrei wie von einem Pfau, dort ein irrlichterndes Glucksen, Pfeiftöne, auf- und absteigend. *Etwas* ging unter uns am Boden vor sich; *etwas* planschte, hämmerte, knirschte unter uns, heulte wie kleine Kinder, wieherte in den Wipfeln, kratzte in einem Bodenloch. Ich war verstört, verschreckt, ich fieberte. Die Strapazen der Reise und die nervöse Spannung hatten mich erschöpft. Kurz bevor der Schlaf die Angst vor den ringsum drohenden Gefahren überwand, war ich nahe daran, zu kapitulieren: ich wollte schreien vor Furcht, nur um die Stimmen von Männern zu hören.

XX

(Dienstag, den 19. Juni)

Als es hell wurde, begriff ich, daß ich die erste Probe bestanden hatte. Mit der Finsternis war auch die Furcht verflogen. Als ich mir an einer ruhigen Stelle im Fluß Brust und Gesicht wusch und Rosario neben mir das

Frühstücksgeschirr mit Sand säuberte, war mir, als teilte ich in dieser Stunde mit Tausenden von Menschen an den unerforschten Oberläufen der großen Ströme das uranfängliche Empfinden für Schönheit, für körperlich erfahrene, leiblich und verstandesmäßig gleichermaßen genossene, mit jedem Sonnenaufgang neu erlebte Schönheit, die den Menschen in diesen abgelegenen Gegenden das stolze Bewußtsein gibt, Herr der Welt und oberster Nutznießer der Schöpfung zu sein. In seinen Farben ist der Tagesanbruch im Urwald weit weniger schön als die Abenddämmerung. Über dem Boden, der tausendjährige Feuchtigkeit ausdünstet, über den Wassern, die die Erde durchfurchen, über der nebelverhangenen Vegetation bricht der Tag in Regengrau an, in einer zögernden Helligkeit, die alles andere als einen wolkenlosen Tag anzukündigen scheint. Es dauert mehrere Stunden, bis die Sonne, die nun schon hoch am Himmel steht, von den Wipfeln freigegeben wird und Strahlen klaren Lichts auf den endlosen Wald werfen kann. Und doch spürt man bei jedem Tagesanbruch tiefinnen in den eigenen Adern die gleiche atavistische Freude, mit der unsere Vorfahren jahrtausendelang jeden Morgen das Ende der nächtlichen Schrecken, das Verziehen des Raubtiergebrülls, das Zurückweichen der Finsternis, die Flucht der Gespenster, die Abgrenzung gegen das Böse erlebt haben. Ich fühle in dieser Frühe das Bedürfnis, mich bei Rosario zu entschuldigen, daß diese Reise uns so wenig Gelegenheit bietet, allein zu sein. Rosario bricht in Lachen aus und trällert ein Liedchen: »Ich bin die frischgebackne Frau und weine immerzu, weil ich so schlecht verheirat' bin, wer sagt mir, was ich tu?« Das ausgelassene Lied mit seinen Anspielungen auf die Enthaltsamkeit, die uns die Reise abverlangte, lag mir noch in den Ohren, als wir schon wieder im Boot saßen und in einen breiten Fluß einbogen, von dem der Pionier mir sagte, er führe in den eigentlichen Urwald. Das Wasser war über das Flußbett getreten und überflutete weite Strecken des Ufers, so daß ein paar krummgewachsene Bäume mit ihren im Schlamm schleifenden Lianen wie vertäute Boote aussahen, während andere, rotgoldene Stämme in unauslotbare Tiefen hinabzuwachsen schienen und wieder andere, abgestorbene, vom Alter gebleichte Stämme, mehr Marmor als Holz, wie die allesbeherrschenden Obelisken einer versunkenen Stadt aufragten. Hinter den identifizierbaren Arten, den Mauritiuspalmen, dem Bambus und den namenlosen Uferranken erstreckte sich eine wuchernde, ineinander verwobene Vegetation, ein Gewirr von Lianen, Kletter- und Schlinggewächsen und Terpentinbäumen, in dem nur hin und wieder ein braunfelliger Tapir einen Durchschlupf aufgerissen hatte, um zum Fluß zu gelangen und seine Schnauze ins Wasser zu stecken. Um den Rand eines Tümpels standen zu Hunderten langbeinige Reiher und streckten den Hals ins seichte Wasser, wenn nicht gerade ein mürrisches Reihermännchen anflog und seinen Buckel machte. Ein dichtbelaubter Ast schillerte plötzlich bunt auf unter dem Aufflug eines freudig krächzenden Papageienschwarms, der leuchtende Farben auf die unteren Schattenregionen tupfte, wo in tausendjährigem Kampf jedes Geschöpf versucht, über das andere hinauszuwachsen, höher zu kommen, ans Licht, der Sonne entgegen. Die dünnen, übermäßig aufgeschossenen Palmen, die Triebe mancher Holzarten, die nur hoch oben, wenn sie den Saft mehrerer Stämme in sich gesaugt haben, Blätter ansetzen können, waren Etappen in dieser unablässig geschlagenen Schlacht um die Höhe, aus der nur die größten Bäume, Bäume so groß, wie ich sie nie gesehen hatte, siegreich, gleichsam als Bannerträger, hervorgingen. Bäume, die alle im Halbschatten aufgewachsenen Pflanzen wie kriechendes Fußvolk unter sich ließen, sich hoch über dem Schlachtfeld gegen den freien Himmel öffneten und mit ihrem Geäst eine Art himmlischen Urwalds errichteten, aus dem durchsichtiges Moosgeflecht wie zerrissene Spitzen in langen Strähnen herabhing. Manchmal verlor einer dieser Giganten nach mehreren Jahrhunderten sein Laub, seine Flechten vertrockneten, seine Orchideen verblühten. Das Holz bleichte aus, nahm eine Konsistenz an wie rosa Granit, und so blieb er mit seinem monumentalen Astwerk stehen, nackt, schweigend und offenbarte die Gesetze einer fast mineralischen Architektur mit der Symmetrie, dem Rhythmus und dem Gleichgewicht von Kristallisationen. So stand er noch ein paar Jahrhunderte, dem prasselnden Regen, den Stürmen trotzend, bis eines Tages ein Blitz ihn über die schlüpfrige Welt unter ihm fällte. Dann stürzte der Koloß, der die Vorgeschichte nie verlassen hatte, an jeder Faser ächzend, Knüppel in alle vier Winde schleudernd, mitten entzwei gespalten, voll Kohle und himmlischen Feuers, um alles, was unter ihm war, desto besser zu zermalmen und zu verbrennen. Hundert Bäume gingen zugrunde, zerquetscht, gestürzt, geknickt von seinem Fall, die Lianen barsten und schnellten wie Bogensehnen gegen den Himmel. Dann lag er auf dem tausendjährigen Humus des Urwalds und hatte ein Geflecht derart gewaltiger Wurzeln aus der Erde gerissen, daß zwei stets getrennte Flüsse sich plötzlich vereinigten durch die tiefen Furchen, die er in dem Schattenreich unter ihm aufpflügte, dabei Termitennester sprengend und Krater aufreißend, in die mit klebriger Zunge und gespreizten Krallen der Ameisenbär gerannt kam.

Was mich am meisten erstaunte, war der unaufhörliche Mimetismus dieser Urnatur. Ein jedes Ding schien etwas anderes zu sein, eine Welt des Scheins war hier entstanden, unter der die Wirklichkeit verborgen lag und anzweifelbar wurde. Die Krokodile, die im Schwemmland regungslos auf der Lauer lagen und erwartungsvoll ihre Schnauzen aus dem Wasser streckten, sahen wie faulendes, mit Dorngestrüpp überzogenes Holz aus; die Lianen schienen Schlangen, die Schlangen Lianen zu sein, es sei denn, ihre Haut imitierte die Maserung von Edelhölzern, die Zeichnungen von Nachtfalterflügeln, Ananasschuppen oder Korallenringe; die Wasserpflanzen schlossen sich zum dichten Teppich wie sicher begehbarer Festlandbewuchs und verbargen, was unter ihnen war; abgebröckelte Rinde fühlte sich an wie eingemachte Lorbeerblätter, Pilze wirkten wie Kupferguß oder Schwefelpulver, und daneben hockte, allzu sehr Ast, allzu sehr Lapislazuli, allzu sehr Blei, das Chamäleon, das mit intensiven gelben Streifen die Lichtbahnen der Sonne nachahmte, die niemals voll durchs Laub schien. Der Urwald war die Welt der Lüge, der Falle, des falschen Scheins: alles war hier Maske, Schachzug, Spiel der Verstellung, Metamorphose, Gestaltwandel. Eine Welt der Gurken-Eidechsen, der Kastanien-Igel, der Krysaliden-Tausendfüßler, der Karottenfleisch-Larven und des elektrischen Fischs, der im trüben Schlammgrund seine Schläge entsandte. Wenn wir nahe am Ufer fuhren, wehte ein Schwall kühler Luft aus dem Halbschatten der geschichteten Pflanzendächer die Boote an, aber man brauchte nur für eine Sekunde anzuhalten, und was Frische war, verwandelte sich in einen unerträglichen Insektenschwarm. Überall schien es zu blühen, aber fast immer waren die Blütenfarben vorgetäuscht von Blättern in den verschiedenen Stadien der Reife oder des Absterbens. Man glaubte Früchte zu sehen, aber was nach runder, reifer Frucht aussah, waren schwitzende Knollen, stinkender Samt, waren die Scheiden insektenfressender Pflanzen, die wie sirupbetaute Stiefmütterchen aussahen, waren getigerte Kakteen, aus denen, eine Handbreit über dem Boden, eine Tulpe mit safrangelben Staubfäden herauswuchs. Und wenn dann wirklich hoch oben, höher als die Bambusstauden, höher als die Yopos, eine Orchidee zum Vorschein kam, wirkte sie so unwirklich, so unerreichbar wie das in schwindelnder Höhe blühende Edelweiß. Da waren auch die Bäume, die nicht grün waren, sondern als gelbe Massive am Ufer aufwuchsen oder als feurige Büsche zu brennen schienen. Zuweilen trog selbst der Himmel, wenn er seine luftigen Höhen im Quecksilber der Teiche verkehrte und sich in abgründige Himmelstiefen zu erstrecken schien. Nur die Vögel mit ihrem unverwechselbaren Gefieder huldigten der Wahrheit. Die Reiher logen nicht, wenn sie ihren Hals zum Fragezeichen bogen oder auf den Warnruf des wachsamen Männchens die Federn sträubten. Auch der Eisvogel mit seiner roten Kappe log nicht, der in diesem grauenhaften Universum so winzig und zart wirkte, daß seine bloße Anwesenheit – wie die des schwirrenden Kolibris – ein wahres Wunder zu sein schien. Ebensowenig logen in diesem ewigen Verwirrspiel des vorgetäuschten Äußeren, in diesem barocken Lianengewucher die Brüllaffen, die wie große, fünfhändige Kinder das Laub in Aufruhr versetzten mit ihrem Schabernack, ihrer Indezenz, ihren Affenzärtlichkeiten. Und hoch über allem, als wäre es an erstaunlichen Wundern hier unten nicht genug, entdecke ich eine neue Welt: die Wolken. So unterschiedliche, so eigenartige, so sehr von den Menschen vergessene Wolken, daß sie sich noch heute über der Feuchtigkeit der unermeßlich wasserreichen Urwälder zusammenballen wie im ersten Kapitel der Schöpfungsgeschichte; Wolken, als wären sie aus poliertem Marmor, auf flachem

Sockel zu ungeheurer Höhe aufwachsend, unbeweglich und monumental, geformt wie der Stoff, der sich auf der Töpferscheibe eben zur Amphore zu runden beginnt. Kaum je ineinandergeschoben, standen diese Wolken im Raum still, als wären sie an den Himmel gebannt, sich selbst gleich seit unvordenklichen Zeiten, als unter ihnen die Wasser geschieden wurden und sie dem Geheimnis des ersten Zusammenflusses beiwohnten.

XXI

(Dienstag nachmittag)

Gegen Mittag legen wir in einer waldigen Bucht eine Ruhepause ein, damit die Ruderer verschnaufen und wir uns die Beine vertreten können. Yannes hat die Gelegenheit benutzt und ist fortgegangen, um einen Flußlauf zu untersuchen, der seiner Meinung nach Diamanten führen muß. Schon seit zwei Stunden rufen wir nach ihm, ohne eine andere Antwort zu erhalten als das Echo unserer Stimmen, das über die Windungen des Flußbetts zu uns zurückhallt. Bruder Pedro, den das Warten verärgert, wettert gegen die Gier nach Edelsteinen und kostbaren Metallen, die jeden mit Blindheit schlägt, der ihr verfällt. Ich höre ihm mit einigem Unbehagen zu, denn muß sich nicht der Pionier durch seine Reden getroffen fühlen, da ihm doch nachgesagt wird, er habe ein sagenhaftes Goldlager entdeckt? Aber der Pionier lächelt nur unter buschigen Brauen und fragt den Missionar ironisch, warum dann die Schatzkammer in Rom derart vor Gold und Juwelen funkle? »Weil es nur gerecht ist«, gibt Bruder Pedro zurück, »daß die schönsten Stoffe der Schöpfung zu Ehren dessen verwendet werden, der sie erschuf.« Und um keinen Zweifel darüber entstehen zu lassen, daß er zwar Prunk für die Altäre, von den Altardienern jedoch Bescheidenheit verlange, zieht er über die weltliche Geistlichkeit her, die er mit Titeln bedenkt wie Ablaßschacherer, Nuntiaturenhascher und Kanzeltenöre. »Der alte Streit zwischen der Kavallerie und der Infanterie«, lacht der Pionier. »Ich denke, daß es nur natürlich ist, wenn einem Einsiedler nach vierzig Jahren Apostolat im Urwald der städtische Klerus als faul, um nicht zu sagen beschränkt erscheint.« Um mich lieb Kind zu machen, belege ich sein Urteil mit Beispielen von unwürdigen Priestern und Tempelkrämern. Aber Bruder Pedro fällt mir barsch ins Wort: »Um auf die Schlechten zu schelten, muß man auch die anderen kennen.« Und erzählt alsbald von allen möglichen Männern, die ich nicht kenne, von Patres, die am Marañon von Indios zerfleischt worden sind, von einem gottseligen Diego, den der letzte Inka gefoltert hat; von einem von paraguayischen Pfeilen durchbohrten Juan de Lizardi und von vierzig Mönchen, die ein ketzerischer Pirat enthauptet hat: in ekstatischer Vision habe die heilige Therese von Avila gesehen, wie sie im Sturmschritt in den Himmel kamen und die Engel über ihre furchtbaren Heiligengesichter erschraken. Er berichtet das alles, als wäre es gestern passiert, und als sei es sein gutes Recht, die Zeit zurück- oder vorzustellen. Vielleicht, denke ich, tut er es, weil er sein Amt in einer Welt ohne Datum versieht. Doch als der Missionar nun merkt, daß die Sonne hinter den Bäumen versinkt, bricht er seine Erzählungen über die Märtyrermissionare ab und schreit nach dem Griechen, stößt Drohungen aus und schreckt auch nicht vor Ausdrücken zurück, wie Maultiertreiber sie verwenden, wenn ihnen ein Tier entlaufen ist. Und als der Grieche endlich wieder auftaucht, haut Bruder Pedro mit seinem Stock so wütend gegen einen Stein, daß wir alle im

Handumdrehen wieder im Boot kauern. Kaum sind wir in Fahrt, begreife ich den Ärger des Bruders über das lange Ausbleiben des Griechen. Zwischen unzugänglichen, wie schwarze Wände aufragenden Ufern, die eine andersartige Landschaft ankündigen, wird der Fluß zusehends enger. Und plötzlich reißt uns die Strömung in einen gelben Fluß voller Schnellen und Strudel, der dem Rio Mayor zufließt und alle Gewässer einer ganzen Flanke der Grandes Mesetas mit sich führt. Irgendwo muß Regen gefallen sein, denn die Strömung ist heute gefährlich stark. Die Beine gegen die Bordwände gestemmt, steht Bruder Pedro am Bug und gibt als Lotse mit seinem Stock die Richtung an. Aber die Widerstandskraft ist gewaltig, und als die Nacht über uns hereinbricht, steht uns der schlimmste Kampf erst noch bevor. Nun bricht der Tumult auch am Himmel los: unter einem kalten Wind, der gewaltige Wellen aufpeitscht, schütteln die Bäume Wirbel toten Laubs ab, eine Windhose bildet sich, und über dem tosenden Urwald bricht das Gewitter los. Alles lodert grün. Die Blitze fallen in so rascher Folge, daß der eine noch nicht am Horizont verzuckt ist, während gegenüber schon der nächste aufflammt, seine Krallen ausstreckt und auf den abermals gespenstisch aufleuchtenden Urwald herabstößt. In dieser blendenden Helligkeit, die von vorn, von hinten, von allen Seiten aufstrahlt, nur hin und wieder von der schwarzen Silhouette einer Insel und dem Gewirr ihrer Bäume über dem brodelnden Wasser begrenzt, in dieser Sturzflut von Licht sehe ich plötzlich mit Grauen alle Hindernisse, die wütende Strömung, die Vielzahl der Gefahren in nächster Nähe. Wenn einer von uns in dieses Gebrodel fiele, das unser Boot hochhebt und herumschleudert – es gäbe keine Rettung. Kopflos, unfähig, meiner Furcht Herr zu werden, umschlinge ich Rosario, suche ihren warmen Körper, schon nicht mehr in der Geste des Liebhabers, sondern wie ein Kind, das sich der Mutter an den Hals wirft, und lege mich auf den Boden des Boots, das Gesicht in ihrem Haar vergraben, um nicht mehr zu sehen, was um uns geschieht, und in ihr dem rings entfesselten Rasen zu entkommen. Aber es ist nicht leicht zu vergessen, wenn laues Wasser schon eine Handbreit hoch zwischen Bug und Heck plätschert. Mit knapper Not halten sich die Boote zwischen Schnellen und Strudeln im Gleichgewicht, versenken den Bug im Gischt, gleiten über runde Steine, schnellen plötzlich mit einem Satz nach vorn und drehen in rasender Geschwindigkeit ab, um eine Strömung seitlich anzugehen, immer nahe daran, umzukippen und in dem Schaumgewoge rings um das hartgeprüfte, aus allen Fugen ächzende Holz zu kentern. Zu allem Übel fängt es auch noch zu regnen an. Mit steigendem Entsetzen sehe ich, daß der Kapuziner, der sich mit wehendem Bart schwarz gegen die Blitze abhebt, das Boot nicht mehr steuert, sondern daß er betet. Mit zusammengebissenen Zähnen hütet Rosario meinen Kopf, als müßte sie den Kopf eines Neugeborenen in einer gefährlichen Lage beschützen. Sie ist erstaunlich gefaßt. Der Pionier hat sich auf dem Boden ausgestreckt und hält die Indios am Gürtel fest, damit sie nicht von einem plötzlichen Ruck ins Wasser geschleudert werden, sondern uns weiter mit ihren Rudern verteidigen können. Der schreckliche Kampf dauert noch eine geraume, für meine Angst endlose Weile. Als ich sehe, wie Bruder Pedro sich wieder am Bug aufstellt und die Beine gegen die Bootswände stemmt, begreife ich, daß die Gefahr vorüber ist. Mit den letzten Blitzen zieht das Gewitter ebenso schnell ab, wie es gekommen ist, und beendet die schauerliche Sinfonie seines Zorns mit einem langrollenden Donner. Die Nacht erfüllt sich mit dem jubelnden Quaken der Frösche an allen Ufern, und mit geglättetem Rücken setzt der Fluß seinen Weg zum Ozean fort. Erschöpft von der nervösen Spannung, schlafe ich an der Brust Rosarios ein. Doch gleich darauf landet das Boot auf einer Sandbank, und sobald ich wieder festen Boden unter den Füßen habe und Bruder Pedro mit einem »Gott sei gedankt!« aus dem Boot gesprungen ist, weiß ich, daß ich die zweite Probe bestanden habe.

XXII

(Mittwoch, den 20. Juni)

Nachdem ich mehrere Stunden geschlafen hatte, griff ich nach dem Krug und trank in langen Zügen Wasser. Als ich den Krug abstellte und merkte, daß er neben meinem Gesicht zu stehen kam, wurde mir trotz der Schläfrigkeit bewußt, daß ich auf einer Strohmatte auf dem Boden lag. Es roch nach Holzrauch. Über mir war ein Dach. Nun erinnerte ich mich wieder an die Landung in der Bucht, an den Weg zum Indianerdorf, an das Gefühl von Erschöpfung und Erkältung und an den ungeheuer scharfen Schnaps – er wird hier als *Magenfeuer* bezeichnet –, den mir der Pionier, als Medizin gewissermaßen, zu trinken gegeben hatte. Hinter mir standen ein paar Kassawe knetende Indianerinnen mit bloßen Brüsten, das Geschlecht nur mit einem weißen Schurz bedeckt, der mit einer zwischen den Hinterbacken verlaufenden Schnur an den Hüften befestigt war. An den Palmblattwänden hingen Pfeile und Bogen für Fischfang und Jagd, Blasrohre, Köcher mit vergifteten Pfeilen, Kürbisflaschen mit Kurare und ein paar handspiegelförmige Kellen, die, wie ich später erfuhr, dazu dienten, einen berauschenden

Samen zu zerstoßen, der durch kleine, aus Vogelbrustbeinen gefertigte Röhrchen eingeschnupft wird. Vor dem Eingang rösteten drei lange rötlichviolette Fische an spitzen Stangen über der Glut. Dort waren auch unsere Hängematten zum Trocknen ausgespannt, und das rief mir wieder ins Gedächtnis, warum wir auf dem Boden geschlafen hatten. Mit schmerzenden Gliedern trat ich vor die Hütte, blickte auf und blieb stehen, überwältigt, den Mund voller Ausrufe, die mich doch aus dem Staunen nicht befreien konnten. Hinter gigantischen Bäumen ragten riesige Massive aus schwarzem Gestein wie ein Wall auf, steilrecht abfallend, wie mit dem Bleilot aufgezogen: Gegenwart und Wahrheit sagenhafter Monumente. Ich mußte mich in die Welt des Hieronymus Bosch zurückdenken, in das imaginäre Babel auf den Bildern phantastischer Maler, in die ausgefallensten Darstellungen der Versuchung dieses oder jenes Heiligen, um irgend etwas zu finden, das dem hier Gesehenen nahe kam. Doch sofort verwarf ich, der Ausmaße wegen, alles, was ich an Vergleichbarem fand. Vor mir lag eine Titanenstadt mit vielgestaltigen, weitläufigen Bauten, zyklopischen Treppen, Mausoleen, die bis in die Wolken aufragten, und hinter gewaltigen Esplanaden schienen sonderbare Festungen aus Obsidian, ohne Zinnen und Schießscharten, den Menschen den Eingang in ein verbotenes Reich zu verwehren. Vor einem Hintergrund aus Zirruswolken ragte die Urstätte der Formen auf: eine unglaubliche, meilenhohe gotische Kathedrale mit ihren zwei Türmen, dem Schiff, der Apsis und Strebepfeilern ruhte auf einem kegelförmigen Felsen von sonderbarem, wie Steinkohle dunkel schimmerndem Gestein. Dichter Nebel wehte um die Türme und zerflog zu Wirbeln, wenn die Steinspitzen ihn spalteten. Die Ausmaße dieser in schwindelnder Höhe in breiten Terrassen endenden, von Orgelpfeifen flankierten Formen hatten etwas so Unwirkliches – Sitz der Götter, Throne, Freitreppen für irgendein Jüngstes Gericht –, daß ich, überwältigt, statt eine Erklärung für diese unfaßliche tellurische Architektur zu suchen, ihre schreckliche, unerforschliche Schönheit hinnahm, ohne zu überlegen. Die Sonne warf Quecksilberreflexe auf dieses unmögliche, eher am Himmel aufgehängte als auf der Erde ruhende Heiligtum. In fernen Dunstschichten waren, je nach der dunkleren oder helleren Schattierung, weitere Formationen der gleichen Gesteinsart zu erkennen, an ihren Rändern bildeten Hunderte von Vorsprüngen eine Kaskade, die sich in sprühenden Regen aufzulösen schien, ehe sie die Baumkronen erreichte. Fast erschlagen von solcher Größe, richtete ich meinen Blick fügsam wieder auf Menschenhöhe. Entlang einem schwarzen stehenden Wasser standen mehrere Hütten. Ein Kind kam auf schwanken Beinen zu mir gelaufen, um mir sein winziges Armband aus Päonien zu zeigen. Weiter hinten, wo große schwarze Vögel mit orangefarbenen Schnäbeln stelzten, trugen Indios eine Stange, von der, an den Kiemen durchspießt, Fische herabhingen. Und noch weiter hinten saßen ein paar Mütter mit ihren Säuglingen an der Brust und webten. Unter einem großen Baum kniete Rosario zwischen alten Frauen, die milchige Knollenfrüchte zerstampften, und wusch meine Wäsche. Durch die Art, wie sie, mit offenem Haar und den Schabeknochen in der Hand, kniete, hatte ihre Gestalt etwas Urtümliches, war sie den hiesigen Frauen viel näher verwandt als denen, die mit ihrem Blut dazu beigetragen hatten, daß ihre Haut heller war. Ich begriff, weshalb diese Frau, die nun meine Geliebte war, mir an dem Tag, als ich sie am Rand eines Hochlandwegs aus dem Tod zurückkehren sah, durch ihre Rasse aufgefallen war. Das Geheimnisvolle an ihr war die Ausstrahlung einer uralten Welt, deren Licht und Zeit ich nicht kannte. Um mich herum war jeder mit der ihm angemessenen Arbeit beschäftigt, friedlich teilten sich alle in die Aufgaben eines Lebens, das einem urtümlichen Rhythmus gehorchte. Die Indios, die ich nur aus mehr oder weniger phantastischen Berichten kannte und als Wesen am Rande eigentlich menschlicher Existenz betrachtet hatte, erwiesen sich hier in ihrem Milieu, ihrer Umwelt, als absolute Herren ihrer Kultur. Nichts entsprach weniger der Wirklichkeit als der Begriff *Wilder.* Daß sie manches nicht kannten, was mir als wesentlich und unentbehrlich galt, stempelte sie noch lange nicht zu Primitiven. Die souveräne Geschicklichkeit, mit der der eine mit Pfeil und Bogen fischte, die choreographische Eleganz, mit der ein anderer das Blasrohr an den Mund setzte, die Technik der Gruppenarbeit, in der das Dach eines Gemeindehauses mit Pflanzenfasern gedeckt wurde, zeigten mir Menschen, die Meister waren in allen ihrer Existenz angepaßten Verrichtungen. Unter der Anleitung eines Alten, der so verrunzelt war, daß keine Stelle seiner Haut glatt geblieben war, übten sich die Halbwüchsigen in strenger Disziplin im Bogenschießen. Die Männer hatten mächtige, vom Rudern modellierte Rücken, die Frauen Bäuche, die zur Mutterschaft geschaffen waren, starke Schenkel und breite, vorgewölbte Schamberge. Durch die Adlernase und das dichte schwarze Haar war manches Profil von einzigartigem Adel. Im übrigen entsprach die Entwicklung der Körper den Funktionen, die sie auszuüben hatten. Die Finger, als Greifwerkzeuge, waren kräftig und rauh, die Beine, das Gehwerkzeug, hatten solide Fußgelenke. Jedes Knochengerüst steckte in muskulösem Fleisch. Hier gab es keine unnützen Berufe, wie den, den ich vier Jahre lang ausgeübt hatte, dachte ich und ging zu Rosario, als der

Pionier in der Tür einer Hütte erschien und mich mit Jubelrufen zu sich rief. Er war eben auf das gestoßen, was Ziel und Zweck meiner Reise darstellte. Neben einem Glutbecken lagen die Musikinstrumente auf dem Boden, die zu sammeln mir Anfang dieses Monats aufgetragen worden war. Wie ein Pilger, der endlich ergriffen vor der Reliquie steht, um derentwillen er zu Fuß zwanzig Länder durchwandert hat, fuhr ich mit der Hand über die im Feuer gebrannten Verzierungen, über den kreuzförmigen Griff des walzenförmigen Holzinstruments, das den Übergang vom Rhythmusstab zur einfachen Trommel belegte. Ich sah die rituelle Maraca an einem federbesetzten Zweig, die Tierschellen und die Tonpauke, mit der die Fischer gerufen werden, wenn sie sich in den Sümpfen verirren. Hier lag die Hirtenflöte, der ursprüngliche Vorläufer der Orgel. Und hier stand vor allem, feierlich und bedrückend, wie alles, was mit dem Tod zu tun hat, der Krug mit den zwei seitlichen Röhren – genau wie auf der Abbildung in dem Buch, in dem er zum ersten Mal erwähnt wurde. Als ich den Handel abgeschlossen hatte und im Besitz dieser Instrumente war, die der Mensch aus dem edelsten seiner Instinkte heraus geschaffen hatte, war mir, als finge ein neuer Abschnitt in meinem Leben an. Der Auftrag war ausgeführt, binnen vierzehn Tagen hatte ich in wirklich lobenswerter Weise mein Ziel erreicht. Stolz fuhr ich mit der Hand über die Trophäen der erfüllten Pflicht. Der Fund des tönenden Krugs – ein herrliches Stück – war die erste Tat, die ich in meinem Leben zu verzeichnen hatte. Der solcherart an mein Schicksal geknüpfte Gegenstand wuchs in meiner Einschätzung und tilgte mit einem Schlag den Abstand zwischen mir und meinem Auftraggeber, der vielleicht in eben diesem Augenblick in Gedanken an mich mit derselben Handbewegung wie ich irgendein primitives

Musikinstrument in der Hand wog. Schweigend stand ich eine Weile, so tief befriedigt, daß ich nicht hätte sagen können, wie lange. Als ich mich wieder auf den Zeitablauf besann und mich streckte, als wäre ich eben aufgewacht, schien mir, daß etwas in mir beträchtlich gereift sei, und das äußerte sich seltsamerweise durch einen großen Kontrapunkt Palestrinas, der mit der brausenden Majestät all seiner Stimmen in meinem Kopf erschallte. Als ich aus der Hütte trat, um nach Lianen zu suchen, mit denen ich die Instrumente verschnüren konnte, sah ich, daß eine ungewohnte Bewegung den Rhythmus der Dorfarbeiten unterbrochen hatte. Leichtfüßig wie ein Tänzer in einem Kreis zwitschernder Indias ging Bruder Pedro hin und her, trat in seine Hütte und kam, gefolgt von Rosario, wieder heraus. Er breitete eine zerschlissene, mit verschieden dicken Garnen geflickte Spitzendecke über einen Tisch aus zugehauenen Holzstützen, der vor dem Eingang stand, und setzte darauf zwei Krüge mit großen Büschen gelber Blumen. Dazwischen stellte er das schwarze Holzkreuz, das er sonst immer am Hals trug. Dann holte er aus einem zerkratzten graubraunen Lederkoffer, den er stets mit sich herumtrug, Altarschmuck und teils zerbeulte oder von schwarzem Rost zerfressene liturgische Gegenstände, rieb sie an seinem weiten Ärmel ab und verteilte sie auf dem Altar. Mit steigender Verwunderung sah ich, wie der Kelch und die Hostie auf dem Altar erschienen, wie das Kelchtuch vom Kelch gehoben wurde und das Korporale seinen rituellen Platz zwischen den zwei Leuchtern einnahm. All dies erschien mir – an einem solchen Ort – unsinnig und zugleich bedenkenswert. Fragend blickte ich den Pionier an, der, wie ich wußte, als Freigeist auftrat. Während des Unwetters vergangene Nacht sei eine Danksagungsmesse versprochen worden, sagte er, als handle es sich um etwas, das mit Religion wenig zu tun habe. Er trat näher an den Altar, vor dem Rosario stand. Yannes, der vermutlich orthodox war, kam auf meine Seite herüber und murmelte zwischen den Zähnen, es gäbe schließlich nur einen Christus. In einiger Entfernung standen die Indios und auf halbem Weg, in respektvoller Haltung, das Dorfoberhaupt, ein runzliger Alter im Schmuck seiner Halsketten aus Fangzähnen, und sahen zu. Die Mütter brachten ihre schreienden Kinder zum Schweigen. Bruder Pedro wandte sich an mich: »Mein Sohn, diese Indios wollen sich nicht taufen lassen, und ich möchte nicht, daß sie sehen, wie du unbeteiligt abseits stehst. Wenn du es nicht für Gott tun willst, dann tu es für mich.« Und in schärferem Ton setzte er hinzu und suchte Zuflucht bei der allerallgemeinsten Ungewißheit: »Denk daran, daß auch du im Boot saßest und Angst hattest.« Ein langes Schweigen trat ein. Dann: *»In Nomine Patris, et Filii et Spiritus Sancti. Amen.«* Meine Kehle wurde so trocken, daß es schmerzte. Hier, mitten im Urwald, wirkten diese jahrhundertealten, unveränderten Worte wieder genauso großartig feierlich, als tönten sie aus den Katakomben der anfänglichen Bruderschaft der Urchristen, unter diesen Bäumen, an die nie die Axt gesetzt wurde, gewannen sie eine heroische Funktion zurück, die älter war als die zur Zeit der siegreichen Kirche in den Kathedralen angestimmten Gesänge und älter als die ersten ins Tageslicht aufragenden Glokkentürme. *Sanctus, Sanctus, Sanctus, Dominus Deus Sabaoth ...* Die schattenwerfenden Säulen waren hier Stämme. Über unseren Köpfen lastete ein Laubdach voller Gefahren, und rings um uns standen die Heiden, die Götzenanbeter, und schauten aus ihrem Narthex aus Lianen auf das Mysterium. Gestern noch hatte ich mir zum Spaß ausgemalt, wir seien Conquistadoren und auf der Suche nach Manoa. Plötzlich wurde mir klar, daß zwischen der Messe, die hier abgehalten wurde, und der Messe, die die Eroberer Eldorados vor vierhundert Jahren in ähnlich abgelegenen Gegenden gehört hatten, kein Unterschied bestand. Die Zeit ist um vierhundert Jahre zurückgedreht. Dies ist die Messe der eben erst an namenlosem Ufer gelandeten Entdecker, die vor den erstaunten Maismenschen das Zeichen ihrer Sonnenwanderung nach Westen aufpflanzen. Die zwei mageren, schwarzgebrannten Gestalten, der Pionier und Yannes, die zu beiden Seiten des Altars knien, der eine mit dem Gesicht eines Bauern aus Estremadura, der andere mit dem Profil eines als Knocheneinrenker in die Register des Sevillaner Handelsgerichts eingetragenen Westindienfahrers, sind an das Dörrfleisch und den ranzigen Speck schon gewöhnt, sind vom Fieber gegerbt, von Ungeziefer zerbissen. Neben ihren Sturmhauben, die sie ins bittersaftige Gras gelegt haben, beten sie wie Stiftergestalten. *Miserere nobis, Domine, miserere nobis. Fiat misericordia,* psalmodiert der Conquistadoren-Kaplan in einem Ton, in dem die Zeit zum Stillstand gekommen ist. – Vielleicht schreiben wir das Jahr 1540. Unser Schiff, erzählt jetzt der Mönch in einer nachgerade biblischen Sprache, war heimgesucht worden von einem großen Sturm, und ein großes Gebraus entstand im Meer, und die Wellen schlugen über das Boot. ER aber schlief, und als seine Jünger ihn weckten, antwortete ER: »Warum seid ihr so furchtsam, ihr Kleingläubigen?« Und ER stand auf, gebot dem Wind und den Wellen und es trat eine große Stille ein. Vielleicht schreiben wir das Jahr 1540. Aber das ist nicht so sicher. Die Jahre nehmen ab, zerfließen, lösen sich im schwindelerregenden Rücklauf der Zeit in Rauch auf. Wir sind im Mittelalter. Denn nicht der Renaissance-Mensch, sondern der mittelalterliche Mensch ist der Entdecker und Eroberer. Nicht durch Tore mit den Säulen Palladios verlassen die Männer, die sich für das große Unternehmen anwerben lassen, die Alte Welt, sondern durch den romanischen Rundbogen, an den sie sich erinnern werden, sobald sie auf der anderen Seite des Ozeans die ersten Kirchen über den blutigen Grundmauern der Teocalli errichten. Unter dem romanischen, mit Zangen, Nägeln und Lanzen verbrämten Kreuz ziehen sie gegen die Westindier in den Kampf, die bei ihren rituellen Opferungen ähnliche Geräte verwenden. Mittelalterlich sind die Teufelsspiele, die Drachenumzüge, die Tänze der Pairs von Frankreich, die Balladen über Karl den Großen, die in vielen Städten, durch die wir gekommen sind, beharrlich fortleben. Mit einem Mal wird mir klar, daß ich seit dem Fronleichnamszug am Nachmittag in Santiago de los Aguinaldos im frühen Mittelalter lebe. Mag auch dieser oder jener Gegenstand, ein Kleidungsstück oder eine Arznei, aus einer späteren Zeit stammen, so sind doch der Lebensrhythmus, die Schiffahrt, die Kerze und der irdene Topf, die längere Dauer der Stunde, die überragende Funktion des Pferdes und des Hundes, die Art der Heiligenverehrung genauso mittelalterlich wie die Prostituierten, die an Jahrmarkttagen von Pfarrgemeinde zu Pfarrgemeinde ziehen, und wie die zeugewütigen Patriarchen, die stolz darauf sind, daß sie von verschiedenen Müttern vierzig Kinder haben, die sie um ihren Segen bitten, wenn sie ihnen auf der Straße begegnen. Jetzt begreife ich, daß ich hier unter jenen trinkfesten Bürgern gelebt habe, die immer rasch bei der Hand waren, wenn es galt, einer Küchenmagd die Röcke aufzuheben, und deren Lebenslust mich in Museen so oft zum Träumen verführt hat. An ihren Tischen hatte ich Spanferkel mit versengten Zitzen tranchiert, mit ihnen die maßlose Gier nach scharfen Gewürzen geteilt, derentwegen sie einst neue Wege nach Indien erkundet hatten. Aus hundert Bildern kannte ich ihre Häuser mit den derben roten Ziegeldächern, die riesigen Küchen, die mit Nägeln beschlagenen Eingangstüren. Ich kannte die Sitte, den Geldsack am Gürtel zu tragen, paarweise zu tanzen, ohne sich zu berühren, Zupfinstrumente allen anderen Musikinstrumenten vorzuziehen, Hähne kämpfen zu lassen oder rings um einen Spießbraten ein großes Saufgelage zu veranstalten. Ich kannte die Blinden und Lahmen in ihren Gassen, die Zugpflaster, das Quecksilbersublimat und die Heilsalben, mit denen sie ihre Schmerzen lindern. Aber ich kannte sie nur über den Firnis der Pinakotheken, als Zeugen einer toten, nicht wieder zum Leben zu erweckenden Vergangenheit. Und hier ist diese Vergangenheit plötzlich Gegenwart, die ich berühren kann, die ich atme, hier nehme ich plötzlich die ungeheure Möglichkeit wahr, durch die Zeiten zu reisen, wie andere durch die Räume ... *Ite, Missa est. Benedicamus Domino. Deo gratias.* Die Messe ist zu Ende, und mit ihr das Mittelalter. Denn die Jahreszahlen verloren immer noch Ziffern. In kopfloser Flucht warfen die Jahre ihre Inhalte hinter sich, liefen rückwärts, erloschen, tilgten die Kalender, gaben Mondphasen zurück, schrumpften von Jahrhunderten mit zweistelligen Zahlen zu Jahrhunderten in den Grundzahlen. Der Gral verlor seinen Glanz, die Nägel fielen aus dem Kreuz, wir sind wieder im Jahr Null, der Engel der Verkündigung kehrt in den Himmel zurück. Und nun wachsen die Jahre auf der anderen Seite des Jahres Null – Jahreszahlen mit zwei, drei, fünf Ziffern, bis zu der Zeit, da der Mensch es müde war, die Erde zu durchwandern, und den Ackerbau erfand und am Fluß die ersten Dörfer gründete und, weil ihn nach mehr Musik verlangte, vom Rhythmusstab zur Trommel überging – einem walzenförmigen Holz mit eingebrannten Ornamenten –, die Orgel erfand, als er in ein Schilfrohr blies und eine Tonamphore erdröhnen ließ, wenn er seine Toten beweinte. Wir befinden uns im Paläolithikum. Die Menschen, die hier Gesetze erlassen, die uns gegenüber das Recht über Leben und Tod haben, die im Besitz der Geheimnisse sind, was Nahrung und was Gift ist, die alle Techniken erfinden, sind Menschen, die mit dem Steinmesser und dem Steinschaber hantieren, mit Angelhaken aus Dorn und mit Knochenspeeren. Wir sind die Eindringlinge, die unwissenden Fremden – Metöken, und dies noch nicht lange – in einer Stadt, die im Morgengrauen der Geschichte entsteht. Würde das Feuer erlöschen, das die Frauen eben anfachen – wir brächten es mit unseren bloßen Händen nicht wieder zum Brennen.

XXIII

(Donnerstag, den 21. Juni)

Ich kenne das Geheimnis des Pioniers. Gestern abend, am Feuer, hat er es mir anvertraut und dabei achtgegeben, daß Yannes uns nicht hören konnte. Über seine Goldfunde werde gemunkelt; er werde für den König eines Stammes ehemals entsprungener Sklaven gehalten; andere dächten, er halte sich hier eine Art Urwaldharem und reise nur deshalb immer allein, damit seine Frauen keinen anderen Mann zu Gesicht bekämen. Die Wirklichkeit war viel schöner. Als er sie mir in kurzen Worten erzählte, war ich sprachlos vor Staunen, weil ich hier eine Möglichkeit Gestalt annehmen sah, an die, dessen bin ich sicher, kein Mensch meiner Generation jemals auch nur gedacht hat. Vor dem Einschlafen im nachtdunklen Schlafraum, während die Hanfseile unserer leicht schaukelnden Hängematten rhythmisch knacken, sage ich durch den Stoff hindurch zu Rosario, daß wir die Reise noch ein paar Tage fortsetzen werden. Ich fürchte, auf Ablehnung zu stoßen, auf Müdigkeit oder mangelnde Unternehmungslust oder das kindliche Verlangen, heimzufahren, aber die Antwort ist lebhafte Zustimmung. Es kümmert sie nicht, wohin wir gehen, sie scheint sich keine Gedanken darüber zu machen, ob diese Reise in nahegelegene oder entfernte Gebiete führt. Die Vorstellung, einem berühmten, zur Entfaltung der eigenen Existenz besonders geeigneten Ort *fern zu sein*, kennt Rosario nicht. Für sie, die über Landesgrenzen gereist ist, ohne die Sprache wechseln zu müssen, die aber nie auch nur daran gedacht hat, den Ozean zu überqueren, ist die Mitte der Welt da, wo mittags die Sonne auf sie herabscheint. Sie ist eine erdgebundene Frau, und solange sie auf der Erde herumgeht, ißt und gesund bleibt, solange es Männer gibt, denen sie als Form und Maß dienen kann, und sie sich als Lohn einhandelt, was sie die »leiblichen Freuden« nennt, erfüllt sich ihr Schicksal, und das Schicksal soll man nicht allzu genau erforschen wollen, da es von »großen Dingen« bestimmt wird, deren Zusammenhang dunkel ist und die Fähigkeit der Menschen, ihn zu deuten, auf jeden Fall übersteigt. Deshalb meint sie auch, daß es nicht gut sei, »über bestimmte Dinge nachzudenken«. Sie bezeichnet sich selbst in der dritten Person als *deine Frau*: »deine Frau hat geschlafen; deine Frau hat nach dir gesucht ...« Und ich entdecke in dieser ständigen Wiederholung des Possessivpronomens eine solide Begrifflichkeit, eine so treffende Bestimmung der Verhältnisse, wie ich sie niemals in dem Wort *Gattin* gefunden habe. *Deine Frau* ist eine Aussage vor jedem Vertrag, vor jedem Sakrament. In ihr liegt die ursprüngliche Wahrheit der Gebärmutter – die von leisetreterischen Bibelübersetzern immer als Schoß wiedergegeben wird und manchem Prophetenwort seine Wucht nimmt. Überhaupt ist die den Sachverhalt klärende Vereinfachung für Rosario typisch. Wenn sie auf gewisse weibliche Geheimnisse anspielt, die ich als ihr Liebhaber wissen muß, gebraucht sie eindeutige und zugleich schamhafte Ausdrücke, die mich an Rahel erinnern, wenn sie vor Laban von »der Frauen Weise« spricht. Alles, worum *deine Frau* heute nacht bittet, ist, daß ich sie mitnehme, wohin ich gehe. Sie schnürt ihr Bündel und folgt dem Mann, ohne weiter zu fragen. Ich weiß nicht viel von ihr. Ich bin nicht sicher, ob sie bloß ein kurzes Gedächtnis hat, oder ob sie über ihre Vergangenheit nicht sprechen will. Daß sie mit anderen Männern zusammengelebt hat, verheimlicht sie nicht. Aber mit Würde verbirgt sie den Einschnitt, den dieser oder jener Mann in ihrem Leben bedeutet hat, vielleicht auch, weil sie es für unzart hält, mich glauben zu machen, irgend etwas vor unserer Begegnung könne von Bedeutung für sie sein. Auf mich wirkt dieses Leben in der Gegenwart, ohne irgend etwas zu besitzen, ohne das Gestern mit sich herumzuschleppen und ohne an das Morgen zu denken, recht sonderbar. Doch wird mir klar, daß diese Einstellung die Stunden zwischen Sonnenaufgang und Sonnenuntergang erheblich verlängern muß. Sie spricht von Tagen, die sehr lang, und von Tagen, die kurz waren, als verliefen die Tage in unterschiedlichen Zeiten – Zeiten einer tellurischen Sinfonie, die zwischen Tagen in raschem Tempo auch ihr Andante und ihr Adagio hat. Das Seltsame ist, daß ich selber jetzt, da ich mich nicht mehr um die Zeit kümmere, die unterschiedlichen Werte von Zeitabschnitten feststelle, die lange Dauer mancher Morgende, die sparsame Ausarbeitung einer Abenddämmerung, und mich darüber wundere, was alles in den einzelnen Sätzen dieser Sinfonie vorkommt, die wir von hinten nach vorn und von rechts nach links gegen den Violinschlüssel lesen und zurückverfolgen bis auf die Schöpfungsgeschichte. Denn gegen Abend sind wir an ein Habitat von Indianern gekommen, die auf einer weit älteren Kulturstufe stehen als die, unter denen wir gestern noch lebten. Wir haben das Paläolithikum, die dem Magdalénien und dem Aurignacien verwandten Techniken, verlassen – wie oft habe ich vor einer Sammlung von Geräten aus der Steinzeit gestanden mit dem Gefühl, weiter zurück geht es nicht mehr, hier beginnt die große Nacht der Zeiten – und betreten einen Bereich, der die Grenzen des Menschen in eben jene finstere Nacht der Zeiten zurückversetzt. Diese Geschöpfe mit Armen und Beinen wie ich, diese Frauen, deren Brüste als schlaffe Euter auf die aufgeschwollenen Bäuche hinabhängen, diese Kinder, die sich mit katzenhaften Bewegungen strecken und zusammenrollen, diese Wesen, die, weil sie die Urscham noch nicht kennen, ihre Geschlechtsteile nicht verbergen, die nackt sind, ohne es zu wissen, wie Adam und Eva vor dem Sündenfall, sind Menschen trotz allem. Sie sind noch nicht auf den Gedanken gekommen, sich die Kraft des Samenkorns zunutze zu machen, sie sind noch nicht seßhaft, Säen ist ein ihnen unbekannter Akt. Ziellos wandern sie vor sich hin, nähren sich von Palmenherzen, die sie hoch oben in den Firsten des Urwalds den Affen streitig machen. Wenn, wie es häufig geschieht, Hochwasser sie monatelang zwischen zwei Flüssen einschließt und sie die Palmen zu kahlen Termen abgefressen haben, essen sie Wespenlarven, knabbern Ameisen und Läuse, scharren die Erde auf und schlürfen die Maden und Würmer, die ihnen unter die Klauen kommen, und zuletzt pressen sie Erde zwischen den Fingern und essen Erde. Die Wohltaten des Feuers kennen sie kaum. Ihre scheuen, fuchs- und wolfsäugigen Hunde sind Hunde aus einer Zeit vor dem Hund. Ich betrachte diese mir unverständlichen Gesichter, begreife, daß hier jedes Wort nutzlos wäre, und gehe von vornherein davon aus, daß wir nicht einmal in einer Gebärdensprache Gemeinsamkeiten finden würden. Der Pionier faßt mich am Arm und führt mich an ein Schlammloch, eine Art Schweinekofen voll abgenagter Knochen, und was ich hier sich aufrichten sehe, ist das Schauerlichste, was mir je vor Augen gekommen ist. Zwei Gestalten wie lebende Föten mit eisgrauen Bärten, wimmernd aus schlaffen Hängelippen wie Neugeborene, runzlige Zwerge mit riesenhaft aufgeblähten Bäuchen, auf denen die Adern hervortreten wie auf Anatomiebildern, stecken sich, blöde lächelnd, aber mit etwas schreckhaft Servilem im Blick, die Finger zwischen die Zähne. Mich packt ein solches Grauen vor diesen Wesen, daß ich mich halb aus Abscheu, halb aus Schrecken von ihnen abwende. »Gefangene«, sagt der Pionier sarkastisch, »Gefangene der anderen, die sich für eine höhere Rasse und die alleinigen Herren des Urwalds halten.« Mir schwindelt bei dem Gedanken, daß es in dieser Regression womöglich noch weitere Rangstufen nach unten geben könnte, daß diese menschlichen Larven, zwischen deren Leisten ein erigierbares Glied wie das meine hängt, noch immer nicht *das Letzte* wären. Daß irgendwo noch Gefangene dieser Gefangenen existierten und diese sich ihrerseits für die höhere, auserwählte und befugte Art halten könnten, während ihre Sklaven nicht einmal mehr die von den Hunden übriggelassenen Knochen abnagen dürften, sondern den Aasgeiern die Beute streitig machen müßten und in den Nächten während der Paarungszeit ihre Brunst mit dem Geheul wilder Tiere verkünden würden. Es gibt nichts Gemeinsames zwischen diesen Wesen und mir. Nichts. Auch mit ihren Herren, den Würmerfressern und Erdleckern, habe ich nichts zu schaffen . . . Und doch: zwischen ihren Hängematten – eher Wiegen aus Lianengeflecht als Hängematten –, in denen sie ausruhen, sich paaren und zeugen, steht eine in der Sonne hartgewordene Lehmfigur, eine Art henkelloser Krug: darin zwei Löcher nebeneinander am oberen Rand und ein Nabel, mit dem Finger in den hochgewölbten Teil eingedrückt, als der Lehm noch weich war. Das ist Gott. Mehr als Gott. Es ist die Mutter Gottes, die Urmutter aller Religionen. Das weibliche, gebärende Prinzip, die Gebärmutter, die im geheimnisvollen Prolog aller Theogonien vorkommt. Die Mutter mit dem hochgewölbten Leib, der Euter, Gefäß und Geschlecht in einem ist, die erste Figur, die Menschen formten, sobald die Möglichkeit eines Gegen-Standes in ihren Händen entstand. Vor mir stand die Mutter der Kind-Götter, der Totem, die den Menschen gegeben werden, damit sie sich an den Umgang mit Göttern gewöhnen, sich vorbereiten auf den Gebrauch höherer Götter. Es ist die Mutter »in Einsamkeit, um sie kein Ort, noch weniger eine Zeit«, deren Namen Faust schaudernd zweimal ausspricht. Als ich sehe, daß die Greisinnen mit runzligem Schamberg, die Baumkletterer und die schwangeren Weiber zu mir herüberblicken, verneige ich mich unbeholfen vor diesem Gefäß. Ich bin in einer Siedlung von Menschen, ich muß ihre Götter achten. Aber mit einem Mal rennen sie alle davon. Hinter mir, unter einem Dach aus Ästen, von denen noch das Laub in dichtem Gewirr herabhängt, wird eben der vom Biß einer Klapperschlange aufgedunsene, schwarz angelaufene Körper eines Jägers auf die Erde gelegt. Bruder Pedro sagt, er sei schon seit mehreren Stunden tot. Dennoch beginnt der Zauberer eine Kürbisrassel zu schwingen – das einzige Instrument, das diese

Menschen kennen –, um die Todesboten damit zu verscheuchen. Rituelles Schweigen leitet die Beschwörung ein, die die Erwartungen der Hoffenden auf die Spitze treibt. Und nun ertönt im großen Regenwald, der sich mit nächtlichen Schrecken füllt, das Wort, das schon nicht mehr nur gesprochenes Wort ist. Eine Sprache in der Stimme des Sprechenden und eine in der Stimme des Geistes, der von der Leiche Besitz ergriffen hat. Die eine Stimme dringt aus der Kehle des Beschwörers, die andere aus seinem Bauch. Die eine ist dunkel und verworren wie ein unterirdisches Lavagebrodel, die anderen, in mittlerer Tonhöhe, klingt zornig und barsch. Sie wechseln sich ab. Sie antworten sich. Während die eine wettert, wimmert die andere; die Bauchstimme höhnt, wenn die Kehlkopfstimme zu mahnen scheint. Manchmal sind kehlige Portamenti zu hören, die in einem langgezogenen Geheul ausklingen, oder Silben, die so oft wiederholt werden, daß ein Rhythmus entsteht; Triller, die plötzlich von vier Tönen unterbrochen werden, sind schon der Keim einer Melodie. Aber nun läßt der Beschwörer die Zunge zwischen den Lippen vibrieren, röchelt nach innen, keucht im Kontrapunkt zur Maraca. Was der Beschwörer hier von sich gibt, geht über die gesprochene Sprache hinaus und ist dennoch vom Gesang noch weit entfernt, hat noch nichts mit Vokalisierung zu tun. Je länger dieses Gekreisch über dem von stummen Hunden eingekreisten Leichnam andauert, desto entsetzlicher, desto grausiger wird es. Jetzt richtet sich der Zauberer vor dem Leichnam auf, keucht, trampelt auf den Boden und entfesselt die ganze Wut der Verwünschungen, in denen bereits die tiefste Wahrheit jeder Tragödie liegt: der früheste Versuch, zum Kampf anzutreten gegen die Mächte der Vernichtung, die die Pläne der Menschen durchkreuzen. Ich versuche, mich herauszuhalten, Abstand zu wahren, und kann mich der grausigen Faszination der Zeremonie doch nicht entziehen ... Angesichts der Hartnäckigkeit des Todes, der seine Beute nicht freigeben will, wird die Sprache plötzlich weich und mutlos. Im Munde des Zauberers, des orphischen Beschwörers, verröchelt unter Krämpfen und erstirbt die *Threnodie* – denn dies und nichts anderes ist sein Klagegesang gewesen – und offenbart mir, der ich wie geblendet bin, daß ich eben der Geburt der Musik beigewohnt habe.

XXIV

(Samstag, den 23. Juni)

Seit zwei Tagen wandern wir über das Gerüst dieses Planeten, ohne an die Geschichte, ohne auch nur an die obskuren Völkerwanderungen zeugnisloser Epochen erinnert zu werden. Abschnitt um Abschnitt, immer stromaufwärts, bald einen reißenden Fluß zwischen dem einen Wasserfall und dem anderen, bald ein ruhiges Gewässer zwischen Strudel und Strudel befahrend, immer wieder genötigt, die Boote im Takt der Treidler über die Felsstufen hochzuziehen, haben wir das Gebiet erreicht, in dem sich die Grandes Mesetas erheben. Was hier aufragt, sind gewaltige Formen aus nacktem Gestein – den Bewuchs, wenn sie jemals bewachsen waren, hat der Regen in Tausenden von Jahren abgewaschen –, reduziert auf das großartig Elementare tellurischer Geometrie, sind die ersten Denkmäler, die auf der Erde entstanden sind, als noch kein Auge war, sie zu betrachten. Ihr bloßes Alter, ihre unvergleichliche Herkunft aus Urzeiten verleihen ihnen eine erdrückende Majestät. Manche Massive wirken wie Bronzezylinder, unvollendete Pyramiden, Quarzkristalle über dem Wasser.

Andere, oben aufgefächert und breiter als das Fundament, sehen mit ihren alveolenartigen Zerschrundungen wie Sternkorallen aus. Wieder andere haben die geheimnisvolle Feierlichkeit von Toren zu etwas – etwas Unbekanntem, Schrecklichem –, zu dem die tiefen Schächte in den Bergflanken, hundert Fuß über unseren Köpfen, führen müssen. Jedes Plateau hat die ihm eigentümliche Morphologie, seine besonderen Zacken und Schroffen, sein gerades oder gebrochenes Profil. Fehlen ihm die rötlichen Obeliske, hat es keine Basaltklippen zu seinem Schmuck, dann ist es in Schrägflächen wie zu Seitenterrassen abgestuft oder oben wie mit einer Krone von merkwürdigen Zippen besetzt, die wie Prozessionsfiguren aussehen. Dann wieder bricht eine Steinarabeske mit der Strenge dieser Schöpfung, ein geologischer Einfall verschwört sich mit dem Wasser, um etwas Bewegung in die Unbeweglichkeit dieser Landschaft zu bringen. Dort drüben schickt ein Berg aus fast rotem Granit sieben gelbe Wasserfälle über das Zinnenwerk seiner höchsten Gesimse, hier ist ein Fluß, der sich ins Leere stürzt und über dem flacheren, mit versteinerten Bäumen besetzten Abhang zum Regenbogen zerstäubt. Von ohrenbetäubendem Echo verstärkt, tost ein gischtender Wildbach durch riesige natürliche Torbogen, ehe er sich teilt und abstürzt in eine Reihe von Seen, die einer aus dem anderen entstanden sind. Oben auf den Hochflächen, den Mondebenen der höchsten Stufen, ahnt man Seen, den Wolken benachbart, die ihre Wasser unberührt erhalten, in die kein Mensch je den Fuß gesetzt hat. Da gibt es Reif in der Frühe, vereiste Schluchten, opalisierende Ränder und Untiefen, die sich lange vor der Abenddämmerung mit Nacht füllen. Da gibt es Monolithe am Rand der Höhen, Nadeln, Zeichen, Risse im Gestein, aus denen Nebel wie Atem hervorströmt, rauhe Felsbrocken, wie geronnene Lava, Meteore vielleicht, von anderen Planeten herabgestürzt. Wir stehen fast erschrocken vor der Pracht dieser gewaltigen Werke, der Vielfalt der Profile, der Reichweite der Schatten, der unermeßlichen Weite der Esplanaden. Wir kommen uns vor wie Eindringlinge, die binnen kurzem aus einem unbetretbaren Reich vertrieben werden. Was sich vor unseren Augen auftut, ist die Welt vor dem Menschen. Unten in den Flüssen leben noch die monströsen Saurier, die Anaconda, die Säugefische, Laulaus mit gewaltigen Köpfen, der Süßwasserhai, Zitteraale und Schuppenmolche, die sich die Gestalt prähistorischer Tiere bis in unsere Zeit bewahrt haben, eine Hinterlassenschaft aus dem Tertiär. Hier aber, auch wenn es durch die Baumfarne huscht, auch wenn in den Höhlen die Biene arbeitet, scheint die Natur von Lebewesen nichts zu wissen. Eben erst haben sich die Wasser geschieden, ist trockenes Land emporgetaucht, ist Gras gewachsen, und zum ersten Mal werden die Lichter erprobt, die künftig Tag und Nacht regieren werden. Wir sind in der Welt der Genesis, am Ende des vierten Schöpfungstages. Gingen wir noch weiter zurück, gelangten wir dorthin, wo die schreckliche Einsamkeit des Schöpfergottes beginnt, die Sternentrauer einer Zeit ohne Weihrauch und Anbetung, da die Erde wüst und leer war und Finsternis lag über dem Abgrund.

5. Kapitel

Zu Liedern sind mir Deine Satzungen geworden ... Psalm 119, 54

XXV

(Sonntag, den 24. Juni)

Der Pionier hat den Arm gehoben, in die Richtung gedeutet, wo es Gold gibt, und Yannes verabschiedet sich von uns, um nach den Schätzen der Erde zu suchen. Einsam muß der Bergmann sein, der seinen Fund nicht mit anderen teilen möchte, geizig mit seinen Gesten, verschlagen in seinen Reden: er muß den Weg hinter sich verwischen wie ein Tier, das mit dem Schwanz seine Spur löscht. Für einen Augenblick überkommt uns Rührung, als wir diesen homerlesenden Bauern mit dem Achäerprofil umarmen, der so sehr an uns zu hängen schien. Heute leitet ihn die Gier nach dem Edelmetall, das Mykenä einst in eine Goldstadt verwandelte, und so begibt er sich auf den Weg der Abenteuer. Er möchte uns ein Geschenk machen, aber da er nichts hat außer den Kleidern, die er am Leib trägt, streckt er Rosario und mir seine Odyssee hin. *Deine Frau* nimmt sie hocherfreut entgegen, weil sie glaubt, es wäre die Heilige Schrift und sie würde uns Glück bringen. Ehe ich den Irrtum aufklären kann, entfernt sich Yannes, und wie er in der Morgenfrühe mit nacktem Oberkörper und geschulterten Rudern auf sein Boot zugeht, erinnert er erstaunlich an die Gestalt des Odysseus. Bruder Pedro segnet ihn, und wir setzen unsere Fahrt in einem schmalen, ruhigen Fluß fort, der uns an die Mole der Stadt bringen soll. Denn da der Grieche nun gegangen ist, darf laut über das Geheimnis gesprochen werden: der Pionier hat eine Stadt gegründet. Ich werde nicht müde, es mir immer wieder vorzusagen, seit er sich vor wenigen Nächten mir anvertraut hat und die Sache mit der *Stadt* glänzender als die Namen der begehrtesten Edelsteine durch meine Phantasie irrlichtert. Gründer einer Stadt. Ich gründe eine Stadt. Er hat eine Stadt gegründet. Ein solches Verb, und es läßt sich konjugieren! Man kann Gründer einer Stadt sein, kann eine Stadt schaffen und regieren, die auf den Landkarten nicht verzeichnet und den Greueln einer Epoche entzogen ist, die in dieser Welt der ersten Schöpfungstage einfach aus dem Willen eines Menschen entstanden ist! Die erste Stadt. Die Stadt, die Henoch erbaute, als weder Thubalkain, der Schmied, geboren war noch Jubal, der die Harfe schlug und Flöte spielte ... Ich lege den Kopf in Rosarios Schoß und denke an die riesigen Gebiete, unerforschten Gebirge und zahllosen Hochebenen, wo man in der vom Menschen noch ungebändigten Natur dieses Kontinents Städte gründen könnte. Ich lasse mich einwiegen vom rhythmischen Plätschern der Ruder im Wasser, lasse mich in eine glückliche Schläfrigkeit versinken über dem fließenden Wasser, nah an Pflanzen, die schon nach Berggewächsen duften, und atme die dünne Luft, die frei ist von den irritierenden Plagen des Urwalds. Ruhig verstreichen die Stunden, während wir die Mesetas umfahren, von einem Flußlauf überwechselnd in den anderen durch kleine Labyrinthe, in denen wir plötzlich der Sonne den Rücken kehren und sie erst wieder vor uns sehen, wenn wir eine Klippe, bewachsen von seltsamem Efeu, umfahren haben. Es ist Nachmittag, als endlich das Boot vertäut wird und ich das Wunderwerk Santa Monica de los Venados zu sehen bekomme. Aber die Wahrheit ist, daß ich wie angewurzelt stehen bleibe, fassungslos. Was ich hier sehe, mitten in einem kleinen Tal, ist eine etwa zweihundert Meter breite, mit dem Machete freigehauene Esplanade und an deren äußerstem Ende ein großes Haus aus lehmverkleidetem Rohrgeflecht mit vier Fenstern und einer Tür. Daneben, zu beiden Seiten einer Art Scheune oder Stall, zwei kleinere, aber in der Bauweise gleiche Häuser. Dazu an die zehn Indianerhütten, aus deren Feuerstellen weißer Rauch aufsteigt. In der Stimme des Pioniers zittert Stolz, als er sagt: »Das ist der Hauptplatz ... Hier, das Regierungsgebäude ... Dort wohnt mein Sohn Marcos, auf der anderen Seite meine drei Töchter ... In der Scheuer haben wir Saatkorn und Geräte und ein paar Tiere ... Dahinter liegt das Indianerviertel ...« Und zu Bruder Pedro gewandt, fügt er hinzu: »Gegenüber dem Regierungsgebäude errichten wir die Kathedrale.« Er zeigt mir den Gemüsegarten, die Maissaat, das Gehege, in dem Schweine und Ziegen gezogen werden, seit ein Zuchteber und Böcke unter unglaublichen Mühen aus Puerto Anunciación hergeschafft worden sind. Und er ist mit dem Vorzeigen noch nicht fertig, als die Dorfbewohner aus den Häusern kommen und zu unserer Begrüßung ein großes Geschrei anstimmen und die indianischen Gattinnen und die mestizierten Töchter und der Sohn – der Bürgermeister – samt allen Indios herzulaufen, um ihren Gouverneur und ihren ersten Bischof in Santa Monica de los Venados zu empfangen. »Santa Monica de los Venados«, erklärt mir Bruder Pedro, »weil dies das Land des Rotwilds ist; und Monica heißt die Mutter des Gründers nach der Mutter des heiligen Augustinus, die eine Heilige gewesen ist, *Frau eines einzigen Mannes, die ihre Kinder selbst aufzog.«* Ich gestehe ihm, daß ich mir unter der Bezeichnung Stadt etwas Imposanteres oder Ungewöhnlicheres vorgestellt habe. »Manoa?« fragt der Mönch spöttisch. Nein, nicht Manoa, auch nicht El Dorado, ich habe mir etwas anderes vorgestellt. »So waren zur Zeit ihrer Entstehung auch die Städte, die Francisco Pizarro, Diego de Losada oder Pedro de Mendoza gegründet haben«, bemerkt Bruder Pedro. Schweigend stimme ich zu, aber

mein Schweigen schließt eine Reihe anderer Fragen ein, die ich nicht mehr formulieren kann, weil bereits die Zurüstungen zu einem Festschmaus begonnen haben und eine Keule schon am Spieß steckt über der Holzglut. Ich begreife nicht, warum der Pionier angesichts der unvergleichlichen Gelegenheit, eine Stadt außerhalb der Gegenwart zu gründen, sich eine Kirche aufbürdet, die ihn nur stören wird, wenn sie mit ihrer ganzen Last an Gesetzen, Verboten, Zielsetzungen und Unduldsamkeiten anrückt, zumal er nicht sonderlich fest im Glauben ist und Messen vorzüglich dann akzeptiert, wenn sie als Dank für überstandene Gefahren gelesen werden. Aber jetzt ist keine Gelegenheit, Fragen zu stellen. So überlasse ich mich der Freude, irgendwo angekommen zu sein. Ich helfe beim Fleischbraten, gehe um Holz, höre mir die Lieder an, die gesungen werden, und lockere mir die Glieder durch einen sprudelnden, nach Erde und Harz schmeckenden Agavenschnaps, den alle aus einem von Mund zu Mund wandernden Krug trinken ... Und später, als alle müde und satt sind, das Indianerviertel schläft und die Töchter des Pioniers sich in ihr Frauenhaus zurückgezogen haben, höre ich mir vor dem Herd des Regierungsgebäudes eine Geschichte an, die eine Geschichte der Windstriche ist. »Ich heiße nämlich Pablo«, sagt der Pionier und wirft einen Ast ins Feuer, »und mein Nachname ist genauso gewöhnlich, wie wenn einer Pablo heißt, und wenn auch der Titel Pionier nach großen Taten klingt, so muß ich Ihnen sagen, daß es bloß ein Spitzname ist, den mir die Bergleute gegeben haben, weil ich den anderen immer vorauslief und als erster den Flußsand durch mein Sieb rinnen ließ ...«
Unter dem Emblem des Merkurstabes schaut ein zwanzigjähriger, von hartnäckigem Husten geplagter junger Mann zwischen Glasflaschen voll Tinkturen aus der

Apotheke zweier alter Leute auf die Straße hinaus. Hinter ihm liegt die Provinz mit ihren Morgenandachten und Rosenkränzen, den Pfefferkuchen und Pasteten, wo der Pfarrer auf der Straße noch den runden Hut aufhat und der Nachtwächter in finsteren Nächten die Stunden mit Gebeten an die Jungfrau Maria ausruft. Danach erstreckt sich viele Tagereisen weit das Reich des Pferdes, und dann steigen die Wege an bis zu der Stadt mit den hohen Häusern, wo der junge Mann nur im Finstern Arbeit findet, in Kellergeschossen und Kohlenhandlungen, in der Kanalisation. Er wird krank, er ist am Ende. Eines Tages erbietet er sich, gegen Arzneien und Unterkunft in der Apotheke zu arbeiten. Man bringt ihm das Auslaugen bei, man überträgt ihm die Herstellung von Hausmitteln auf der Basis von Brechwurz, Eibischwurzel oder Brechweinstein. In der Stunde der Siesta, wenn niemand im Schatten der Dächer vorbeigeht, steht der Junge allein in der Offizin, mit dem Rücken zur Straße, und dann kann es geschehen, daß ihm die Hände über dem Leinsamen einschlafen und er zwischen Gewürzmühlen und Mörsern einen breiten, ruhig fließenden Fluß erblickt, dessen Wasser aus der Goldgegend kommen. Von Schiffen, die so alt sind, daß sie aussehen, als stammten sie aus längst vergangenen Zeiten, schlurfen manchmal gebückte Männer an Land, die mit dem Stock die faulen Bretter des Landestegs abtasten, als mißtrauten sie selbst noch bei der Ankunft im sicheren Hafen den Zitterböden und Finten der Erde. Es sind malariakranke Bergleute, Kautschuksammler, die ihre Räude kratzen, Aussätzige aus aufgegebenen Missionen, die um Chinin, Chaulmograöl oder Schwefel in die Apotheke kommen, und wenn sie von den Gegenden erzählen, wo sie sich, wie sie glauben, das Übel zugezogen haben, lüften sie vor dem unwissenden jungen Mann den Vorhang über einer unbekannten Welt. Es kommen die Geschlagenen, aber auch die kommen, die dem Schlamm ein herrliches Juwel entrissen haben und sich nun acht Tage lang an Frauen und an Musik sättigen werden. Auch die kommen, die zwar nichts gefunden haben, aber mit fieberglänzenden Augen einem neuen Fund auf die Spur gekommen zu sein glauben. Diese gönnen sich keine Rast und Ruhe, fragen auch nicht, wo Frauen sind. Sie schließen sich in ihre Zimmer ein und untersuchen die Proben, die sie in Gläschen mitgebracht haben, und kaum sind sie von einer Wunde geheilt oder haben eine Syphilis halbwegs auskuriert, brechen sie wieder auf, nachts, wenn alle schlafen, ohne zu verraten, in welche Richtung sie gehen. Seine Altersgenossen, die jeden ersten Montag im Jahr in der Kirche mit der wurmstichigen Kanzel eine letzte Messe hören und dann in ihren Sonntagskleidern in die ferne Stadt wandern, beneidet der junge Mann nicht. Aber während er zwischen den Glasflaschen und der Offizin hin und her geht, lernt er von neuen Goldlagern sprechen: er kennt die Namen der Männer, die Korbflaschen voll Orangenblütenwasser bestellen, um darin ihre Indias zu baden; er prägt sich die ausgefallenen Namen von Flüssen ein, die in keinem Buch stehen; behext durch den perkutierenden Klang von Namen wie Cataniapo oder Cunucunuma, träumt er vor Landkarten, starrt er unermüdlich auf die großen grünen Flächen, in die kein Dorf eingezeichnet ist. Und eines Tages steigt er im Morgengrauen aus dem Fenster seiner Offizin, läuft zur Landestelle, wo die Bergleute auf ihren Booten eben die Segel setzen, und bietet ihnen Arzneien an, wenn sie ihn mitnehmen. Zehn Jahre lang teilt er das Elend, die Enttäuschungen, den Groll, die mehr oder minder erfolgreiche Beharrlichkeit der Goldsucher. Immer glücklos, wagt er sich weiter, immer weiter vor, ist jedesmal einsamer und längst daran gewöhnt, mit seinem Schatten Zwiesprache zu führen. Und eines Tages steht er vor der Welt der Grandes Mesetas. Neunzig Tage ist er gewandert, verirrt zwischen namenlosen Bergen, hat sich von Larven, Wespen, Ameisen, Heuschrecken ernährt wie die Indios in den Monaten der Hungerszeit. Als er im Tal anlangt, hat eine verwurmte Wunde im Bein ihm den Knochen freigelegt. Die hiesigen Indios – seßhafte Leute auf dem gleichen Kulturstand wie die Hersteller des Begräbniskrugs – pflegen ihn mit Kräutern gesund. Sie haben vor ihm nur ein einziges Mal einen weißen Mann gesehen und glauben, wie viele Urwaldbewohner, daß wir die letzten Sprossen einer fleißigen, aber schwachen Rasse seien, die früher zahlreich gewesen, jetzt aber im Aussterben begriffen sei. Während seiner langen Genesung teilt er Nöte und Arbeiten dieser Menschen, solidarisiert sich mit ihnen. Am Fuß der Felskuppe, die heute nacht wie Zinn schimmert, findet er ein wenig Gold. In Puerto Anunciación tauscht er es um und bringt Sämereien, ersteigerten Hausrat, Landwirtschaftsgeräte und Schreinerwerkzeuge mit. Von der zweiten Reise bringt er in seinem Boot ein paar Schweine mit, die er an den Füßen zusammengebunden hat. Als nächstes kamen die trächtige Ziege und das abgesäugte Kalb, für das die Indios erst einen Namen erfinden müssen, denn ein solches Tier haben sie noch nie gesehen. Nach und nach nimmt der Pionier größeren Anteil an dem Leben, das hier gedeiht. Wenn er abends unter dem Wasserfall badet, werfen ihm die Indias als Zeichen ihrer Gunst weiße Kiesel zu. Eines Tages nimmt er sich eine Frau, und am Fuß des Felsens wird ein großes Fest gefeiert. Nun überlegt er, daß die Bergleute eines Tages seine Spur verfolgen werden, wenn er immer wieder mit etwas Goldstaub in Puerto Anunciación auftaucht, und daß sie dann über das unbekannte Tal herfallen und mit ihrer Gewalttätigkeit, Streitsucht und Gier alles verderben werden. Um den Verdacht auf die falsche Fährte zu lenken, handelt er von nun an ostentativ mit ausgestopften Vögeln, Orchideen und Schildkröteneiern. Eines Tages stellt er fest, daß er eine Stadt gegründet hat. Vermutlich ist er darüber ebenso verblüfft wie ich, daß sich das Verb gründen in Verbindung mit einer Stadt konjugieren läßt. Doch da alle Städte einmal so entstanden sind, besteht begründete Hoffnung, daß auch Santa Monica de los Venados künftig seine Baudenkmäler, Brücken und Arkaden besitzen wird. Der Pionier zieht den Umriß des Hauptplatzes. Er errichtet das Regierungsgebäude. Er setzt seinen Namen unter eine Gründungsakte, die er an gut sichtbarer Stelle unter einer Steinplatte verwahrt. Er bestimmt den Ort für einen Friedhof, damit auch der Tod seine Ordnung hat. Jetzt weiß er, wo es Gold gibt, aber es verlangt ihn nicht mehr nach Gold. Er hat es aufgegeben, nach Manoa zu suchen. Was ihn jetzt weit mehr interessiert, ist die Erde und auf ihr die Macht, Gesetze zu erlassen. Er behauptet nicht, daß dieses Stück Erde das irdische Paradies sei, das auf alten Landkarten verzeichnet ist. Es gibt hier Krankheiten, Katastrophen, Giftschlangen, Insekten; Raubtiere reißen die mühsam aufgezogenen Haustiere; es gibt Tage der Überschwemmung und Tage der Hungersnot und Tage der Machtlosigkeit angesichts eines vom Wundbrand befallenen Arms. Aber der Mensch ist aufgrund eines uralten Atavismus fähig, diese Übel zu überstehen. Und wenn er erliegt, erliegt er in einem ursprünglichen Kampf, dem vielleicht echtesten im ganzen Spiel des Daseins. »Das Gold«, sagt der Pionier, »taugt nur für die, die nach *dort* zurückkehren.« Und dieses *dort* klingt in seinem Mund so geringschätzig, als wären die Menschen, die »dort« ihren Beschäftigungen nachgingen und ihre Ziele verfolgten, minderwertig. Zweifellos ist die Natur hier trotz ihrer Schönheit unerbittlich und schrecklich. Aber für die Menschen, die in ihr leben, ist sie besser, weniger unheimlich als die Schrecken, die Ängste, die kalten Grausamkeiten, die stets sich erneuernden Bedrohungen in der Welt »dort«. Hier werden Katastrophen, mögliche Leiden, natürliche Gefahren von vornherein hingenommen, sie sind Teil einer Ordnung, die auch ihre Schattenseiten hat. Die Schöpfung ist keine Belustigung, das wissen alle instinktiv, und jeder übernimmt die Rolle, die ihm in der großen Tragödie alles Geschaffenen zugewiesen ist. Aber diese Tragödie spielt sich hier in der Einheit der Zeit, des Orts und der Handlung ab, selbst der Tod geht aus dem Wirken bekannter Abgesandter hervor, zu deren Ausrüstung neben Gift, Schuppen, Feuer und Miasmen auch Blitz und Donner gehören, welche die am längsten unter uns heimischen Götter an Tagen des Zorns gebrauchen. Die Menschen, die hier ihr Schicksal leben, sind im Licht der Sonne oder am wärmenden Feuer mit wenigem zufrieden: ein lauer Morgen, ein reichlicher Fischfang, Regen nach langer Dürre sind ihnen Anlaß zu Freude, und bescheidene Ereignisse, wie unsere Ankunft, lösen allgemeinen Jubel, Singen und Trommeln aus. So lebte man vielleicht in der Stadt Henochs, denke ich, und damit kommt mir wieder die Frage in den Sinn, die ich nach der Landung nicht mehr stellen konnte. Wir gehen aus dem Regierungsgebäude, um die frische Nachtluft zu atmen. Da zeigt mir der Pionier eine Felswand, in die unbekannte Handwerksmeister in sehr großer Höhe Zeichen eingeritzt haben – Handwerksmeister, die so hoch oben nur auf einem Gerüst arbeiten konnten, wie es bei dem materiellen Kulturstand ihrer Zeit unmöglich war. Skorpione,

Schlangen, Vögel sind im Mondlicht zu erkennen und andere Zeichen, die für mich keinen Sinn ergeben, vielleicht Darstellungen von Sternbildern. Während ich noch daran herumrätsle, kommt eine unerwartete Erklärung: Als er eines Tages von einer Reise heimgekehrt sei, erzählt der Gründer, habe ihm sein Sohn Marcos, damals ein Halbwüchsiger, zu seinem Erstaunen die Geschichte von der Sintflut erzählt. Indios hatten dem Jungen während seiner Abwesenheit erklärt, diese Steinzeichnungen seien zu Zeiten eines ungeheuren Hochwassers von einem Mann geschaffen worden, der habe, als er den Fluß bis zu solchen Höhen ansteigen sah, ein Tier von jeder Art in sein Kanu gebracht. Und dann sei während einer langen Zeit Regen gefallen, vielleicht vierzig Tage und vierzig Nächte. Danach habe der Mann eine Ratte ausgeschickt, um zu erfahren, ob das Hochwasser gefallen sei, und die Ratte sei mit einem Maiskolben zwischen den Pfoten zurückgekommen. Der Pionier hätte von sich aus seinen Kindern die Geschichte von Noah nicht erzählt, da er sie für Schwindel hielt; aber da sie sie nun einmal kannten, nur mit dem Unterschied, daß eine Ratte die Rolle der Taube spielte und der Maiskolben für den Olivenzweig stand, vertraute er Bruder Pedro das Geheimnis der entstehenden Stadt an, da er den Mönch, der ganz allein durch unbekannte Gebiete reiste, sich auf Heilkuren verstand und Kräuter bestimmen konnte, für einen rechten Mann hielt. »Wenn ihnen schlußendlich doch die gleichen Märchen aufgetischt werden, sollen sie sie wenigstens so kennenlernen, wie ich sie kennengelernt habe.« Ich denke an die Noahs in so vielen anderen Religionen und werfe ein, daß dieser indianische Noah mit seinem Maiskolben meiner Ansicht nach besser in diese Landschaft paßt als der mit Taube und Ölzweig, denn wer hat je einen Ölbaum im Urwald gesehen? Doch der Mönch unterbricht mich barsch und fragt angriffslustig, ob ich etwa vergessen hätte, daß es eine Erlösung gibt? »Einer ist gestorben, auch für die hier Geborenen, und das ist die Botschaft, die man ihnen bringen muß.« Und bindet zwei Äste mit Lianen zum Kreuz und pflanzt es fast wütend an der Stelle auf, wo morgen mit dem Bau der runden Hütte begonnen wird, dem ersten Tempel in Henochsstadt. »Außerdem hat er gerade Zwiebeln gesät«, belehrt mich, gleichsam entschuldigend, der Pionier.

XXVI

(27. Juni)

Über den Grandes Mesetas dämmert der Morgen herauf. Die Nachtnebel verweilen noch zwischen den Felsformen, spannen Schleier aus, die dünner und durchsichtiger werden, sobald das Licht auf eine Wand von rosa Granit fällt, und sinken auf die gewaltigen Schattenflächen am Boden herab. Am Fuß der grünen, grauen, schwarzen Felswände, die sich oben im Dunst aufzulösen scheinen, schütteln die Farne den Reif ab, der sie wie mit Email überzogen hat. Ich schaue in eine Mulde, kaum so groß, daß ein Kind sich darin verstecken könnte, und sehe dort ein Leben aus Flechten, Moosen, Silberpigmenten und Pflanzenrost, das in kleinstem Maßstab ebenso vielfältig ist wie das des Urwalds. So viele Arten sich dort den Raum streitig machen, der für einen einzigen Baum nötig wäre, so viele Pflanzen wachsen hier auf einer Handbreit feuchtem Boden. Wie Patina hat sich dieses Erdplankton unter einem hoch herabstürzenden Wasserfall angesetzt, dessen unaufhörlich brodelnde Gischt einen kleinen Teich in den Fels gehöhlt hat. Hier baden wir, das Paar, nackt im sprudelnden Wasser, das auf den schon sonnenbedeckten Höhen entspringt und sich weiter unten in Flüsse ergießt, die vom Tannin der Wurzeln okergelb gefärbt sind. Nichts Prahlerisches, kein Vortäuschen paradiesischer Unschuld liegt in dieser sauberen Nacktheit, die sehr verschieden ist von der, die nachts in unserer Hütte keucht und sich krümmt und die wir hier spielerisch in Freiheit setzen, staunend, wie angenehm es ist, die Luft und das Licht auf Körperteilen zu spüren, die die Leute *dort* nicht ein einziges Mal in ihrem Leben der frischen Luft aussetzen. Die Sonne bräunt mir den Streifen zwischen Schenkel und Hüfte, der bei den Schwimmern in meinem Land weiß bleibt, selbst wenn sie in ganzen Sonnenmeeren baden. Und die Sonne scheint mir zwischen die Beine, wärmt meine Hoden, klettert die Wirbelsäule hoch, schält mir die Haut von der Brust, bräunt meine Achselhöhlen, treibt mir den Schweiß auf den Nacken, besitzt, durchströmt mich, und ich fühle wieder diese Spannung, dieses Pochen, das im tiefsten Schoß die geheimen Pulsschläge sucht, grenzenloser Wunsch nach Einssein mit dem anderen Körper, Sehnsucht nach der Gebärmutter. Dann abermals das Wasser aus eisigen Quellen, in das ich mein Gesicht tauche, die Hände auf den dichten, wie Marmorstaub schweren Sand gestützt. Später werden die Indios kommen und baden, nackt, ohne andere Hülle als die über den Penis gehaltenen Hände. Und am Mittag kommt Bruder Pedro, ohne auch nur das graue Haar seines Geschlechts zu bedecken, knochig, ein wenig gekrümmt, wie ein Johannes der Täufer, der in der Wüste predigt . . . Heute habe ich den großen Entschluß gefaßt: ich werde nicht nach *dort* zurückkehren. Ich werde versuchen, die einfachen Arbeiten zu erlernen, die in Santa Monica de los Venados verrichtet werden, und man braucht nur den

Bau der Kirche zu beobachten, um bald zu wissen, welcher Art diese Arbeiten sind. Ich werde mich dem Sisyphus-Schicksal entziehen, das die Welt, aus der ich komme, mir auferlegt hat, ich werde mich den sinnlosen Berufen verweigern, dem nutzlosen Rennen des Eichhörnchens im Laufrad, der Uhrzeit, den Finstermetten. Die Montage werden für mich keine Aschermontage mehr sein, ich werde nicht einmal mehr daran denken müssen, daß der Montag ein Montag ist, mag sich den unnützen schweren Stein, den ich auf meinen Schultern getragen habe, aufladen, wer will. Lieber will ich mit Säge und Hacke hantieren, statt weiterhin als Jahrmarktschreier die Musik zu verhunzen. Ich sage es Rosario, und sie, die sich immer in den Willen dessen schicken wird, den sie als Mann annimmt, stimmt freudig und fügsam meinem Vorschlag zu. *Deine Frau* begreift nicht, daß dieser Entschluß für mich schwerer wiegt, als es den Anschein hat, da er den Verzicht auf alles *dort* in sich schließt. Für sie, die an der Grenze zum Urwald geboren und aufgewachsen ist, die Schwestern hat, die mit Bergleuten verheiratet sind, ist es ganz normal, daß ein Mann Weite und Abgeschiedenheit dem Gedränge in den Städten vorzieht. Ich glaube auch nicht, daß es sie die gleiche Mühe gekostet hat, wie umgekehrt mich, ihre Denkweise der meinen anzupassen, um mit mir leben zu können. In ihren Augen bin ich nicht sehr verschieden von den Männern, die sie gekannt hat. Ich jedoch mußte, um sie zu lieben – und ich glaube jetzt, daß ich sie innig liebe –, eine ganz neue Wertordnung aufstellen, um zu begründen, was einen Mann meiner Bildung an eine Frau bindet, die ganz Frau und nur Frau ist. Ich bin mir also völlig dessen bewußt, was ich tue. Und sooft ich mir wiederhole, daß ich hier bleiben werde, daß die Sonne und das Holzfeuer künftig mein einziges Licht sein werden, daß ich jeden Morgen meinen Körper in den Wasserfall tauchen werde und eine Frau, wie sie sein soll, stark und unverbildet, meinem Wunsch immer erreichbar sein wird, überkommt mich eine unbändige Freude. Ich liege auf einem Felsen – Rosario mit schwingenden Brüsten wäscht sich das Haar im fließenden Wasser – und nehme die *Odyssee* des Griechen zur Hand und stoße als erstes auf eine Stelle, über die ich lächeln muß: da wird berichtet, wie Odysseus zwei Männer ins Land der Lotophagen ausschickt und die zwei, nachdem sie vom Lotos gekostet haben, der ihnen angeboten wird, ihren Wunsch, in die Heimat zurückzukehren, vergessen. »Aber ich zog mit Gewalt die Weinenden wieder ans Ufer«, erzählt Odysseus, »warf sie unter die Bänke der Schiffe und band sie mit Seilen.« Schon immer hatte es mich an der wunderbaren Geschichte gestört, mit welcher Grausamkeit Odysseus seine Gefährten dem Glück entreißt, das sie endlich gefunden haben, ohne anderen Lohn als den, daß sie ihm dienen dürfen. Meiner Ansicht nach spiegelt der Mythos die Empörung wider, die jede Gesellschaft denen gegenüber empfindet, die in der Liebe oder durch einen körperlichen Vorzug oder ein unverhofftes Geschenk einen Weg finden, sich dem Häßlichen, den Verboten und der Überwachung zu entziehen, denen alle anderen unterworfen sind. Ich drehe mich auf dem warmen Stein halb um, und dadurch schaue ich nun zu den Indios hinüber, die im Kreis um Marcos sitzen, den Erstgeborenen des Pioniers, und Körbe flechten. Ich halte meine alte Theorie über den Ursprung der Musik jetzt für unsinnig. Hier sehe ich, wie müßig die Spekulationen all derer sind, die sich in die Anfänge der Künste oder der menschlichen Institutionen zurückversetzen wollen, ohne den prähistorischen Menschen – der unser Zeitgenosse ist – in seinem Alltag, in seinen medizinischen und religiösen Praktiken zu kennen. Sicher ist es ein kluger Einfall gewesen, die magische Absicht der frühesten darstellenden Kunst – ein Tier abzubilden, um Macht über dieses Tier zu erlangen – mit der frühesten Fixierung eines musikalischen Rhythmus in Parallele zu setzen und anzunehmen, sie entspringe dem Wunsch, den Galopp, Trab oder Schritt der Tiere nachzuahmen. Aber vor ein paar Tagen habe ich den Ursprung der Musik erlebt. Was ich gesehen habe, ist älter als die Threnodie, mit der Aischylos den Kaiser der Perser wieder zum Leben erweckt, älter als die Ode, mit der die Söhne des Autolykos das schwarze Blut stillen, das aus der Wunde des Odysseus strömt, älter als der Gesang, der den Pharao Unas auf seiner Reise ins Jenseits vor Schlangenbissen schützen soll. Zwar bestätigt, was ich gesehen habe, die These derer, die behaupten, die Musik verdanke der Magie ihren Ursprung. Aber ihre Überlegungen stammen aus Büchern; auf psychologische Abhandlungen stützen sie ihre kühnen Theorien über das Fortleben sehr viel älterer Zauberpraktiken in der antiken Tragödie. Ich hingegen habe *erlebt,* wie sich die gesprochene Sprache auf den Gesang zu bewegt, ohne schon Gesang zu sein; ich habe erlebt, wie aus der Wiederholung ein und desselben einsilbigen Worts ein Rhythmus entsteht; ich habe erlebt, wie bei dem Spiel zwischen der echten und der nachgemachten Stimme, bei dem der Psalmodierende zwei verschiedene Tonhöhen einhalten muß, ein musikalisches Thema aus einer nicht-musikalischen Praktik entstehen kann. Ich denke an die törichten Behauptungen, wonach das Verlangen, die Schönheit des Vogelgezwitschers nachzuahmen, den prähistorischen Menschen zur Musik geführt haben soll, als ob der Vogeltriller eine musikalisch-ästhetische Bedeutung hätte für Menschen, die im Urwald täglich ein ganzes Konzert von

Geräuschen vernehmen, Schnarren, Platzen, Schreie, Flucht- und Fallgeräusche, brausende Wasser: all diese Geräusche, die der Jäger wie einen Klang-Kode deutet, dessen Entschlüsselung zu seinen Hauptaufgaben gehört. Ich denke an andere, ebenso trügerische Theorien und male mir aus, wieviel Staub meine Beobachtungen in manchen, Bücherthesen verschriebenen Musikerkreisen aufwirbeln wird. Es wäre auch gut, wenn ich einige der in ihrer elementaren Art so schönen Lieder der hiesigen Indios mitbrächte: mit ihren eigenartigen Tonskalen würden sie auch mit der allgemein herrschenden Theorie aufräumen, die Indios könnten nur in der Fünftonleiter singen . . . Aber plötzlich ärgere ich mich über mich selber, daß ich mir über solche Dinge den Kopf zerbreche. Ich habe mich entschlossen, hierzubleiben, und sollte solche müßigen Intellektuellengedanken ein für allemal aufgeben. Um sie mir aus dem Kopf zu schlagen, werfe ich die paar Kleidungsstücke über, die ich hier trage, und gehe zu den Leuten, die eben die Kirche fertig bauen. Es ist eine geräumige runde Hütte mit spitzem Dach wie die Hütten der Indios, aus Balken errichtet, die mit Palmblättern verkleidet werden, oben ein Kreuz. Bruder Pedro hat darauf bestanden, daß die Fenster gotische Spitzbogen bekommen, und die mehrmals wiederholten geschwungenen Linien in der Palmblätterwand wirken in dieser weltfernen Gegend wie eine Vorahnung gregorianischer Gesänge. Im First hängen wir einen ausgehöhlten Baumstamm auf, denn da wir keine Glocke haben, soll – das war mein Gedanke – eine Art Teponaxtl die Glocke ersetzen. Bei der Herstellung des Instruments ließ ich mich von der Rhythmusstab-Trommel anregen, die in der Hütte liegt, und als ich das Instrument nach seinem Klangprinzip untersuchte, hatte ich eine zugegebenermaßen schmerzhafte Probe zu bestehen. Es war vor zwei Tagen, ich knüpfte die um das Schutzgeflecht gewundenen Lianen auf, als sich plötzlich die mit Feuchtigkeit vollgesogenen Binsen strafften, aufschnellten und der Begräbniskrug, die Rasseln und Pansflöten über den Boden rollten. Plötzlich sah ich mich eingekreist von Gegenständen, die meine Gläubiger waren, und es nützte nichts, sie wie bestrafte Kinder wieder in die Ecke zu stellen, um ihre anklagende Gegenwart zu vergessen. Daß ich in diesen Urwald gekommen war, meine Bürde abgeworfen und eine Frau gefunden hatte, verdankte ich dem Geld für diese Instrumente, die nicht mir gehörten. Dadurch, daß ich alles hinter mich geworfen habe, schlage ich meinen Bürgen in Fesseln. Und ich sage Fesseln, denn mit Sicherheit wird der Kurator die Verantwortung für mein Versagen übernehmen und das mir ausgehändigte Geld unter Mühen und Opfern zurückzahlen, womöglich mit Geld, das er zu Wucherzinsen zu leihen nimmt. Ich wäre glücklich, wunschlos glücklich, stünden nicht diese Instrumente am Kopfende meiner Hängematte und verlangten ständig nach Karteikarten und Vitrinen. Ich sollte diese Instrumente fortschaffen, sie vielleicht zertrümmern und die Scherben unter irgendeinem Felsen vergraben. Aber ich bringe es nicht fertig, denn mein Gewissen hat sich nach der Fahnenflucht wieder am alten Platz eingenistet und ist nach so langer Abwesenheit mißtrauischer und bohrender denn je. Rosario bläst in eine der Röhren des rituellen Gefäßes, und aus seinem Inneren dringt ein heiseres Röhren wie von einem Tier, das in eine finstere Grube gefallen ist. Ich stoße sie so heftig weg, daß sie bekümmert und ohne zu begreifen fortgeht. Um sie wieder zu versöhnen, erzähle ich ihr, was mich bedrückt. Und sie hat gleich die allereinfachste Lösung bei der Hand: wenn der Pionier in ein paar Monaten wieder wie üblich auf die Reise geht, um unentbehrliche Arzneien zu besorgen und Gerät, das vom vielen Gebrauch beschädigt ist, reparieren zu lassen, soll ich ihm die Instrumente nach Puerto Anunciación mitgeben. Sie werde eine ihrer Schwestern beauftragen, dafür zu sorgen, daß sie flußabwärts bis an die erste Poststation befördert würden. Mein Gewissen quält mich nicht länger, denn sobald die Packen auf den Weg gebracht sind, habe ich den Schlüssel zu meinem Ausbruch bezahlt.

XXVII

Ich bin mit Pater Pedro auf den Berg mit den Steinzeichnungen gestiegen, und nun halten wir Rast auf dem schiefrigen Boden, wo zwischen einem Bewuchs, der aussieht, als wäre er aus grauem Filz ausgeschnitten, schwarze Klippen, all ihre Kanten gegen den Wind gerichtet, aufragen oder in Trümmer zerfallen sind wie Ruinen. Etwas Entrücktes, Mondhaftes, nicht für den Menschen Bestimmtes liegt in dieser Terrasse, die zu den Wolken führt und durch die ein Bach fließt, der nicht aus Quellwasser, sondern aus Nebelfeuchtigkeit gespeist wird. Ich fühle mich beklommen, fast wie ein Eindringling, um nicht zu sagen ein Frevler, bei dem Gedanken, daß durch meine Gegenwart das Arkanum dieser Wunderwelt des Mineralogischen gebrochen wird, dessen grandiose Sprödigkeit, das Werk tausendjähriger Erosion, ein Bergskelett aus Schwefelstein, zerriebenem Chalzedon und Plutonium-Schlacke freilegt. Da sind Geröllfelder, die mir vorkommen, als hätten sich byzantinische Mosaike lawinenartig von den Wänden gelöst und als seien Gold, Quarz, Koralin in großen Worfelschwüngen dahin und dorthin verstreut worden. Zwei Tage lang haben wir das Reich des Vogels durchwandert, sind, um bis hierher zu gelangen, Wege gegangen, die immer ärmer an Schlangen, dafür an Orchideen und blühenden Bäumen immer reicher wurden. Von Sonnenaufgang bis Sonnenuntergang haben uns die prunkvollen Papageien begleitet, rosenrote Wellensittiche und der ernstblickende Tukan mit seiner leuchtend grünen und gelben Emailbrust und seinem schlecht am Kopf befestigten Schnabel, der theologische Vogel, der uns zur Abenddämmerung, wenn der Mensch am leichtesten auf schlimme Gedanken kommt, sein *Dios te ve!* zurief. Wir haben die Kolibris gesehen, die, mehr Insekten als Vögel, in ihrem phosphoreszierenden Schwirrflug über dem spärlichen Schatten des nachtschwarzen Helmhokko unbeweglich in der Luft stehen. Wenn wir aufblickten, sahen wir dunkelgestreifte Spechte hämmern und das freudige Geschwirr all der pfeifenden und zwitschernden Vögel, die, weil sie über alles erschrecken, hoch über dem Gekreisch der Papageien und Sittiche in den Dächern des Urwalds leben: es sind ihrer so viele und sie sind so bunt, daß die Eroberer, sagt Bruder Pedro, sie mangels geläufiger Namen die indianischen Schillervögel genannt haben. So wie die Kultur anderer Völker durch das Pferd oder den Stier geprägt ist, so steht die Kultur des vogelgesichtigen Indio unter dem Zeichen des Vogels. Der fliegende Gott, der Vogelgott, die gefiederte Schlange stehen im Mittelpunkt seiner Mythologien, und alles, was ihm für schön gilt, ist mit Federn geschmückt. Aus Federn bestand der Kopfputz der Herrscher von Tenochtitlan, aus Federn ist noch heute der Zierrat an Flöten und Spielzeug, an den Festkleidern und Ritualgewändern der Indios, die ich hier gesehen habe. Angeregt von der Entdeckung, daß ich nun im Reich des Vogels lebe, äußere ich die etwas vorschnelle Ansicht, daß sich in den Theogonien der hiesigen Völker wohl kaum Mythen finden werden, die sich mit den unsrigen berühren. Bruder Pedro fragt mich, ob ich das *Popol-Vuh* gelesen habe, und ich kenne das Buch nicht einmal dem Namen nach. »In diesen sakralen Texten der alten Quiché«, behauptet der Mönch, »ist in tragischer Vorhersage des Künftigen sogar schon der Mythos vom Roboter enthalten; mehr noch, das Popol-Vuh ist, glaube ich, die einzige Kosmogonie, in der die Maschine – die Tragödie des Zauberlehrlings – als Bedrohung vorausgeahnt wird.« Und zu meiner Überraschung erzählt der Mönch, nun in der Sprache der Gebildeten, die er vermutlich gesprochen hat, ehe er im Urwald verwilderte, ein Stück aus dem ersten Kapitel dieser Schöpfungsgeschichte, wo berichtet wird, wie die Gegenstände, die der Mensch geschaffen und am Feuer benützt hat, gegen die Menschen aufstehen und sie umbringen: in einer furchtbaren Apokalypse vernichten Tonkrüge, Schüsseln, irdene Töpfe, Mahlsteine, ja selbst Häuser unter dem Gebell der wütenden, ebenfalls rebellierenden Hunde eine ganze Generation von Menschen . . . Davon redet er noch, als ich aufblicke und über mir die graue Felswand sehe und darin die tief eingeritzten Zeichnungen, die nach alter, selbst den primitivsten hiesigen Urwaldvölkern bekannter Überlieferung dem Sintflutbezwinger zugeschrieben werden, der die Erde neu bevölkert hat. Wir stehen auf dem Berg Ararat dieser gigantischen Welt, an der Stelle, wo die Arche zum Stehen kam, mit einem dumpfen Schlag auflief, als die Wasser fielen und die Ratte mit einem Maiskolben zwischen den Pfoten zurückkam. Wir stehen an der Stelle, wo der Demiurg wie Deukalion Steine hinter sich warf, um eine neue Generation von Menschen hervorzubringen. Aber weder Deukalion noch Noah noch Utnapishtim noch auch die chinesischen oder ägyptischen Noahs haben am Ort ihrer

Ankunft ihre Signatur für künftige Jahrhunderte hinterlassen. Hier hingegen hat jemand mit Zyklopenmeißel in einem Verfahren, für das wir keine Erklärung wissen, riesige Figuren eingeritzt: Insekten und Schlangen, Tiere der Luft, des Wassers und der Erde, Darstellungen von Sonne, Mond und Sternen. Noch heute wäre es unmöglich, an dieser Stelle das gigantische Gerüst aufzubauen, das ein Heer von Steinmetzen hätte aufrichten müssen, um mit ihren Werkzeugen an diese Wand zu reichen und sie so kraftvoll gezeichnet zurückzulassen ... Bruder Pedro führt mich an die den Zeichnungen gegenüberliegende Seite und zeigt mir tief unten in einem rings geschlossenen Krater ein Gewucher schauerlicher Pflanzen. Sie sehen aus wie membranöses Gras, die Stengel von morbider Rundung wie Arme oder Tentakel. Mit ihrer sternkorallen- und algenartigen Textur wirken die riesigen, wie Hände geöffneten Blätter wie Unterwasserpflanzen, und wie Federlaternen sehen die knollenförmigen Blüten aus, wie Vögel, die an einer Ader hängen, oder Trauben von Larven, und an den Seiten stehen blutigrote Pistille hervor, die sich ohne die Anmut eines Stempels gewaltsam einen Durchbruch verschafft haben. Alles ist struppig und verstrickt dort unten, verknäuelt in allumfassender Besitzgier und inzestuöser Paarungswut, die, monströs und orgiastisch zugleich, eine äußerste Formverwirrung ist. »Das sind Pflanzen«, sagt der Pater, »die seit je vor den Menschen auf der Flucht waren. Widerspenstige Pflanzen, die in Jahrtausenden, weil sie nicht als Nahrung dienten, Flüsse überquert, Gebirge erklettert und Wüstengebiete übersprungen haben, um sich hier in den letzten Tälern der Vorgeschichte zu verstecken. Stumm vor Staunen betrachte ich hier, was anderswo nur noch Fossil ist, was als Abdruck oder Versteinerung in den Adern der Steinkohlelager schlummert, hier aber in einem undatierbaren Frühling aus vormenschlichen Zeiten, die vielleicht nicht im Rhythmus des Sonnenjahrs abliefen, noch immer fortlebt und Samen abwirft, die in wenigen Stunden keimen oder umgekehrt ein halbes Jahrhundert brauchen, bis ein Baum entsteht. »Das ist die satanische Pflanzenwelt, die vor dem Sündenfall das irdische Paradies umgab.« Ich sehe in den Kochkessel der Dämonen hinunter und fühle, wie mir schwindelt vor diesen Abgründen: würde ich mich der Faszination des hier Gesehenen hingeben, dieser Welt vor aller Geburt, dessen, was existierte, ehe es Augen gab, würde ich mich, das weiß ich, hinabstürzen, würde eintauchen in dieses unheimliche Gewirr von Blättern, die eines Tages von diesem Planeten verschwinden werden, ohne je einen Namen erhalten zu haben, ohne zum zweiten Mal erschaffen zu werden durch das Wort – ein Werk vielleicht von schöpfungsunfähigen Göttern, Göttern auf Probe, vor unseren Göttern – und unbekannt bleiben, weil sie nie benannt wurden, nie in einem Menschenmund Gestalt annahmen ... Bruder Pedro klopft mir mit dem Stock leicht auf die Schulter und reißt mich damit aus diesen aberwitzigen Betrachtungen. Die Schatten der Felsen, dieser natürlichen Obelisken, werden kürzer, es ist beinahe Mittag, und wir müssen mit dem Abstieg beginnen, damit uns nicht der Abend auf dieser Höhe überrascht, Wolken aufziehen und wir uns im kalten Nebel verirren. Noch einmal gehen wir an der Signatur des Demiurgen vorbei. Dann gelangen wir an den Rand der Bergspalte, durch die wir absteigen müssen. Bruder Pedro bleibt stehen und blickt tief Atem holend auf einen Horizont aus Bäumen, aus dem sich die zackigen Schiefermassive eines Gebirgszugs erheben wie eine unerbittliche, düstere, feindliche Anwesenheit in der berückenden Schönheit dieses Tals. Der Mönch deutet mit seinem

Knotenstock darauf: »Hier leben die einzigen verwahrlosten, blutrünstigen Indianer dieses ganzen Gebiets. Kein Missionar ist je von dort zurückgekehrt.« Ich erlaubte mir, glaube ich, eine scherzhafte Bemerkung über die Nutzlosigkeit, sich in so undankbare Gegenden vorzuwagen. Als Antwort hefteten sich zwei graue, unendlich traurige Augen mit einem so eindringlichen und zugleich resignierten Ausdruck auf mich, daß ich mich bestürzt fragte, ob ich es war, der sie derart betrübt hatte, und doch keinen Grund für solche Betrübnis finden konnte. Noch heute sehe ich das faltige Gesicht des Kapuziners, seinen langen, struppigen Bart, seine mit Haarbüscheln besetzten Ohren, seine blaugeäderten Schläfen, als ob dies alles nicht mehr zu ihm gehöre, nicht mehr Fleisch seiner Person wäre: seine Person waren in diesem Augenblick die alten, von einer chronischen Bindehautentzündung geröteten Augen, die, als wären sie aus beschlagenem Glas, gleichzeitig in sich hinein und aus sich heraus schauten.

XXVIII

Hinter einem Brett, das auf zwei Holzböcken liegt, sitzt, beinahe nackt wegen der Hitze, die in diesen Tagen stark zugenommen hat, in Reichweite der Hand ein Schulheft mit der Aufschrift ...heft von ..., der Pionier und erläßt in Anwesenheit Bruder Pedros, des Indianer-Chefs und seines Sohnes Marcos, der für den Gemüsegarten zuständig ist, Gesetze. Falke hockt, einen Knochen zwischen den Pfoten, neben seinem Herrn. Zum Wohle der Gemeinschaft müssen Absprachen getroffen und schriftlich niedergelegt werden. Der Pionier hat festgestellt, daß während seiner Abwesenheit Hirschkühe gejagt worden sind, und erläßt deshalb ein striktes Jagdverbot für »weibliches Rotwild«, wie er es nennt, sowie für Hirschkälber, es sei denn in Fällen höherer Gewalt, wie Hungersnöte, und auch dann muß das Jagdverbot erst durch eine Notstandsverordnung aufgehoben und diese den Anwesenden zur Billigung vorgelegt werden. Die Abwanderung ganzer Rudel von Rotwild, planloses Jagen und Raubtiere haben den Bestand in dieser Gegend so vermindert, daß die Maßnahme durchaus gerechtfertigt ist. Sobald alle geschworen haben, daß sie das Gesetz einhalten und ihm auch bei anderen Achtung verschaffen werden, wird das Gesetz in das Buch der Gemeinderatsprotokolle eingetragen. Als nächstes wird eine Frage auf dem Gebiet öffentliche Bauten erörtert: die Regenzeit steht bevor, und Marcos erklärt sich nicht einverstanden mit den Beeten, die in den letzten Tagen unter Anleitung von Bruder Pedro angelegt wurden, weil durch die Entwässerungsgräben das Wasser vom Hang abgeleitet und dadurch vermutlich das Gelände des Kornspeichers überschwemmt werden würde. Der Pionier blickt den Mönch streng an und verlangt Erklärungen. Bruder Pedro sagt aus, die Arbeit habe dem Versuch gegolten, Zwiebeln anzubauen, und Zwiebeln brauchten einen Boden, in dem sich kein Wasser, nicht einmal allzu viel Feuchtigkeit ansammelt, und diese Bedingungen seien nur dadurch zu schaffen gewesen, daß die Beete in Richtung auf den Hang verliefen. Doch könne die Gefahr, auf die der Gartenbauverantwortliche hinweise, abgewendet werden, wenn man einen Erdwall, etwa drei Handbreit hoch, zwischen dem Gemüsegarten und dem Kornspeicher aufziehe. Alle stimmen überein, daß es richtig ist, diese Arbeit auszuführen, gleich morgen solle begonnen und die gesamte Bevölkerung von Santa Monica de los Venados dazu aufgeboten werden, denn der Himmel hängt schon voller Wolken und die Hitze ist kaum noch zu ertragen und macht uns am Mittag mit schwüler Luft und Schwärmen aufreizender, man weiß nicht woher gekommener Fliegen das Leben sauer. Bruder Pedro jedoch erinnert daran, daß auch der Bau der Kirche noch nicht beendet sei, und daß dieser Umstand ebenfalls einer sofortigen Maßnahme bedürfe. Der Pionier entgegnet scharf, eine sichere Aufbewahrung des Korns sei im Augenblick wichtiger als sein Kirchenlatein, und beschließt die Behandlung der auf der Tagesordnung stehenden Punkte mit einer Anordnung über das Fällen und die Beförderung von Baumstämmen für ein neues Gehege sowie die Zweckdienlichkeit, Leute am Fluß aufzustellen zur Beobachtung der Fischschwärme, die dieses Jahr früher als sonst aufgetaucht sind. So sind aus der heutigen Gemeinderatssitzung mehrere Vereinbarungen über unmittelbar auszuführende Arbeiten hervorgegangen, darunter auch ein Gesetz, dessen Übertretung, wie es in der Prosa des Pioniers heißt, »geahndet« werden würde. Dieser Nachsatz beunruhigt mich derart, daß ich das Männlein frage, ob er in seiner Stadt schon einmal die entsetzliche Pflicht gehabt habe, eine Strafe zu verhängen. »Bis jetzt«, antwortet der Pionier, »wird ein Übeltäter nur dadurch bestraft, daß ihn während einer bestimmten Zeit niemand anspricht, damit er die allgemeine Mißbilligung zu spüren bekommt. Aber eines Tages werden wir so viele sein, daß wir strengere Strafen brauchen werden.« Wieder einmal erstaunt es mich, welch ernste Probleme es in diesen Gegenden gibt, die ebenso unbekannt sind wie die weiß ausgesparten *Terras incognitas* der alten Kartographen und in denen die Menschen *dort* nur Saurier, Vampire, blitzschnell zubeißende Schlangen und Indianertänze vermuten. Bei all meinen Reisen und Aufenthalten in dieser unberührten Welt habe ich kaum Schlangen gesehen – nur eine Korallenschlange, eine Samtschlange, das eine oder andere Mal eine Klapperschlange –, und wenn ich auch hin und wieder ein schlaues Krokodil, das als verfaultes Holz getarnt im trügerischen Frieden eines stehenden Gewässers lag, mit Steinen beworfen habe, so konnte ich die Anwesenheit anderer Raubtiere höchstens am Gebrüll feststellen. Nimmt man das Gewitter über den Stromschnellen aus, ist meine Geschichte arm an überstandenen Gefahren. Überall hingegen habe ich gefunden, was den Verstand herausforderte: Nachdenkenswertes, Formen der Kunst und der Poesie, Mythen, die mehr Aufschluß über den Menschen geben als hundert in Bibliotheken aufgereihte Bücher von Leuten, die über *Den Menschen* Bescheid zu wissen glauben. Der Pionier hat nicht nur eine Stadt gegründet: ohne es selber zu wissen, ist er Tag für Tag dabei, eine Polis zu schaffen, die einmal auf den im . . . heft von . . . feierlich niedergelegten Gesetzen beruhen wird. Und die Zeit wird kommen, da er irgend jemanden, der entgegen dem Jagdverbot ein Tier erlegt hat, streng wird bestrafen müssen, und schon jetzt sehe ich, daß dieses Männlein, das so gemessen spricht und nie die Stimme erhebt, ohne zu zögern den Schuldigen aus der Gemeinschaft ausstoßen wird, wenn er nicht überhaupt zur Abschreckung eine jener fürchterlichen Strafen einführen wird, wie sie bei anderen Völkern der Brauch waren, etwa die Strafe, den Vatermörder zusammen mit einem Hund und einer Viper in einen Sack zu stecken und ins Wasser zu werfen. Ich frage den Pionier, was er tun würde, wenn in Santa Monica plötzlich ein Goldsucher ankäme, einer von denen, die mit ihrem Goldfieber alle anderen anstecken. »Ich gebe ihm einen Tag, um fortzugehen«, antwortet er. »Hier ist kein Platz für diese Leute«, fügt Marcos mit plötzlich grollender Stimme hinzu. Und bei dieser Gelegenheit erfahre ich, daß der Mestize vor längerer Zeit gegen den Willen seines Vaters nach *dort* gegangen, aber nach zwei Jahren Mißhandlungen und Demütigungen seitens derer, denen er sich freundschaftlich und bereitwillig nähern wollte, zurückgekommen ist, voll Haß auf alles, was er in dieser neu entdeckten Welt gefunden hatte. Wortlos zeigt er mir die Male von den Fußschellen, die sie ihm auf einer abgelegenen Grenzstation angelegt hatten. Nun schweigen Vater und Sohn, aber hinter ihrem Schweigen ahne ich, daß beide um der Staatsraison willen eine harte Möglichkeit rückhaltlos bejahen würden: den Goldsucher, der eines Tages in das Gebiet der Grandes Mesetas zurückkommt und von seiner zweiten Reise niemals heimkehrt, weil er sich – nach Ansicht derer, die an seinem Leben Anteil nehmen – »im Urwald verirrt« hat. Auch über dieses Thema werde ich nachdenken müssen wie über so viele andere, die mich zu jeder Stunde beschäftigen. Denn nach Tagen ungeheurer Denkträgheit, in denen ich bloß Körpermensch gewesen bin, allem abgeneigt, was nicht sinnliche Wahrnehmung war – Sonnenbaden, mit Rosario geteilte Lust, erste Fischfangversuche und Eingewöhnung in die verschiedenen, für meinen Gaumen erschreckend neuen Geschmäcke –, hat mein Gehirn wie nach einer notwendigen Ruhepause ungeduldig und heftig zu arbeiten begonnen. An manchen Morgen möchte ich Naturforscher, Geologe, Ethnograph, Botaniker, Historiker in einer Person sein, um alles zu begreifen, zu notieren, so weit wie möglich zu erklären. Eines Abends entdecke ich zu meiner Überraschung, daß die hiesigen Indios sich eine dunkle Erinnerung an eine Art Heldengedicht bewahrt haben und Bruder Pedro dabei ist, es aus Bruchstücken wieder herzustellen. Es ist die Geschichte der Kariben, die auf einer großen Wanderung nach Norden alles niederrannten, was sich ihnen in den Weg stellte, und dabei wahre Wundertaten vollbrachten. Strahlende Helden, so wird erzählt, hätten Berge mit der Hand aufgehoben, Flüsse umgeleitet und Einzelkämpfe ausgefochten, in die die Sterne eingegriffen hätten. Die erstaunliche Einheit der Mythen erweist sich auch an diesen Erzählungen, an Episoden wie dem Prinzessinnenraub, der Erfindung einer Kriegslist, denkwürdigen Zweikämpfen und Bündnissen mit Tieren. Wenn sich in bestimmten Nächten der Indio-Chef in den rituellen Rausch versetzt mit dem Pulver, das er durch einen Vogelknochen einschnupft, wird er zum Barden, und dann lauscht ihm der Missionar Wendungen ab wie aus den *Chansons de geste*, den Sagas und alten Epen, die auf dunklen Wegen, ehe sie schriftlich fixiert wurden, im Gedächtnis der Würdenträger des Urwalds fortlebten ... Aber ich darf nicht zuviel denken. Ich bin nicht hier, um zu denken. Durch die tägliche Arbeit, das rauhe Leben, die sparsame Ernährung – hauptsächlich Maniok, Fisch und Kassawebrot – bin ich schlank geworden, mein Fleisch sitzt fest an den Knochen, mein Körper ist hager, der Umriß kantig, die Muskulatur hat sich dem Körperbau angepaßt. Verschwunden sind das überflüssige Fett, die schlaffe weiße Haut, die Schreckhaftigkeit, die grundlosen Ängste und Besorgnisse, das Pochen im Sonnengeflecht, das ständige Gefühl, daß etwas Schlimmes geschehen wird. Ich fühle mich wohl in meiner Haut, in der knappen Gestalt. Wenn ich zu Rosario gehe, bin ich ganz Spannung, weniger aus Begehren als aus unüberwindlichem, ursprünglichem Trieb: straff gespannter Bogen, der nach dem Pfeilschuß in die Ruhe wiedergefundener Form zurückkehrt. *Deine Frau* ist immer nahe. Ich rufe sie und sie kommt. Ich bin nicht hier, um zu denken. Ich darf nicht denken. Ich muß vor allem sinnlich wahrnehmen und sehen. Und wenn das Sehen zum Schauen wird, strahlt ein eigenartiges Licht auf und alles bekommt eine Stimme. So habe ich einmal blitzartig entdeckt, daß es einen Tanz der Bäume gibt. Nicht alle Bäume kennen das Geheimnis, im Wind zu tanzen. Aber diejenigen, die diese Gnade besitzen, tanzen rings um den zitternden Stamm den Reigen der leichten Blätter, Äste und Triebe. Alles wird Rhythmus im Laub, eine aufsteigende, unruhige Bewegung, ein sich Kräuseln und Zurückwogen, dann weiße Pausen, Atemholen, Ermattung, die plötzlich umschlägt in Freude und wirbelnde Bewegung in einer wundervollen Musik des Grüns. Es gibt nichts Schöneres als den Tanz eines Bambushains im Wind. Keine menschliche Choreographie besitzt je eine solche Eurhythmie wie ein Zweig, der sich gegen den Himmel aufschwingt. Manchmal frage ich mich, ob nicht die höhere Form ästhetischen Empfindens einfach in einem höheren Verständnis der Schöpfung besteht. Eines Tages werden die Menschen in den Augen des Chalzedons, im graubraunen Samt der Nachtfalter ein Alphabet entdecken und sich staunend plötzlich bewußt werden, daß jede gefleckte Schnecke schon immer ein Gedicht war.

XXIX

Seit zwei Tagen regnet es ununterbrochen. Als Ouvertüre erdröhnte eine Folge langanhaltender Donner, die zwischen den Mesetas unmittelbar über den Boden zu rollen schienen, in alle Vertiefungen schlüpften, in den Höhlen hallten. Unmittelbar danach strömte das Wasser. Da die Palmblätter auf dem Dach ausgetrocknet waren, versetzten wir die Hängematte von einer Stelle zur anderen, vergebens auf der Suche nach einem Fleck, wo es nicht tropfte. Dann wälzte sich allmählich ein Schlammfluß unter uns dahin, und ich mußte die gesammelten Instrumente an den Dachbalken aufhängen, um sie in Sicherheit zu bringen. Am Morgen waren wir alle verstimmt, wateten in nassen Kleidern durch den Schlamm. Das Feuer wollte nicht brennen, und in den Häusern trieb uns beißender Rauch die Tränen in die Augen. Die halbe Kirche war eingestürzt, weil der Lehmverputz über den Palmblättern noch nicht so hart geworden war, daß er dem Regen hätte standhalten können, und Bruder Pedro, die Kutte bis zum Gürtel aufgerollt und nur einen Lendenschutz über dem Geschlecht, versuchte mit einigen Indios zu stützen, was noch zu stützen war. Übelster Laune, schimpft er auf den Pionier, weil er nicht durch den Erlaß einer Notstandsverordnung für die Fertigstellung der Kirche gesorgt hatte. Dann regnet es wieder, regnet und regnet, regnet bis zum Abend. Es wird wieder Nacht. Ich habe nicht einmal den Trost, Rosario umarmen zu können, denn Rosario »kann nicht«, und wenn das der Fall ist, wird sie unwirsch und widerborstig, als wäre ihr jede Liebkosung verhaßt. Es fällt mir schwer, einzuschlafen in dem allesbeherrschenden unaufhörlichen Rauschen des Wassers, das überall fällt und rinnt, jedes Geräusch übertönend, das nicht Wasserrauschen ist, als wären wir in die Zeit der vierzig bangen Nächte zurückversetzt . . . Nachdem ich eine Zeitlang geschlafen habe – der Tagesanbruch muß noch weit sein –, wache ich mit dem seltsamen Gefühl auf, daß in meinem Kopf eine große Arbeit vollbracht worden ist, etwas wie eine Verdichtung, ein Reifeprozeß formloser, ungeordneter Elemente, die vereinzelt keinen Sinn ergeben, sich plötzlich aber zusammenfügen und eine genaue Bedeutung erhalten. Ein Werk ist in meinem Geist entstanden, ein

»Ding« für meine offenen und geschlossenen Augen, etwas, das in meinen Ohren ertönt und mich durch den logischen Zusammenhang des Aufbaus überrascht. Ein Werk ist in mich eingeschrieben, das ich mühelos hervorbringen, in einen Text, eine Partitur umsetzen kann, in etwas, das alle werden berühren, lesen, verstehen können. Ich habe vor vielen Jahren einmal aus Neugier Opium geraucht; ich erinnere mich, wie ich nach der vierten Pfeife in eine Art geistiger Euphorie verfiel, in der alle Kompositionsprobleme, die mich damals quälten, mit einem Schlage gelöst waren. Ich sah alles ganz klar, durchdacht, abgewogen, schon fertig. Sobald ich den Rausch hinter mir hätte, bräuchte ich nur nach dem Notenpapier zu greifen, und in ein paar Stunden wäre das Konzert, das ich damals plante, aber aus einer hemmenden Unsicherheit in bezug auf die angemessene Schreibweise nicht durchführen konnte, ohne Kopfzerbrechen und ohne Zögern niedergeschrieben. Aber als ich am nächsten Morgen den Zustand des Wachtraums überwunden hatte und nach der Feder greifen wollte, mußte ich die niederschmetternde Entdeckung machen, daß alles, was ich unter der Wirkung des Benares-Rauschs ausgedacht, durchdacht und gelöst hatte, nichts taugte: was die zwischen zwei Nadeln aufsprudelnden Blasen im warmen Schein der Lampe sublimiert hatten, waren alltägliche Formen, unzusammenhängende Ideen, Erfindungen ohne Sinn und Verstand, undurchführbare ästhetische Übertragungen aus der darstellenden Kunst in die Tonkunst. Was mir heute nacht widerfahren ist, im Finstern, bei dem Geräusch ringsum fallender Tropfen, ist durchaus dem Zustand ähnlich, der damals meiner wahnhaften Gedankenarbeit vorausgegangen war. Aber diesmal ist die Euphorie von Bewußtsein getragen, die Gedanken selber suchen nach einer Ordnung, und in meinem Kopf ist schon die Hand beim Ausstreichen, Verbessern, Eliminieren und Verdichten. Ich brauche nicht erst aus der Benommenheit des Rauschs zurückzukehren, um meine Gedanken in die Tat umzusetzen: ich brauche nur auf den Morgen zu warten und das notwendige Licht, um die ersten Skizzen zu meiner Threnodie niederzulegen. Denn *Threnodie* ist der Titel, der sich im Schlaf in meinem Kopf festgesetzt hat. Ehe ich der stumpfsinnigen Tätigkeit verfiel, die mich vom Komponieren abhielt – im Grunde waren meine Trägheit, meine Anfälligkeit für jede Aufforderung zum Vergnügen nur Ausdruck meiner Angst, etwas hervorzubringen, ohne meiner selbst sicher zu sein –, hatte ich lange über neue Möglichkeiten der Verbindung von Sprache und Musik nachgedacht. Selbstverständlich war ich die umfangreiche, schöne Geschichte des Rezitativs in seiner liturgischen wie in seiner profanen Funktion durchgegangen, um dem Problem auf den Grund zu kommen. Aber das Rezitativ studieren, der Frage nachgehen, wie man singend rezitiert, wie man sprechend singt, wie man im Tonfall der Sprache die Melodie sucht, wie man das gesprochene Wort in die Begleitung einbettet oder es umgekehrt abhebt von der harmonischen Untermalung – dieser ganze Prozeß, mit dem sich die modernen Komponisten herumschlugen, von Debussy und Mussorgski bis zu den unerträglichen, paroxistischen Ergebnissen der Wiener Schule, war nicht eigentlich das, was mich interessierte. Was ich suchte, war vielmehr der musikalische Ausdruck, der sich aus der bloßen Sprache entwikkelt, aus der Sprache vor der Musik – nicht aus der Sprache, die durch Überbetonung und Stilisierung des Tonfalls impressionistisch in Musik übersetzt wird – und der fast unmerklich vom Sprechen zum Singen übergeht: was ich suchte, war das Musik gewordene Gedicht, das im Skandieren und in der Prosodie seine eigene Musik findet, genauso wie – vermutlich – bei dem herrlichen *Dies irae, dies ille* des gregorianischen Gesangs, wo die Musik aus den natürlichen Akzenten des Lateins hervorgegangen zu sein scheint. Ich stellte mir eine Art Kantate vor, bei der eine Person in der Rolle des Chorführers vor das Publikum tritt, mit einer Geste um die Aufmerksamkeit des Publikums bittet und dann, ohne jede Orchesterbegleitung, ein sehr einfaches Gedicht *spricht*, das aus alltäglichen Worten bestünde, aus Substantiven wie Mann, Frau, Haus, Wasser, Wolke, Baum und anderen Worten, die ihrer ursprünglichen Aussagekraft wegen keiner Adjektive bedürfen. Es wäre eine Schöpfungsgeschichte der Sprache. Und nach und nach entstünde durch die bloße Wiederholung von Worten und Wortakzenten eine Intonation, wie sie bestimmten Wortfolgen eigentümlich ist, und müßte wie ein Kehrreim in genau bemessenen Abständen wiederholt werden. So würde sich eine Melodie ergeben, die meinem Plan zufolge die gleiche lineare Einfachheit, die gleiche, nur auf ein paar Töne zentrierte Intonation haben sollte wie die Ambrosianische Hymne – *Aeterne rerum conditor* –, also wie diejenige Musik, die meiner Ansicht nach der gesprochenen Sprache am nächsten kommt. War das Gesprochene in Melodie verwandelt, sollten einige Instrumente des Orchesters unauffällig dazutreten, gleichsam als tönende Interpunktion, sollten die normalen Perioden des Rezitierens umrahmen und gegeneinander abheben, und zwar so, daß das Klangmaterial jedes dieser Instrumente bei seinem Eingreifen zur Geltung käme: Anwesenheit von Holz, Blech, Saite, Trommelfell als Aussage aleatorischer Möglichkeiten. Andererseits hatte damals ein Tropos aus Compostela – *Congaudeant Catholici* – wie eine Offenbarung auf mich gewirkt. Hier war über den *cantus firmus* eine zweite Stimme gelegt, deren Funktion es ist, die erste auszuschmücken, ihr die Melismen, Licht und Schatten, zu geben, die sich dem liturgischen Thema schicklicherweise nicht direkt anfügen ließen, so daß die Reinheit der ersten Stimme unangetastet blieb: an einer strengen Säule eine Girlande, die dieser nichts von ihrer Würde nimmt, ihr aber ein ornamentales, biegsames, flutendes Element hinzufügt. In meiner Vorstellung sollten sich die Chorstimmen nacheinander über den Grundgesang des Chorführers legen, in der gleichen Anordnung – männliches Element, weibliches Element – wie in dem Tropos aus Compostela. Dadurch würde eine Folge neuer Akzente gesetzt, und deren Konstanten ergäben einen allgemeinen Rhythmus, den das Orchester mit seinen klanglichen Mitteln differenzieren und koordinieren würde. Nun sollte das musikalische Element über mehrere Entwicklungsstufen auf die instrumentale Ebene übergehen und verschiedene Ebenen der harmonischen Variation reiner Klänge und der entsprechenden Kontraste suchen, während sich der inzwischen zusammengefaßte, an kontrapunktischer Bewegung zunehmend bereicherte Chor an eine Art Erfindung der Polyphonie begab. Auf diese Weise war, wie ich glaubte, ein Zusammenspiel zwischen polyphoner und harmonischer Schreibweise zu erreichen, die beide durch echt musikalische Gesetze in Einklang gebracht und ineinander verfugt wären in einer an Ausdrucksstärke ständig zunehmenden sinfonischen Vokal-Ode, deren Grundidee somit durchaus vernünftig erschien. Die einfache Aussage würde den Zuhörer auf die Wahrnehmung simultaner Ebenen vorbereiten, die ihm undurchsichtig und verworren vorkommen würden, wenn er sie auf einen Schlag vorgesetzt bekäme, die er aber auf diese Weise in der unbestreitbaren Logik ihrer Entwicklung, ausgehend von der Wort-Zelle und durch alle musikalischen Implikationen hindurch, nachvollziehen kann. Allerdings würde ich mich vor der Möglichkeit eines stilistischen Mischmasch hüten müssen, zu der diese Art Neuerschaffung der Musik gefährlich herausforderte. Doch glaubte ich dem dadurch entgehen zu können, daß ich mich an die reinen Klänge hielt, und als Beleg zitierte ich mir Stellen aus einem außerordentlichen Zusammenspiel von Flöte und Kontrabaß, Oboe und Pauke aus dem Werk Alderic Magnards. Und was die Harmonie betraf, so hoffte ich im geschickt aufgegriffenen Verfahren kirchlicher Musik, deren brachliegenden Ressourcen seit kurzem von den intelligentesten zeitgenössischen Musikern genutzt wurden, ein Element der Einheit zu finden . . . Rosario öffnet die Tür und das Tageslicht überrascht mich in verzücktem Nachdenken. Ich kann mich von meiner Überraschung noch nicht erholen: zwar war die Threnodie seit langem in mir angelegt gewesen, aber die neue Saat war im Paläolithikum gesät worden, das eigentliche Wachstum hatte dort unten begonnen, an den von monströsen Wesen bevölkerten Flußufern, als ich hörte, wie der Zauberer über dem vom Klapperschlangengift schwarzgewordenen Leichnam sein Geheul anstimmte, nur zwei Schritt von dem Schweinekofen entfernt, in dem zwei Gefangene über ihrem Unrat lagen. Sie, diese Menschen, die ich nicht als Menschen hatte gelten lassen wollen, bei deren Anblick ich mich meiner Überlegenheit gebrüstet hatte, wie sie sich als höhere Wesen empfanden gegenüber den zwei geifernden Alten, welche die von den Hunden verschmähten Knochen benagten – sie hatten mir in jener Nacht die große Lehre erteilt. Beim Anhören einer echten Threnodie hatte sich der alte Plan erneuert, die Threnodie zu schreiben mit ihrer Aussage über das Wort als Keimzelle, über den Exorzismus mit sprachlichen Mitteln, der sich in Musik umsetzte, weil er mit einem einzigen Tonfall nicht auskam und mehr als einen Ton brauchte, um Gestalt anzunehmen – in diesem Fall die von der magischen Funktion erforderte Gestalt, die durch das Alternieren zweier Stimmen, zweier Arten zu grunzen, der Keim einer Sonate war. – Ich, der Musiker, der die Szene beobachtet hatte, fügte den Rest hinzu: ich ahnte dunkel, was an Künftigem bereits darin lag und was noch fehlte. Ich war mir bewußt geworden, was hier an Musik vorhanden war und was nicht ... Jetzt laufe ich unter dem Regen in das Haus des Pioniers, um eines der Hefte von ihm zu erbitten, auf denen vorne ...heft von ... steht, und er gibt mir eines, wenngleich ungern, und ich fange an, musikalische Einfälle zu notieren auf Notenlinien, die ich, den fast geraden Rücken des Machete als Lineal benützend, eigenhändig gezogen habe.

XXX

Zunächst habe ich vorgehabt, einen alten Plan aus Jugendjahren zu verwirklichen und Shelleys *Entfesselten Prometheus* musikalisch zu bearbeiten, dessen erster Akt an sich schon – genau wie der dritte Akt aus Faust II – ein herrliches Kantatenthema ist. Die Befreiung des Gefesselten, die ich im stillen mit meiner Flucht von *dort* in Zusammenhang bringe, ist indirekt eine Auferstehung, eine Rückkehr aus dem Schattenreich und deckt sich dadurch mit dem Grundgedanken der Threnodie, dem magischen Gesang, durch den ein Toter wieder zum Leben erweckt werden soll. Manche Verse, die mir jetzt wieder einfallen, entsprechen geradezu wunderbar meiner Absicht, einen Text aus einfachen, direkt benennenden Worten musikalisch zu bearbeiten: *Ah me! alas, pain, pain, pain ever, for ever! – No change, no pause, no hope! Yet I endure!* Und dazu Chöre von Bergen, Quellen, Stürmen – Elemente, unter denen ich mich jetzt aufhalte, die ich hier wahrnehme. Die Stimme der Erde, die Mutter, Lehm und Gebärmutter in einem ist, wie die Mütter der Götter, die noch immer im Urwald herrschen. Und diese mitten ins Drama hereinstürmenden »Höllenhündinnen« – *hounds of Hell* –, die nicht wie Furien, sondern wie Mänaden heulen: *Ah, I scent life! Let me look into his eyes!* Aber nein! Es ist sinnlos, denn weder habe ich den Shelley-Text zur Hand noch werde ich ihn hier je zur Hand haben, wo es nur drei Bücher gibt: Rosarios *Genoveva von Brabant*, Bruder Pedros *Liber Usualis* mit den Messe-Texten und Yannes' *Odyssee.* Beim Durchblättern der *Genoveva von Brabant* stelle ich überrascht fest, daß die Geschichte an sich, ohne den unerträglichen Stil, auch nicht schlechter ist als die Geschichten mancher Textbücher zu ausgezeichneten Opern und übrigens der Geschichte von Pelleas ähnelt. Was die christliche Prosa anlangt, so würde sie mich nur wegführen von dem Grundgedanken der Threnodie: die ganze Kantate würde vom Stil der Gesangbuch- oder Bibelverse geprägt sein. Bleibt also die Odyssee in der spanischen Fassung. Nie habe ich daran gedacht, auf eine Dichtung in dieser Sprache Musik zu schreiben, da das Spanische einer Aufführung des Chorwerks in jedem größeren Musikzentrum im Wege stünde. Aber plötzlich ärgert mich das stillschweigende Eingeständnis, daß ich mich aufgeführt sehen möchte. Nie wird mein Verzicht ein echter Verzicht sein, solange ich mich bei diesem alten Wunschdenken ertappe. Ich war Rainer Maria Rilkes Dichter auf einsamer Insel und als solcher mußte ich aus innerer Notwendigkeit schöpferisch sein. Und außerdem

– welche Sprache war denn wirklich die meine? Durch meinen Vater konnte ich Deutsch. Mit Ruth sprach ich Englisch, mit Mouche oft Französisch und mit Rosario das Spanische aus meinem Auszug aus der Grammatik – *Estos, Fabio* ... In dieser Sprache waren aber auch die Heiligengeschichten im violetten Samteinband geschrieben, aus denen meine Mutter mir so oft vorgelesen hatte. Santa Rosa de Lima, Rosario. In der Namensgleichheit sah ich ein günstiges Vorzeichen. Also greife ich ohne Zögern nach Yannes' *Odyssee*. Zunächst entmutigt mich die Rhetorik, denn ich weigere mich schlechterdings, Anrufungsformeln zu benützen wie: »O unser Vater Kronos, du Höchster, herrlicher Herrscher« oder »Sohn des Laertes, Göttersproß, listenreicher Odysseus«. Nichts stünde in größerem Widerspruch zu der Art von Text, die ich brauche. Voll Ungeduld, mit dem Schreiben beginnen zu können, lese ich wieder und wieder einige Stellen. Mehrmals überdenke ich die Polyphem-Episode, finde sie aber zuletzt wegen der vielen Abenteuer zu bewegt. Gereizt gehe ich aus dem Haus und laufe im Regen auf und ab. Rosario, die sich darüber aufregt, erhält kaum eine Antwort. *Deine Frau* ist tief beunruhigt über meine Nervosität, aber bald hört sie auf, Fragen zu stellen, und schickt sich darein, daß der Mann seine »schlechten Tage« hat und keineswegs verpflichtet ist, über den Grund seiner Verstimmung Rechenschaft abzulegen. Um mich nicht zu stören, setzt sie sich hinter mich in eine Ecke und holt Falke mit einem spitzen Bambuszweig die Zecken aus den Ohren. Aber bald bin ich wieder guter Laune. Die Lösung des Problems war ganz einfach: ich brauchte den Text Homers nur von allem Beiwerk zu reinigen, dann war die gewünschte Einfachheit hergestellt. In der Episode der Totenbeschwörung finde ich denn auch bald den magischen und elementaren, genauen und zugleich heroischen Ton: »Hierum gossen wir rings Sühnopfer für alle Toten: Erst von Honig und Milch, von süßem Weine das zweite, und das dritte von Wasser, mit weißem Mehle bestreuet. Dann gelobt ich flehend den Luftgebilden der Toten, wann ich gen Ithaka kam, eine Kuh, unfruchtbar und fehllos, in dem Palaste zu opfern und köstliches Gut zu verbrennen und für Tiresias noch besonders den stattlichsten Widder unserer ganzen Herde, von schwarzer Farbe, zu schlachten. Und nachdem ich flehend die Schar der Toten gesühnet, nahm ich die Schaf und zerschnitt die Gurgeln über der Grube; schwarz entströmte das Blut, und aus dem Erebos kamen viele Seelen herauf der abgeschiedenen Toten.« In gleichem Maß, wie ich den Texten die erforderliche Dichte gebe, entwerfe ich die Struktur des musikalischen Diskurses. Der Übergang vom gesprochenen Wort zur Musik soll sich in der Strophe vollziehen, in der die Jungfrauen über die unter eherner Lanze gefallenen Krieger trauern, wenn die Stimme des Chorführers fast unmerklich weich wird. Das musikalische Element, das sich über die erste Stimme legen wird, soll mit Elpenors Klage einsetzen. Im Gedicht ist an dieser Stelle die Rede von einem tiefen Seufzer, den ich vokalisierend wiedergeben will als Vorspiel zu Elpenors Bitte: »Laß nicht unbeweinet und unbegraben mich liegen, wenn du scheidest ... Sondern verbrenne mich samt meiner gewöhnlichen Rüstung, häufe mir dann am Gestade des grauen Meeres ein Grabmal, daß die Enkel noch hören von mir unglücklichem Manne! Dieses richte mir aus und pflanz auf den Hügel das Ruder, welches ich lebend geführt in meiner Freunde Gesellschaft.« Mit Antikleias Auftritt kommt das Timbre einer Altstimme in das Vokalgefüge, das zusehends Gestalt annimmt und wie eine Art Fauxbourdon in das rezitierende Gespräch

Odysseus–Elpenor eingreift. Ein sehr offener Orchesterakkord mit der Klangwirkung eines Orgelpedals soll den Auftritt des Tireseias ankündigen. Hier halte ich inne. Der Drang, Musik zu schreiben, ist so mächtig, daß ich anfange, mit dem eben aufgezeichneten Text zu arbeiten, und unter dem Bleistift entstehen wieder die so lange vergessenen Notenzeichen. Als die erste Seite mit Entwürfen vollgeschrieben ist, betrachte ich voll Entzücken diese groben, unregelmäßig verlaufenden Pentagramme, diese mehr konvergierenden als parallelen Linien und die darin eingezeichneten Noten eines homophonen Anfangs, der schon in seinem geradlinigen graphischen Verlauf etwas vom Psalm, von einer Beschwörung hat, von einer ganz und gar anderen Musik als die, die ich bisher geschrieben habe. Sie hatte nichts gemein mit der allzu gewandten Schreibweise in dem unseligen modernen Präludium zum *Entfesselten Prometheus*, in dem ich, gleich vielen anderen Komponisten, die Kraft und Spontaneität handwerklich betriebener Musik – des Werks, das am Mittwoch begonnen und am Sonntag in der Messe gesungen wird – wiederfinden wollte und deshalb die Formeln der alten Meister, ihre Rezepte für den Kontrapunkt, ihre Rhetorik übernahm, ohne doch ihren Geist zu treffen. Dissonanzen, die Sprödigkeit einer absichtlich in die rauhesten, undankbarsten Register gesetzten Orchestrierung waren gewiß nicht dazu geeignet, jene kopierende, mit kühlem Kopf hergestellte Musik fortzusetzen, aus der wir nur das tote Überkommene – die »zu entwickelnden« Formen und Rezepte – entlehnten und in Werken aktualisierten, die nur zu oft und absichtlich die geniale Kraft der langsamen Sätze, die durchgeistigten Arias vermissen ließen und statt dessen in betäubenden, hastig dahinflitzenden Allegros Taschenspielertricks vorführten. Jahrelang hatte eine Art Rückenmarksschwund die Komponisten neuer *Concerti grossi* befallen, in denen zwei Tempi – als gäbe es keine ganzen oder halben Noten – in Achteln und Sechzehnteln dahinrasten und sich, gegen den Atem der Musik an ungeeigneten Stellen von hämmernden Akzenten zerhackt, um ein *ricercare* rankten, dessen Gedankenarmut mit einem mißtönenden Kontrapunkt getarnt wurde ... Auch ich hatte mich, wie so viele andere, von Schlagwörtern wie »zurück zur Ordnung«, also zur Reinheit, zur Geometrie, zur Asepsis, beeindrucken lassen und alles, was an Melodischem aus mir hervordrängte, zum Schweigen gebracht. Fern von Konzerten, Manifesten und der unerschöpflichen Langeweile der Polemiken über Fragen der Kunst, erfinde ich jetzt Musik mit einer Leichtigkeit, als ob mir die Gedanken aus dem Kopf direkt in die Hände flössen. Ich weiß zwar, daß gegen müheloses Entstehen Mißtrauen angebracht ist. Aber ich werde Zeit genug haben, zu streichen, kritisch zu sichten, zu straffen. Während unaufhörlich Regen fällt, schreibe ich ungeduldig und jubilierend wie unter dem Ansturm einer Energie, meine Schrift an vielen Stellen zu einer Art Stenographie verkürzend, die nur ich lesen kann. Als ich heute nacht einschlief, füllten die ersten Fassungen der Threnodie das ganze ...heft von ...

XXXI

Eben habe ich eine unangenehme Überraschung erlebt. Als ich den Pionier um ein weiteres Heft bat, fragte er mich, ob ich sie denn verschluckte. Ich erklärte ihm, wozu ich das Papier brauchte. »Das ist das letzte Heft, das du bekommst«, sagte er brummig und setzte mir auseinander, daß diese Hefte dazu da wären, Protokolle und Gemeinderatsbeschlüsse und nützliche Aufzeichnungen festzuhalten und keinesfalls für irgendeinen Quatsch vergeudet werden dürften. Um meinen Zorn zu besänftigen, bietet er mir die Gitarre seines Sohns Marcos an. Komponieren hat für ihn offensichtlich nichts mit Schreiben zu tun. Er kennt Musik nur von Harfe-, Mandoline- oder Plektronspielern, die noch heute, nicht anders als die Spielleute auf den Schiffen der Eroberer, mittelalterliche Ministrels sind und keinerlei Partitur brauchen, vielleicht noch nicht einmal Notenpapier kennen. Verärgert laufe ich zu Bruder Pedro, um mich zu beklagen. Aber der gibt dem Pionier in allem recht und fügt noch hinzu, offenbar habe der Pionier ganz vergessen, daß die Gemeinde über kurzem Tauf- und Sterberegister und – nicht zu vergessen – Eheregister brauche. Plötzlich sieht er mich scharf an und fragt, ob ich gedächte, bis ans Ende meiner Tage im Konkubinat zu leben? Die Frage trifft mich so unvorbereitet, daß ich irgend etwas stammle, das mit der Frage nichts zu tun hat. Nun wettert Bruder Pedro gegen diese Leute, die sich für gebildet und vernünftig halten und die dann doch als erstes seine Missionsarbeit untergraben durch das schlechte Beispiel, das sie den Indios geben. Rosario zu heiraten sei meine Pflicht, behauptet er, denn die legale, durch das Sakrament geheiligte Ehe sei die Grundlage der Ordnung, die in Santa Monica de los Venados errichtet werden müsse. Plötzlich finde ich meine Sicherheit wieder: man habe hier schließlich, sage ich ironisch, auch ohne sein geistliches Amt gut gelebt. Im Gesicht des Mönchs scheinen alle Adern gleichzeitig zu schwellen. An der Rechtmäßigkeit seines Amtes dulde er keine Zweifel, schreit er voll Zorn und so heftig wie jemand, der beleidigen und beschimpfen will, und schon Christus habe gesagt, sagt er, um seine Anwesenheit zu rechtfertigen, daß auch die verirrten Schafe zu ihm gebracht werden müßten, damit sie seine Stimme vernähmen. Überrascht von der Wut des Mönchs, der mit dem Stock auf den Boden hämmert, zucke ich die Achseln und behalte, den Blick abwendend, für mich, was ich sagen möchte: da sieht man, wozu eine Kirche gut ist. Schon kommen die Fesseln zum Vorschein, die bis jetzt unter dem Mantel der Nächstenliebe verborgen waren. Zwei Körper dürfen nicht beieinander liegen und sich aneinander erfreuen, ohne daß ein schwarzer Fingernagel das Kreuz über ihnen schlägt. Und wenn wir uns dann haben breitschlagen lassen und an einem Sonntag die erbaulichen Heiligenbilder-Figuren spielen, müssen wir künftig die Matte, auf der wir uns umarmen, mit Weihwasser besprengen. Das Hochzeitsbild kommt mir so lächerlich vor, daß ich schallend auflache, und damit verlasse ich die Kirche, gegen deren aufgerissene, mit großen Malangablättern nur notdürftig abgedichtete Wände dumpf der Regen trommelt. Ich gehe in unsere Hütte zurück, und dabei muß ich mir eingestehen, daß mein Spott, mein herausforderndes Gelächter nur eine bequeme Abwehr waren, um unter Berufung auf höchst literarische Freiheitsprinzipien die unbequeme Wahrheit zu verbergen, daß ich verheiratet bin. Das wäre nicht so wichtig, wenn ich nicht Rosario tief und innig liebte. Mein Land und seine Gerichtshöfe sind so fern, daß Bigamie kein nachweisbares Verbrechen wäre. Ich könnte mich hergeben für die Komödie, die der Mönch von mir verlangt, ich könnte das Beispiel geben, und alle wären zufrieden. Aber die Zeiten des Betrugs sind vorbei. Gerade weil ich mich hier wieder als Mensch fühle, habe ich mir die Lüge verboten. Gerade weil ich Treue, wie Rosario sie mir entgegenbringt, über alles schätze, empört mich der

Gedanke, sie zu täuschen, noch dazu in einer Angelegenheit, der Frauen die größte Bedeutung beimessen, da der Instinkt sie treibt, das Haus zu suchen, in dem sie das lebendige Haus jederzeit möglicher Schwangerschaft bergen können. Wenn ich Rosario sähe, wie sie, womöglich strahlend wie ein Mädchen im Sonntagsstaat, ein Blatt aus einem der Schulhefte – die Urkunde, die uns als »Mann und Frau vor Gott« ausweist – feierlich-ergriffen unter ihren Sachen verwahrt: ich könnte den Anblick nicht ertragen. Mein Gewissen verbietet mir solche Schurkereien. Gerade deshalb fürchte ich die zu erwartende Mönchsstrategie. Denn da er seinen Vorsatz nicht aufgeben wird, wird Bruder Pedro de Henestrosa auf das Gemüt *deiner Frau* einwirken, damit sie mich auf die Folter spannt. Und dann werde ich in der Zwickmühle sitzen und entweder die Wahrheit sagen oder lügen müssen. Die Wahrheit – wenn ich sie sage – wird mich dem Mönch gegenüber in eine schiefe Lage bringen, und die stille, einfache Harmonie meines Lebens mit Rosario zum Betrug werden. Die Lüge – wenn ich mich auf sie einlasse – wird die Aufrichtigkeit meines Verhaltens, die ich mir zum unerschütterlichen Gesetz meines neuen Lebens gemacht habe, vernichten. Um die Unruhe loszuwerden und die mich hetzenden Gedanken abzuschütteln, versuche ich mich auf die Arbeit an der Partitur zu konzentrieren, und mit höchster Anstrengung gelingt es mir auch. Ich bin jetzt an einer äußerst schwierigen Stelle, dem Auftritt Antikleias, bei dem die Stimme des Odysseus unter der melismatischen Klage Elpenors – dem ersten lyrischen Element in der Kantate – auf die Ebene bloßen Rezitierens überwechselt. Nach dem Auftritt des Tiresias übernimmt das Orchester die Episode und hat durch die auf Vokalebene bereits erreichte Polyphonie an ihr das musikalische Material zu einer ersten instrumentalen Entwicklung. Am Ende des Tages sehe ich, daß schon ein Drittel des zweiten Heftes vollgeschrieben ist, obwohl ich eng schreibe bis an die Grenzen des Möglichen. Ich muß unbedingt rasch eine Lösung für dieses Problem finden. Im Urwald müßte beschreibbares Material aufzutreiben sein: er ist ja reich an Geweben, seltsamen Jutearten, Palmrinden und fasrigen Hüllen. Aber es regnet unaufhörlich. Im ganzen Tal der Mesetas gibt es nichts Trockenes. Ich schreibe noch enger, wende dabei Kniffe an wie ein mittelalterlicher Kopist, um jeden Millimeter Papier auszunützen. Aber das kleinlich-knausrige Aufpassen hemmt den Gedankenfluß, weil es mich zwingt, im Kleinen zu denken, was ich im Großen sehen müßte. Ich fühle mich eingeengt, schäbig, lächerlich, und erbittert gebe ich die Arbeit schließlich auf, noch ehe es dunkel wird. Nie hätte ich gedacht, daß die Phantasie je an einem so stupiden Hindernis wie Papiermangel scheitern könnte. Und als meine Wut am größten ist, fragt mich Rosario, an wen ich denn Briefe schriebe, da es hier doch keine Post gebe. Ihre falsche Vermutung, das Bild eines Briefes, der abgeschickt werden soll, aber nicht abgeschickt werden kann, macht mir plötzlich bewußt, wie absurd alles ist, was ich seit gestern getan habe. Eine Partitur, die nicht aufgeführt werden kann, ist nutzlos. Ein Kunstwerk ist für die anderen bestimmt, und besonders die Musik, da sie die Mittel besitzt, eine große Zuhörerschaft zu erreichen. Genau in dem Augenblick, da mir die Flucht aus Ländern, in denen ein Werk von mir hätte aufgeführt werden können, geglückt ist, fange ich an, ernsthaft zu komponieren. Es ist absurd, verrückt, lachhaft. Aber selbst wenn ich mir das Versprechen, den leise gemurmelten Schwur abnähme, daß nun Schluß sein würde mit der Threnodie, daß sie über das erste Drittel des zweiten Heftes nicht hinauskommen würde, so weiß ich doch genau, daß eine Kraft, von der ich besessen bin, mich morgen früh dazu treiben wird, den Bleistift zu nehmen und auf der nächsten Seite den Auftritt des Tireseias zu skizzieren, der mir mit seinem feierlichen orgelartigen Klang schon im Ohr liegt: drei Oboen, drei Klarinetten, ein Fagott, zwei Hörner, Pauke. Daß die Threnodie niemals aufgeführt werden wird, ist unwichtig. Ich muß sie schreiben und, wie auch immer, werde sie schreiben, sei es auch nur, um mir zu beweisen, daß ich nicht leer, völlig leer bin, wie ich es noch vor kurzem den Kurator hatte glauben machen wollen. Einigermaßen beruhigt lege ich mich in die Hängematte. Ich denke wieder an den Mönch und seine Forderungen. *Deine Frau* röstet hinter mir ein paar Maiskolben auf dem Feuer, das sie der Feuchtigkeit wegen unter großen Mühen angefacht hat. Sie kann von ihrem Platz aus mein Gesicht nicht sehen, das im Schatten liegt, und also auch mein Mienenspiel nicht beobachten, wenn ich spreche. Endlich ringe ich mich durch und frage sie mit einer Stimme, die sich unsicher anhört, ob sie es für nötig oder wünschenswert hielte, daß wir heiraten. Aber statt daß sie nun, wie ich glaube, die Gelegenheit, mich zu einer Figur auf Hochglanzheiligenbildern für Sonntagsschüler zu machen, freudig beim Schopf ergreift, höre ich zu meiner Überraschung, sie wünsche durchaus keine Eheschließung. Blitzartig schlägt meine Überraschung in eifersüchtige Enttäuschung um. Tief bekümmert gehe ich auf Rosario zu und bitte sie um eine Erklärung. Aber nun bringt sie mich vollends aus der Fassung mit einer Beweisführung, deren sich sicherlich auch ihre Schwestern bedienen und ihre Mutter sich früher bedient hat und die vermutlich der Grund für den heimlichen Stolz dieser unerschrockenen Frauen ist: durch die gesetzliche Bindung, meint sie, die Heirat, sei der Frau jedes Mittel entzogen, sich gegen den Mann zur Wehr zu setzen. Die einzige Waffe der Frau gegen den Mann, der auf die schiefe Bahn gerät, sei die Möglichkeit, ihn jederzeit verlassen zu können, ohne daß er ein Mittel besäße, Rechte auf sie geltend zu machen. Die legale Ehefrau ist für Rosario eine Frau, die von der Polizei geholt werden kann, wenn sie das Haus verläßt, in dem ihr Mann Betrug oder Züchtigungen oder das Unwesen seiner Trunkenheit zum Alltagsgesetz erhoben hat. Heiraten heiße, sich den harten Gesetzen unterwerfen, die nicht von Frauen, sondern von Männern gemacht worden sind. In der freien Vereinigung hingegen, sagt Rosario sentenziös, »weiß der Mann, wie er sich betragen muß, damit eine Frau ihm Lust gewährt und ihm das Essen bereitet«. Ich muß gestehen, daß ich der Bauernlogik dieser Auffassung nichts entgegenzusetzen weiß. Es ist klar, daß *deine Frau* mit ihrer Einstellung zum Leben sich in einer Welt von Vorstellungen, Praktiken und Grundsätzen bewegt, die nicht die meine ist. Und doch fühle ich mich gedemütigt und in die wenig angenehme Rolle des Unterlegenen gedrängt, denn jetzt bin ich es, der sich auf dem erbaulichen Hochzeitsbild sehen und durchsetzen möchte, daß Bruder Pedro vor versammelter Indianerschaft die rituelle Eheformel spricht. Aber *dort*, in weiter Ferne, existiert ein unterschriebenes, rechtskräftiges Papier, und dieses Papier nimmt mir jede moralische Stärke. *Dort* gibt es das Papier, an dem es hier mangelt, in Hülle und Fülle ... In diesem Augenblick lassen ein Aufschrei und entsetztes Keuchen Rosarios mich herumfahren. Was dort im Fensterrahmen erscheint, ist die Lepra, die klassische, von vielen Völkern bereits vergessene Lepra des Altertums, der Aussatz des Leviticus, der in diesen Urwäldern bis heute seine grauenhaften Opfer schlägt. Unter einer Zipfelmütze sind Überbleibsel,

Fetzen eines Gesichts zu sehen, faulige Fleischlappen, die noch haften geblieben sind um das klaffende, auf den dunklen Schlund geöffnete Loch, und darüber zwei ausdruckslose Augen wie hartgewordene Tränen, die ebenfalls zerfließen, sich verflüssigen werden in der allgemeinen Auflösung dieses Wesens, das sich bewegt und, während es mit der aschgrauen Hand auf die Maiskolben deutet, ein heiseres Gurgeln ausstößt. Ich weiß nicht, wie ich mich verhalten soll vor diesem Alptraum, dieser wandelnden Leiche, diesem Kadaver, der ganz nahe vor uns gestikuliert und seine Fingerstummel bewegt, während Rosario in sprachlosem Entsetzen auf dem Boden kniet. »Geh, Nicasio«, ertönt jetzt die ruhige Stimme von Marcos, der auf das Haus zukommt. »Geh fort, Nicasio, geh!« Und ganz sanft schiebt er ihn mit einer Astgabel an, um ihn vom Fenster zu entfernen. Dann tritt er lachend in unsere Hütte, nimmt einen Maiskolben und wirft ihn der Jammergestalt hinaus, die ihn in ihren Sack steckt und sich, mehr kriechend als gehend, auf den Wald zu entfernt. Ich weiß nun, daß ich Nicasio gesehen habe, den Goldsucher, den der Pionier bei seiner Ankunft, als einen schon damals schwerkranken Mann, vorgefunden hat. Er lebt in einer ziemlich weit entfernten Höhle und wartet auf den Tod, der ihn scheinbar vergessen hat. Es ist ihm verboten, ins Dorf zu kommen, aber es ist schon so lange her, seit er sich das letzte Mal hergewagt hat, daß er diesmal straflos ausgeht. Schaudernd bei dem Gedanken, der Aussätzige könnte noch einmal zurückkommen, lade ich Marcos ein, mit uns zu Abend zu essen. Rasch läuft er in den Regen hinaus, um seine alte viersaitige Gitarre zu holen – ein Instrument, wie es schon an Bord der vier Karavellen gespielt wurde –, und auf einen Rhythmus, in dessen Romanzenmelodie Negerblut fließt, fängt er zu singen an:

Ich bin des Königs aller Mulatten
und der Mulattenkönigin Sohn
Wer mich erwählt als Gatten,
wird Mulattin zum Lohn.

XXXII

Als der Pionier erfährt, daß ich auf Palmblätter und auf Rinde schreibe, ja sogar auf das Hirschfell, das als Teppich in einer Ecke unserer Hütte liegt, erbarmt er sich und gibt mir ein weiteres Heft, allerdings mit der Bemerkung, dies sei das letzte. Sobald der Regen aufhöre, werde er für ein paar Tage nach Puerto Anunciación fahren, und dann wolle er mir so viele Hefte mitbringen, wie ich nur wolle. Aber bis dahin müssen noch mindestens acht Wochen Regen vorübergehen, und vor der Abreise muß noch die Kirche fertiggebaut und alles wieder instand gesetzt werden, was unter dem Regen gelitten hat, auch die für die Zeit geeignete Saat muß erst noch ausgesät werden. Ich arbeite also weiter, aber ich weiß: wenn die vierundsechzig kleinen Blätter vollgeschrieben sind, müssen die Skizzen liegen bleiben. Fast angstvoll, noch einmal könnte mich, wie am Anfang, diese wunderbar aufgeregte Phantasie überfallen, bringe ich die Tage damit zu, hauptsächlich den Radiergummi am Ende des Bleistifts zu benützen und in den ersten Entwürfen zu streichen und zu straffen, um etwas zu tun, was den Papierverbrauch nicht erhöht. Ich habe die Heirat Rosario gegenüber nicht mehr zur Sprache gebracht, aber die Wahrheit ist, daß ihre Absage am Abend zuvor mich tief gekränkt hat. Die Tage sind endlos. Es regnet zuviel. Das Ausbleiben der Sonne, die nur zur Mittagszeit für ein paar Stunden als verschwommene Scheibe sichtbar wird und die grauen Wolken aufhellt, scheint die Natur zu bedrücken, die der Sonne so sehr bedarf, um ihre Farben singen und ihre Schatten auf dem Boden spielen zu lassen. Die Flüsse sind schmutzig und führen Baumstämme, Flöze abgefallener Blätter, Urwaldschutt und ertrunkene Tiere mit sich. Ganze Deiche entstehen aus Abgerissenem und Zerschelltem und werden plötzlich wieder zertrümmert durch die Wucht eines Baumes, der in voller Länge samt Wurzeln von einem Wasserfall hoch oben unter Schlammwirbeln herabstürzt. Alles riecht nach Wasser, alles tönt nach Wasser, und Wasser berühren die Hände in allem. Sooft ich auf der Suche nach etwas Beschreibbarem hinausgehe, falle ich in den Schlamm, sinke bis an die Knie in Schlicklöcher ein, deren trügerischer Bewuchs nicht trägt. Alles, was von der Feuchtigkeit lebt, wächst und gedeiht: nie waren die Malangablätter grüner und dichter, nie vermehrten sich die Pilze schneller und breitete das Moos sich üppiger aus, sangen die Kröten hingebungsvoller, wimmelten mehr Lebewesen im faulen Holz. Auf den Abhängen der Grandes Mesetas hat Sickerwasser breite schwarze Streifen gebildet. Jeder Riß, jede Spalte und Falte im Stein wird zum Bachbett. Es ist, als schickten die Mesetas ihre Wasser auf die Erde herab in Erfüllung eines gigantischen Auftrags, jedem Gebiet seine Ration Regen zuzuteilen. Unmöglich, ein Brett vom Boden aufzuheben, ohne eine kopflose Flucht grauer Asseln auszulösen. Die Vögel sind aus der Landschaft verschwunden, und gestern hat Falke im überschwemmten Teil des Gemüsegartens eine Boa aufgestöbert. Männer und Frauen durchleben diese Zeit wie eine notwendige Krise der Natur. Sie hocken in ihren Hütten, weben, flechten Körbe und langweilen sich ungeheuerlich. Aber unter der Regenzeit zu leiden, gehört genauso zu den Spielregeln, wie unter Schmerzen zu gebären oder sich mit dem Machete in der rechten Hand die linke Hand abzuschlagen, wenn eine Schlange ihren Giftzahn in sie eingebohrt hat. Das gehört zum Leben, und im Leben gibt es vieles, was unangenehm ist. Dann kamen die Tage, in denen der Humus zu arbeiten begann, die Fäulnis gärte, die toten Blätter sich zersetzten, dem Gesetz gehorchend, daß alles, was entstehen soll, in der Nachbarschaft der Exkremente entsteht, aus Zeugungsorganen, die in die Harnwege übergehen, und daß, was geboren wird, in Schleim, Lymphe und Blut zur Welt kommt – wie aus dem Mist der reinlich weiße Spargel und die grüne Minze. Eine Nacht lang glaubten wir, der Regen hätte aufgehört. Eine Pause trat ein, es prasselte nicht mehr auf die Dächer, und ein großes Aufatmen ging durch das ganze Tal. In der Ferne hörte man wieder die Flüsse rauschen, und dichter, kalter weißer Nebel füllte den Raum zwischen den Dingen. Rosario und ich suchten unsere Wärme in einer langen Umarmung. Als wir aus den Wonnen wiederkehrten und uns der Umwelt wieder bewußt wurden, regnete es von neuem. »In wässrigen Zeiten werden die Frauen schwanger«, flüsterte *deine Frau* mir ins Ohr. Ich legte ihr in einer Segen erbittenden Gebärde die Hand auf den Leib. Zum ersten Mal wünschte ich mir, ein Kind zu streicheln, das ich gezeugt hatte, es hochzuheben und zu sehen, wie es auf meinen Arm die Knie bog und sich die Finger naßlutschte ... Bei diesen Gedanken ertappe ich mich, während ich mit dem Bleistift in der Hand über einem Trompeten- und Englischhornduo sitze. Da gellt ein Schrei und ich stürze an die Tür. Im Indianerviertel muß etwas geschehen sein, denn alle stehen schreiend und gestikulierend um die Hütte ihres Chefs. Rosario wickelt sich in ihr Umschlagtuch und läuft in den Regen hinaus.

Was sich dort abspielt, ist furchtbar. Ein kleines achtjähriges Mädchen ist eben vom Fluß zurückgekommen, von den Weichen bis zu den Knien blutüberströmt. Sobald ihrem entsetzten Schluchzen etwas zu entnehmen ist, stellt sich heraus, daß ihr Nicasio, der Aussätzige, bei dem Versuch, sie zu vergewaltigen, das Geschlecht mit den Fingern aufgerissen hat. Bruder Pedro stillt die Wunde mit Stoffasern, während sich die Männer zur Treibjagd in der Umgebung mit Knüppeln bewaffnen. »Ich habe es gleich gesagt«, erinnert der Pionier den Mönch, und seine Worte scheinen einen lange schwebenden Vorwurf einzuschließen. Der Kapuziner gibt keine Antwort. Erfahren in den Heilmitteln des Urwalds, schiebt er dem Mädchen einen Bausch Spinnenweben zwischen die Beine und reibt ihren Schamberg mit Quecksilbersalbe ein. Mein Ekel und meine Empörung über die Gewalttat sind unaussprechlich: als wäre ich selber der Mann, als wären alle Männer gleichermaßen schuld an diesem scheußlichen Überfall, weil das Besitzergreifen, selbst wenn die Frau es zuläßt, den Mann in die Rolle des Aggressiven versetzt. Ich hatte vor Wut noch die Fäuste geballt, als Marcos mir ein Gewehr unter den Arm schob – eine jener langen doppelläufigen Flinten, mit dem Zeichen der Waffenschmiede aus Demerara –, in denen die Technik der ersten Feuerwaffen in diesen weltfernen Gegenden fortlebte. Der junge Mann gab mir ein Zeichen, ihm zu folgen, und legte den Finger auf die Lippen: Bruder Pedro sollte nicht durch Reden aufmerksam werden. Wir wickelten die Flinte in Tücher und gingen zum Fluß. Im reißenden schlammigen Wasser trieb ein toter Hirsch, sein weißlicher Bauch aufgebläht wie der Bauch einer Seekuh. Wir kamen an die Stelle, wo das Mädchen vergewaltigt worden war. Das Gras war zertrampelt und blutbedeckt, der Schlamm zeigte tiefe

Fußspuren. Gebückt begann Marcos die Spur zu verfolgen. Wir gingen lange. Als es dämmerte, standen wir unter der Wand mit den Steinzeichnungen. Wir wollten schon umkehren, da zeigte der Mestize auf einen frischen Durchbruch im regennassen Gestrüpp. Wir gingen noch ein Stück, und plötzlich blieb der Spurensucher stehen: mitten auf einer Lichtung lag Nicasio auf den Knien und sah uns mit seinen entsetzlichen Augen an. »Ziel aufs Gesicht«, sagte Marcos. Ich hob die Waffe und richtete sie auf das schwarze Loch im Gesicht des Unglücklichen. Aber die Finger wollten nicht abdrücken. Aus Nicasios Kehle drang ein unverständliches Wort, das sich anhörte wie ... eichde ... eichde ... eichde ... Ich ließ die Waffe sinken. Der Verbrecher wollte vor seinem Tod beichten. Ich sah Marcos an. »Schieß«, drängte er. »Es ist besser, wenn der Pfarrer sich da nicht einmischt.« Ich zielte zum zweiten Mal. Aber da waren zwei Augen, zwei wimpernlose Augen fast ohne Leben, und blickten mich an. Vom Druck meines Fingers hing es ab, ob sie erloschen. Zwei Augen auslöschen, zwei Menschenaugen. Dieses Etwas dort war ein Schandfleck, dieses Etwas hatte sich einer scheußlichen Gewalttat schuldig gemacht, es hatte ein Kind aufgerissen, hatte es vielleicht angesteckt. Dieses Etwas mußte getilgt, vernichtet, den Raubvögeln überlassen werden. Aber eine Kraft in mir weigerte sich, es zu tun, als müßte sich, sobald ich auf den Abzug drückte, etwas für immer verändern. Es gibt Handlungen im Leben, die Mauern, Grenzmarken, Schranken aufrichten. Und dies, fürchtete ich, würde mir geschehen in der Sekunde, in der ich zum Henker wurde. Zornig riß mir Marcos das Gewehr aus der Hand. »Vom Himmel herunter vernichten sie eine Stadt, aber das können sie nicht. Warst du nicht im Krieg? ...« Im linken Lauf der Doppelflinte war eine Kugel, im rechten

Schrot. Zwei Schüsse fielen so rasch hintereinander, daß sie sich fast wie ein einziger anhörten, hallend von Felswand zu Felswand, von Tal zu Tal. Das Echo war noch nicht abgeklungen, als ich mich zwang, hinzusehen. Nicasio kniete noch immer an derselben Stelle, aber sein Gesicht löste sich auf, verlor den Umriß eines Menschengesichts, zerfloß, ein roter Fleck, der nach und nach zerfiel und ohne Eile, wie schmelzendes Wachs, auf die Brust rann. Endlich versiegte der Blutstrom und der Rumpf fiel vornüber auf das nasse Gras. Der Regen nahm zu, und es war Nacht. Marcos war es nun, der das Gewehr trug.

XXXIII

Wie ein langer dröhnender Donner braust etwas von Norden ins Tal und über unsere Köpfe hinweg. Ich fahre so überstürzt in der Hängematte hoch, daß sie fast umkippt. Die Menschen aus dem Neolithikum fliehen entsetzt vor dem Flugzeug, das nun dreht und zurückfliegt. Der Pionier ist an die Tür des Regierungsgebäudes getreten, hinter ihm erscheint Marcos. Beide blicken starr nach oben, während die Frauen vor Schrecken in ihren Hütten heulen und Bruder Pedro ihnen zuruft, das sei nur »etwas von den Weißen« und krümme niemandem ein Haar. Unter einer dichten Wolkendecke, aus der gleich wieder Regen fallen wird, fliegt das Flugzeug etwa hundertundfünfzig Meter über dem Boden. Aber nicht hundertundfünfzig Meter, sondern fünfzehnhundert Jahre trennen die Maschine von dem Indio-Chef, der sie, den Bogen in der Hand, herausfordernd beobachtet. Zum ersten Mal dröhnt in dieser Weltabgeschiedenheit ein Explosionsmotor; zum ersten Mal wird die Luft von einem Propeller herumgewirbelt, und die zwei Runde, die dort, wo die Vögel die Beine haben, nebeneinander herabhängen, bringen nichts Geringeres als die Erfindung des Rads in unsere Gegend. Das Flugzeug scheint in seinem Flug zu zögern. Ich bemerke, daß der Pilot uns beobachtet, als suche er etwas, als erwarte er ein Zeichen. Deshalb laufe ich auf die Mitte des freien Platzes und schwenke Rosarios Umhang. Meine Freude wirkt so ansteckend, daß jetzt auch die Indios angerannt kommen und, nun schon ohne jede Furcht, durcheinanderspringen und herumfuchteln, so daß Bruder Pedro sie mit dem Stock verjagen muß, damit das Feld freibleibt. Das Flugzeug dreht zum Fluß, fällt etwas ab, und kommt dann im Bogen, immer tiefer fliegend und von Flügel zu Flügel erzitternd, auf uns zu. Es setzt am Boden auf, schwankt gefährlich bis an die Wand aus Bäumen, bremst aber rechtzeitig durch eine Schwenkung, die den Antrieb verlangsamt. Zwei Männer springen aus der Maschine, zwei Männer, die mich beim Namen rufen. Noch viel verblüffter bin ich, als ich erfahre, daß mehrere Flugzeuge seit über einer Woche unterwegs sind, um mich zu suchen. Irgend jemand *dort* – sie wissen nicht, wer – hat gesagt, ich hätte mich im Urwald verirrt, würde womöglich von blutrünstigen Indios gefangengehalten. Ein ganzer Roman ist um meine Person entstanden, einschließlich der hinterhältigen Hypothese, ich sei vielleicht gefoltert worden. Der Fall Fawcett wiederholt sich an mir, und die Berichte, die die Presse über mich veröffentlicht, sind eine Neuauflage der Geschichte Livingstones. Eine große Tageszeitung hat einen ansehnlichen Preis für meine Rettung ausgesetzt. Die Piloten haben sich bei ihren Flügen nach den Angaben des Kurators orientiert: er hat ihnen das Verbreitungsgebiet der Indianer, in das ich der Instrumente wegen gereist bin, beschrieben. Sie wollten das Unternehmen schon aufgeben, als sie heute, um einer Schlechtwetterzone auszuweichen, von der Route abweichen mußten, auf der sie mich bisher gesucht hatten. Als sie die Grandes Mesetas überflogen, wunderten sie sich, hier, wo sie weit und breit keine Spur eines Menschen erwartet hatten, eine Siedlung zu finden, und als sie mich das Tuch schwenken sahen, dachten sie, daß ich der Verirrte sein müßte, den sie suchten. Ich kann es kaum fassen, daß diese Henochsstadt, in der es noch keine Schmiede gibt und in der ich vielleicht den Jubal spiele, nur drei Flugstunden von der Hauptstadt entfernt sein soll. Das hieß, daß man die achtundfünfzig Jahrhunderte zwischen dem vierten Buch der Genesis und dem Jahr, das für die *dort* Lebenden gilt, in hundertachtzig Minuten zurücklegen und über Städte, die heute dem Mittelalter, der Conquista, der Kolonialzeit oder der Romantik zugehören, in die Epoche zurückkehren kann, die manche ohne weiteres der Gegenwart gleichsetzen – als ob nicht auch hier Gegenwart wäre. Jetzt holen sie ein in Segeltuch gewickeltes Paket aus dem Flugzeug, das mit dem Fallschirm abgeworfen worden wäre, wenn sie mich an einer Stelle gefunden hätten, wo sie nicht hätten landen können, und übergeben Marcos und dem Kapuziner Medikamente, Verbandszeug, Messer. Der Pilot nimmt eine große Aluminiumfeldflasche, schraubt den Deckel ab und läßt mich trinken. Seit der Sturmnacht auf den Stromschnellen habe ich keinen Schluck Alkohol mehr getrunken. Jetzt, in der allesdurchdringenden Feuchtigkeit, ruft der Schnaps plötzlich eine hellsichtige Trunkenheit in mir hervor und erfüllt meine Eingeweide mit längst vergessenen Begehrlichkeiten. Ich möchte nicht nur mehr trinken – und blicke deshalb neidisch und ungeduldig auf den Pionier und seinen Sohn, die ihrerseits von meinem Schnaps trinken –, sondern tausend

Gelüste nach den verschiedensten Geschmäcken machen sich meinen Gaumen streitig: das Verlangen nach Tee und Wein, Sellerie und Krabben, Essig und Eis. Auch die Zigarette feiert Auferstehung in meinem Mund und duftet wie die Zigaretten aus blondem Tabak, die ich als Junge heimlich auf dem Weg zum Konservatorium rauchte, wo mein Vater mich nicht sehen konnte. Es ist, als finge ein anderer in mir zu zappeln an, der ebenfalls ich ist, mit seinem Abbild aber nicht eins werden kann; er und ich wollen nicht zur Deckung kommen, wie wenn bei einem Lithographieabzug die Platten verwackeln und das rote und das gelbe Männlein nicht aufeinandertreffen, wie wenn einer mit gesunden Augen durch die Brille eines Kurzsichtigen schaut. Die scharfe Flüssigkeit, die meine Kehle hinunterrinnt, macht mich uneins mit mir selber und schwach. Ich fühle mich gleichzeitig unbehaust und schlecht behaust. In diesem kostbaren Moment fühle ich mich verzagt unter den Bergen, unter den Wolken, die sich wieder zusammenballen, unter den Bäumen, die vom Regen noch massiver geworden sind. Rings um mich schließen sich Vorhänge. Landschaftselemente werden mir fremd, die Ebenen schieben sich ineinander, der Weg spricht nicht mehr zu mir und das Rauschen der Wasserfälle schwillt zu ohrenbetäubendem Getöse an. In diesem endlosen Wasserrauschen höre ich die Stimme des Piloten, als sei sie etwas von seiner Sprache Abgetrenntes. Es geschieht, was geschehen mußte, ein Ereignis nimmt Wortgestalt an, wird diese unaufschiebbare Vorladung, die mich zwangsläufig, wo immer ich mich aufgehalten hätte, eines Tages erreichen mußte. Er sagt, ich solle meine Sachen holen, denn gleich werde es wieder zu regnen anfangen, und er warte nur noch, bis sich der Dunst über einer der Mesetas aufgelöst habe, dann werde er den Motor anwerfen. Ich verneine durch eine Gebärde. Doch nun klingen volltönend und feierlich die ersten Orchesterakkorde der *Threnodie* in mir auf. Wieder würde das Drama des fehlenden Schreibpapiers beginnen. Dann denke ich an das Buch, daran, daß ich ein paar Bücher hier brauchen werde. Zwanghaft überkommt mich der Wunsch, am *Entfesselten Prometheus* zu arbeiten: *Ah, me! Alas, pain, pain, pain ever, forever!* Hinter mir spricht wieder der Pilot. Und bei dem, was er sagt – immer dasselbe – fallen mir andere Verse aus dieser Dichtung ein: *I heard a sound of voices; not the voice that I grave forth.* Die Sprache dieser Menschen der Luft, die so lange meine Sprache gewesen ist, verdrängt an diesem Morgen meine Muttersprache, die Sprache Rosarios, aus meinem Kopf. Bei dem verwirrenden Klang dieser Wörter ist es mir kaum mehr möglich, spanisch zu denken, wie ich es längst wieder getan habe. Und doch muß ich zugeben, daß mir hier etwas fehlt, Dinge, die sich mit zwei Wörtern bezeichnen lassen: Papier, Tinte. Auf alles, was mir früher selbstverständlich war, habe ich verzichten gelernt, Gegenstände, Geschmäcke, Stoffe, menschliche Bindungen habe ich abgetan wie lästigen Ballast und bin zum Einfachsten übergegangen: der Hängematte, dem mit Asche gesäuberten Körper, dem Vergnügen, geröstete Maiskolben abzuknabbern. Aber Papier und Tinte kann ich nicht entbehren. Drei Stunden von hier gibt es Tinte, gibt es Papier, gibt es Bücher aus Papier, gibt es Tinte und Hefte und riesweise Papier und Fläschchen, Flaschen, Glasballons voll Tinte. Drei Stunden von hier ... Ich sehe Rosario an. Ihre Miene ist kühl, abwesend, ihr Gesicht drückt weder Mißmut noch Angst noch Schmerz aus. Meine Unruhe hat sie sicherlich bemerkt, denn ihre Augen, die den meinen ausweichen, blicken kalt, stolz, als müsse sie allen beweisen, daß nichts von dem, was hier geschieht, für sie wichtig ist. Unterdessen kommt Marcos mit meinem alten, grün verschimmelten Koffer. Wieder mache ich eine abwehrende Bewegung, aber gleichzeitig öffnet sich meine Hand nach den . . .heften von . . ., die mir gereicht werden. Die Stimme des Piloten, der sicherlich auf die Belohnung erpicht ist, klingt energisch, treibt mich zur Eile an. Jetzt bringt der Mestize die Musikinstrumente zum Flugzeug, die längst in den Händen des Kurators hätten sein sollen. Ich sage nein und dann ja und denke, daß, wenn erst einmal der Rhythmusstab und die Begräbnisurne in Matten verpackt unterwegs sind, ich endlich befreit sein werde von all den Gestalten, die nachts in der Hütte meinen Schlaf stören. Ich trinke, was in der Aluminiumflasche noch übrig ist. Und plötzlich der Entschluß: ich werde die paar Dinge kaufen, die ich brauche, um hier ein erfülltes Leben zu führen wie alle anderen. Alle erfüllen sie mit ihren Händen, mit ihrem Beruf ihr Schicksal. Der Jäger jagt, Bruder Pedro verbreitet eine Lehre, der Pionier regiert. Auch ich will jetzt ein Amt haben, ein legitimes Amt außer den Ämtern, die die gemeinschaftliche Arbeit mit sich bringt. In ein paar Tagen, wenn ich dem Kurator die Instrumente geschickt und mich mit Ruth in Verbindung gesetzt habe, um ihr in aller Aufrichtigkeit meine Situation zu schildern und sie um die Scheidung zu bitten, werde ich für immer zurückkehren. Ich sehe nun ein, daß meine Anpassung an dieses Leben vielleicht zu plötzlich erfolgt ist; meine Vergangenheit fordert von mir, eine letzte Pflicht zu erfüllen und das gesetzliche Band zu lösen, das mich in der Welt *dort* noch an Ruth bindet. Ruth war keine schlechte Ehefrau gewesen, sondern das Opfer ihrer verfehlten Laufbahn. Ich würde alle Schuld auf mich nehmen, wenn sie begriff, daß es nutzlos war, die Scheidung verhindern zu wollen und von einem Mann,

der den Weg in die Freiheit kannte, das Unmögliche zu verlangen. Und in drei, vier Wochen bin ich wieder in Santa Monica de los Venados mit allem, was ich brauche, um mehrere Jahre lang zu arbeiten. Und wenn das Werk fertig ist, wird es der Pionier auf seiner nächsten Reise nach Puerto Anunciación mitnehmen und der Flußpost übergeben: Dirigenten und Musikerfreunde, denen ich es schicken werde, mögen dann sehen, wie sie damit zurechtkommen, ob sie es aufführen wollen oder nicht. In diesem Punkt fühle ich mich von aller Eitelkeit geheilt, obwohl ich glaube, daß ich jetzt fähig wäre, Ideen zu formulieren, die die Musiker meiner Zeit von manchen Überspanntheiten kurieren könnten. Auch wenn ich mich mit dem, was ich jetzt wußte, nicht brüsten, nicht leere Selbstbefriedigung im Beifall finden wollte, durfte ich doch auch nicht verheimlichen, was ich jetzt wußte. Vielleicht wartete irgendwo ein junger Mann auf das, was ich zu sagen hatte, und fand über meine Botschaft in sich selbst den Weg in die befreiende Welt. Das Vollendete war nicht vollendet, solange nicht ein anderer es betrachtet hatte. Aber hatte auch nur ein einziger es gesehen, dann war es und konnte durch das bloße Wort eines namengebenden Adam Schöpfung werden.
Der Pilot legt mir die Hand auf die Schulter. Rosario steht teilnahmslos da, als ginge das alles sie nichts an. Ich erkläre ihr in kurzen Worten, was ich beschlossen habe. Sie gibt keine Antwort, zuckt nur, jetzt fast verächtlich, die Achseln. Zum Beweis reiche ich ihr die *Threnodie*. Diese Hefte, sage ich ihr, seien nach ihr das Kostbarste, was ich besitze. »Behalt sie nur«, sagt sie mit verhaltenem Groll in der Stimme, ohne mich anzusehen. Ich küsse sie, aber mit einer raschen Bewegung macht sie sich frei, flüchtet aus meinen Armen und läuft fort, ohne den Kopf zu heben, wie ein Tier, das nicht liebkost sein will. Ich

rufe sie, will ihr etwas sagen, aber in diesem Augenblick springt der Motor an. Die Indios brechen in Freudengeschrei aus. Aus der Steuerkabine gibt mir der Pilot ein letztes Zeichen. Dann wird eine Metalltür hinter mir geschlossen. Die Motoren machen einen solchen Lärm, daß ich nicht denken kann. Wir rollen bis ans Ende des freien Platzes, drehen halb, dann verharrt das Flugzeug vibrierend auf der Stelle, die Räder scheinen sich in den Schlamm einzugraben. Und schon liegen die Baumkronen unter uns; wir überfliegen, sie fast streifend, die Felswand mit den Steinzeichnungen und kreisen dann über Santa Monica de los Venados, dessen Bewohner jetzt wieder alle auf der Esplanade zusammengelaufen sind. Ich sehe, wie Bruder Pedro seinen Stock wie einen Windmühlenflügel schwingt, ich sehe den Pionier, der, die Arme in die Hüften gestemmt, starr nach oben blickt, ich sehe Marcos neben ihm mit dem Strohhut winken. Rosario ist ganz allein auf dem Weg zu unserer Hütte, sie geht, ohne aufzublicken, und mit Schrecken werde ich gewahr, daß ihr schwarzes, von einem Mittelscheitel geteiltes Haar, dessen leicht animalischer Geruch mir wonnevoll in der Nase liegt, zu beiden Seiten ihres Kopfes wie ein Witwenschleier herabfällt. Vor dem Dorf, an der Stelle, wo Nicasio gefallen ist, flattert ein Schwarm Aasgeier. Eine Wolke verdichtet sich unter uns, und um besserer Flugbedingungen willen, steigen wir in den opalisierenden Dunst auf, der uns von allem abschneidet. Als ich höre, daß wir lange Zeit ohne Sicht fliegen werden, strecke ich mich auf dem Boden des Flugzeugs aus und schlafe ein, leicht betäubt vom Schnaps und der beträchtlichen Höhe, die wir rasch erreicht haben.

6. Kapitel

Und was ihr Sterben nennt, ist das Ende des Sterbens; und was ihr Geburt nennt, ist der Anfang des Sterbens; und was ihr Leben nennt, ist das Sterben im Leben.

Quevedo, Los Sueños

XXXIV

(18. Juli)

Soeben haben wir eine Schicht luftiger Wolken durchflogen, in der sich durch zerstückelte Bogen, zerfallende Obeliske und rauchgesichtige Kolosse hindurch noch das helle Licht des Tages abzeichnet, und tauchen nun in die Dämmerung über der Stadt ein, wo die ersten Lichter angehen. Ein paar Reisende unterhalten sich damit, mit dem Zeigefinger die Fensterscheiben entlangfahrend, ein Stadion, einen Park, eine Hauptverkehrsstraße in der funkelnden Geometrie zu orten. Während sich andere freuen, daß sie ankommen, nähere ich mich in angstvollem Vorgefühl dieser Welt, die ich nach meiner Berechnung anhand der gebräuchlichen Kalender vor anderthalb Monaten verlassen habe, während ich doch in Wirklichkeit sechs unermeßliche, unheimlich zeiterweiternde Wochen durchlebt habe, die sich mit den Chronologien dieser Landstriche nicht messen lassen. Meine Frau hat das Theater aufgegeben, um eine neue Rolle zu spielen: die Rolle der Gattin. Das ist die umwerfende Neuigkeit, deretwegen ich durch die Dunstschicht über diesen Vorstädten fliege, die ich nie wieder zu sehen geglaubt habe, statt meine Rückkehr nach Santa Monica de los Venados vorzubereiten, wo *deine Frau* auf mich wartet und die Threnodie, um sich weiter entwickeln zu können, auf das Papier, das sie nun riesweise bekommen soll. Und noch widersinniger ist, daß die Mitreisenden, für die ich die große Attraktion der Reise gewesen bin, mich zu beneiden scheinen: alle haben mir Zeitungsausschnitte gezeigt, auf denen Ruth zu sehen ist: Ruth in unserem Haus, umringt von Journalisten; Ruth, trauernd vor den Vitrinen des Organographischen Instituts; Ruth, mit dramatischem Gesichtsausdruck vor einer Landkarte im Zimmer des Kurators. Als sie eines Nachts auf der Bühne stand, wird mir erzählt, habe sie plötzlich eine Vorahnung gehabt, sei mitten in einer Replik in Schluchzen ausgebrochen und kurz vor ihrem großen Auftritt mit Booth aus der Aufführung weggerannt und direkt in die Redaktion einer großen Tageszeitung, um den Journalisten zu eröffnen, sie sei ohne jede Nachricht von mir, obwohl ich Anfang des Monats schon hätte zurück sein müssen, und mein Lehrer, der sie am Nachmittag besucht habe, sei ebenfalls aufs höchste beunruhigt, weil er nichts von mir höre. Die Phantasie der Reporter lief bald auf Hochtouren, man gedachte Reisender, Forscher und Gelehrter, die blutrünstigen Indianerstämmen in die Hände gefallen waren – allen voran natürlich Fawcetts –, bis Ruth in höchster Aufregung verlangte, die Zeitung solle auf meine Rettung dringen und eine Belohnung aussetzen für den Fall, daß jemand mich in der großen unerforschten, für mich so verhängnisvollen geographischen Zone fände, dem großen grünen Fleck auf der Landkarte, den der Kurator ihr gezeigt habe. Am nächsten Morgen war Ruth in allen Tageszeitungen die große pathetische Figur, und die Nachricht von meinem Verschwinden, das tags zuvor niemand auch nur geahnt hatte, bewegte die gesamte Nation. Alle Photographien, die es von mir gab, wurden veröffentlicht, selbst das Photo von meiner Erstkommunion – die mein Vater zähneknirschend bewilligt hatte –, auch eine Aufnahme in Uniform vor den Ruinen von Monte Cassino und eine, wo ich mit schwarzen Soldaten vor der Villa Wahnfried stehe. Der Kurator hat den Journalisten meine Theorie des magisch-mythischen Mimetismus – die mir heute so absurd erscheint – ausführlich erläutert und sie hoch gelobt, während meine Frau ein schönes, idyllisches Bild von unserer Ehe entworfen hat. Aber etwas anderes regt mich weit mehr auf: die Zeitung, die so großzügig die beiden Flieger für meine Rettung belohnen will – eines dieser Blätter, die sich besonders die Pflege von Heim und Familie angelegen sein lassen –, stellt mich ihren Lesern als einen beispielhaften Menschen hin: ich bin ein Märtyrer der Forschung, der nun zu seiner bewunderungswürdigen Gattin heimkehrt; auch in der Welt des Theaters und der Kunst gibt es das noch: eheliche Tugend; Begabung gilt nicht als Entschuldigung für das Übertreten gesellschaftlicher Normen; man denke nur an *Die Kleine Chronik der Anna Magdalena Bach*, man erinnere sich an das traute Heim Mendelssohns etc. Als ich erfahre, was alles unternommen worden ist, um mich aus dem Urwald zu retten, fühle ich mich beschämt und zugleich gereizt. Ich habe das Land ein Vermögen gekostet, das ausreichen würde, mehreren Familien lebenslänglich ein bequemes Auskommen zu sichern. In meinem Fall wie in dem Fawcetts bestürzt mich die Absurdität einer Gesellschaft, die ungerührt bleibt beim Anblick mancher Vorstadtviertel – wie dem jetzt überflogenen mit seinen zerlumpten Kindern unter den Blechdächern –, die aber in Mitgefühl zerfließt und leidet bei dem Gedanken, ein Forschungsreisender, ein Ethnograph oder ein Jäger könnte sich verlaufen haben oder von Barbaren gefangengehalten werden, obwohl solche Risiken genauso zu den Spielregeln eines frei gewählten Berufs gehören wie zu dem des Stierkämpfers die Gefahr, eines Tages auf die Hörner genommen zu werden. Millionen von Menschen konnten tagelang alle Katastrophen vergessen, die unseren Erdball bedrohen, und wie gebannt nur noch auf die mich betreffenden Nachrichten starren. Und wenn sie mich nun umjubeln werden, werden sie nicht wissen, daß sie einen Betrüger umjubeln.

Denn alles an diesem Flug, der gleich auf der Landepiste zu Ende gehen wird, ist Betrug. Ich saß in der Bar des Hotels, in dem wir dem Kapellmeister die Totenwache gehalten hatten, als mich vom anderen Ende der Erdhalbkugel die Stimme Ruths durch die Telefonleitung erreichte. Sie weinte und lachte, und es waren so viele Menschen um sie, daß ich kaum verstehen konnte, was sie mir sagen wollte. Erst kamen Liebeserklärungen, dann plötzlich die Nachricht, sie habe das Theater aufgegeben, um immer bei mir zu sein, und sie werde das nächste Flugzeug besteigen, um mich wiederzusehen. Erschrokken über ihren Vorschlag – denn damit stünde sie auf meinem Gebiet, im Vorzimmer meines Fluchtwegs, in einem Land, in dem Ehescheidungen aufgrund der sehr hispanischen Gesetze äußerst langwierig und schwierig sind, sogar Eingaben an das oberste kirchliche Appellationsgericht sind vorgesehen –, schrie ich zurück, sie solle zu Hause bleiben, ich würde noch heute nacht das Flugzeug nehmen. Aus dem Abschiedsgestammel, das in den Nebengeräuschen der Leitung halb unterging, glaubte ich so etwas zu hören wie: sie wolle Mutter werden. Doch als ich hinterher noch einmal alles überdachte, was dem Gespräch an Verständlichem zu entnehmen gewesen war, setzte mir beinahe der Pulsschlag aus, als ich mich fragte, ob sie gesagt hatte, sie wolle Mutter werden, oder nicht vielmehr, sie *werde Mutter.* Zu meinem Unglück lag das durchaus im Bereich der Möglichkeiten: vor sechs Wochen hatte ich zum letzten Mal das sonntägliche Routine-Ritual vollzogen. In dieser Situation nahm ich die ziemlich hohe Summe an, die die Retter-Zeitung mir für die Exklusivrechte an meinen zahlreichen Lügen anbot, denn fünfzig Viertelseiten Lügen sind es in der Tat, die ich verkaufen werde, weil ich das eigentlich Wunderbare an meiner Reise nicht preisgeben kann: ich würde damit die übelste Sorte von Leuten auf die Spur von Santa Monica de los Venados setzen. Zum Glück haben die Piloten, die mich fanden, in ihren Berichten nur von einer *Mission* gesprochen, der Sprachgewohnheit zufolge, jeden Ort, wo ein Mönch ein Kreuz aufgepflanzt hat, als Mission zu bezeichnen. Und da Missionen selten die Neugier des Publikums erregen, kann ich vieles verschweigen. Was ich also verkaufen werde, ist eine Schwindelgeschichte, die ich mir unterwegs im Flugzeug zurechtgelegt habe: ich war Gefangener eines eher mißtrauischen als grausamen Stammes gewesen, es war mir gelungen zu fliehen; allein bin ich durch den Urwald gegangen, Hunderte von Kilometern weit, bis ich völlig verirrt und ausgehungert zu der »Mission« gelangt bin, wo die Piloten mich gefunden haben. In meinem Koffer liegt der berühmte Roman eines lateinamerikanischen Autors, in dem Namen von Tieren und Bäumen stehen und indianische Sagen und Geschichten erzählt werden, alles, was ich brauche, um meinen Bericht glaubhaft zu machen. Ich werde für meine Prosa kassieren, und mit einer Summe in der Hand, von der Ruth dreißig Jahre lang bequem leben kann, werde ich mit weniger Gewissensbissen das Thema Scheidung zur Sprache bringen. Moralisch ist meine Lage schwieriger geworden durch die Möglichkeit einer Schwangerschaft, die mir allerdings Ruths jähen Abtritt vom Theater und ihr Bedürfnis, mir nahe zu sein, erklären würde. Ich ahne, daß ich gegen die schrecklichste aller Tyranneien werde ankämpfen müssen: die Tyrannei, ausgeübt über einen Menschen, der nicht geliebt werden will, von Liebenden, denen eine solche Kraft an Zärtlichkeit und Demut zu Hilfe kommt, daß jede Heftigkeit entwaffnet wird und die Worte der Verstoßung ungesprochen bleiben. In einem Kampf wie dem, der mir bevorsteht, gibt es keinen

schlimmeren Feind als eine Person, die alle Schuld auf sich nimmt und selbst dann noch um Verzeihung bittet, wenn ihr die Tür gewiesen wird.
Ich bin noch kaum die Flugzeugtreppe hinuntergestiegen, als Ruths Mund mir entgegenkommt und ihr Körper sich in unerwarteter Vertrautheit der offenen Mäntel wegen, die sich seitlich an uns ineinanderschieben, meinem Körper anschmiegt. Wiedererkennen ihrer Brüste, ihres Bauchs in der Berührung durch das leichte Kleid hindurch, das sie anhat, Aufschluchzen an meiner Schulter. Da kommt auch schon der Kurator, der mich gerührt in die Arme schließt, ihm folgen die Abordnung der Universität, an ihrer Spitze der Rektor und die Dekane der Fakultäten, mehrere hohe Beamte der Regierung und der Stadtverwaltung, der Direktor der Zeitung – ist da nicht auch Ixtiäitsch mit dem Keramikmaler und der Tänzerin? – und zuletzt die Angestellten aus meinem Synchronisationsstudio mit dem Firmenvorstand und dem bereits völlig betrunkenen Leiter der Public-Relation-Abteilung. Wie aus weiter Ferne sehe ich in dem betäubenden Trubel um mich viele Gesichter, die ich bereits vergessen habe. Gesichter so vieler Menschen, die jahrelang durch die gemeinsame Berufsarbeit oder das zwangsläufige Zusammentreffen in derselben Arbeitsstätte mit uns zusammenleben und die doch, kaum sind sie uns aus den Augen, samt ihren Namen und dem Klang der Wörter, die sie gesprochen haben, verschwinden. Eskortiert von diesen Gespenstern, gehe ich zum Empfang im Rathaus. Und beobachte jetzt, wie Ruth unter den Kronleuchtern der Bildergalerie die, wie mir scheint, beste Rolle ihres Lebens spielt. Im Zickzackkurs einer fortlaufenden Arabeske macht sie sich zum Mittelpunkt und Gravitationszentrum des Festakts, übernimmt, alle anderen Frauen der Initiative beraubend, die Rolle der

Gastgeberin mit der Anmut und Beweglichkeit einer Tänzerin. Sie ist überall, hier gleitet sie hinter eine Säule, verschwindet, um an anderer Stelle wiederaufzutauchen, allgegenwärtig, ungreifbar; sie erstarrt in der richtigen Positur, wenn ein Photograph ihr auflauert, mildert im rechten Augenblick eine großkopfige Migräne mit einer Tablette, die sie in ihrer Handtasche findet, kommt mit einem Leckerbissen oder einem Glas in der Hand wieder auf mich zu, um mich eine Sekunde lang tief gerührt zu betrachten und in einer so heimlichen Geste meinen Körper zu streifen, daß jeder glaubt, der einzige zu sein, der sie gesehen hat; sie kommt, sie geht, fügt hier ein geistreiches Wort an jemandes Shakespeare-Zitat, gibt dort vor der Presse eine kurze Erklärung ab, beteuert, das nächste Mal werde sie mich in den Urwald begleiten; schlank und geschmeidig steht sie vor dem Kameramann der Tagesschau, und während sie sich allen darbietet, ohne den Abstand aufzugeben, sich, immer um mich besorgt, aus der Nähe bewundern läßt und die klügsten Kniffe anwendet, um allen das Musterbild ehelichen Glücks vorzuspielen, ist ihr Auftreten so nuanciert, so mannigfaltig und verführerisch, daß man ihr am liebsten Beifall klatschen möchte. Ruth ist ganz überschwengliche Freude der Gattin, die eine zweite Hochzeitsnacht – diesmal ohne den Schmerz der Entjungferung – erleben wird; sie ist Genoveva von Brabant bei der Heimkehr in ihr Schloß, ist Penelope, die Odysseus lauscht, wenn er vom ehelichen Beilager spricht, ist eine durch treues Ausharren erhöhte Griseldis. Und als sie zuletzt fühlt, daß ihre Mittel sich erschöpfen, daß ihr Spiel als Hauptdarstellerin durch die Wiederholung an Glanz verlieren könnte, spricht sie so überzeugend von meiner Müdigkeit, meinem Verlangen nach Ruhe und Erholung im eigenen Heim nach all den Mühsalen und grausamen

Abenteuern, daß sie uns gehen lassen und die Männer mit verständnisvollem Blinzeln meiner Frau nachschauen, die in ihrem engen, die Formen betonenden Kleid an meinem Arm die Freitreppe hinuntergeht. Als wir das Rathaus verlassen, habe ich den Eindruck, daß nur noch der Vorhang fallen und die Lichter erlöschen müßten. Ich habe mit all dem nichts zu tun. Ich bin weit weg von hier. Als der Vorstand meiner Firma vorhin zu mir sagte: »Ruhen Sie sich noch ein paar Tage aus«, sah ich ihn befremdet, fast empört an, weil er sich erdreistet hatte, sich Machtbefugnisse über meine Zeit anzumaßen. Und nun kehre ich in das Haus zurück, das unser Haus gewesen ist, als wäre es das Haus eines anderen. Keiner der Gegenstände, die ich hier sehe, hat dieselbe Bedeutung für mich wie früher, noch fühle ich das Bedürfnis, den einen oder anderen wieder an mich zu nehmen. Unter den Büchern, die in der Bibliothek aufgereiht stehen, sind Hunderte tot für mich. Eine ganze Literatur, die mir als das klügste, feinsinnigste Produkt einer ganzen Epoche gegolten hat, ist mir eingestürzt zusamt all ihren Arsenalen an falschem Zauber. Der eigentümliche Geruch dieser Wohnung versetzt mich in ein Leben zurück, das ich nicht zum zweiten Mal leben möchte ... Während des Hineingehens hat Ruth sich gebückt, um einen Zeitungsausschnitt aufzuheben, den irgendwer – sicher ein Nachbar – unter die Tür geschoben hat. Sie liest ihn mit steigender Überraschung, und ich freue mich schon, daß sie dadurch abgelenkt wird und die gefürchteten Zärtlichkeiten noch aufgeschoben werden, so daß ich Zeit habe zu überlegen, was ich sagen werde. Da gibt sie sich einen Ruck und tritt mit zornglühenden Augen auf mich zu. Sie hält mir das Stück Zeitung hin, und zu meinem Schrecken sehe ich Mouche auf einem Photo, im Gespräch mit einem Journalisten, der für das Ausschlachten von Skandalen bekannt ist. Die Überschrift des Artikels, der in einer anrüchigen Boulevardzeitung abgedruckt ist, verheißt *Enthüllungen* über meine Reise. Der Verfasser gibt ein Gespräch wieder, das er mit meiner ehemaligen Geliebten geführt hat. Sie habe überraschenderweise erklärt, meine Mitarbeiterin im Urwald gewesen zu sein; sie habe die Musikinstrumente, die ich unter organographischen Gesichtspunkten untersuchte, unter dem Blickwinkel der Astrologie studiert, denn bekanntlich brächten viele alte Völker ihre Tonskalen mit planetarischen Hierarchien in Verbindung. In haarsträubender Unverfrorenheit spricht Mouche – und begeht dabei die für jeden Spezialisten lächerlichsten Irrtümer – vom »Regentanz« der Zuni als einer Art Ur-Sinfonie in sieben Sätzen; sie beruft sich auf die hindustanischen Ragas, zitiert Pythagoras anhand von Beispielen, die sie offensichtlich der Freundschaft Ixtiäitschs zu verdanken hat. Und verfährt trotz allem noch geschickt, denn mit diesem Aufwand an falscher Gelehrsamkeit rechtfertigt sie in den Augen der Öffentlichkeit ihre Anwesenheit auf dieser Reise und verschleiert damit die wahre Natur unserer Beziehung. Sie stellt sich als Amateur-Astrologin hin, die den Forschungsauftrag eines Freundes dazu benutzt hat, den kosmogonischen Vorstellungen primitivster Indianer näherzukommen. Und sie beschließt ihren Roman mit der Behauptung, sie habe die Reise von sich aus aufgegeben, als sie an Malaria erkrankt sei, und habe im Kanu des Doktors Montsalvatje die Heimreise angetreten. Mehr sagt sie nicht, weil sie weiß, daß die Betroffenen ihrer Aussage alles entnehmen werden, was sie daraus entnehmen sollen: in Wirklichkeit rächt sie sich dafür, daß ich sie Rosarios wegen im Stich gelassen habe, und auch für die schöne Rolle, die Ruth bei diesem großangelegten Schwindel in den Augen der Öffentlichkeit spielen durfte. Und was sie nicht sagt, läßt der Journalist boshaft-ironisch durchschimmern: Ruth hat die gesamte Nation zur Rettung eines Mannes aufgeboten, der in Wirklichkeit mit seiner Geliebten im Urwald war. Das Zweideutige an der Geschichte wird schon allein dadurch offenkundig, daß Mouche so lange geschwiegen hat, ehe sie – im geeigneten Augenblick – heimtückisch aus dem Dunkel getreten ist. Mit einem Schlag versank das erhabene Eheglücks-Theater meiner Frau in Lächerlichkeit. Sie, in diesem Augenblick, sah mich mit einer Wut an, die keiner Worte mächtig war. Ihr Gesicht wirkte gipsern wie die Masken des tragischen Theaters, und ihr Mund, der in einer sardonischen Grimasse erstarrte, legte die Zähne frei, die zu eng gedrängt im Kieferbogen standen – ein Fehler, den sie sonst sorgfältig verbarg. Ihre verkrampften Hände waren ins Haar gewühlt, als suchten sie nach etwas Zermalmbarem und Zerbrechbarem. Ich begriff, daß ich dem Wutausbruch, der nicht mehr abzuhalten war, zuvorkommen mußte, und beschleunigte also die Krise, indem ich auf einmal aussprach, was ich eigentlich erst einige Tage später sagen wollte, sobald ich mich auf die zwar widerwärtige, aber nicht zu bestreitende Macht des Geldes stützen konnte. Ich gab ihrem Theater die Schuld, ihrem Beruf, der immer vor allem anderen rangierte, der Trennung der Körper, der Sinnlosigkeit eines Ehelebens, das nur noch aus dem Beischlaf am Siebten Tag bestand. Und aus einem Rachebedürfnis heraus sagte ich, dem Allgemeinen den bohrenden Stich des genauen Details hinzufügend, wie ihr Körper mir eines Tages ferngerückt sei, wie sie in meinen Augen ein Bild bloßer Pflicht geworden sei, die nur noch aus Trägheit erfüllt wird, der Unbequemlichkeit wegen, die ein dem Anschein nach durch nichts gerechtfertigter Bruch mit sich bringt. Dann sprach ich von Mouche, unserer ersten Begegnung, dem mit Sternbildern dekorierten Studio, wo ich wenigstens etwas von der jugendlichen Unordnung und ausgelassenen, ein wenig animalischen Schamlosigkeit gefunden hätte, die für mich untrennbar mit körperlicher Liebe verbunden seien. Ruth, die sich keuchend, alle Adern im Gesicht grün, auf den Teppich hatte fallen lassen, konnte nur noch röchelnd hervorstoßen: »Weiter ... weiter ... weiter ...«, als wolle sie, je eher desto besser, ans Ende einer unerträglichen Operation gelangen. Aber nun erzählte ich ihr, wie ich mich nach und nach von Mouche gelöst hätte, wie es mich heute ekle vor ihrer Verdorbenheit und Verlogenheit und ich alles verachtete, was den falschen Schein ihres Lebens ausmachte, ihren Schwindelberuf, das ständige Bluffen ihrer durch die verblendeten Vorstellungen anderer Verblendeter verblendeten Freunde, daß ich dies heute alles mit neuen Augen sähe, als sei ich mit wiedererlangtem Sehvermögen von einer langen Reise durch die Stationen der Wahrheit zurückgekehrt. Ruth richtete sich jetzt zu einer knienden Stellung auf, um mich besser hören zu können. Und gleich darauf sah ich in ihrem Blick die Gefahr entstehen: das allzu bequeme Mitleid, die großmütige Nachsicht, die ich unter keinen Umständen akzeptieren wollte. Angesichts bestrafter Schwäche nahm ihr Gesicht den süßlichen Ausdruck menschlichen Verstehens an, gleich würde sich eine Hand nach dem Gefallenen ausstrecken, würde unter Schluchzen die großherzige Verzeihung gewährt werden. Durch die Tür sah ich das allzu geschniegelte Bett mit den besten Laken, die Blumen auf dem Nachttisch, meine Pantoffeln neben ihren Pantoffeln als Vorwegnahme einer vorgeplanten Umarmung, nach welcher ein delikates Nachtmahl als stärkender Abschluß nicht fehlen durfte und sicher auch schon mitsamt dem kaltgestellten Weißwein irgendwo in der Wohnung bereitstand. Die Verzeihung stand so dicht bevor, daß ich den Augenblick für gekommen hielt, den entscheidenden Schlag zu führen. So holte ich Rosario aus ihrem Geheimnis hervor und stellte Ruths maßlosem Erstaunen die unerwartete Mitspielerin als etwas Fernes, Eigenartiges, für die Hiesigen Unerklärliches dar, zu deren Verständnis man über bestimmte Schlüssel verfügen müsse. Ich schilderte sie als ein Wesen, das den Maßstäben unserer Gesetze entzogen sei und dem auf den üblichen Wegen nahekommen zu wollen, vergebliche Mühe wäre: ein fleischgewordenes Arkanum, von dessen Zauber nach mehreren Proben, über die ich Schweigen bewahren müsse wie über die Geheimnisse eines Ritterordens, ich für immer gezeichnet sei ... Mit boshaftem Vergnügen erhöhte ich die Ratlosigkeit meiner Frau in diesem Drama, das sich in dem wohlbekannten Zimmer abspielte, indem ich Rosario gewissermaßen zur Kundry stilisierte und als Bühnenbild ein Irdisches Paradies errichtete, in dem die von Falke aufgestöberte Boa die Schlange hätte spielen können. Durch die Selbstüberhöhung in der sprachlichen Erfindung gewann meine Stimme einen so festen, überzeugenden Klang, daß Ruth, die sich nun von einer ernsten Gefahr bedroht sah, sich mir gegenübersetzte, um aufmerksamer zuzuhören. Plötzlich ließ ich das Wort Scheidung fallen, und da sie es nicht zu verstehen schien, wiederholte ich es mehrmals ohne jeden Zorn, in dem resoluten, keineswegs überstürzten Ton eines Menschen, der einen unwiderruflichen Entschluß gefaßt hat. Nun aber stand die große Tragödin vor mir auf. Ich könnte nicht mehr wiedergeben, was sie mir sagte während der halben Stunde, in der das Zimmer ihre Bühne war. Was mich am meisten beeindruckte, waren die Gesten: die Bewegungen, mit denen sie die dünnen Arme an ihrem unbewegten Körper bis an ihr Gipsgesicht hob und pathetisch abgemessen ihre Worte unterstrich. Heute vermute ich, daß dieser bis zum Paroxysmus gesteigerte Monolog sie für alle Hindernisse in ihrer dramatischen Laufbahn, das jahrelange Gefesseltsein an die immer gleiche Rolle, ihren stets aufgeschobenen Wunsch, sich im nacherlebten Schmerz und Wahnsinn der Medea auf der Bühne zu zerfleischen, ein für allemal entschädigte . . . Doch nun fielen die Arme herab, die Stimme wechselte in die tiefen Register über, und meine Gattin wurde das Gesetz. Ihre Sprache wurde die Sprache der Gerichtshöfe, der Rechtsanwälte und Staatsanwälte. Kalt, hart, erstarrt in anklagender Pose und noch steifer durch das schwarze Kleid, das ihre Formen nun nicht mehr modellierte, ließ sie mich wissen, daß sie die Mittel besitze, mich für lange Zeit gebunden zu halten, daß sie die Scheidung auf den verworrensten und gewundensten Wegen führen werde, daß sie die heimtückischsten Fallstricke des Gesetzes, die verzwicktesten Verfahren aufbieten werde, um zu verhindern, daß ich dorthin zurückkehren konnte, wo Rosario lebte, die sie nun, um sie ins Lächerliche zu ziehen, *deine Atala* nannte. Eine hoheitsvolle, kaum mehr weibliche Statue, stand sie auf dem Teppich, eine unerbittliche Macht, die fleischgewordene Gerechtigkeit. Endlich fragte ich sie, ob es stimme, daß sie schwanger sei, und blitzartig verwandelte Themis sich in die Mutter: verzweifelt breitete sie die Arme über ihren Leib, neigte sich über das neue Leben, das unter ihrem Herzen entstand, wie um es gegen meine Niedertracht zu schützen, und fing auf eine stille, fast kindliche Weise, ohne mich anzusehen, so schmerzlich zu weinen an, daß ihr aus tiefsten Tiefen aufsteigendes Schluchzen nur wie ein leises Stöhnen klang. Dann heftete sie in scheinbar wiedergewonnener Ruhe die Augen auf die

Wand, als betrachte sie dort etwas Fernverborgenes. Danach stand sie unter großer Anstrengung auf, ging in ihr Zimmer und schloß die Tür hinter sich ab. Erschöpft von der Auseinandersetzung und in dem Bedürfnis nach frischer Luft lief ich die Treppe hinunter. Hinter den letzten Stufen begann die Straße.

XXXV

(Später)

Da ich mir angewöhnt habe, im Rhythmus meines Atems zu gehen, bin ich erstaunt, als ich feststelle, daß die Menschen auf den engen Trottoirs gehen, kommen, sich aneinander vorbeibewegen in einem Rhythmus, der dem Willen ihres Organismus zuwiderläuft. Wenn sie sich in diesem und keinem anderen Schritt bewegen, so nur, weil sie ihre Gangart der fixen Idee anpassen, an der Ecke ankommen zu müssen, wenn die Ampel auf Grün steht. Manchmal scheint die Menschenmenge, die mit der Regelmäßigkeit einer Atmung alle paar Minuten dem Ausgang der Untergrundbahn entströmt, die Straße durch noch größere Hast aus dem Takt zu bringen, aber gleich darauf ist das normale Renntempo zwischen Ampel und Ampel wiederhergestellt. Da es mir nicht mehr gelingt, mich den Gesetzen dieser Kollektivbewegung anzupassen, entscheide ich mich für langsames Schlendern entlang den Schaufenstern, denn längs den Geschäften gibt es so etwas wie eine Toleranzzone für alte Leute, Krüppel und Menschen, die es nicht eilig haben. Dabei entdecke ich in dem gewöhnlich engen Raum zwischen zwei Auslagen oder zwei nicht fugenlos angrenzenden Häusern Menschen, die, fast wie aufrechtgestellte Mumien, sich von einer Art Betäubung zu erholen scheinen. In einer Nische steht eine hochschwangere Frau mit wachsbleichem Gesicht; in einem Wartehäuschen aus roten Ziegeln probiert ein Neger eine Okarina aus, die er eben gekauft hat; in einem Schlagloch zittert ein Hund zwischen den Schuhen eines Betrunkenen, der im Stehen geschlafen hat. Ich komme an einer Kirche vorbei, ein Orgelgraduale lockt mich in das weihrauchgeschwängerte Halbdunkel. Dumpf hallt die lateinische Liturgie unter dem Bogengewölbe des Chorgangs. Ich betrachte die von Kerzen beschienenen, dem Priester zugewandten Gesichter. Keiner von denen, die sich hier zur Abendandacht versammelt haben, versteht, was der Priester spricht. Die Schönheit des Textes entgeht ihnen. Seit das Latein als eine unnütze Sprache in den Schulen abgeschafft worden ist, ist das, was ich hier sehe, Theater: Darstellung eines wachsenden Mißverständnisses. Der Graben voll toter Worte zwischen dem Altar und der Gemeinde wird Jahr für Jahr tiefer. Nun ertönt Gregorianischer Gesang: *Justus ut palma florebit: – Sicut cedrus Libani multiplicatur: – plantatus in domo Domini, – in atriis domus Dei nostri.* Aber nicht nur die Sprache, auch die Musik ist den Anwesenden unverständlich; sie hat für die Mehrzahl der Menschen aufgehört, echte Musik zu sein, ist nur noch ein Gesang, den man hört, aber nicht mehr auffaßt, genau wie die tote Sprache, die ihn begleitet, gehört, aber nicht mehr aufgefaßt wird. Und während mir bewußt wird, wie fern und fremd den hier versammelten Männern und Frauen ist, was ihnen in einer Sprache, die sie nicht verstehen, vorgesagt und vorgesungen wird, ist mir plötzlich klar, daß sie auch alles andere mit der gleichen Unbewußtheit tun, mit der sie hier dem Mysterium beiwohnen. Wenn sie sich hier verheiraten, tauschen sie Ringe, zahlen Gebühren, lassen sich Reis auf den Kopf streuen, ohne die tausendjährige

Bedeutung solcher Gesten zu durchschauen. Sie suchen die Bohnen im Dreikönigskuchen, bringen zur Taufe Mandeln mit, stecken Kerzen an einen Baum und behängen ihn mit Girlanden, ohne zu wissen, was es mit der Bohne, der Mandel, dem Baum, den sie schmücken, auf sich hat. Die Menschen von *hier* setzen ihren Stolz darein, Traditionen zu bewahren, die in den meisten Fällen zum Automatismus einer kollektiven Reflexbewegung verkommen sind und deren Ursprung sie längst vergessen haben – genauso wie sie Gegenstände sammeln, deren Gebrauch ihnen unbekannt ist und deren Inschriften seit vierzig Jahrhunderten nicht mehr sprechen. Anders in der Welt, in die ich jetzt zurückkehren werde: dort wird keine Geste ausgeführt, deren Bedeutung nicht allen bekannt wäre. Das Mahl auf dem Grabhügel, die Reinigung des Wohnhauses, der Tanz der Maskierten, das Kräuterbad, die Hochzeitsgabe, der Kriegstanz, der verhangene Spiegel, die Beschwörung mit Perkussionsinstrumenten, der Teufelstanz zu Fronleichnam sind Praktiken, deren Tragweite alle in allen ihren Auswirkungen ermessen. Ich schaue hinauf zu dem Fries an einer öffentlichen Bibliothek, die wie ein antiker Tempel mitten auf dem öffentlichen Platz steht. Irgendein beflissener Architekt hat ein Bukranion in die Triglyphen eingefügt, sicherlich ohne daran zu denken, daß dieses aus der Nacht der Zeiten überkommene Ornament eine Stilisierung der noch bluttriefenden Jagdtrophäe ist, die das Oberhaupt der Familie über dem Eingang zu seiner Behausung aufzuhängen pflegte. Seit meiner Rückkehr entdecke ich überall in der Stadt Ruinen, kläglicher verfallene Ruinen als die Ruinen, die als solche gelten. Überall sehe ich kranke Säulen und absterbende Häuser, die letzten in diesem Jahrhundert ausgeführten klassischen Gesimse, den letzten Renaissance-Akanthus, den die moderne Architektur aufgegeben hat, ohne ihn durch neue Stilarten oder einen großen Stil zu ersetzen. Ein schöner Einfall Palladios, ein genialer Schnörkel Borrominis sind sinnlos geworden an einer Fassade, die aus den Restbeständen früherer Kulturen besteht und bald ganz vom allgegenwärtigen Zement aufgeschluckt werden wird. Auf den Wegen, die aus diesem Zement herausführen, kommen erschöpfte Männer und Frauen, die wieder einen Tag ihres Lebens gelebt haben, ohne ihn zu erleben, und über Nacht werden sie sich stärken, um morgen wieder einen Tag zu leben, den sie ebensowenig wie den vergangenen erleben werden – es sei denn, sie flüchteten, wie ich früher um diese Stunde, in den lärmenden Betrieb einer Tanzbar und betäubten sich mit scharfen Getränken, um noch verlassener, trauriger, erschöpfter unter der Sonne des morgigen Tages zu stehen. Ich bin unter der Leuchtreklame in gotischer Schrift vor dem *Venusberg* angekommen, dem Lokal, in dem Mouche und ich so oft gemeinsam getrunken haben. Ich gehe den Vergnügungssüchtigen nach und steige in den Keller hinunter, wo die Wände perspektivisch bemalt sind: wüstendürre, gleichsam luftlose Ebenen, auf denen Gebeine herumliegen, eingestürzte Tore, Fahrräder ohne Fahrer, Krücken als Stützen für eine Art steinerne Phalli, und im Vordergrund stehen, wie von Verzweiflung überwältigt, ein paar halb abgehäutete Greise und bemerken nicht die Anwesenheit einer blutlosen Gorgo, in deren von grünen Ameisen zerfressenem Leib die freigelegten Rippen klaffen. An anderer Stelle liegen ein Metronom, eine Klepsydra und eine Schnecke auf dem Gesims eines griechischen Tempels, an dem schwarzbestrumpfte Frauenbeine die Säulen und rote Strumpfbänder die Astragale ersetzen. Das Podest für das Orchester ist eine Konstruktion aus Holz, Stuck und Metallteilen, und in den Vertiefungen, kleinen beleuchteten Grotten, sind Gipsköpfe, Seepferdchen, anatomische Tafeln ausgestellt, und da ist auch ein Mobile angebracht: zwei Wachsbrüste, so an einer Drehscheibe befestigt, daß die Brustwarzen bei jeder Drehung vom Mittelfinger einer Marmorhand gestreift werden. In einer geräumigeren Grotte stehen stark vergrößerte Photographien von Ludwig II. von Bayern, dem Kutscher Hornig und dem als Romeo kostümierten Schauspieler Joseph Kainz vor einem Panorama aus den Wagner- oder Rokoko- oder besser Münchner-Stil-Schlössern dieses Königs, den ein neuartiges Lob der Narrheit in Mode gebracht hat, eine jetzt längst überholte Mode, der aber Mouche in Reaktion auf den vermeintlichen *Esprit bourgeois* bis vor kurzem angehangen hat. Die Decke imitiert ein durch Schwamm und Sickerwasser unregelmäßig grün verfärbtes Kellergewölbe. Nachdem ich den Rahmen rekognosziert habe, betrachte ich die Menschen um mich. Auf der Tanzfläche herrscht ein Geschlinge aneinandergepreßter, im Wirrwarr von Armen und Beinen ineinanderverstrebter Leiber, die sich in der Dunkelheit verrenken: Bestandteile eines Magmas, einer nach dem Takt eines auf reine Rhythmen reduzierten Blues von innen heraus bewegten Lava. Jetzt gehen die Lichter aus, die Dunkelheit begünstigt das Gewaltsame zielloser Umarmungen, den durch hauchdünne Barrieren aus Wolle oder Seide aufreizenden Kontakt und breitet eine neue Traurigkeit über die kollektive Bewegung, die etwas von einem unterirdischen Ritual hat, einem Tanz, der die Erde stampfen will, aber da ist keine Erde . . . Ich bin wieder auf der Straße und erfinde riesige Monumente für diese Leiber: einen mit Rindermist veredelten Sockel mitten auf einem Marktplatz und darauf einen großen brünstigen Stier, der meisterlich seine Kuh bespringt. Ich bleibe stehen vor der Auslage einer Bildergalerie, in der

Idole ausgestellt sind, seit langem kultlose und deshalb sinnentleerte Götzenbilder, in deren änigmatischen oder furchtbaren Gesichtern so viele zeitgenössische Maler das Geheimnis einer verlorengegangenen Sprache zu enträtseln versucht haben in dem gleichen Verlangen nach instinkthaften Energien, in dem zahlreiche Komponisten meiner Generation durch den übermäßigen Einsatz von Schlagzeugen die elementare Kraft primitiver Rhythmen wiederzufinden hofften. Zwanzig Jahre lang hatte eine müde Kultur in der Wiederbelebung einer von aller Vernunft unbeleckten Inbrunst sich zu verjüngen und neue Impulse zu finden versucht. Aber heute erschien es mir lächerlich, mit Bandiagaramasken, afrikanischen Ibejis, nagelbesetzten Fetischen gegen die Städte des *Discours de la Méthode* anrennen zu wollen, ohne die wirkliche Bedeutung dieser Gegenstände zu kennen. Sie suchten die Barbarei in Dingen, die, solange sie auf heimischem Gebiet ihre rituelle Funktion erfüllten, niemals *barbarisch* gewesen waren, die gerade umgekehrt jeden, der sie als barbarisch bezeichnete, in den der gesuchten Wahrheit entgegengesetzten Bereich des kognitiven, cartesianischen Denkens verwiesen. Sie wollten die abendländische Musik erneuern durch die Übernahme von Rhythmen, die für ihre primitiven Schöpfer niemals eine musikalische Funktion gehabt hatten. Bei all diesen Überlegungen fand ich, daß der Urwald mit seinen entschlossenen Menschen, seinen Zufallsbegegnungen, seiner noch ungelebten Zeit mich über das Wesen meiner Kunst, die tiefe Bedeutung bestimmter Texte, die ungeahnte Großartigkeit bestimmter Entwicklungen weit mehr gelehrt hatte als eine Menge Bücher, die in meiner Bibliothek standen und jetzt für mich tot waren. Am Pionier war mir klargeworden, daß das größte den Menschen aufgegebene Werk darin besteht, sich sein

Schicksal zu schmieden. Hier, unter dieser kopflosen und zugleich gefügigen Menge finde ich viele Gesichter und wenig Schicksale. Wohl deshalb, weil hinter diesen Gesichtern jeder tiefe Drang, jede Auflehnung, jeder Antrieb durch Furcht unterbunden wird. Sie haben Furcht vor Maßregeln, Furcht vor der Uhrzeit, Furcht vor der Nachricht, Furcht vor dem Kollektiv, das die Knechtschaften vervielfältigt; sie fürchten sich vor dem eigenen Körper, vor den Aufforderungen und dem ausgestreckten Zeigefinger der Werbung; man fürchtet sich vor dem Bauch, der den Samen empfängt, vor den Früchten, vor dem Wasser; man empfindet Furcht vor den Daten, den Gesetzen, den Schlagwörtern, Furcht vor den Irrtümern, Furcht vor dem geschlossenen Briefumschlag, Furcht vor dem, was kommen kann. Die Straße hat mich in die Welt der Apokalypse zurückversetzt, wo alle darauf zu warten scheinen, daß das Sechste Siegel erbrochen wird, der Mond sich rot wie Blut färbt, die Sterne wie Feigen herabfallen und die Inseln ihre Stätten verlassen. Alles kündigt sie an: die Buchumschläge in den Schaufenstern, die auf der Straße ausgerufenen Titel, die Leuchtbuchstaben, die, in den Raum geworfene Sätze, über die Gesimse laufen. Es ist, als wäre die Zeit dieses Labyrinths und anderer, ähnlicher Labyrinthe bereits gewogen, gemessen, aufgeteilt. Und in diesem Augenblick fällt mir wieder die Kneipe von Puerto Anunciación ein, wo mir in der Person des Pioniers der Urwald entgegengetreten ist. Der Nußgeschmack des Schnapses, mit Limone und Salz vermischt, liegt mir wieder auf der Zunge, und als stünden sie hinter meiner Stirn, sehe ich die Lettern zwischen Zierranken und Schatten den Namen der Wirtschaft bilden: *Erinnerungen an die Zukunft.* Ich lebe vorübergehend hier und erinnere mich an die Zukunft, an das riesige Land der erlaubten

Utopien, der möglichen Ikarusflüge. Meine Reise hat mir die Begriffe Vergangenheit, Gegenwart, Zukunft vertauscht. Es kann nicht Gegenwart sein, was, ehe der Mensch es zu erleben und aufzufassen vermag, schon wieder gestern ist: diese kalte stillose Geometrie, in der alles, kaum daß es entstanden und ein paar Stunden alt ist, verfällt und altert, kann nicht die Gegenwart sein. Ich glaube nur noch an die Gegenwart des Unversehrten, an die Zukunft dessen, was unter den Lichtspendern der Genesis geschaffen wird. Ich nehme das Leben des betriebsamen Menschen, des Herrn Niemand nicht mehr hin, noch werde ich es dulden, daß ein Galeerenaufseher den Rhythmus meines Lebens bestimmt.

XXXVI

(20. Oktober)

Als ich vor drei Monaten das Manuskript meiner Reportage ohne ein Wort der Entschuldigung zurückgeschickt bekam, fuhr mir der Schrecken derartig in die Knie, daß ich am ganzen Leib zitterte. Sobald publik geworden war, daß ich die Scheidung beantragt hatte, war die Falle zugeschnappt. Die Zeitung verzieh mir weder das Geld, das sie für meine Rettung ausgegeben hatte, noch die Lächerlichkeit, den ganzen Rummel um mich zur Erbauung eines Publikums veranstaltet zu haben, dessen Pfarrer mich für einen verabscheuungswürdigen Gesetzesbrecher halten mußten. Ich mußte meine Reportage gegen ein schäbiges Honorar einer viertrangigen Zeitschrift verkaufen, und dann ließ ein Ereignis von internationaler Bedeutung die Aktualität meines Falls rechtzeitig verblassen. Es begann mein erbitterter Kampf gegen eine schwarzgekleidete Ruth ohne Rouge auf den Lippen, die ganz darin aufging, die an Leib und Seele verletzte Gattin zu spielen. Die Schwangerschaft hatte sich als blinder Alarm herausgestellt. Aber das machte meinen Fall nur noch verwickelter, statt ihn zu vereinfachen, denn ihr geschickter Rechtsanwalt schlachtete die Tatsache aus, daß meine Frau schon bei den ersten Anzeichen einer Schwangerschaft ihre Theaterlaufbahn habe aufgeben wollen. Demzufolge war ich der Verworfene der Heiligen Schrift, der ein Haus errichtet und nicht darin wohnt, der einen Weinberg bestellt und nicht keltert. Jene Szenerie aus dem Sezessionskrieg, die Ruth durch den täglichen Automatismus einer zwangsweise aufgesagten Lektion so sehr gemartert hatte, wurde nun zum Allerheiligsten der Kunst, zum Königsweg einer Karriere, die sie ohne Zögern, Ruhm und Namen opfernd, aufgegeben hatte, um sich ganz der erhabenen Aufgabe zu widmen, ein Leben zu gestalten, das ich ihr durch die Amoralität meines Verhaltens verweigerte. Ich werde den kürzeren ziehen in diesem Verfahren, das meine Frau endlos hinauszögert, um Zeit zu gewinnen und mich, sobald die Erinnerung an meinen Ausbruchversuch in mir verblaßt ist, in mein früheres Leben zurückzuholen. Zuletzt hat sie in der großen Schlachten-Komödie doch die bessere Rolle gehabt: Mouche ist aus ihrem Herrschaftsbereich vertrieben. So wandere ich denn seit drei Monaten Abend um Abend um Abend um die gleichen Straßenecken, pilgere von Stockwerk zu Stockwerk, öffne Türen, warte, frage die Sekretäre, unterschreibe, was sie unterschrieben haben wollen, und stehe dann wieder auf dem gleichen, von Lichtreklame rot übergossenen Gehsteig. Mein Rechtsanwalt empfängt mich jedesmal mürrischer: er ist meine Ungeduld leid, und seinem erfahrenen Auge bleibt auch nicht verborgen, daß ich immer mühsamer die laufenden Kosten für die Scheidung aufbringe. Und es stimmt, daß ich aus dem Grand-Hotel in ein Studentenhotel umgezogen bin und von dort in ein Gasthaus in der Vierzehnten Straße, in dem die Teppiche nach Margarine und verschüttetem Fett riechen. Auch meine Werbefirma hat mir meine verspätete Rückkehr nicht verziehen, und so ist Hugo, mein ehemaliger Assistent, an meiner Stelle Abteilungsleiter geworden. Vergebens habe ich nach irgendeiner Beschäftigung gesucht in dieser Stadt, in der es für jede Stelle hundert Bewerber gibt. Geschieden oder nicht: ich werde nicht hierbleiben. Aber um nach Puerto Anunciación zu kommen, brauche ich Geld, und zwar eine um so größere Menge, je mehr Zeit vergeht, und dabei ergattere ich nur hier und da einen kleinen Instrumentationsauftrag, den ich lustlos erledige, weil ich weiß, daß ich eine Woche, nachdem ich das Geld kassiert habe, wieder mittellos dastehen werde. Die Stadt läßt mich nicht los. Ihre Straßen ziehen sich um mich zusammen wie die Schnüre einer Reuse, wie ein Netz, das jemand mir von oben übergeworfen hat. Jede Woche rücke ich näher an die Welt derer, die nachts ihr einziges Hemd waschen, mit zerrissenen Sohlen durch den Schnee gehen, Kippe auf Kippe rauchen und im Schrank kochen. Ganz so weit bin ich noch nicht, aber der Spirituskocher, der Aluminiumtopf und das Paket Haferflocken gehören schon zum festen Bestand meiner Einrichtung und kündigen an, was ich mit Schauder kommen sehe. Ganze Tage lang liege ich im Bett und lese, um alles Bedrohliche zu vergessen, hingerissen das Popol-Vuh, den Inca Garcilaso und die Reisebeschreibungen des Fray Servando de Castillejo. Manchmal schlage ich die Heiligenleben im violetten Samteinband mit den goldenen Initialen meiner Mutter auf und blättere nach der Geschichte der Santa Rosa, auf die ich durch einen geheimnisvollen Zufall am Tag von Ruths Abreise gestoßen bin – an jenem Tag, an dem durch ein merkwürdiges Zusammentreffen so viele Wege sich lautlos überschnitten haben. Und werde bitterer, so oft ich die zarte Strophe lese, die voll schmerzhafter Anspielungen zu sein scheint:

Ach! meinen Geliebten,
wer hält ihn auf?
Er verzieht, Mittag ists,
aber er kommt nicht.

Wenn mir die Erinnerung an Rosario wie ein unerträglicher Schmerz im Fleisch sitzt, laufe ich stundenlang herum, und mein Weg führt mich immer in den Central Parc, wo mich der Geruch der herbstlich rostroten, im Nebel schläfrigen Bäume ein wenig besänftigt. Die Berührung der regennassen Rinde erinnert mich an das feuchte Holz unserer letzten Herdfeuer, die *deine Frau* unter Weinen und Lachen, sich immer wieder atemholend aus dem Fenster beugend, entfacht hat. Ich beobachte den Tanz der Fichten, suche in der Bewegung der Nadeln ein günstiges Vorzeichen. Es ist mir so unmöglich, an etwas anderes als an die Rückkehr zu denken und das, was mich dort erwartet, daß ich jeden Morgen in allem, was auf mich zukommt, Vorzeichen sehe: die Spinne bedeutet Unglück, auch die Schlangenhaut, die in einem Schaufenster liegt; aber der Hund, der auf mich zukommt und sich streicheln läßt, ist vortrefflich. Ich lese die Horoskope in den Zeitungen. In allem suche ich Vorbedeutungen. Letzte Nacht habe ich geträumt, ich sei in einem Gefängnis mit kirchenwandhohen Mauern, und von den Pfeilern herab schwangen Seile, die für die Streckfolter bestimmt waren. Ich sah die schweren Gewölbe sich in einer jeweils leichten Verschiebung nach oben in unabsehbarer Ferne vervielfältigen, wie wenn man einen Gegenstand zwischen zwei gegenüberliegenden Spiegeln betrachtet. Am Ende verloren sie sich in den Finsternissen unterirdischer Gänge, aus denen der dumpfe Galopp eines Pferdes hallte. Wegen der Kupferstichtönung der Traumbilder vermutete ich, als ich aufwachte, daß mich die Erinnerung an irgendein Museum zum Gefangenen in Piranesis *Invenzioni di Carceri* gemacht hatte. Bei Einbruch der Nacht gehe ich in eine Buchhandlung und blättere einen Traktat über Traumdeutung durch. KERKER: *Ägypten:* die Lage festigt sich. *Okkulte Wissenschaften:* Aussicht auf die Liebe einer Person, deren Zuneigung man weder erwartet noch wünscht. *Psychoanalyse:* an Umstände, Dinge oder Personen gebunden, von denen man sich lösen sollte. Ein bekanntes Parfum läßt mich hochfahren, im Spiegel kommt eine Frauengestalt auf mich zu. Mouche steht neben mir und blickt spöttisch auf das Buch. Und jetzt ihre Stimme: »Wenn du eine Beratung brauchst, ich mache dir einen Freundschaftspreis.« Die Straße ist nahe. Sieben, acht, neun Schritte, und ich bin draußen. Ich will nicht mit ihr sprechen. Ich will sie nicht hören. Ich will keine Auseinandersetzung. Aber gleichzeitig spüre ich diese bekannte Nachgiebigkeit in den Schenkeln, in den Leisten, und ein Prickeln steigt mir die Kniekehlen hoch. Es war kein eindeutiges Begehren, keine bestimmte Erregung, vielmehr ein Gefühl von Muskelschlaffheit und Schwäche gegenüber dem Anreiz, das gleiche Gefühl, das mich in jungen Jahren so oft in die Bordelle trieb, während der Geist sich verzweifelt zur Wehr setzte. Dann spürte ich, wie mein Inneres sich verdoppelte, und später konnte ich nur unter unsäglichen Schmerzen daran zurückdenken: während der schaudernde Geist sich an Gott klammerte, an den Gedanken an meine Mutter, an die Vorstellung drohender Krankheiten und das Vaterunser betete, richteten sich meine Schritte langsam und unbeirrbar auf das Haus, wo sich rote Bänder durch die Lochstickerei der Bettüberwürfe zogen, wohl wissend, daß mein Wille, sobald ich den besonderen Geruch einer bestimmten Schminke auf dem Frisiertisch roch, dem Geschlecht nachgeben und meine Seele schutzlos im Finstern draußen bleiben würde. Danach war mein Geist auf meinen Körper böse und haderte so lange mit ihm, bis der Zwang, gemeinsam zu schlafen, beide in einem Gebet vereinte: Vorspiel einer Reue, in der ich in den folgenden Tagen den Ausbruch kranker Körpersäfte und Wunden als Strafe für die Sünde der Unzucht erwartete. Als ich mit Mouche die rote Ziegelmauer der Sankt-Nikolaus-Kirche entlangging, war mir bewußt, daß ich in die Kämpfe meiner Jugendjahre zurückgefallen war. Sie sprach sehr rasch, wie um sich selbst zu betäuben, sie sei ganz unschuldig an dem Zeitungsskandal, behauptete sie, der Journalist habe ihr Vertrauen mißbraucht etc. – und hatte selbstverständlich nichts von ihrer alten Kunst, einem mit Unschuldsaugen ins Gesicht zu schauen, verloren. Sie warf mir nicht vor, was ich ihr angetan hatte, als sie malariakrank in der Hängematte lag, sondern schob alles großmütig auf meinen Eifer, die authentischen Musikinstrumente zu finden. Da sie unter der Wirkung des Fiebers gestanden hatte, als ich in der Hütte der Griechen Rosario zum ersten Mal umarmte, war ich im Zweifel, ob sie uns überhaupt wahrgenommen hatte. Traurig ertrug ich ihre Gesellschaft in dieser Nacht, um mit jemandem sprechen zu können, um nicht in meinem schlecht beleuchteten Zimmer allein zu sein und im Margarinegestank zwischen zwei Wänden hin- und herzulaufen. Und da ich fest entschlossen war, ihre Verführungsversuche zu vereiteln, ließ ich mich bereden, mit ihr in den *Venusberg* zu gehen, wo ich von früher her noch Kredit hatte, so daß ich nicht einzugestehen brauchte, wie schlecht es mir im Augenblick ging. Im übrigen würde ich mich vorsehen und maßvoll trinken. Aber der Alkohol mußte heimtückischerweise doch meine Standhaftigkeit untergraben haben, denn ziemlich bald stand ich im astrologischen Beratungs-Salon, dessen Wandmalereien inzwischen fertig geworden waren. Mouche füllte mehrmals mein Glas, bat, sich bequemer kleiden zu dürfen, und als das geschehen war, schalt sie mich einen Dummkopf, weil ich mir ein Vergnügen versagen wollte, das doch keinerlei Folgen hätte. Was jetzt geschehe, würde mich zu nichts verpflichten, behauptete sie, und dabei setzte sie ihre Person so geschickt ein, daß sie mit Leichtigkeit ihr Ziel erreichte, auch wenn ihr Erfolg größtenteils der mir ungewohnten wochenlangen Abstinenz zuzuschreiben war. Nach ein paar Minuten wußte ich, was es heißt, sich enttäuscht mit einem Körper abzuplagen, der keine Überraschungen mehr bietet nach einer Trennung, die besser endgültig gewesen wäre, da die Verbindung zu dem Wesen in ihm gerissen war. Traurig, mit mir selbst hadernd, einsamer als zuvor lag ich neben einem Körper, auf den ich mit Verachtung hinabblickte. Jede Prostituierte, die ich in einer Bar aufgetrieben und nach der Bezahlung besessen hätte, wäre mir lieber gewesen. Durch die offene Tür sah ich die Malereien im Beratungszimmer. »Diese Reise stand an die Wand geschrieben«, hatte Mouche am Abend vor unserer Abreise gesagt. Sie hatte den Schützen, das Schiff Argo und das Haar der Berenike aus dem Zusammenhang genommen, ihnen eine Vorbedeutung zugeschoben und sich selbst dabei die Rolle der Berenike zugedacht. Die Vorbedeutung aber – wenn es eine gab – wurde mir erst jetzt klar: das Haar der Berenike war Rosario mit ihrem jungfräulichen, nie geschnittenen Haar, und die Hydra, die als letzte Figur drohend hinter dem Klavier hervorsah

– das Klavier konnte man als mein Arbeitsinstrument deuten –, war Ruth. Mouche spürte, daß mein Schweigen, mein geringes Interesse an dem Wiedererlangten nicht zu ihren Gunsten sprachen. Um mich auf andere Gedanken zu bringen, nahm sie ein Heft vom Frisiertisch, ein kleines religiöses Blättchen. Sie hatte es auf der Rückreise im Flugzeug bei einer schwarzen Nonne abonniert, die den Flug über neben ihr gesessen hatte, und lachend erklärte sie mir, sie habe das Abonnement nur genommen, weil sie angesichts eines drohenden Gewitters Zweifel gehabt habe, ob Jehova der wahre Gott sei. Sie schlug das unscheinbare, auf schlechtes Papier gedruckte Missionsblättchen auf und gab es mir in die Hand: »In diesem Bericht ist von einem Kapuziner die Rede, den wir, glaube ich, kennen.« Und tatsächlich: in dicker, schwarzer Umrandung war eine Photographie von Bruder Pedro de Henestrosa wiedergegeben, zweifellos eine Aufnahme aus früheren Jahren, denn trotz des graumelierten Bartes sah das Gesicht noch jugendlich aus. Mit steigender Ergriffenheit las ich, daß der Mönch in jenes Gebiet wild lebender Indianer gereist war, das er mir eines Tages, als wir auf der Felswand mit den Steinzeichnungen standen, gezeigt hatte. Von einem Goldsucher, der kürzlich nach Puerto Anunciación gekommen sei, habe man erfahren, daß die Leiche des Paters, grausam verstümmelt, in einem Kanu aufgefunden worden war, das seine Mörder auf dem Fluß ausgesetzt hatten, damit es als schreckliche Warnung in das Gebiet der Weißen gelange. Ich kleidete mich rasch an, ohne auf Mouches Fragen einzugehen, und flüchtete aus dem Haus in der Gewißheit, es künftig nie wieder zu betreten. Bis zum Morgengrauen lief ich zwischen Kirchplätzen, Banken, schweigenden Begräbnisinstituten und schlafenden Krankenhäusern umher. Unfähig, mich schlafen zu legen, nahm ich, als es hell wurde, das Ferryboat, fuhr über den Fluß und setzte in Hoboken meine Wanderung zwischen Lagerhäusern und Zollgebäuden fort. Ich stelle mir vor, daß die Schlächter Bruder Pedro, nachdem er unter ihren Pfeilen gefallen ist, ausgezogen, ihm, eingedenk eines uralten Rituals, mit dem Steinmesser den mageren Brustkasten geöffnet und sein Herz herausgerissen haben; vielleicht haben sie ihm das Geschlecht abgeschnitten, ihm vielleicht die Haut abgezogen, ihn wie ein Stück Schlachtvieh zerstückelt. Ich kann mir die grausamsten Möglichkeiten vorstellen, die blutigsten Eingriffe, die schlimmsten Verstümmelungen seines alten Körpers und finde in seinem grauenhaften Tod dennoch nicht die Schrecken, die ich bei dem Tod anderer Männer empfinde, die nach der Mutter schreien oder ihr schon verstümmeltes Gesicht ohne Nase und Wange festhalten, weil sie nicht wissen, wofür sie sterben. Bruder Pedro de Henestrosa ist die höchste Gunst widerfahren, die ein Mensch für sich selbst erwirken kann: er ist seinem Tod entgegengegangen, er hat ihn herausgefordert, er ist gefallen in einem Kampf, der für den pfeildurchbohrten Besiegten zum Sieg des heiligen Sebastian wird, zur Überwindung und endgültigen Niederlage des Todes.

XXXVII

(8. Dezember)

Als der Junge, der mir den Weg zeigte, auf das Haus deutete und sagte, dies sei der neue Gasthof, gab es mir einen Stich: hinter diesen dicken Mauern, unter diesem Dach, auf dem sich das Gras im Wind wiegte, hatten wir eines Nachts Rosarios Vater die Totenwache gehalten.

Dort, in der geräumigen Küche, hatte ich mich zum ersten Mal *deiner Frau* genähert und dabei dunkel geahnt, wie wichtig sie für mich werden sollte. Jetzt tritt uns ein Don Melisio entgegen, und seine Doña, eine zwerghafte Negerin, nimmt den drei Burschen hinter mir die drei Koffer ab und türmt sie sich auf den Kopf, als ob sie nichts wögen, während sie doch mit Papier und Büchern so vollgepfropft sind, daß die Ledergurte kaum halten, und entfernt sich mit vorquellenden Augen in den Patio. Die Zimmer sind noch wie früher, nur die alten naiven Farbdrucke an den Wänden fehlen. Im Patio wachsen noch dieselben Sträucher, und in der Küche steht wie zuvor der bauchige Kessel, in dem die Worte wie in einem Kirchenschiff widerhallen. Aus der geräumigen guten Stube aber ist ein Eßsaal und eine Gemischtwarenhandlung geworden. Große Rollen Seil stehen in der Ecke, und in mehreren Regalen Büchsen mit schwarzem Pulver, Salben und Öle und Arzneien in ungewöhnlich geformten Flaschen, als wären sie für Krankheiten aus einem anderen Jahrhundert bestimmt. Don Melisio erklärt mir, er habe Rosarios Mutter das Haus abgekauft, und diese lebe nun mit allen unverheirateten Töchtern bei einer Schwester auf der anderen Seite der Anden, elf oder zwölf Tagereisen von hier entfernt. Wieder einmal staune ich, mit welcher Selbstverständlichkeit die Leute hier in die weite Welt hinausgehen – ohne sich, wie die Zivilisierten, vor den wegen dürftiger Transportmittel riesigen Entfernungen zu fürchten – und wochenlang, die eingerollte Hängematte auf der Schulter, zu Wasser oder zu Land reisen. Seine Zelte anderswo aufzuschlagen, von einer Flußmündung an den Oberlauf des Flusses umzusiedeln, die Wohnung am anderen Ende einer Ebene aufzuschlagen, die nur in mehreren Tagereisen durchquert werden kann, gehört zu den angestammten Freiheitsbegriffen dieser Menschen, vor deren Augen sich die Erde ohne Zäune, Landmarken und Grenzscheiden ausdehnt. Der Boden gehört dem, der ihn haben will: durch Schwenden oder mit dem Machete rodet man ein Stück Flußufer, errichtet auf vier Pfählen einen Unterstand, und schon ist es ein *hato* und trägt den Namen seines Besitzers wie in den Zeiten der ersten Konquistadoren, die nur ein Vaterunser aufsagten und eine Handvoll Gras in den Wind warfen, wenn sie Land in Besitz nahmen. Reicher wird man davon nicht. Aber wer in Puerto Anunciación nicht das Geheimnis eines Goldlagers zu besitzen glaubt, fühlt sich immerhin als Grundherr. Der Duft nach Tonkablättern und Vanille, der das Haus durchzieht, stimmt mich heiter. Und auch, daß wieder ein Feuer im Kamin brennt und darüber eine Tapirkeule ihr Fett verspritzt, das nach anderswo unbekannten Eicheln riecht. Die Rückkehr zum Feuer, zum lebendigen Licht, zu tanzenden Flammen, zum hüpfenden Fünkchen, das in der brennenden Weisheit der Glut unter dem runzligen Grau der Asche ein glanzvolles Alter erlebt. Ich bestelle bei der Negerzwergin Doña Casilda eine Flasche und Gläser – mag sich zu mir setzen, wer sich gern daran erinnert, daß ich vor sieben Monaten hier gewesen bin –, und nach einer Weile bekomme ich Tischgenossen. Da waren sie mit ihren Nachrichten vom Oberlauf und vom Unterlauf des Flusses, der Thunfischer, der Seekuhjäger, der Tischler, der die Särge so gut nach dem Augenmaß anzufertigen wußte, dazu ein junger Mann mit langsamen Bewegungen und Indianereinschlag im Profil, der Simon hieß und der, statt in Santiago de los Aguinaldos Schuster zu bleiben, mit einem Kanu voller Tauschwaren die am wenigsten befahrenen Flüsse bereiste. Die Antworten auf meine ersten Fragen bestätigten mir den Tod Bruder Pedros. Von

Pfeilen durchbohrt, den Brustkasten geöffnet – so hat einer von Yannes Brüdern ihn gefunden. Die Indios hatten den verstümmelten Körper in ein Kanu gelegt und das Kanu treiben lassen als fürchterliche Warnung für jeden, der ihr Gebiet betreten wollte. Es war an das Ufer eines Wildbaches gelangt, und dort hatte der Grieche es unter einem Schwarm von Aasgeiern gefunden. »Er ist schon der zweite, der auf diese Weise ums Leben gekommen ist«, kommentiert der Sargtischler und setzt hinzu, daß es unter diesen Langbärten Männer gebe, denen die Hosen nicht leicht herunterfielen. Jetzt berichten sie, daß – zu meinem Unglück – der Pionier erst vor zwei Wochen in Puerto Anunciación gewesen sei, und dann erzählen sie wieder die alten Märchen über das, was er im Wald hat oder sucht. Simon berichtet, daß er am Oberlauf unerforschter Flüsse zu seiner Überraschung Leute angetroffen habe, die, statt nach Gold zu suchen, Häuser errichtet hätten und säten. Ein anderer weiß zu berichten, daß jemand drei Städte gegründet und nach den Schutzpatroninnen seiner drei Töchter Santa Inés, Santa Clara und Santa Cecilia genannt habe. Als die Negerzwergin Doña Casilda die dritte Flasche bringt, hat sich Simon schon erboten, mich im Kanu in das Dorf zu fahren, wo ich die für den Kurator bestimmten Instrumente gefunden habe. Um mein eigentliches Reiseziel nicht preiszugeben, sage ich, daß ich auf der Suche nach einer neuen Sammlung von Flöten und Trommeln unterwegs sei. Von dem Dorf aus würde ich wie das letzte Mal mit den indianischen Ruderern weiterfahren, die den Weg kennten. Der junge Mann ist bis jetzt noch nicht in dem Dorf gewesen und hat auch nur einmal von fern die Ausläufer der Grandes Mesetas gesehen. Aber ich mache mich stark, ihm oberhalb der Mine der Griechen den Weg zu zeigen. Wenn wir drei Stunden flußaufwärts ruderten, kämen wir an den dichten Wall aus Bäumen – diese wie mit der Schnur gezogene Mauer aus Stämmen –, und dort sei der Einschlupf zu dem Zubringerbach. Ich würde das eingeritzte Zeichen suchen, an dem die Einfahrt unter dem Laubgewölbe zu erkennen ist. Wenn wir dann mit dem Kompaß weiter nach Osten führen, müßten wir auf den Fluß stoßen, auf dem uns eines denkwürdigen Abends das Gewitter überrascht habe. Und bin ich erst einmal dort, wo ich die Instrumente bekommen habe, werde ich sehen, wie ich meinen Reisegefährten wieder los werde, und eine Zeitlang im Dorf bleiben ... In der Gewißheit, morgen abzureisen, gehe ich mit einem köstlichen Gefühl der Erleichterung zu Bett. Die Spinnen, die zwischen den Deckenbalken ihre Netze spannen, werden mir kein Unheil bringen. Als *dort* alles verloren schien – und wie unendlich weit *dort* kommt mir alles schon wieder vor! –, wurde die Ehe gelöst, und durch ein pseudoromantisches Konzert, das ich für den Film schrieb und das gefiel, öffnete sich mir das Tor aus dem Labyrinth. Endlich stehe ich an der Schwelle jenes Landes, das ich mir erwählt habe, und habe alles bei mir, was ich brauche, um lange Zeit zu arbeiten. Um mich gegen mich selber abzusichern, wende ich den abergläubischen Trick an, das Schlimmste gerade dadurch zu bannen und abzuwehren, daß man es für möglich hält. Ich stelle mir also vor, daß mir eines Tages langweilig werden würde, was ich hier suche, daß ich den Wunsch verspüren könnte, wegen der Edition irgendeines Werkes für eine Zeitlang nach *dort* zurückzukehren. Aber obwohl ich weiß, daß ich nur so tue, als ob ich für möglich hielte, was ich in Wirklichkeit für ausgeschlossen halte, überkommt mich eine wahre Panik: Angst vor allem, was ich in den letzten Monaten erlebt, ausgestanden, auf mir lasten gefühlt habe. Angst vor den Kneifzangen, Angst vor der Hölle. Ich will nicht wieder schlechte Musik schreiben in dem vollen Bewußtsein, schlechte Musik zu schreiben. Ich will den nutzlosen Berufen entkommen, den Menschen, die nur reden, um sich zu betäuben, den leeren Tagen, den sinnlosen Gesten und der über allem drohenden Apokalypse. Ich sehne mich danach, wieder die Luft zwischen meinen Schenkeln wehen zu spüren, ich kann es schon nicht mehr erwarten, wieder in die kalten Sturzbäche der Grandes Mesetas zu tauchen und mich im Wasser hin und her zu wenden, um zu sehen, wie sich rings um mich das fließende Wasser im Licht der Frühe grün färbt. Vor allem sehne ich mich danach, das Gewicht Rosarios auf meinem Körper zu spüren, ihre Wärme über meinem pochenden Fleisch offen zu wissen. Wenn ich die Erinnerung an ihre Kniekehlen, ihre Schultern, die zärtliche Tiefe unter dem kurzen, harten Vlies in meinen Händen fühle, wird der Ansturm des Begehrens drängender Schmerz. Lächelnd mache ich mir wieder bewußt, daß ich der Hydra entkommen bin, daß ich das Schiff Argo bestiegen habe und die Trägerin des Haars der Berenike jetzt unter den Schriftzeichen aus der Sintflut steht, Kräuter sammelnd nach dem Regen, die sie in schäumenden Arzneikrügen auslaugen und mit Mondtau oder schimmerndem Frühreif veredeln wird. Ich kehre zurück mit größerer Gewißheit, sie zu lieben, weil ich inzwischen neue Proben bestanden und überall das Theater und die Verstellung gesehen habe. Und hier stellt sich auch die Frage, die für meine Wanderungen durch das Reich von dieser Welt die allergrößte Bedeutung hat – eigentlich die einzige Frage überhaupt – und enthebt mich jeden Zwiespalts: ob ich über meine Zeit würde verfügen können, oder ob andere darüber verfügen sollten und mich je nach meiner Bereitwilligkeit, ihnen zu dienen, statt zu leben, zum

Ersten Ruderknecht oder zum Galeerensklaven machen würden. In Santa Monica de los Venados gehören meine Stunden mir, solange ich die Augen offen habe. Ich bin Herr über meine Schritte und lenke sie, wohin ich will.

XXXVIII

(9. Dezember)

Die Sonne scheint schon über die Bäume, als wir neben der Mine und dem nun leerstehenden Haus der Griechen ankommen. Kaum sieben Monate sind vergangen, seit ich hier war, und schon hat der Urwald von allem Besitz ergriffen. Die Hütte, in der ich Rosario zum ersten Mal umarmt habe, ist buchstäblich geborsten unter dem Ansturm der innen aufgeschossenen Gewächse, die das Dach hochgestemmt, die Wände aufgerissen und aus den Pflanzenfasern, die diesem Wohnhaus einmal sein Profil gaben, dürres Laub und verfaulte Materie gemacht haben. Überdies ist der Boden überschwemmt, da der Fluß beim letzten Hochwasser besonders stark angeschwollen war. Es hatte außer der Zeit geregnet, und die Wasser haben ihren niedrigsten Stand noch nicht wieder erreicht. An den Ufern ziehen sich Streifen feuchter Erde hin, mit Urwaldabfällen bedeckt, und darüber flattern Myriaden von gelben Schmetterlingen in so dichten Haufen, daß man nur mit einem Stock in einen der Schwärme zu schlagen bräuchte, um ihn schwefelfarben wieder herauszuziehen. Bei diesem Anblick wird mir klar, wie diese großen Wanderungen entstehen, die später, ich habe es ja in Puerto Anunciación einmal erlebt, als eine endlose Wolke den Himmel verdunkeln. Plötzlich brodelt das Wasser auf unter einem Schwarm springender Fische, die sich in der Luft gegenseitig den Weg versperren, aneinanderprallen, über unser Boot schnellen und den Fluß bevölkern mit bleigrauen Flossen und Schwänzen, die aneinanderklatschen, als wollten sie applaudieren. Dann fliegt, zum Dreieck formiert, ein Zug Reiher über uns hinweg, und im Dickicht stimmen alle Vögel wie auf Kommando ihr fröhlich-aufgeregtes Konzert an. Allgegenwart des Vogels, der das Zeichen des Flügels über die Schrecken des Urwalds stellt. Sie erinnert mich daran, welche überragende Bedeutung und vielfältige Rollen der Vogel in der Mythologie der Welt spielt. Von dem Vogel-Geist der Eskimos, Abbild des ersten Vogels, der in Polnähe am äußersten Ende des Kontinents vorkommt, bis zu den Köpfen in Feuerland, die ihre Ohren als Flügel benützen, sind alle Küsten mit Vogeldarstellungen geschmückt: holzgeschnitzte Vögel oder auf den Boden gezeichnete Vögel, so groß, daß man sie von einer Anhöhe herab betrachten muß: ein schillernder Aufmarsch himmlischer Hoheiten. Donnervogel, Tau-Adler, Sonnenvögel, der Bote Kondor, der Feuerkugel-Papagei über dem Orinoko, Spottdrosseln und Quetzals, und allen voran die große Triade der gefiederten Schlange: Quetzalcóatl, Gucumatz und Culacán ... Wir fahren weiter, und als die Mittagshitze über den aufgewühlten gelben Wassern zittert, zeige ich Simon die Wand aus Bäumen, die das linke Ufer verschließt, soweit der Blick reicht. Wir fahren dicht heran, und nun beginnt die Suche nach der Markierung über dem Eingang. Den Blick starr auf die Stämme gerichtet, etwa in Brusthöhe eines Mannes, der aufrecht auf dem Wasser stünde, suche ich nach den drei senkrecht übereinandergestellten V's, dem Zeichen, das ins Unendliche verlängert werden könnte. Simon, der langsam rudert, stellt mir von Zeit zu Zeit eine Frage. Wir fahren weiter. Ich bin so sehr darauf konzentriert, zu schauen und nur zu schauen und zu denken, daß ich schauen muß, daß meine Augen bald ermüden, immer das gleiche zu sehen. Plötzlich kommen mir Zweifel, ob ich nicht *gesehen habe,* ohne es zu bemerken; ich frage mich, ob ich nicht für Sekunden unaufmerksam gewesen bin; ich lasse Simon zurückrudern und sehe doch nur einen hellen Fleck oder einen Sonnenstrahl auf der Rinde. Mit gleichbleibender Gelassenheit kommt Simon allen meinen Anordnungen nach, ohne auch nur mit der Wimper zu zucken. Manchmal streift das Kanu an die Stämme, und ich muß es mit dem Machete wieder abstoßen, wenn es sich festgehakt hat. Das Suchen nach dem Zeichen in dieser endlosen Reihe gleicher Stämme verursacht mir eine Art von Schwindel. Und doch, sage ich mir, ist diese Mühe nicht sinnlos, denn an keinem der Stämme ist so etwas wie die drei übereinandergestellten V's zu erkennen gewesen. Da es sie aber gibt und da nicht verlöschen kann, was in Rinde geschrieben ist, müssen wir sie finden. So fahren wir noch eine halbe Stunde. Aber dort ragt aus dem Urwald ein schwarzer Felszacken auf, der so zerklüftet und seltsam geformt ist, daß ich ihn wiedererkennen würde, wenn wir das letzte Mal daran vorbeigefahren wären. Offensichtlich lag der Eingang zum Bach schon hinter uns. Ich gebe Simon ein Zeichen, das Boot zu wenden und die befahrene Strecke zurückzufahren. Es scheint mir, daß er mich spöttisch anblickt, und das regt mich nicht weniger auf als meine Ungeduld. Also kehre ich ihm den Rücken zu und untersuche wieder die Stämme. Falls ich das Zeichen übersehen habe, werde ich es jetzt, wenn wir zum zweiten Mal an dem Pflanzenwall vorbeifahren, bestimmt sehen. Es sind zwei Stämme gewesen, wie die Seitenbalken eines Türrahmens, darüber als Stirnbalken das Laub, und auf dem linken Stamm ist auf halber Höhe das Zeichen gewesen. Auf dem Hinweg hat die Sonne prall auf uns herabgeschienen. Jetzt, beim Zurückrudern, fahren wir im Schatten, und die Schatten werden immer länger. Meine Angst wächst bei dem Gedanken, es könnte Nacht werden, ehe wir gefunden haben, was ich suche, und wir müßten morgen noch einmal fahren. An sich wäre das nicht schlimm. Aber alles ist in letzter Zeit so gut gegangen, daß ich mich mit einem solch sinnlosen Zwischenfall nicht abfinden kann. Simon sieht mich weiterhin spöttisch an. Nur um etwas zu sagen, zeigt er auf ein paar Bäume, die genauso aussehen wie alle übrigen, und fragt, ob hier nicht der Eingang sei. »Möglich«, antworte ich, obgleich ich genau sehe, daß da kein Zeichen ist. »Möglich ist kein Wort aus dem Wortschatz des Schiedsrichters«, sagt er sentenzenhaft, und gleich darauf stolpere ich gegen die Bordwand: das Boot hat sich mit dem Bug in einem Lianengeschling verheddert. Simon steht auf und stößt, nach Grund suchend, den Bootshaken ins Wasser, um uns wieder flottzumachen. In diesem Augenblick, in dem Bruchteil der Sekunde, in dem der Griff des Bootshakens naß wird, weiß ich, warum wir das Zeichen nicht gefunden haben und es nicht finden können: der Bootshaken, der drei Meter lang ist, reicht nicht bis auf den Grund, so daß Simon die Lianen mit dem Machete auseinanderschlagen muß. Als wir wieder flott sind und er zu mir herüberblickt, muß mein Gesicht derart verstört ausgesehen haben, daß er in der Annahme, mir sei etwas zugestoßen, an meine Seite kommt. Ich erinnere mich, daß, als wir mit dem Pionier hier gewesen sind, die Bootshaken jederzeit festen Grund erreicht haben. Das heißt, der Fluß führt noch immer Hochwasser und das Zeichen, das wir suchen, liegt unter Wasser. Ich sage Simon, was mir nun klar ist. Das habe er sich gleich gedacht, gibt er lachend zurück, nur aus »Respekt« habe er nichts gesagt und überdies geglaubt, ich hätte das Hochwasser bei meiner Suche mit einkalkuliert. Nun frage ich ihn – und dabei dehne ich die Worte hinaus, weil ich mich vor der Antwort fürchte –, ob er glaube, daß das Wasser bald so weit gesunken sein werde, daß wir das Zeichen sehen können. »Im April oder im Mai«, antwortet er und stellt damit eine unumstößliche Wirklichkeit vor mir auf. Bis April oder Mai wird die enge Pforte in den Urwald mir verschlossen bleiben. Mir wird nun bewußt, daß ich zwar die Probe der nächtlichen Schrecken und die Sturm-Probe bestanden habe, daß die entscheidende Probe aber eine andere gewesen ist: die Versuchung der Rückkehr. Vom anderen Ende der Welt hatte Ruth die Boten nach mir ausgesandt, und eines Morgens waren sie mit ihren gelben Glasaugen und ihren Audiphonen um den Hals wie aus heiterem Himmel auf mich herabgefallen, um mir zu sagen, daß es nur drei Flugstunden von hier alles gab, was ich brauchte, um hervorzubringen, was in mir lag. Und so war ich vor den staunenden Augen der Steinzeitmenschen in den Himmel aufgestiegen, um ein paar Ries Papier zu besorgen, ohne auch nur zu ahnen, daß ich in Wirklichkeit einer Frau ins Netz ging, die auf geheimnisvolle Weise wußte, daß nur noch die äußersten Mittel ihr eine Chance gaben, mich in ihren Herrschaftsbereich zurückzuholen. Immer hatte ich während der letzten Tage Rosario neben mir gefühlt. Nachts glaubte ich manchmal die Atemzüge der Schlafenden zu hören. Jetzt, da das Zeichen unter Wasser und die Pforte verschlossen ist, scheint sie sich von mir zu entfernen. Ich versuche, eine schmerzende Wahrheit in Worte zu fassen, die mein Reisegefährte hört, aber nicht faßt, und sage, daß man außergewöhnliche Wege unbewußt gehen muß, ohne ein Gefühl für das Wunderbare in dem Augenblick, in dem man das Wunderbare erlebt: man hat die ausgetretenen

Pfade, das üblicherweise Zugeteilte so weit hinter sich gelassen, daß man, eitel geworden durch das Vorrecht auf das Entdeckte, sich für fähig hält, die einmal vollbrachte Leistung zu wiederholen, wann immer man es wünscht, und Herr zu sein glaubt über den Weg, der anderen verwehrt ist. Eines Tages begeht man den unverzeihlichen Fehler, das Erwanderte zurückzuwandern in dem Glauben, das Außergewöhnliche werde sich zum zweiten Mal ereignen, aber wenn man zurückkommt, sind die Landschaften verschoben, die Anhaltspunkte gelöscht, die Gewährsmänner haben das Gesicht verändert . . . Das Geräusch der Ruder reißt mich aus meinen angstvollen Gedanken. Nacht erfüllt den Urwald, und unter den Bäumen hebt das Sirren der Insektenplage an. Ohne mich bis ans Ende anzuhören, ist Simon in die Mitte der Strömung gerudert, um rascher zu der ehemaligen Mine der Griechen zurückzukehren.

XXXIX

(30. Dezember)

Ich bearbeite den Text von Shelley, vereinfache ihn stellenweise, um ihm den Charakter eines Kantaten-Textes zu geben. Die lange Klage des Prometheus, mit der das Gedicht so großartig einsetzt, habe ich leicht gekürzt, und jetzt bin ich dabei, die Szene der Stimmen – in der unregelmäßige Strophen vorkommen – und den Dialog zwischen Titan und Erde dem Rahmen anzupassen. Die Arbeit ist freilich nichts als ein Versuch, meine Ungeduld zu überspielen und mich wenigstens für eine Weile zu befreien von dem einzigen Gedanken, dem ausschließlichen Ziel, um dessentwillen ich schon drei Wochen lang in Puerto Anunciación festsitze. Man sagt mir, in Kürze käme ein Lotse vom Rio Negro zurück, der den gesuchten Durchgang kenne oder wenigstens andere Wasserwege, die in die gewünschte Richtung führten. Aber hier sind alle derart Herr ihrer Zeit, daß ein Aufschub von vierzehn Tagen keinerlei Ungeduld in ihnen hervorruft. »Er kommt schon, er kommt schon . . .«, sagt Doña Casilda, wenn ich sie morgens beim Kaffee frage, ob sie etwas Neues über den Lotsen gehört habe. Im stillen hoffe ich noch immer, daß eines Tages unvermutet der Pionier hier auftaucht, um sich dringend benötigte Arzneien oder Saatgut zu beschaffen, und deshalb bleibe ich im Dorf und überhöre die verlockenden Aufforderungen Simons, mit ihm die nördlichen Flüsse zu befahren. Die Tage vergehen in einer Langsamkeit, die mich in Santa Monica de los Venados glücklich machen würde, die mich hier aber, wo ich mich zu ernsthaftem Arbeiten nicht genug konzentrieren kann, nur verdrießt. Außerdem ist das Werk, das mich jetzt interessiert, die *Threnodie,* aber die Aufzeichnungen dazu sind bei Rosario geblieben. Ich hätte die Komposition neu beginnen können, aber was ich dort geschaffen habe, scheint mir in bezug auf die Spontaneität des Ausdrucks so befriedigend, daß ich nicht mit kaltem Kopf, kritischer als zuvor, unter großen Gedächtnisanstrengungen von vorn beginnen will, noch dazu in dem ständigen Gedanken, möglichst rasch die Reise fortzusetzen. Jeden Nachmittag gehe ich an die Stromschnellen und lege mich auf die Steine, die unter dem rings um Felsbrocken, in Schlüften und Höhlungen brodelnden Wasser vibrieren, und es lindert meine Unruhe, in diesem Getöse allein zu sein und von allem abgeschnitten durch diese Skulpturen aus kochendem Gischt, der seine je nach dem Rhythmus der anstürmenden Strömung an- und abschwellende Form bewahrt, ohne an Umriß und Volumen zu verlieren, ohne die Konsistenz einzubüßen, die das unaufhörlich, schwindelerregend sich Verändernde in einen lebendigen, kühlen Gegenstand verwandelt, der sich liebkosen läßt wie der Rücken eines Hundes und wie ein Apfel seine Rundungen den Lippen darbietet. Im Dickicht findet eine ständige Wachablösung statt, die Insel Santa Prisca wird eins mit ihrem verkehrten Spiegelbild, auf dem Grund des Stroms verblaßt der Himmel. Auf Kommando eines Hundes, der in gleichbleibend hoher Tonlage aufgeregt bellt, stimmen alle Hunde des Dorfes eine Art Bellgesang an, dem ich auf dem Rückweg vom Felsen aufmerksam zuhöre, da ich schon seit vielen Abenden beobachtet habe, daß er von immer gleicher Dauer ist und unabänderlich so endet, wie er angefangen hat: mit zweimaligem Blaffen – niemals mehr – des geheimnisvollen Hunde-Schamanen. Mir kommt der Gedanke, daß zwar die Tänze mancher Affen- und Vogelarten bekannt sind, daß aber eine systematische Aufzeichnung der Schreie der mit dem Menschen zusammenlebenden Tiere möglicherweise einen verborgenen musikalischen Sinn offenbaren würde, der nicht sehr weit entfernt wäre von dem Gesang des Zauberers, der mich eines Abends im südlichen Urwald so tief beeindruckt hat. Seit fünf Tagen bellen die Hunde von Puerto Anunciación, einem bestimmten Befehl gehorchend, auf die gleiche Weise, und auf ein für sie untrügliches Zeichen hin verstummen sie wieder. Dann trotten sie in ihre Häuser zurück, legen sich unter die Stühle, hören den Reden zu oder lecken ihre Schüsseln aus und stören niemand mehr – bis sie in der Brunst außer Rand und Band geraten und den Menschen nichts übrigbleibt, als resigniert abzuwarten, bis die ihnen verbündeten Tiere ihr Zeugungsritual beendet haben. In diesen Gedanken gehe ich durch die erste Dorfgasse, als sich zwei kräftige Hände von hinten über meine Augen legen, ein Knie sich in mein Kreuz einbohrt und mich mit solcher Gewalt nach hinten kippen läßt, daß ich vor Schmerz aufschreie. Der Scherz ist so töricht, daß ich mich aus der Umklammerung loswinde, um zuzuschlagen. Aber da erschallt ein Lachen, dessen Klang ich kenne, und mein Ärger verkehrt sich in Freude. Yannes schließt mich in die Arme und hüllt mich in den Schweiß seines Hemdes. Wie aus Furcht, daß er mir entkommen könnte, packe ich ihn am Arm und führe ihn in das Gasthaus, wo Doña Casilda uns eine Flasche mit dem nach Nuß schmeckenden Schnaps auf den Tisch setzt. Ich stelle das schmeichelhafteste Interesse für seine Streifzüge zur Schau, um desto rascher die Freundschaft wieder aufzuwärmen und, sobald die alte Herzlichkeit wiederhergestellt ist, auf das zu kommen, was allein mir am Herzen liegt: sicherlich erkennt Yannes den Einschlupf, auch wenn er unter Wasser steht; er war bei uns, als wir einfuhren, und er ist im Urwald so erfahren, daß er die Pforte öffnen kann, ohne nach dem dreifachen Einschnitt zu suchen. Außerdem ist das Wasser in diesen letzten Wochen wahrscheinlich etwas gesunken. Aber ich stelle fest, daß sich im Gesichtsausdruck des Griechen etwas geändert hat: etwas Unruhiges, Mißtrauisches liegt in seinen Augen, die nirgends zur Ruhe kommen. Er wirkt nervös und zerfahren, es ist kaum möglich, ein zusammenhängendes Gespräch mit ihm zu führen. Wenn er etwas erzählt, redet er überstürzt oder stockend, ohne wie früher lange bei einem Gedanken zu verweilen. Plötzlich bittet er mich mit Verschwörermiene, mit ihm auf mein Zimmer zu gehen. Dort sperrt er die Tür ab, schließt die Fensterläden und zeigt mir im Licht einer Lampe ein Glasröhrchen, in dem er statt der Chinintabletten rauchglasähnliche Kristalle aufbewahrt. Flüsternd erklärt er mir, diese Quarze seien sozusagen die Vorhut der Diamanten, in ihrer Nähe fände man immer, was man suche. Er habe an irgendeiner Stelle die Picke eingeschlagen, und dabei sei er auf das wunderbare Lager gestoßen: »Vierzehnkarätige Diamanten«, raunt er mir vertraulich ins Ohr, »und es muß noch größere geben.« Sicher träumt er schon von dem kürzlich gefundenen hundertkarätigen Juwel, das alle um den Verstand gebracht hat, die noch immer den Kontinent auf der Suche nach El Dorado durchwandern und wie der phantastische Philipp von Hutten nicht davon abzubringen sind, daß sie eines Tages den Schatz finden werden. Die Entdeckung erfüllt Yannes mit Unruhe; er reist jetzt in die Hauptstadt, um die Mine vorschriftsmäßig anzumelden, aber die Furcht, irgendjemand könne in seiner Abwesenheit auf das Lager stoßen, sitzt ihm im Nacken. Denn es soll vorgekommen sein, daß durch einen jener phantastischen Zufälle zwei Sucher auf ein und dieselbe Stelle auf der riesigen Landkarte gestoßen sind. Nichts von alldem interessiert mich. Um mir Gehör zu verschaffen, fange ich laut von dem zu sprechen an, was allein mich interessiert. »Ja, wenn ich zurückkomme«, antwortet er, »wenn ich zurückkomme.« Flehentlich bitte ich ihn, seine Reise aufzuschieben, damit wir noch heute nacht, vor dem Morgengrauen, zusammen aufbrechen. Aber der Grieche erklärt mir, daß die »Seekuh« angekommen ist und morgen mittag wieder abfährt. Außerdem ist mit dem Griechen schlechterdings nicht zu reden. Er denkt nur an seine Diamanten, und wenn er schweigt, tut er es nur, um nicht von ihnen zu reden, aus Angst, Don Melisio und die Zwergin könnten etwas hören. Da ich abgewiesen worden bin, füge ich mich in den neuen Aufschub: ich werde warten, bis er zurückkommt, und unter dem Ansporn der Habgier wird das vermutlich bald sein. Um sicher zu gehen, daß er mich nicht sitzenläßt, biete ich ihm an, ihn bei der Erschließung der Mine geldlich zu unterstützen. Er umarmt mich überschwenglich, nennt mich Bruder und nimmt mich in die Kneipe mit, in der ich den Pionier kennengelernt habe. Er bestellt eine Flasche des nach Nuß schmeckenden Schnapses, und um mein Interesse an seinem Fund weiter zu stärken, macht er mir scheinbar vertrauliche Mitteilungen über den Ort, wo er die schätzeverheißenden Quarze gefunden hat. *Er habe die Mine auf dem Rückweg von Santa Monica de los Venados entdeckt!* Zufällig sei er auf die allen unbekannte Stadt gestoßen und zwei Tage lang dort geblieben. »Idiotische Leute«, sagt er, »blöde Leute. Haben Gold in der Nähe und holen es nicht. Wollte arbeiten, sagten aber, erschießen mich mit Gewehr.« Ich packe Yannes an den Schultern, schreiend verlange ich, er solle mir von Rosario erzählen, wie es ihr geht, wie sie aussieht, was sie tut. »Frau von Marcos«, antwortet der Grieche. »Pionier hat sich gefreut, weil sie schwanger ist.« . . . Mir ist, als wäre ich taub geworden. Kalte Nadeln bohren sich von innen in meine Haut. Mit ungeheurer Anstrengung lange ich nach der Flasche, die sich anfühlt, als würde sie mir die Hand verbrennen. Langsam gieße ich das Glas voll und schütte den Schnaps hinunter, kann aber nicht schlucken, so daß ein Hustenanfall mir fast die Kehle zerreißt. Als ich wieder zu Atem komme, sehe ich in dem von Fliegenkot geschwärzten Spiegel hinten im Saal einen Körper, der am Tisch sitzt, als wäre er leer. Ich bin nicht sicher, daß er sich bewegen und gehen würde, wenn ich es ihm befahl. Aber nun drängt aus mir hervor, was da zerfetzt, gehäutet, mit Salz bestreut in mir ächzt, und versucht sich in einem stammelnden Protest. Ich weiß nicht, was ich zu Yannes sage. Was ich höre, ist die Stimme eines anderen, der von Rechten spricht, die er an *deiner Frau* erworben hat, der erklärt, daß die verspätete Rückkehr nur äußere Gründe gehabt habe, der sich zu rechtfertigen und Berufung einzulegen versucht, als stünde er vor einem Gericht, das seine Vernichtung beschlossen hat. Der Klang dieser gebrochenen, flehenden Stimme, die die Zeit zurückdrehen und das Geschehene ungeschehen machen möchte, lenkt den Griechen von seinen Gedanken an den Diamanten ab, er sieht mich an, und sofort schlägt seine Überraschung in Mitleid um. »Sie nicht Penelope. Junge, starke, schöne Frau braucht Mann. Sie nicht Penelope. Natur von Frau hier braucht Mann . . .« Die Wahrheit, die niederschmetternde Wahrheit, ist, das begreife ich jetzt, daß die Menschen in dieser weltfernen Gegend nie an mich geglaubt haben. Ich war ihnen nur geliehen. Selbst Rosario hat wohl nur den Besucher in mir gesehen, der es im Tal der stehengebliebenen Zeit nicht lange würde aushalten können. Ich erinnere mich wieder ihres seltsamen Blicks, als sie mich tagelang fieberhaft schreiben sah in einer Umgebung, in der es keinen zwingenden Grund gibt, zu schreiben. Die neuen Welten wollen gelebt werden, ehe sie sich erklären lassen. Wer hier bleibt, tut es nicht aus intellektueller Überzeugung, sondern weil er glaubt, daß dies und nichts anderes das erträgliche Leben sei. Er zieht diese Gegenwart der Gegenwart derer vor, die die Apokalypse heraufbeschwören. Wer zu sehr auf das Begreifen ausgeht, wer unter den Anfechtungen einer Bekehrung leidet, wer in Gedanken Verzicht leisten muß, wenn er die Sitten derer übernimmt, die im täglichen Kampf gegen die Berge und Bäume über diesem Urschlamm ihr Schicksal schmieden, der ist verwundbar, denn er steht noch unter der Wirkung bestimmter Mächte jener Welt, die er hinter sich gelassen hat. Ich bin durch die Zeitalter gereist, bin durch die Körper und die Zeiten dieser

Körper gewandert, ohne mir bewußt zu werden, daß ich auf die heimliche Enge dieser größten aller Pforten gestoßen bin. Vielleicht war das Leben mit dem Wunder, waren die Stadtgründungen, die Freiheit, die im Lande Henochs unter den Erfindern der Gewerbe herrschte, Wirklichkeiten von einer Größe, die nicht geschaffen war für mich, den winzigen Kontrapunktisten, der jederzeit auf dem Sprung lag, eine kleine Verschnaufpause zu nutzen und zu versuchen, durch eine Anordnung von Neumen den Sieg über den Tod zu erringen. Ich habe versucht, ein Schicksal geradezubiegen, das sich meiner eigenen Schwäche wegen verkrümmt hat, und dabei ist ein Gesang in mir entstanden – ein nun für immer unvollendeter Gesang –, der mich, einen Körper voll Asche und unfähig, noch einmal der zu sein, der ich gewesen bin, dem alten Weg zurückgibt. Yannes streckt mir eine Fahrkarte hin, damit ich mich morgen mit ihm auf der »Seekuh« einschiffe. Ich werde der Bürde entgegenfahren, die mich erwartet. Mit brennenden Augen schaue ich auf zu dem schön umrankten Schild: *Erinnerungen an die Zukunft*. In zwei Tagen wird wieder ein Jahr dieses Jahrhunderts zu Ende sein, aber dieser Umstand ist für die Leute von hier nicht von Bedeutung. Hier braucht man nicht zu wissen, in welchem Jahr man lebt. Die Behauptung, man könne seiner Epoche nicht entkommen, ist eine Lüge. Die Steinzeit wie das Mittelalter liegen noch heute vor uns da. Auch die schattigen Häuser der Romantik mit ihrer komplizierten Liebe stehen noch offen. Aber nichts von alldem war für mich bestimmt, denn die einzige Rasse Mensch, der es verwehrt ist, sich aus ihrer Zeit zu lösen, sind die Künstler: sie müssen nicht nur dem unmittelbar Vorangegangenen, dem in greifbaren Zeugnissen dargestellten Gestern voraus sein, sondern sie nehmen auch den Gesang und die

Formen der ihnen Nachfolgenden vorweg und schaffen neue, greifbare Zeugnisse in vollem Bewußtsein alles dessen, was bis heute geschaffen worden ist. Marcos und Rosario wissen nichts von der Geschichte. Der Pionier steht in ihrem ersten Kapitel, und ich hätte mich neben ihn stellen können, wenn ich ein anderes Amt gehabt hätte als das, Musik zu schreiben, das höchste Amt jener Rasse. Bleibt abzuwarten, ob ich nicht unter den hämmernden Schlägen des Galeerenaufsehers, der irgendwo auf mich lauert, taub und stimmlos werde. Die Ferien des Sisyphus sind heute zu Ende.

Hinter mir sagt jemand, der Strom sei in diesen Tagen erheblich gefallen. Dann kommen überflutete Steinplatten wieder zum Vorschein, und aus den Strudeln tauchen Felszacken empor, von zarten Algen bedeckt, die im Licht sterben. Die Bäume am Ufer wirken wieder höher, da ihre Wurzeln schon fast das Licht der Sonne zu spüren bekommen. Auf einem schuppigen, einem grüngesprenkelten, hell ockerfarbenen Stamm ist, wenn sich die Strömung klärt, das mit dem Messer in die Rinde geschnittene Zeichen wieder erkennbar, drei Handbreit unter dem Wasser.

Obwohl der Ort der Handlung in den ersten Kapiteln dieses Buches keiner geographischen Bestimmung bedarf und obwohl die lateinamerikanische Hauptstadt und die Provinzstädte, die später vorkommen, bloße Prototypen sind und nicht genauer ausgewiesen werden, weil die Elemente, aus denen sie sich zusammensetzen, in vielen Ländern des Kontinents anzutreffen sind, glaubt der Verfasser etwaiger berechtigter Neugier durch den Hinweis entgegenkommen zu müssen, daß von dem Ort an, den er Puerto Anunciación genannt hat, Landschaftsschilderungen durchweg auf sehr genauer Betrachtung von Gegenden beruhen, die wenig bekannt sind und kaum je, wenn überhaupt, photographiert worden sind.
Der beschriebene Strom, der zuerst jeder beliebige Strom Amerikas sein könnte, wird später sehr exakt der Oberlauf des Orinoco. Das Bergwerk der Griechen könnte unweit der Vichada-Mündung liegen. Die Stelle mit der dreifachen V-förmigen Einkerbung, die den Eingang zu der geheimen Zufahrt bezeichnet, gibt es wirklich, zusamt dem Zeichen, an der Mündung des Caño de la Guacharaca, etwa zwei Schiffsstunden oberhalb des Vichada: sie führt unter Pflanzengewölben zu einem Dorf der Guahibo-Indianer, das an einer versteckten Bucht einen Anlegeplatz hat.
Die Gegend, in der das Gewitter niedergeht, mag der Raudal del Muerto sein. Die Urstätte der Formen ist der Monte Autana, dessen Profil an eine gotische Kirche erinnert. Von diesem Tag an wird die Landschaft des oberen Orinoco von der der Gran Sabana abgelöst, die an mehreren Stellen des 3. und 4. Kapitels beschrieben wird. Santa Monica de los Venados ist das, was Santa Elena del

Uarirén in den Jahren seiner Gründung gewesen sein mochte, als die einfachste Art, die im Entstehen begriffene Stadt von Brasilien aus zu erreichen, eine Sieben-Tage-Reise zu Schiff war, flußaufwärts durch eine tiefe Schlucht. Seit damals sind viele ähnliche Siedlungen in verschiedenen Teilen des amerikanischen Urwalds entstanden, ohne freilich geographisch fixiert worden zu sein. Erst vor kurzem haben zwei französische Forschungsreisende eine solche, bis dahin völlig unbekannte Siedlung entdeckt, die seltsamerweise der Anlage von Santa Monica de los Venados entspricht, und in ihr einen Bewohner, dessen Lebensgeschichte sich mit der von Marcos deckt.
Das Kapitel über die Konquistadoren-Messe spielt in einem Dorf der Piaroa-Indianer in der Nähe des Autana. Die im XXIII. Tag beschriebenen Indios sind Shirishanas vom Alto Caura. Die Threnodie des Medizinmannes hat ein Forschungsreisender aufgenommen; die Platte liegt in den venezolanischen Folklore-Archiven.
Der Pionier, Montsalvatje, Marcos, Bruder Pedro sind Gestalten, wie sie jedem Reisenden auf der weiten Bühne des Urwalds begegnen. Sie alle gehören ebenso zur Wirklichkeit wie eine bestimmte Form des Mythos von El Dorado, der durch Gold- und Edelsteinlager immer wieder auflebt. Was Yannes, den griechischen Bergmann, betrifft, so mag es genügen, wenn der Verfasser versichert, daß er nicht einmal seinen Namen verändert hat. Nachzutragen bleibt, daß er neben der *Odyssee* Xenophons *Anabasis* aufs höchste bewundert hat.

A. C.

Alphabetisches Gesamtverzeichnis der suhrkamp taschenbücher